DU MÊME AUTEUR

Aux Éditions L'Arbre vengeur

L'HOMME TRAQUÉ

Du monde entier

DANIEL GUEBEL

L'ABSOLU

roman

Traduit de l'espagnol (Argentine)
par Gersende Camenen

nrf

GALLIMARD

Ouvrage édité dans le cadre du programme « *Sur* » de soutien
aux traductions du ministère des Affaires étrangères,
du Commerce international et du Culte de la République argentine.

Titre original :

EL ABSOLUTO

À Pablo Gianera et Luis Mucillo.
Pour Ana, ce roman que j'ai imaginé
tout en la portant dans mes bras.

Qui est Scriabine ? Qui sont ses ancêtres ?

IGOR STRAVINSKY

LIVRE I

FRANTISEK DELIUSKINE

La vie n'est peut-être qu'un songe fébrile. Aussi, pourquoi ne pas prendre un somnambule pour guide ?

MIKA WALTARI,
L'Escholier de Dieu

1

Quelques mois avant la célébration du centième anniversaire de leur naissance, le Cercle Scriabino-Deluskien de Buenos Aires commanda à Américo Rabbione (artiste plus prolifique que talentueux) la réalisation d'une sculpture en hommage à mon oncle et à mon père. Le jour de l'inauguration, l'étroitesse du morceau de tissu qui la recouvrait me surprit : d'après le projet initial, une distance de huit mètres devait séparer la base en marbre noir des têtes en bronze. Le résultat aurait fait sourire mon père. « La plupart des amateurs de musique estiment qu'elle a disparu avec Wagner », m'avait-il dit un jour. Lorsque le vice-président du Cercle tira sur la couverture pour dévoiler la statue réunissant les deux frères, je vis un papillotement blanc, la lueur morne de la plaque commémorative et l'opacité des deux épaisses figures fondues dans une étreinte de blocs de béton coffré.

« Si cet épouvantail cubiste est censé les représenter, pensai-je, alors plus rien ne distingue l'hommage de l'insulte. »

Une semaine plus tard, les éternels plaisantins anonymes avaient amélioré l'aspect du monument en y peignant à la bombe aérosol tout un florilège de légendes et de décorations multicolores – expressions cochonnes, pépites agraphiques, étoiles polymorphes. Et comme la plaque a été arrachée pour être revendue, il ne reste aujourd'hui aucun signe célébrant la vie et l'œuvre d'Alexandre Scriabine et de Sébastien Deliuskine.

Je laisse de côté pour l'instant la question des noms de famille. D'Alexandre Scriabine, mon oncle, plus que de tout autre musicien, on peut dire que pendant la première moitié de sa vie il chercha le monde. Il entreprit de longs voyages, mena une existence tour à tour intrépide et insensée ; si, durant cette première moitié, son esprit fut expansif et dérivatif, durant la seconde, la dernière, dans un mouvement en apparence contradictoire mais d'égale intensité, après avoir trouvé le monde, il s'efforça de le transformer par ses propres moyens ; à cet effet, il conçut, avec passion et désespoir, le premier élément précurseur de la transformation totale (l'accord mystique), puis, avec sa célèbre composition *Le Mystère*, il voulut libérer toute sa puissance afin d'infléchir le cours de l'univers. De Sébastien Deliuskine, mon père, on peut dire que, bien qu'il vécût à distance de cette explosion musicale (et dans son ombre), à la suite d'une série de circonstances fortuites, il dut passer le reste de son existence à essayer de ramasser les restes, ballotté par les vents de la dispersion, rassemblant les débris de l'hécatombe. Il n'est pas étonnant que cela leur soit arrivé à l'un comme à l'autre, ni que la déflagration ait adopté un style particulier. Alexandre Scriabine mourut trop tôt et trop loin de nous pour que nous puissions faire quoi que ce soit pour lui ; je n'étais, pour ma part, qu'une enfant. Quant à mon père, les médecins que je consultai parlèrent d'un processus neurophysiologique entraînant des effets dégénératifs dans les cellules de son cerveau ; il y a cinq siècles, prêtres et guérisseurs auraient eu recours à l'argument de la possession démoniaque.

L'explication est plus simple : dans notre famille de fous, nous payons le prix de la démence pour briller au firmament du génie.

En remontant le long de l'arbre généalogique de nos caractéropathies, avant d'arriver à l'universel Adam, on trouve notre véritable précurseur, mon arrière-arrière-grand-père, Frantisek Deliuskine. Son père, Vladimir, digne représentant de l'esprit d'aventure qui, il y a quelques siècles, distinguait l'âme russe, fut un négociant en cuirs de rêne qui, flairant l'occasion de faire fortune, changea de branche et se mit à travailler pour le compte des musées de l'Europe civilisée, auxquels il vendit des squelettes de mammouths qu'il obtenait en jetant de simples bâtons de dynamite au fond des lacs de la steppe sibérienne (du lac Baïkal au lac Kosovskoye). La violence de l'explosion détachait de leur lit rocheux les blocs de glace millénaire où étaient conservées ces bêtes préhistoriques, de sorte qu'une suite d'essais bien menés entraînait l'émersion de deux, trois et jusqu'à cinq masses et leur contenu, demeuré intact ; puis, sans redouter l'accès de colère que pouvait vraisemblablement déclencher chez ces monstres le trouble de leur repos, monstres qui transparaissaient sous la glace bleue scintillante (un œil trémulant dans l'agonie, une défense longue de plus de cinq mètres, des poils hérissés), Vladimir « pêchait » les grands blocs au harpon, les traînait jusqu'à la berge grâce à un ingénieux système de leviers, de cordes et de poulies, laissait la base de la glace se solidifier à nouveau contre la surface du lac, puis se mettait à tailler ces icebergs à l'aide d'un pic à glace ; il jouissait d'un avantage certain sur les autres sculpteurs (ou sur tout autre véritable artiste) car, dans son cas, la forme était contenue dans son objet. Une fois que le mammouth congelé avait perdu son enveloppe, Vladimir le dépeçait jusqu'à l'os. Bien sûr, cette méthode de collecte d'ossements saccagea plus de mammouths qu'elle n'en fournit à la science. Mais c'était une époque d'abondance et personne ne s'alarmait du gaspillage…

Le père eut beau essayer d'intéresser son fils aux techniques de la paléontologie sous-marine, sa tentative demeura vaine. Frantisek trouvait le temps long pendant ces excursions, le paysage lui semblait d'une infinie monotonie, dans cette étendue dénuée de tout raffinement, il sentait ses pieds se refroidir et puis un mammouth n'était qu'un mammouth, peu importe qu'il surgisse soudain d'entre les eaux, tel un bouillon ivre, un brinquebalant diadème de beauté glacée. Il était absent, faisant nonchalamment claquer le fouet en cuir tressé (*knutt*) qu'il tenait par souci d'élégance contre la jambe de son pantalon, éternuait, implorait une grippe salvatrice, rêvait de s'enfuir vers de chaudes contrées lointaines.

Lorsque Vladimir arriva à la triste conclusion que son héritier n'était taillé ni pour le commerce, ni pour la pêche en eaux profondes, il lui acheta quelques verstes de terres dans les alentours de Vladivostok, auxquelles on n'accédait qu'en remontant la Vistule en bateau et en s'avançant dans le bras tortueux de l'un de ses affluents. Qu'y avait-il là-bas ? Des moujiks, la forêt, des plantations d'orangers, des troupeaux de vaches. L'endroit était peuplé depuis plus de cent ans par une tribu de Gitans, les plus noirs de tous les hindous. La température corporelle moyenne de cette population – supérieure de plus d'un degré à celle du reste de l'humanité – avait produit un microclimat, une sorte de refuge subtropical. Frantisek tomba immédiatement sous le charme des lieux. Plutôt que de veiller à ses intérêts, il consacra son temps à la lecture, à la contemplation de la nature et à des promenades en barque en compagnie des Gitans, qui lui lisaient gratuitement les lignes de la main ou le plumaient sans vergogne, selon l'humeur du jour. Parfois il passait la nuit sous la tente de ces amis, écoutant leurs mélopées et assistant à leurs danses. De temps à autre, ils remontaient le fleuve en suivant les saumons. Indolemment, négligemment, le nouveau propriétaire laissa ses récoltes d'oranges pourrir sur pied puis joncher le sol. On devinait de loin l'éclat des fruits tels des fantômes phosphorescents. Pendant un temps il scandalisa les popes de l'église orthodoxe d'Irkoutsk (le village le plus proche de sa propriété) en chantant dans le chœur d'une synagogue, excité par la vision des formes des femmes ashkénazes dissimulées sous leurs amples vêtements.

C'est alors que les défaites successives des armées de Russie au profit de quelques-uns de ses ennemis historiques entraînèrent la chute du cours du rouble sur les marchés internationaux ; comme Vladimir facturait l'exportation de squelettes antédiluviens en devises européennes dont la valeur demeurait stable, il fit fortune du jour au lendemain. Frantisek saisit l'occasion ; six mois plus tôt, il avait fait la connaissance de Volodia Dutchansky, un organiste qui se trouvait dans une gêne extrême. Au début, moins par intérêt que par pitié, il l'engagea pour qu'il lui inculque les bases du contrepoint et de l'harmonie. En l'espace d'un mois, il avait appris tout ce que Volodia pouvait lui enseigner, et le mois suivant, il aurait pu faire la classe à son maître. Pour mettre un terme à cette occupation qu'il trouvait à présent superflue, il proposa de verser un salaire à l'organiste s'il devenait le rameur attitré de sa barque. Il lui dicta en outre une lettre adressée à son père dans laquelle, au nom de son employé, il faisait l'éloge de ses propres dons musicaux (« L'univers n'a pas assisté à l'éclosion d'un tel talent depuis l'époque de Bach, Pachelbel, Haydn et Albinoni, etc. ») dans l'espoir d'obtenir des subsides suffisamment généreux pour pouvoir se consacrer à la musique sans être importuné par la moindre préoccupation d'ordre terrestre.

Le subterfuge réussit. Vladimir, surpris par ce soudain éloge des mérites d'un fils qu'il avait toujours pris pour un bon à rien et dont l'avenir lui semblait incertain, sentit couler à nouveau dans ses veines la fierté du sang et décida de lui verser une rente annuelle.

Il faut reconnaître à mon trisaïeul que, pendant un temps, il se consacra à l'étude de l'art de la composition, et qu'il en vint même à occuper le poste de professeur de musique à l'école de filles d'Irkoutsk. Il devint rapidement une pièce maîtresse sur le complexe échiquier des relations sociales du village ; les notables locaux se le disputaient, chacun essayant de le convaincre de donner des leçons d'harmonium à son épouse. Une telle intention, risible chez des sujets qui pouvaient à peine chanter « Volga Volga », s'explique par le sentiment illusoire d'ascension sociale qu'éveille la pratique d'un art. Et comme ces koulaks voulaient paraître plus raffinés à moindres frais, il leur était tous venu à l'esprit que cette tâche incombait à leurs femmes ; naturellement, les premières intéressées avaient participé à la germination de cette idée – un phénomène collectif. « Nous avons toutes été enchantées par ce discret jeune homme si bien élevé. Mon mari a aussitôt été convaincu de son génie », souffle à son amie l'une des premières et des plus jolies élèves de Frantisek. Avant d'ajouter : « … et particulièrement par la qualité chromatique de ses improvisations, qui semblaient enfreindre les lois de l'harmonie. Je me souviens que j'entrais en transe lorsque le maître jouait, très souvent j'étais forcée d'admettre : "Il a la musique dans l'âme". »

Les leçons de Frantisek rencontrèrent un franc succès, surtout dans les alcôves. Dans la mise en regard du rêve et de la réalité de ces femmes (le rêve était le « discret jeune homme si bien élevé », un précurseur de Chopin aux longs doigts délicats et entraînés au plaisir, et la réalité les brefs et nerveux assauts frontaux-ventraux ou latéraux-dorsaux qu'offraient leurs gros maris aux barbes graisseuses), le second terme de la comparaison s'évanouissait immanquablement.

L'aventure de Frantisek, son incroyable apothéose sexuelle – dont il fut le premier surpris –, ne fut pas, comme le racontent tant de délicieuses pages de la littérature russe, une aventure frivole au dénouement tragique (coït, cartel, duel, coup de feu). La discrétion des dames irkoutskiennes fut irréprochable et il n'y eut aucun malheur à déplorer. La carrière d'amant clandestin fut pour Frantisek l'équivalent d'un réveil de courte durée. Il est bien sot celui qui voit dans les plaisirs de la chair la satisfaction du désir et non son accroissement. Même si dès ses tout premiers pas dans cette carrière mon trisaïeul avait fait preuve d'un talent, d'une versatilité, d'une résistance, d'une fougue et d'une capacité de récupération bien supérieurs à la moyenne, son abandon au plaisir de ces aventures n'était pas causé par le frisson de la découverte mais secrètement régulé par un principe de recherche sévère et même ascétique qui deviendrait par la suite un critère de composition. En effet, la variété de lits, d'édredons, d'oreillers, de sols, de peaux, d'odeurs, d'haleines et de corps qu'il fut amené à connaître lors de ces excursions l'engagea à entreprendre une rigoureuse révision de ses priorités sensorielles.

La conversation (ou le monologue) suivante qu'il eut avec Dutchansky à bord de sa barque, lors d'une promenade sur la Vistule, rend compte des préoccupations qui l'agitaient à cette époque. L'atmosphère : Dutchansky rame lentement sur un fleuve calme, les pales de ses pagaies s'enfoncent dans une masse d'algues, une mer des Sargasses miniature. Frantisek se dore au soleil, la chemise ouverte, affalé sur des coussins, tout en grignotant une pomme rouge. Des abeilles bourdonnent, des lichens brillent. Le soleil, au zénith, jaune.

« Suis-je vieux, dit-il, ou ai-je atteint la limite ultime de l'expérience ? »

La pale de la pagaie gauche frappe la partie la plus enchevêtrée d'une jacinthe d'eau, fait éclater la tête d'un crapaud.

« Tu as dit quelque chose, Volodia ? » demande-t-il. Dutchansky fait signe que non, Frantisek poursuit : « Je ne cherche pas à transformer le souvenir de mes premiers coïts en une sorte de paradis perdu, mais à présent que je possède une forme de savoir sur les modulations de mes maîtresses, je dois avouer que la question commence à me sembler un peu… » Frantisek ne trouve pas le mot juste, aussi Dutchansky intervient-il :

« Comment cette incorporation de connaissances s'est-elle produite ? s'enquiert-il.

— Oh ! » Frantisek jette nonchalamment le trognon de sa pomme. En réponse au « plop » produit par le choc du reste de fruit contre l'eau, on entend le digestif « gloups » d'un opportun salmonidé :

« Bien entendu, je ne suis pas *aussi* stupide que cela. Grâce à la répétition d'une série de techniques de stimulation érotique réalisées tout au long de mes rencontres clandestines, j'ai pu vérifier que si je produisais un enchaînement de positions et de rythmes pelviens à un même tempo, il se déclenchait chez chacune de mes partenaires un enchaînement de réponses également identiques.

— Un peu ennuyeux, non ? complète Dutchansky. Tu es arrivé à la conclusion que le sexe est essentiellement monotone ?

— Ce serait la conclusion logique pour un esprit différent du mien, soupire Frantisek, se sentant une fois encore incompris, dans mon cas, un tel constat m'a permis d'accepter l'évidence selon laquelle chaque instrument féminin possède des qualités de timbre singulières qui, analysées avec soin et dans un souci de synthèse, peuvent être entendues comme un "thème", au sens musical du terme. »

Afin de dissimuler la satisfaction que lui cause la découverte de son ancien élève, Dutchansky profite du mouvement de rame et cache son visage derrière l'une de ses aisselles.

« Tu as l'air d'une grosse bonne femme qui renifle un oignon, sourit Frantisek.

— Un thème ? dit Dutchansky.

— Oui. La somme des réactions perçues au cours du coït et de ses préliminaires constitue ce thème.

— Et il n'y a pas de possibilité de variation ?

— Bien sûr que si, s'agace Frantisek qui veut déjà changer de sujet de conversation. Dans des conditions expérimentales, en modifiant beaucoup les pirouettes, il est possible d'extraire une variation de chacune de mes accompagnatrices, mais les résultats ne sont pas à la hauteur de l'effort. Le problème est qu'en travaillant de cette manière, je ne pourrai jamais produire la moindre partition, sans parler d'une composition de grande envergure ! »

Dutchansky, qui maîtrise l'art d'interrompre une conversation avant qu'un problème stimulant ne s'étiole en une banale causerie, lève le nez, regarde de délicats nuages assemblés par un gracieux hasard, et dit :

« Quel dommage. Voici les premières gouttes qui tombent. »

Naturellement, c'est une fausse alerte.

« Rentrons, bougonne Frantisek. Il ne manquerait plus que je tombe malade. »

Et ils s'en retournèrent en longeant la berge, se faufilant à travers la pluie de pièces d'or que filtrait la frondaison des saules.

L'interruption laissa sa trace. Après la promenade, mon trisaïeul passa une nuit agitée par l'insomnie et la réflexion. À l'aube, il était arrivé aux conclusions suivantes, qu'il nota dans son *Journal* :

« 1) Chaque corps de femme durant le coït est le contraire d'une page blanche. Les manifestations sensibles du désir y sont inscrites, ainsi que leur système de possibilités combinatoires.

2) L'effet attendu d'un plus grand développement mélodique et harmonique et d'une palette orchestrale plus riche et plus variée ne peut être obtenu par un travail intensif sur un seul corps ; penser le contraire est une erreur de débutant.

3) La variété de registres ne peut être atteinte que par la technique grossière et primitive employée jusqu'à présent (séduction arbitraire et successive d'une femme après l'autre dans une course effrénée de lit en lit). Et ce, car, en additionnant trois ou quatre femmes au cours d'un seul jour utile du point de vue de la composition, on peut produire des effets élémentaires de complémentarité ou de contraste (blondes contre brunes, silencieuses contre bruyantes, etc.).

4 et, en résumé) Comment confronter de telles œuvres et celles qui bouillonnent dans mon imagination ? Tracer d'invisibles liens entre ces arpèges fugitifs (femmes mariées) n'est pas suffisant : je dois *réunir et garder à mon entière disposition tous les éléments d'un répertoire.* »

La situation économique de son père ayant réduit au minimum ses difficultés d'ordre matériel, Frantisek n'eut aucun mal à transformer sa demeure en une sorte de phalanstère où un groupe de vingt à trente femmes grassement rémunérées se prêtaient à ses recherches. Sans le savoir, Frantisek était un antisadique convaincu. De son expérimentation il exclut d'emblée toute forme de violence, d'actes dégradants, d'habitudes de mauvais goût ou de pratiques excessives, susceptibles de le détourner de son propos de nature hédoniste et célébrant les plaisirs de la vie. Les vêtements étaient taillés dans des matériaux doux et vaporeux, et s'électrisaient au plus léger contact ; les aliments étaient servis dans la vaisselle la plus raffinée et étaient disposés de façon à charmer la vue et l'odorat. Chaque matin et chaque après-midi, revêtu du manteau de Pontife Suprême d'un certain culte fantastique que lui avait offert un ami costumier au théâtre de Krasnoïarsk, Frantisek paraissait dans l'atmosphère recueillie de l'enceinte du grand salon (fenêtres bouchées, murs tapissés de velours rouge, draps de lin et de soie). Et bien que dans le rituel précis qu'il avait organisé pour son système de coïts harmoniques ces vêtements fussent la première chose dont mon trisaïeul se défaisait, l'élan profanateur qu'inspiraient de telles manières stimulait ses « instruments » féminins, de sorte qu'au-dessus de ces rencontres flottait toujours l'esprit d'un élément aléatoire. Dans le pire des cas, il pouvait s'agir d'une bouffée de mélancolie, d'une bourrasque venue d'un autre monde qui emportait Frantisek au beau milieu de son sabbat. Mais en général cela dépendait d'un facteur impondérable, le ravissement de plaisir d'une femme… Mais laissons là les détails. Car, pour l'essentiel, Frantisek s'en tenait à son schéma, qu'il définissait comme un « programme ». Convaincu que la simplicité *précédait* la complexité, il commençait ses rituels très sommairement, s'occupant de chaque femme à tour de rôle…

Une fois qu'il eut découvert la faculté de chacune d'entre elles à se transformer en un thème par pur effet de répétition (les limites personnelles de la capacité érotique), Frantisek orienta ses recherches vers l'arrangement de ces thèmes en une succession mélodique. Sa méthode fut si rudimentaire qu'elle en devint comique. Lors d'un spectacle de music-hall, la symétrique révélation d'une rangée de culottes (bouffantes) de danseuses françaises avait déclenché en lui des rêveries à la fois esthétiques et sensuelles, aussi décida-t-il d'aligner ses partenaires en rang d'oignons, hanche contre hanche, la taille creusée, le dos raide comme une planche, les mains sur les genoux, la poitrine tombante. Un fragment de son *Journal* : « Parfois je commençais par la première d'une ligne de vingt, en partant de la gauche, et après avoir arraché le maximum de jouissance de l'instrument choisi, je me déplaçais de proche en proche jusqu'à la fin de la rangée. Mais, parfois, je commençais par la troisième de la file, je passais à la cinquième, puis à la septième, abandonnant les autres au milieu de l'escalade d'excitation, pour, soudain et sans crier gare, répéter le procédé avec une autre d'entre elles qui, croyant avoir raté sa chance, commençait à sentir les élixirs de son tressaillement s'assécher. »

Mon trisaïeul baptisa le procédé du nom de « technique d'exécution du xylophone », mais il ne s'y attarda que quelques jours. Curieux des richesses que pouvait lui apporter le développement de deux thèmes s'écoulant parallèlement, il entreprit de l'évaluer par l'emploi de deux femmes exécutées sur le même lit. Les résultats semblent avoir été prometteurs quoique insuffisants car, très vite, le nombre de femmes employées augmenta ; comme le concept de simultanéité l'avait emporté sur celui de succession, ces apparentes bacchanales finissaient par être un travail d'expérimentation aussi épuisant qu'exhaustif.

« La polyphonie de voix chantant des choses différentes en même temps, voilà ce qui m'intéresse. C'est comme vivre dans un pur ciel d'odeurs, de peaux et de gémissements », écrit-il. Bientôt, cependant, son enthousiasme commença à s'émousser. La multiplicité l'accablait. Si chaque système sensible forme sa propre gamme chromatique et produit une mélodie à part entière, et qu'à son tour la superposition engendre un système polyphonique, à la longue, son intention de parvenir à une totalité conceptuelle du processus harmonique devait entrer en crise devant l'impossibilité d'atteindre une perception totale, avant même de songer à la production musicale et à sa notation. Sans parler des limites de son propre corps. Ainsi, à l'issue de ce parcours, Frantisek se retrouvait au même point de départ et était incapable de savoir s'il était devenu un fabuleux compositeur, un simple exécutant de banales improvisations ou un misérable dégénéré. Son système avait révélé son manque de système.

La crise est complète et Frantisek décide de fermer son phalanstère. En bon panier percé qui ne songe pas à son avenir, il renvoie ses femmes-instruments après leur avoir versé des sommes dignes des largesses d'un roi. Certaines profitent de leur pécule pour ouvrir des tavernes, des ateliers de couture, des auberges, des maisons closes et même des échoppes d'articles de musique.

Dans sa demeure désertée Frantisek revêt mélancoliquement les habits de la solitude. Son rythme de vie devient irrégulier, il ne respecte plus ni les horaires de coucher ni ceux des repas ; il passe des heures entières à contempler d'un regard perdu les tas de cendres froides dans l'âtre, les progrès de l'humidité sur les murs de son logis. Il ne répond pas lorsqu'on lui parle, ou bien il le fait avec d'incalculables retards, rebondissant sur des questions qui ne lui ont jamais été posées. La compagnie des hommes le dérange, mais de temps à autre, un commentaire ou un geste quelconque l'émeuvent jusqu'aux larmes et il finit par serrer dans ses bras (par exemple) la cuisinière. Il souffre d'accès de mysticisme, sans jamais laisser deviner l'objet de sa dévotion ; il s'abandonne à un panthéisme confus qui trouve le divin dans un vase, un verre d'eau, un fitzroya, une paire de chaussettes sales, une pince à épiler, une bible, un feu allumé, une sauterelle en jade conservée dans un coffret en ébène.

C'est de cette période que datent les annotations les plus émouvantes de son *Journal*, celles où, tout reste de pudeur s'étant évanoui, il laisse transparaître sa personnalité. Il écrit : « Je vois bien les regards de mon prochain qui par reflet me révèlent l'effroyable état où se trouve ma santé mentale. Le matin, je me réveille et j'entends "ti-ta, ti-ta" (aigu, grave, aigu, grave), le chant irréel d'un oiseau imaginaire. La nuit, ma couche ne m'apporte aucun repos car, tapis dans les recoins de mon cerveau, les monstres de mes songes murmurent des sottises. »

Frivole, sérieux, frivole, sérieux, mon trisaïeul médite un temps sur les moyens de mettre un terme à sa vie. Il est convaincu de la nécessité de le faire mais la peur que lui inspire la laideur de la mutilation le retient. Afin de dissimuler cet aperçu de sa couardise esthétique, et n'ayant rien d'autre à faire, il embrasse la cause du dépouillement. Il survit péniblement ; dort enlacé à une brebis galeuse, distribue sa nourriture aux pauvres, devient un saint François obsessionnel. Il y a cependant dans son attitude un reste d'espoir orgueilleux, la luxure de la contrition. Il dit : « Je veux que l'on m'oublie », avec le sentiment vaniteux d'avoir fait quelque chose qui mérite que l'on se souvienne de lui. Finalement, il est forcé de reconnaître que sa fracassante tournée dans les territoires de l'humilité spirituelle ne le protège pas du risque de devenir aigri, autrement dit d'admettre qu'il a échoué.

Un jour, il apprend l'existence d'Afasia Atanasief, un guérisseur de Mourmansk, une petite localité située sur les bords de la mer de Barents. Pour le consulter, il faut traverser la Russie dans toute son immensité, une aventure de fou ; et donc taillée à sa mesure. L'idée même de maladie est intrinsèquement optimiste car elle suppose l'existence de son double solidaire, la guérison. À peine s'est-il décidé à entreprendre le périple que Frantisek sent son état s'améliorer, ce qui automatiquement rend superflue la poursuite de son objectif. Néanmoins, excité par la perspective du voyage, il écrit une longue lettre au guérisseur, où il lui raconte par le menu tout le drame de son existence ; en guise de réponse, il reçoit un télégramme où figure un seul mot : « Venez. »

Frantisek prend ses dispositions (il confie sa propriété à Dutchansky) et part.

2

La rudesse du voyage le divertit quelque peu de ses pensées obsédantes. Les chiens sibériens qui tiraient son traîneau aboyaient harmonieusement, scandaient leur effort en lâchant dans l'air de petites bulles de souffle condensé, d'écume et de bave. Emmitouflé dans des fourrures de zibeline, tantôt Frantisek somnolait, bercé par les cris du conducteur, tantôt il se réveillait, surpris par les cahots du véhicule. C'était comme un retour, à travers l'espace, vers son passé, lorsqu'il devait rester debout, des journées entières, à côté de son père, et feindre de s'intéresser à ce que ce dernier faisait, lorsqu'il remontait ses joyaux poilus du fond des lacs, à la différence près que, cette fois, le trajet se faisait en surface ; d'après ses calculs, à un moment donné, il serait même amené à passer à quelques kilomètres seulement de l'endroit où Vladimir coulait ses derniers jours d'explorateur et de magnat. Une belle occasion d'éviter sa rencontre. Mais Frantisek était trop sensible à la douce lueur du mot « famille » qui éveillait dans son cœur un sentiment d'appartenance dont il n'avait jamais fait l'expérience en dehors du langage, de sorte qu'à l'instant où son traîneau s'apprêtait à faire un détour pour contourner la localité de Lubianka, il changea d'avis et décida de rendre visite à son père.

À cette époque, Lubianka n'était guère plus qu'un faubourg effiloché d'un centre qui n'était nulle part. Si elles avaient voulu trouver où se reposer et se nourrir sur leur trajet vers Moscou, les troupes ennemies n'y auraient jamais fait halte. Les rares structures édilitaires dépassant le niveau moyen de la hutte conservaient encore les vaches dans la cuisine et le sol en terre battu foulé par les pieds du cochon ; mais le paysage, au loin, contemplé depuis les hauteurs du mont Suiski, invitait à la rêverie : le lacis scintillant du fleuve Ubsk, de grosses roches rutilant de mica, des pins hirsutes chatouillant le ciel, un petit garnement chapardant des œufs dans les fermes, le fusil d'un propriétaire affolant le poulailler.

Au milieu de cette camelote touristique se détachait, aux abords du village, la propriété de Vladimir Deliuskine. Sa distinction tenait moins à la somptuosité de la maison qu'à la différence de taille entre la partie résidentielle et celle réservée au travail. Sa capacité auditive ayant diminué après tant d'années d'explosions, Vladimir avait délégué le « travail de terrain » à Piotr, son contremaître et homme de confiance, et construit un hangar d'une hauteur comparable à celle de certaines gares de chemin de fer, fait d'un toit de tôle et d'épais pilots de bois provenant d'arbres à peine dégrossis ; là, lorsqu'il n'avait rien de mieux à faire, ce qui arrivait presque tout le temps, il explorait de nouvelles méthodes de « décorticage » de mammouths, que le fidèle Piotr obtenait par la technique traditionnelle et lui rapportait ensuite. En raison des basses températures, bien qu'il se fût écoulé un mois ou deux depuis l'extraction, au moment de leur arrivée, les mammouths semblaient tout juste extirpés des glaces. Ils dégageaient même cette légère vapeur qui enveloppe la neige carbonique.

Une fois le matériau reçu, Vladimir ciselait les blocs jusqu'à obtenir une vague ressemblance zoomorphe avec l'original, puis il passait de grosses chaînes aux quatre membres antérieurs et postérieurs et, enfin, à l'aide d'un système pneumatico-mécanique de treuils, il soulevait la bête irides-cente et la laissait suspendue dans le vide à trois mètres de hauteur. Lorsque chaque proie était accrochée au moyen d'un gigantesque soufflet relié à un chaudron en bronze, il envoyait de constantes bouffées d'air qui venaient frapper les parois de glace, soumises à un mouvement de rotation uniforme. Le résultat, abstraction faite des asymétries naturelles, était que la glace fondait de manière homogène ; il s'agissait, bien sûr, d'un processus qui durait des semaines, au cours desquelles l'animal enfermé donnait peu à peu des aperçus de sa forme, laissant transparaître, suivant la différence de pression et de densité de glace qui l'entourait, sa condition de bête à l'af-fût ou son impalpabilité de fantôme ; celle-ci s'épanouissait surtout les nuits de pleine lune, lorsque le bleu sombre du ciel se reflétait sur le bleu profond des couches de glace les plus anciennes ; ce bleu découpait toutes les ombres et faisait danser ces bêtes au son délicat des innombrables gouttes d'eau qui effleuraient l'air froid avant de s'écraser au sol. Boue et spectres. À l'issue de la décongélation, il ne restait de tout cela que des masses tuméfiées, poilues et malodorantes, que Vladimir débitait et vendait sans en gaspiller le moindre mor-ceau d'os ou de viande.

En arrivant chez son père, Frantisek se dirigea tout droit vers le hangar. Ces blocs l'avaient toujours impressionné mais cette fois il le fut davantage encore en les voyant soumis à cette machinerie. À présent qu'il n'était plus obligé d'accom-pagner son père dans ses besognes, Frantisek, grâce à la dis-tance creusée par le développement de ses propres activités et à l'émotion des retrouvailles, commençait à comprendre qu'il existait entre eux un lien plus profond que celui du sang et du nom. Au-delà de l'apparente différence de leurs intérêts res-pectifs, il suffisait d'observer ces bêtes suspendues, soumises à un processus peut-être barbare et néanmoins plein de sagesse, à un cycle de transformations consciencieux et parcimonieux, pour comprendre que, comme lui, Vladimir n'avait jamais accepté l'ordre des choses. « Mon père aussi est un esclave de la forme », se dit-il en ressentant le désir soudain de courir l'embrasser. Mais pour cela, il fallait d'abord le trouver. Il l'appela en criant. Sa voix ricocha contre la tôle du plafond et lui revint étouffée, mais personne ne répondit. Durant quelques minutes, tandis qu'il continuait de le chercher dans tous les recoins du hangar, il occupa son esprit à imaginer une explication à cette absence. Si Vladimir avait construit un laboratoire discret mais visible pour ses recherches sur la révélation de l'existant (l'extraction de mammouths de la masse glaciaire), il était possible qu'il ait installé un autre laboratoire, encore plus secret et difficile à trouver, où il se consacrerait à l'établissement de nouvelles preuves, en réorganisant son butin dans des combinaisons jusqu'alors inédites (une bête à trois pattes, cinq défenses, un œil, une queue exagérément petite poussant sur son front comme une moustache) ; des combinaisons auxquelles, par la suite, il insufflerait la vie au moyen de techniques inédites. Que pouvait-on faire avec de pareilles choses ? Les jeter dans le monde comme des golems malodorants et observer l'effet qu'elles y produisaient…

Frantisek sourit devant les débordements de son imagination. Il savait pertinemment que son père avait un esprit trop pratique pour perdre son temps à jouer les démiurges… Des golems ? Ces choses-là n'étaient bonnes que pour les Juifs ! Mais où était donc Vladimir ? Frantisek s'arrêta net. Un terrible pressentiment, un courant d'air froid qui ne venait pas seulement des mammouths, glissa dans son cerveau : *son père était mort*. Cette pensée n'était pas capricieuse, même si la logique associative qui l'amenait à tirer cette conclusion avait quelque chose de rare et relevait d'un système de liens propre au « caprice » musical. Au début il y avait le mot espagnol « mamut ». Dans un recoin du cerveau de Frantisek, ce mot résonnait le long de deux canaux différents et en trois langues mais dans une seule direction, vers une unique traduction : « ma mère ». En effet, en espagnol du moins, « mamut » se compose des deux syllabes « ma » et « mut ». En français, « ma » est un pronom possessif, tandis que phonétiquement « mmouth » a le même son que le substantif allemand « Mutte[1] » (« mère »). Et d'une certaine manière, les mammouths avaient été et étaient les mères de Frantisek, puisque exploités à bon escient par Vladimir, ils avaient été sa principale source d'alimentation. Aussi, tout en établissant le lien qui unissait « mamut » et « ma mère », associa-t-il inévitablement la précoce absence de cette dernière – morte de la fièvre typhoïde alors qu'il n'était qu'un nourrisson – à celle de son propre père ; or, comme il n'avait lui-même aucun souvenir de cette première mort et de sa concomitante transformation en orphelin, une nourrice ayant aussitôt remplacé l'absente, cette connexion ne pouvait agir qu'indirectement puisque la pauvre mère n'avait pas eu le temps de devenir une entité réelle pour son fils livré à lui-même. Par conséquent, le chaînon mental, qui l'avait conduit soudainement à penser que Vladimir était mort, ne pouvait être le simple mot « mamut » (ma mère). Le mot qui compléta le rébus fut « Juifs ». Et pour cela nul besoin de traduction : en pensant que son père *ne* pouvait *pas* fabriquer des golems comme les Juifs – qui, à cette époque, s'étaient vu interdire par les autorités tsaristes tout type d'activité commerciale –, ce qu'en réalité Frantisek avait pensé, c'était que son père ne pouvait se comporter comme un Juif *quelconque*. Si pour la mentalité infantile et la mentalité

1. En réalité, on écrit « Mutter » mais dans le langage quotidien le « r » est aspiré.

primitive – qui sont identiques – tout père est un dieu, celui à qui tout est donné et que rien ne restreint, dans le fulgurant système d'associations de Frantisek ne pas être un Juif *quelconque* équivalait à être le roi des Juifs : le Christ. Le Messie. Dieu, l'Un, l'Oint du Seigneur. Et comment Jésus-Christ était-Il mort ? Crucifié. Alors : Vladimir qui avait remplacé la mère de Frantisek – *ma Mutte* – en assurant sa subsistance – *mamut* – avait néanmoins passé toute sa vie à adorer l'absente sans le savoir, à la célébrer. Chaque mammouth remonté du fond des lacs était une victoire, quoique partielle, sur le destin qui lui avait prématurément arraché son épouse. Et en améliorant les systèmes d'extraction, en les perfectionnant sans relâche, il bâtit une suite de monuments périssables mais successifs qui, chacun, l'évoquait. Et – conclusion du pressentiment, de l'horrible frayeur de Frantisek – après avoir passé sa vie à cette célébration nostalgique et nécrophile, entraîné par la répétition d'une action que rien ne pouvait arrêter, Vladimir avait décidé de passer à l'acte sentimental par excellence, en fusionnant avec son aimée pour ne faire plus qu'un avec elle. À ce stade, avoir un destin « mamour », autrement dit « mammouth », et finir suspendu à des crochets, équivalait à s'élever à un destin divin et à mourir crucifié comme le roi des Juifs, autrement dit comme le roi des chrétiens.

Bien entendu, arrivé à cette conclusion, Frantisek n'allait pas s'attarder sur les incongruités logiques et théologiques de son raisonnement. Les convictions jaillissent de l'âme. Il leva ses yeux baignés de larmes vers le ciel bas coupé par les toits en tôle et jeta des regards dans toutes les directions, à la recherche de son père mort et suspendu dans le vide. Je vais vers toi, père, et toi tu m'abandonnes. Le crépitement des gouttes d'eau avait perdu toute qualité festive, et on n'entendait plus que le « ploc » funèbre et répétitif de la fin. Et les vers festonnant les flaques, prenant leur bain de pluie.

« Père ! » cria Frantisek en laissant tomber son regard à terre, ses genoux dans la boue.

Lorsqu'il redressa la tête, Vladimir en personne se tenait devant lui. S'il s'agissait d'un spectre, c'était un exemplaire particulièrement soucieux de reconstruire avec réalisme les périodes de la vie : il était plus gros, presque chauve, sa barbe noire parsemée de poils blancs, le nez d'alcoolique sillonné de veines, et indubitablement plus vieux. À son épaule pendait un chapelet de grandes outardes mortes : Vladimir rentrait de la chasse.

« Fils ! » dit-il, et il se baissa, releva Frantisek et l'accabla de toutes les manifestations de la tendresse russe : une étreinte pour le désarticuler, un baiser sonore et humide sur la bouche, un frôlement de nez (emprunté aux Esquimaux), un coup de poing amical sur la poitrine et une série de pincements et de triturations de joues, le tout accompagné de l'expression typique :

« *Proszę panie !* Je n'en crois pas mes yeux ! Mon fils, prunelle de mes yeux, produit de mes testicules, enfant chéri, jamais oublié...

— Oui, ton Frantisek, poursuivit l'intéressé, qui savait qu'en ces moments d'émotion et en bien d'autres, Vladimir souffrait d'amnésies momentanées qui l'empêchaient de se souvenir de son nom. — *Bogé moï !* Penses-tu donc que je ne suis qu'un ruffian sans âme qui ne reconnaît plus les fruits de son propre sang ? » Et en ouvrant grands les bras il essaya d'embrasser son domaine et finit par désigner du doigt le mammouth le plus proche. « Alors, qu'en dis-tu ? Joyaux des abîmes du temps ! Hein ? Rentres-tu vivre chez ton vieux père ? »

En l'honneur de son fils, Vladimir organisa un dîner qui dès le début menaça de dégénérer en bacchanale. Sur la table en pin de Slavonie il y avait toutes sortes de mets, nationaux et étrangers. Parmi les spécialités locales, du *schmaltz*, des cornichons aigres-doux, du *kimmel brot*, des filets de mulet fumé ; du pastrami chaud et juteux, recouvert d'une fine couche de poivre rouge ; de la choucroute acide tout juste sortie des tonneaux en bois, des *pletzalej*, des boulettes de fromage blanc saupoudrées de ciboulette ou de paprika, de la *smetana* fraîche, du saucisson de canard, des saucisses *debreczіner*, des *sprätn* fumées de la Baltique, de gros harengs visqueux, du *Leberwurst* chaud et légèrement amer, farci d'olives noires et de noix. Et, venus du reste du monde : du halva grec, de la vodka polonaise, de la morue norvégienne, du *slivovitz* tchèque, de la liqueur de cerise uruguayenne, des anchois portugais, des sardines danoises...

Suffoquant dans la chaleur des bûches qui se consumaient dans la cheminée, écœuré par le parfum de la nourriture et les odeurs corporelles des domestiques qui s'approchaient de lui pour remplir son verre ou retirer son assiette, Frantisek ne pouvait s'empêcher de se demander pourquoi ce qu'il avait de plus proche, de plus intime et de plus cher devait toujours lui demeurer étranger. Son père se mettait en quatre pour lui, et lui ne percevait que l'effet involontaire et dévastateur de l'abîme qui les séparait. D'ailleurs, comprit-il, il était parti vivre loin de Vladimir non pas pour se bâtir une vie à la mesure de ses propres besoins, mais pour retrouver, grâce à la distance et à la patine du temps, un sentiment d'amour filial que la proximité lui avait refusé. « Je suis une ordure », se dit Frantisek, et en se morfondant sur son sort il oublia une fois de plus son père, qui monologuait à côté de lui :

« Quelle joie de te revoir, mon fils ! Je ne m'y attendais pas. De quoi pouvons-nous parler ? Réfléchissons. Des sujets. Le gouvernement. Une bande de voleurs, à l'exception de notre petit père le tsar, qui ne sait rien de tout cela. Je suis très inquiet pour le destin de notre sainte Russie. Tu vas aux offices ? Non ? Quel dommage. Enfin. À quoi t'occupes-tu ces derniers temps ? Tu ne veux pas en parler ? Tu as bien raison. Le travail n'attire que des ennuis, et nous sommes là pour nous divertir. »

Vladimir claqua des mains :

« De la musique et des danses ! » cria-t-il.

Du côté gauche de la galerie, le spectacle habituel : deux vieux barbus, avec leurs bonnets en fourrure, leurs blouses en soie, leurs pantalons bouffants et leurs bottes, entrèrent en sautant et en braillant « oï, oï, oï » tout en s'accompagnant à l'accordéon et à la balalaïka. Du côté droit, d'abord un petit pied, puis la cheville rosée, les gros mollets, la cuisse jambonnesque et, enfin, le reste du corps de la première des cinq Grâces revêtues de tuniques transparentes qui laissaient parfaitement deviner le lourd balancier des glandes mammaires. Vladimir poussa Frantisek du coude :

« Tu peux prendre celle de ton choix. Deux ou trois, même. Bien sûr, elles réchauffent parfois mon lit. Je ne dis pas qu'elles sont propres mais je te garantis qu'elles sont toutes affectueuses, si tu vois ce que je veux dire – coup de coude allusif. En cas d'heureuse coïncidence, je pourrai dire dans neuf mois que je suis le grand-père de mon nouveau fils ou le père de mon petit-fils. Non ? Tu ne veux pas ? Vraiment, ces détails te chiffonnent ? Tu ne serais pas… ? Ah, tu as la chtouille. Décidément, quelle poisse ! De toute façon, je doute qu'aucune d'entre elles ne soit des plus saines. Une tare annule l'autre. À ta place, je ne refuserais pas de les retourner et avec un peu d'huile de frêne ou de graisse de chèvre d'essayer par exemple… »

Tandis que Vladimir s'épanchait dans une sorte d'ode alcoolique aux charmes de ses créatures, l'une d'entre elles

– couronne de laurier au front, paupières tombant sur la sclérotique voilée par la cataracte – déclamait :

Fils prodigue, cher fils
Mon fils mâle, cher fils
Dans les steppes je me perds
À la maison je vais du Père

Poème rimé. Auteur russe anonyme.

Au cours de la nuit, et entraînés par les libations, Frantisek et son père réussirent un semblant de communion primordiale. Le fils put confier à son père le secret et les raisons de sa crise et le père promit de l'accompagner dans son pèlerinage pour aller recueillir la parole d'Afasia Atanasief. Réconforté par cette promesse, Frantisek alla se coucher le plus tôt qu'il put et laissa Vladimir se livrer à tous les excès des adieux. Mais dans la matinée, lorsqu'il voulut réveiller son père pour partir, il se rendit compte que ce dernier était incapable du moindre mouvement. En effet, le vigoureux mais chenu Vladimir passa vingt-cinq minutes à lui dire :

« Qui es-tu ? Que veux-tu ? Araignées ! Enlevez-moi ces saletés ! » Et ce n'est qu'au bout d'une demi-heure qu'il le reconnut enfin.

Le traîneau était attelé, les chiens aboyaient. Au loin, à l'horizon, on voyait des nuages noirs grossir. Le vent pliait la cime des arbres à quatre-vingt-dix degrés. Il était temps de partir. Cependant, Frantisek avait une question à poser :

« Père, comment était maman ? »

Vladimir fit un effort, se frotta les yeux, souleva la dernière toile d'araignée couvrant la malle aux souvenirs…

« Cintila Alexeïevna ? demanda-t-il, la voix étranglée par la douleur et la colère. Comment était Cintila ? » dit-il. Et au lieu d'avoir la compassion ou la décence de dire « ce fut une grande femme », ou « elle fut l'amour de ma vie », ou, au moins, « je ne m'en souviens plus », Vladimir s'exclama : « Ta mère était une insupportable folle ! Que veux-tu, que je te raconte ou que je te mente ? Elle me rendait la vie impossible. Avec elle, je n'étais pas maître chez moi. Je devais retirer mes bottes crottées, utiliser des patins, la boisson était rationnée… Elle me méprisait. Il fallait le supporter, ce pou, ce têtard malingre ! Elle se croyait sortie de la cuisse de Jupiter. Comme si un grand destin lui était réservé depuis toujours… Cette pute polonaise…

— Adieu, papa…

— Adieu ? Attends, mon fils… Lorsque je tombais malade, ta mère, cette sainte, me disait : "Chien galeux, quand auras-tu enfin la décence de mourir ?" Sais-tu pourquoi tu t'appelles Frantisek ? Parce que l'amant de ta grand-mère maternelle s'appelait ainsi. J'ai voulu te donner un autre prénom, un prénom vraiment russe. Mais non. Elle a insisté, insisté et voilà, tu vois ? Un prénom *poïlish.* Quelle honte ! Pourquoi Frantisek et pas Volodia ou Piotr ou Alexeï, hein ? Et quel mal y avait-il à ce que tu t'appelles comme ton père, hein ? Ce n'est pas un joli prénom, peut-être, Vladimir ? Le pire chez cette femme, c'est qu'elle ne m'a jamais aimé. Frantisek ! Attends… Où vas-tu ? Jamais, pas un instant, elle ne m'a aimé, ta mère ! Tu m'entends ? Mon fils… ! »

Frantisek bondit dans son traîneau. Beauté contingente des steppes arides. Le front orageux le talonna pendant trois jours et se dissipa en pluie de grêle aux portes mêmes de Mourmansk. En signe de bon augure, sur le village s'étendait le doux miracle d'une aurore boréale. Frantisek ne tarda pas à trouver l'endroit où Afasia Atanasief recevait. C'était une maison humble mais spacieuse, face à la mer de Barents. Sur le frontispice, une inscription délavée encourageait le visiteur : « Ici cesse toute souffrance. »

Frantisek pénétra dans une sorte de salle ; il y avait beaucoup de gens, tous misérables, dans l'attitude pieuse typique (tête inclinée, mains jointes en prière). Le nouvel arrivant se pencha vers le patient le plus proche et lui demanda s'il y avait beaucoup d'attente. Étonné, l'autre lui répondit : « En général, plusieurs jours. » « Mon Dieu », pensa Frantisek, et il s'endormit.

En ouvrant les yeux, il remarqua qu'il s'était insensiblement déplacé dans une autre pièce. Il se trouvait dans une chambre vide, à l'exception de quelques chaises, d'un bureau et d'un homme d'âge moyen qui l'observait en silence. Frantisek ressentit l'intensité et l'éclat de ce regard qui le perçait jusqu'au fond de son âme. Sa vie était un écheveau que dévidait l'esprit de cet homme.

« Moi…, bredouilla-t-il. Je suis venu jusqu'ici…

— Inutile d'expliquer quoi que ce soit, répondit l'autre en lui servant un breuvage noir dans une petite tasse. *Tei mit limene.*

— Oui, merci », dit Frantisek, distrait, ému. Il but une gorgée, se brûla. « Inutile d'expliquer quoi que ce soit. » Tant de sagesse contenue dans sept mots ! Il avait cependant besoin de s'exprimer, de se justifier. Il posa la petite tasse sur un côté et parla :

« Je voudrais comprendre les raisons de ma crise. Cela requiert une sorte de préambule. » Frantisek attendit quelques secondes que l'autre lui dise « Allez-y », « Continuez », ou au moins « Hmm ». Mais son interlocuteur resta silencieux. Considérant que ce silence n'était pas désapprobateur (même s'il n'était pas stimulant pour autant), il décida de continuer à ses risques et périls : « Au fil du temps, j'ai pu remarquer que chaque fois que je me consacre avec passion à l'activité qui m'occupe, une partie de moi fuit. Or l'absence quelque part est présence ailleurs. Ce qui m'arrive, et c'est une des sources de mon inquiétude, c'est que ma présence dans cet autre endroit n'est pas perçue comme telle par moi, ce qui, en conclusion, me laisse vide de moi-même. Je veux guérir de cette irréalité.

— Évidemment, dit l'amphitryon, ce dont vous souhaiteriez guérir c'est de l'ignorance où vous êtes de l'endroit où se loge votre être. Votre thé est en train de refroidir.

— Je vois que vous touchez au cœur de mon problème », poursuivit Frantisek en prenant une gorgée en signe de politesse. La clairvoyance de son interlocuteur le délestait de la moitié de son problème, et, en le soulageant, l'invitait à s'épancher, à décortiquer son conflit : « Quel rapport y a-t-il entre ce qui m'arrive et la musique que je n'arrive pas à créer ? Est-ce un mystère ? À un certain niveau, cela est très simple à comprendre... Comme je vous l'ai expliqué dans ma lettre de présentation, peut-être vous en souvenez-vous – l'autre acquiesça en inclinant la tête –, mes fornications, qui relevaient du domaine de l'expérimentation que l'on pourrait dire “pratique” d'une opération abstraite, de nature à la fois sensible et intellectuelle, ne consistaient pas dans le lent développement d'une idée, ne se limitaient pas à, disons, la planimétrie d'une pensée mélodique, mais débouchaient sur la représentation d'une figure par la superposition de plusieurs points de vue... Je veux dire qu'en tant que compositeur, et j'espère que vous n'interpréterez pas ce que je vais vous dire comme une preuve d'arrogance mais comme un simple élément d'une description critique, je me caractérise par l'exhibition d'une machinerie polyphonique et rythmique extraordinairement riche et complexe... »

Profitant d'une inspiration profonde et d'un soupir de son interlocuteur, Frantisek reprit haleine et termina sa tasse de thé. Pendant ce bref instant de répit, il découvrit que l'infusion avait un goût exquis. Il y avait quelques notes de citron, sans aucun doute ; mais il y avait autre chose, de fort et de parfumé, qui n'était pas de la menthe et qui bien sûr n'était pas non plus une essence camphrée comme celle qu'emploient les vieilles pour embaumer leurs corsages ou préserver la virginité de leurs chiennes. Sous forme de vapeur, l'odeur de cette essence montait du fond de la petite tasse et envahissait ses narines, produisant un effet vivifiant et mentalement stimulant.

« Bien sûr, la simultanéité des différents plans de mon modus operandi créatif..., poursuivit-il, aurait pu être plus complète si, tout en m'étalant sur les épidermes de mes accompagnatrices, je les avais soumises à un traitement en profondeur, autrement dit à des dissections, des trépanations, des démembrements, de nouveaux assemblages... » L'espace d'un instant Frantisek contempla le paysage des sanglantes opérations que découvraient ses paroles, frissonna par pur humanisme. « Il est certain que cette idée rapproche dangereusement la rigueur esthétique absolue de l'holocauste universel, mais... je ne sais pas. En définitive, j'ignore si ma crise est esthétique, éthique, vitale... » Frantisek se tut. Toute son euphorie avait été remplacée par une fatigue soudaine ; il peinait à poursuivre ses explications. « Et puis, il y a quelque chose qui... Toucher un corps, même à un endroit où il a déjà été touché, c'est à la fois produire un moment nouveau et évoquer le moment antérieur. C'est remarquable : dans la répétition, l'instrument, la femme, voit l'emphase, la passion, tandis que l'homme...

— Ne m'en dites pas davantage, l'interrompit l'autre, et avec une autorité telle que Frantisek eut la certitude qu'il avait trouvé la solution à son problème.

— Que m'arrive-t-il, maître ? implora-t-il.

— Il vous arrive que vous ne savez même pas où vous êtes. Et ne m'appelez pas maître. Venez.

— Où ça ?

— Dans la salle des guérisons. L’insigne Afasia vous attend.

— Vous n’êtes pas… ?

— *Niet.* L’insigne est analphabète. Je suis celui qui lit les lettres qu’il reçoit. »

3

Le temps a passé, les générations aussi, mais personne ne peut dire avec certitude ce qui eut lieu lors de la rencontre entre mon trisaïeul et l'insigne Afasia Atanasief. Afasia n'y fit jamais la moindre allusion, pas plus qu'il n'en faisait, du reste, à ses autres patients, et Frantisek, à la suite de cette rencontre qui en un certain sens constitue l'expérience centrale de la première partie de sa vie, accentua à tel point sa tendance à la réclusion que tout savoir concernant leur entretien ne peut être déduit que de manière indirecte, de l'analyse du langage qui lui était le plus naturel.

Si, des rares écrits musicaux de sa première période encore conservés, il se dégage une sorte de volonté tenace d'appréhender par le biais de l'excès et de la prolifération l'expérience d'une totalité sensible et conceptuelle, après sa rencontre avec le guérisseur, cette compulsion de « tout dire » évolue en une forme plus ample et plus sereine, de nature symphonique, qui peut sembler superficielle et conventionnelle à l'oreille accoutumée à la saturation antérieure. Il n'est toutefois question ni d'arpèges ni de glissandos. Dans sa création, il n'y a plus rien qui sente l'exhibitionnisme de l'angoisse et la foi mystérieuse dans l'importance de la « vie intérieure ». Ce qui lui est arrivé n'est ni plus ni moins que l'explosion de la maturité, à la suite de quoi toute sa production sera caractérisée par une sobriété et un apparent détachement qui n'ont rien à voir avec l'indifférence mais relèvent plutôt d'une sensation de frisson et de sérénité face au cosmos.

En harmonie avec cette nouvelle position, mon trisaïeul décida de migrer vers des paysages moins fréquentés. Il laissa Volodia Dutchansky à la tête de sa propriété d'Irkoutsk et s'établit dans une petite ferme de Crasneborsk, un village situé sur les contreforts de l'Oural. Pour les initiés, ce choix indiquait qu'il avait décidé, pour d'obscures raisons, de se flageller volontairement en se plongeant dans l'abrutissement de la vie rurale. Cependant, bien que la ferme regorgeât de poules, en général Frantisek ne s'occupait pas des tâches ménagères. Tout au plus enfilait-il des bottes pendant la période hivernale et pataugeait-il dans un mélange de terre rouge et de boue, un crépuscule à l'envers, en allant chercher du bois. Le reste de son temps, il le passait cloîtré dans sa cabane, occupé à ses nouvelles œuvres. Pour composer, il s'aidait d'un violon déglingué avec lequel un moujik du coin l'avait roulé, le lui échangeant contre deux belles truies tout juste sevrées. En dépit des difficultés pour l'accorder et changer ses cordes, il s'éprit de l'instrument : les sérieuses limitations qu'il imposait à l'exécution stimulaient un versant de sa créativité jusqu'alors inexploré, celui d'un lyrisme extrême, austère. Bien entendu, Frantisek était tout sauf un compositeur « populaire », mais son sens inné des contrastes l'avait conduit à s'imprégner de l'atmosphère qui flottait à Crasneborsk (le soleil surplombant les massifs éternellement blancs, le lever du jour, la brume dans la vallée), de sorte que de temps à autre, lorsqu'il répétait ses morceaux sur son violon, la musique qui jaillissait de ces cordes maladroites traversait les bois et allait droit au cœur des habitants de la région. Comme un effet inattendu de cette communion entre beautés complexes et âmes simples, il reçut la première caresse de la célébrité. Dans une progression sur laquelle il n'est pas utile de s'attarder, le compositeur à la vie rustique éveilla la curiosité des métropoles cosmopolites et son absence et ses réticences le hissèrent rapidement au rang d'« incontournable » de la saison officielle. « Ah ! » disaient les connaisseurs en flânant sur la promenade du théâtre de Saint-Pétersbourg où l'on donna le premier concert consacré à sa musique. « Ah ! Et dire que nous avons failli le rater… »

Bien sûr, la condition de phénomène rural qu'on affichait pour présenter mon trisaïeul n'était qu'un procédé abusif destiné à faire naître d'emblée une forte croyance en la valeur de son œuvre qui insinuerait dans les esprits de la plupart des mélomanes l'illusion d'avoir apprécié « instinctivement » cette valeur. C'est ainsi, au fond, que fonctionne la mode : un modèle de production de sens terrifiant, qui élude toute réflexion sur les complexes questions que soulève un esprit critique. Par chance, cela n'était pas le cas de mon trisaïeul, qui ne fut jamais un arriviste et ignora toujours superbement l'opinion d'autrui sur ses travaux. Plus encore : il était si détaché du triomphe mondain que le jour même de ses débuts, étranger à toute considération d'ordre esthétique, il parcourait les rues de la ville en pantoufles et robe de chambre, se demandant pour quelles raisons il vivait alors une révolution sentimentale.

Elle : vingt-cinq ans, fille d'un célèbre hautboïste de la Scala de Milan. Sofía Quatrocci. Laide, en surpoids, grains de beauté, verrues et furoncles parsemant tout son terne épiderme. Mais elle était brillante, elle avait des yeux vifs, un caractère fantasque, un humour contagieux, elle possédait une vaste culture générale, une mémoire prodigieuse et était capable de répéter à l'endroit puis à l'envers n'importe quelle phrase qui fût de son goût. Si l'un de ses admirateurs se présentait à elle en usant d'une formule éculée, elle répondait du tac au tac :

« *Leuq reuhnob ed souv riover* » ou « *rioversouvedreuhn-bobleuq* ».

Si elle exerçait parfois son humour sur les propos d'autrui, elle ne le faisait jamais aux dépens des émetteurs de l'énoncé. Elle semblait considérer le reste de l'humanité comme un complément à son propre bonheur et n'avait besoin de personne. Elle avouait sans pudeur (ou sur ce point elle mentait comme un arracheur de dents) qu'elle était encore vierge à un âge où une femme est réputée vieille. C'était une interprète hors pair. Chacune de ses représentations faisait salle comble. Bien évidemment son répertoire était médiocre, ce qui ne faisait qu'accroître son mérite. Sa voix créait des joyaux d'une immarcescible beauté en les enchâssant dans du crottin de cheval. Avec la diva, Frantisek, qui d'ordinaire traitait le genre féminin comme du bétail, n'osa même pas engager la conversation. Il guettait sa sortie après les représentations, lui faisait livrer des bouquets de fleurs sans y joindre de carte. Sofía connaissait pertinemment l'identité de son admirateur secret. Elle s'amusait d'avoir un soupirant aussi timide. Tout en s'en méfiant : il n'était pas exclu que tout cet empressement ne fût qu'une singerie, une mascarade de cour amoureuse menée par un compositeur joli garçon mais débutant, dans le seul but de l'obliger plus tard à se produire dans un navet de son cru.

Finalement la rencontre eut lieu. Et c'est elle qui en prit l'initiative :

« Qu'allons-nous faire de ce que nous ressentons ? lui dit-elle.

— Je l'ignore », répondit Frantisek, et il se débina.

Puis vinrent les concerts, la vie sociale, les amis en commun. Lors d'une fête du Conservatoire ils finirent côte à côte ; Frantisek se cachait derrière une coupe de champagne.

« Es-tu timide, peu disert ou à moitié idiot ? le provoqua-t-elle.

— Je peux parler de musique, de voyages, de mysticisme, de glace, de solitude. Je peux aussi parler d'orgies et de déceptions, répondit mon trisaïeul.

— Autrement dit, il ne t'est jamais rien arrivé », s'amusa la Quatrocci. Puis elle prit un air sérieux : « Lorsque je chante, j'ai l'impression que ma voix occupe plus de place que moi, ce qui est faux du point de vue physique, puisque ma voix sort de ma gorge, qui est elle-même une petite partie de mon corps. Cette confusion, cette erreur qui produit un effet d'intensité, je l'appelle "art", et j'ai toujours pensé qu'il suffisait à remplir ma vie. Mais depuis quelque temps, je sens une chose nouvelle m'envahir, et qui fait de moi une femme différente. Je crois qu'il s'agit de quelque chose de l'ordre des émotions. Quand nous marions-nous ? *Im a út sama em ? Oma et oy.* »

Ses camarades compositeurs décidèrent d'organiser un enterrement de vie de garçon inoubliable. Après avoir examiné puis écarté une série de possibilités festives (promener dans un traîneau le long de la perspective Nevski un Frantisek déguisé en femme et le jeter nu dans une fontaine ; assister à des danses tsiganes et gitanes dans un boui-boui de banlieue ; l'enfermer une nuit entière à la morgue, etc.), ils optèrent pour la formule classique : un dîner entre hommes. Tous étaient là, Constantino Balakov, Nicolaï Grigorievitch, Kashkine, Broluv, Leonid Katz, Voroszlav Pashulki, Anatole Schneider, Josef Ostropov, et d'autres grands de cette époque dont les noms aujourd'hui sont moins que cendre. Vodka, fumée de cigares, rires. Balakov tira la première salve :

« Nul doute qu'en épousant une cantatrice de renommée internationale le pauvre Frantisek jouera un rôle misérable – claque affectueuse dans le dos de l'intéressé. Contraint de la suivre à travers toute l'Europe en endossant le pitoyable costume de l'époux entretenu, il perdra le goût du travail et en moins de temps qu'il ne faut pour le dire, il sera incapable de contempler la moindre portée. *Prosit !*

— La description est incomplète, outre qu'elle est indulgente, enchaîna Kashkine. À peine Sofia se sera-t-elle lassée de son nouveau joujou qu'au lieu de reconnaître que cet agacement est le propre de toute relation humaine, elle traitera notre ami de tous les noms. Des mots comme "bon à rien", "tire-au-flanc", "feignasse" vous disent-ils quelque chose ?

— Pour ma part, j'ai un faible pour "cocu". Ma femme me le souffle tous les soirs », plaisanta Balakirev.

Les amis rirent doucement. Kashkine poursuivit :

« L'emploi de termes comme ceux-ci ne fait que marquer le début d'un bref séjour dans le purgatoire sentimental. Et connaissant le noble cœur de Frantisek, je peux vous assurer qu'au lieu d'admettre qu'il a épousé une harpie, il s'accusera de leurs malheurs.

— D'après toi, combien de temps lui faudra-t-il pour être infidèle ? intervint Broluv.

— Des mois ? Des semaines ? Des jours ? Cette nuit, alors que nous fêtons son enterrement de vie de garçon ? Quoi qu'il en soit, c'est pour très bientôt, ajouta Pashulski.

— Où est Illia Petrov ? dit Deliuskine, inquiet. C'est lui qui a organisé tout cela et…

— Petrov est un irresponsable. Il monte des rencontres, et les démonte sans prévenir quiconque. Il vous laisse toujours en rade…, dit Ostropov. Mais continuons avec nos affaires. Tous ces malheurs pourraient être évités si elle se montrait disposée à vivre dans les conditions misérables que notre ami est en mesure de lui offrir.

— Je ne suis pas pauvre, se défendit mon trisaïeul.

— Certes. Mais elle, elle est richissime, dit Ostropov. Habituée au luxe et au confort, crois-tu que Sofía se passera de tout cela par amour pour *toi* ? Penses-tu qu'elle souffrira de bonne grâce les charmes de l'*aurea mediocritas* ? Nul doute qu'elle ne deviendra pas ta bonne, aussi le plus probable est que tu finisses par être son laquais. Tu devras la suivre où qu'elle aille, tu devras te débrouiller pour composer tes petites œuvres lorsqu'elle te laissera un moment de répit ; socialement tu exerceras tout au plus le rôle de chaperon, tu seras un gentil colifichet, l'étole de ses manteaux en vison, celle qu'elle traîne derrière elle et qui ramasse la crasse des tapis rouges. Bientôt Sofía ne remarquera même plus ta présence : "Qui est le gentilhomme qui vous accompagne, madame ?" "Lui. Ah. Personne. Enfin, mon mari..."

— Est-il nécessaire de poursuivre la plaisanterie ? dit Frantisek.

— La plaisanterie ? s'indigna Schneider. Réveille-toi, Deliuskine ! Comme toute *prima donna* qui adore se pavaner dans des royaumes d'excellence parce qu'elle jouit comme une truie dans les déserts de l'abjection, à peine auras-tu tourné le dos qu'elle s'abandonnera avec une complaisance absolue aux aberrantes lubies sexuelles de machinistes, luthiers, coiffeurs et autres professeurs de chant, qui se caractérisent par l'emploi de tout un attirail...

— Le lumpenprolétariat composé de tous ces bobineurs de l'inframonde de l'opéra constitue pour ces sortes de femmes la représentation la plus aboutie des forces primaires de la masculinité, ajouta Grigorievitch.

— Il est déjà trois heures du matin et nous n'avons même pas encore abordé le *taedium vitae* conjugal..., bâilla Nikita Ziemkovitch. Mon expérience, que je vais décrire dans l'intérêt de notre cher Deliuskine, indique que l'ennui... »

Tandis que les discours se succédaient, Illia Petrov accomplissait consciencieusement la tâche que le groupe lui avait confiée en secret. Paré de ses meilleurs atours, affichant un air de commisération, il s'était présenté à l'hôtel particulier où résidait Sofía Quatrocci pour l'informer de « certaines particularités *très* particulières de ce bon Frantisek qui remettent en question la célébration de votre mariage si vous souhaitez vous réaliser pleinement en tant que femme, sans parler du fait de devenir mère ». Petrov était efficace, persuasif (« Moi-même, en certaines occasions, j'ai dû repousser sa main… »). En l'écoutant, la cantatrice se tut, pâlit, protesta, exigea des preuves, qu'avec l'heureuse facilité du cynique son visiteur inventa au débotté, depuis les noms des hommes jusqu'aux dates, mots, intensités et positions. Sofía éclata en sanglots et à l'aube, sans penser un instant qu'elle pouvait être victime d'un très mauvais tour, abandonna Saint-Pétersbourg. Un an plus tard, elle épousait un couvreur-zingueur de Rostow[1].

Comme il ne revit jamais la Quatrocci, mon trisaïeul ne put découvrir les raisons de son abandon devant l'autel ; il sut encore moins que les responsables avaient été ses pairs, mus par l'envie que leur inspirait son talent.

La trahison le poussa à se réfugier dans son œuvre ; cette perte avait ouvert de nouvelles voies, les veines d'où s'épanchait une meilleure musique. Dans cet accès, Sofía Quatrocci devint muse, déesse inspiratrice posée dans une niche purement imaginaire, une figure dont l'éventuel retour (en chair et en os) n'aurait causé que chevauchements et confusion. Logiquement, l'intégrité morale de Deliuskine souffrait des transactions de sa nature psychique, aussi au beau milieu du

1. Entre parenthèses, Dieu, qui n'existe pas – s'il l'a fait, comme l'a découvert mon fils, ce fut en sa qualité de longueur d'onde palpitant au cœur de la masse dense et lourde qui explosa en vagues de feu à l'instant même de la création –, Dieu a puni Illia Petrov pour sa méchanceté, sa jalousie, sa rancœur. Un jour, en sortant de sa baignoire, le pauvre Petrov trébucha, se brisa la colonne vertébrale. De nature solitaire, il n'eut personne pour lui venir en aide. Privée de nourriture, Lila, sa chatte persane, avait eu raison d'une bonne partie de son maître lorsque son cadavre fut découvert.

vertige de la composition sanglotait-il en imaginant différentes versions de leurs impossibles retrouvailles, de sublimes interprétations d'œuvres encore inédites exécutées par cette femme qu'il avait du reste commencé à oublier. Sofía Quatrocci ne disparut totalement que le jour où mon trisaïeul acheva la composition de son premier opéra, *La Marche du cœur russe blanc*, et qu'il dut s'occuper de la direction, de la mise en scène, de l'adaptation, de la réalisation…

Par son éducation et ses habitudes (au fond, son père l'avait élevé comme un prince), Frantisek était loin de s'imaginer ce que signifiait une véritable descente aux enfers des détails pratiques. Les querelles budgétaires avec le comité artistique de la salle, les caprices des chanteurs (qui essaient toujours d'adapter la partition à leurs limitations vocales ou à leurs superstitions esthétiques corrompues), les retards des maquilleuses, les maladies contagieuses des instrumentistes… Les répétitions furent un véritable cauchemar. Une semaine avant la première, le ténor se couvre de furoncles et en plein duetto amoureux il s'évanouit dans les bras de la soprano ; le chœur refuse de chanter les triolets et le chef d'orchestre exige que l'on change l'ordre de disposition des instruments à vent au motif que les trompettistes sont pour la plupart trop grands et qu'ils lui cachent les trombonistes…

Le jour de la générale…

Sons stridents, claquements de cordes, quintes de toux étouffées, gémissements, rétentions de gaz, essais d'accordement ; une contrebassiste se penche et éructe en remontant son bas de soie le long de son mollet. Les pairs et collègues de Deliuskine sont aux aguets dans les loges. « Voici venir la catastrophe », augure Schneider. Coup nerveux, le toc toc sec de la quenouille de la Parque, la baguette du chef d'orchestre contre son pupitre. Un solo de flûte, le thème principal. Avec l'accord des bois résonnent l'appel des trompettes puis l'arpège de la harpe. L'atmosphère de la steppe russe, la splendeur irisée de ses neiges, nous parvient dans toute sa vibrante beauté. Le chant de la flûte revient, dans un mouvement réflexif. On entend bientôt une nouvelle mélodie sensuelle ; puis c'est le hautbois. Un accord pénétrant, suivi d'une sauvage explosion de son orchestral.... « Décadent », considère Ziemkovitch. « Plutôt morbide », précise Ungarve. « Techniquement, ce devrait être l'ouverture, mais ce que j'entends est un prélude ! » s'étonne Balakov. « Oui. À ma sieste », ricane Grigorievitch. « J'ignore si cela illustre une nouvelle conception du nihilisme, ou de l'informe », dit Kashkine. Leonid Katz intervient : « Assurément, Deliuskine est le compositeur le plus excentrique de notre génération. Et aussi le plus médiocre. » « Chuut, chuuut. Le plateau est en train de s'effondrer », dit Voroszlav Pashulski. « Non, ils déplacent l'un des décors. Ils les ont posés sur des roues de différentes tailles. C'est pour que puisse entrer... Mais qu'est-ce donc ? Un boyard !? » dit Anatole Zinoviev. « Je crains qu'il ne s'agisse de la Merenchokova. » « Mais cette femme grandit en largeur. De dos, j'ai cru voir la réincarnation de notre regretté Pierre le Grand ! » « Tu ignorais que la mère ou peut-être la grand-mère de la Merenchokova et le défunt tsar... ? » « Non, impossible ! » « Je t'assure. Elle était la seule qui supportait ses beuveries. » « Quelle gorge ! » « En effet. Et du même ordre, ou du même désordre, nous allons maintenant devoir supporter des voix de fausset dont vous me direz des nouvelles. »

Tandis que l'accueil de la critique était tiède, le public, lui, défendit et adopta *La Marche du cœur russe blanc*, que son succès obligea à programmer pour la saison suivante. Au-delà de ses mérites intrinsèques, *La Marche* est, dans l'histoire de la musique classique, le plus sérieux antécédent d'une revendication des sentiments nationaux russes, qui serait par la suite menée à son apogée par Glinka dans son opéra *Une vie pour le tsar*.

Quelques jours après la première, Deliuskine décida de consulter Avrosim Roittenburg, le médecin à la mode dans les cercles musicaux : il avait ressenti un léger pincement au cœur.

« Arrêtez de fumer, lui conseilla le médecin.

— Je n'ai jamais fumé la moindre cigarette, dit-il.

— Ah. Alors déshabillez-vous. »

Roittenburg appuya la tête contre son dos, et resta sans bouger quelques instants. Après quoi, il dit :

« Oï, oï, oï.

— Que se passe-t-il ? voulut savoir Deliuskine.

— Je me demandais comment résonnait ma voix. Rhabillez-vous. Vous n'avez rien, même si le climat de cette ville n'est pas bon pour vous. »

Le conseil du médecin s'accordait parfaitement à sa nostalgie. Frantisek rentra à Crasneborsk. Là-bas, sans qu'il le sache, l'attendait une forme assez singulière de tranquillité. Quelque temps après son arrivée, une peintre finlandaise frappa à la porte de sa ferme. Douée d'un certain talent et ne manquant pas de sensibilité, Jenka Roszl était spécialisée dans le portrait de gens célèbres. « Je n'ai pas l'intention de vous payer », dit Deliuskine. Elle répondit : « Je ne pensais pas vous le demander. » Mon trisaïeul n'avait que faire de la préservation de son image, mais il fut séduit par l'idée de rester immobile quelques heures par jour ; c'était l'occasion de se concentrer sur la résolution de certains problèmes de contrepoint ; et puis il aimait le sourire de cette femme, aussi accepta-t-il. Et à l'instant où Jenka Roszl mettait la dernière touche au portrait, il lui demanda sa main.

4

Le mariage de mes trisaïeuls fut parfait à tous égards. Tous deux étaient adultes et mûrs, deux beaux exemples du progrès spirituel que favorise la pratique de l'art. Il va de soi qu'avec son nouvel état civil Frantisek se vit dans l'impossibilité de conserver les procédés de recherche musicale qu'il avait employés durant ses années de célibat. Mais ce ne fut pas une perte. Au contraire. Les restrictions propres à la vie conjugale le libérèrent enfin de cette anxiété sans objet, de cette impatience exigeante. Ou tout au moins leur donnèrent-elles une nouvelle signification. Après un bref voyage de noces, mon trisaïeul s'abandonna aux charmes de la vie domestique. Tout se répéta à l'identique : depuis le ruissellement matinal de la pluie de miel sur la tranche beurrée de pain de seigle croquant et âpre jusqu'au verre de kwas vespéral, siroté dans son fauteuil favori. Cette répétition, qui aurait pu exercer de néfastes influences, affaiblir son caractère et ruiner son élan créateur, tomba à point nommé pour Frantisek : il commença à composer avec une aisance inattendue, devint un musicien hors pair, chaque jour plus différent de lui-même.

« Le mariage, écrivit-il à son ami Volodia Dutchansky, a une qualité religieuse. À certains moments (mais pas tous, par chance), la règle d'abstinence, entendue comme la fidélité que je dois à mon épouse chérie, m'amène à brûler et à me consumer comme un moine cloîtré. »

Dès lors, la musique fut son unique orgie. En artiste pleinement conscient des matériaux avec lesquels il travaillait, il était amené à affronter des défis esthétiques de haut vol. Parfois il s'en ouvrait à son épouse Jenka :

« Ce qui me préoccupe n'a rien à voir avec des pianissimos ou des fortissimos, lui disait-il, mais avec l'avenir de la série de procédés que j'ai utilisés jusqu'à présent. »

Jenka, qui le soir troquait ses pinceaux pour des aiguilles à coudre, piquait son ouvrage, soupirait et souriait tendrement à son mari. Frantisek poursuivait :

« Dans ma situation, exprimer à fond la diversité des sons et des combinaisons sonores que j'ai maniée jusqu'à en extraire, par pur effet de répétition, l'élixir même de la singularité est la tentation la plus évidente. La pousser à son extrémité reviendrait à écrire sans cesse la même note. L'autre tentation est son opposée et m'attire d'autant plus. Elle signifie ma disparition en tant qu'auteur, et ma transformation en une pure source d'absorption, une sorte de dieu récepteur, non pas celui qui crée des mondes mais celui qui les dévore. Ou, pour le dire moins pompeusement, une sorte de sténographe parfait.

— …

— Tu as dit quelque chose ? Non. Il m'avait pourtant semblé… Il existe également une troisième possibilité, qui découle de la deuxième, mais plus entière et plus complète, qui est de tout faire et de tout être pour devenir l'être musical plein et sans contours, l'inconsistance la plus parfaite, quelque chose ou quelqu'un incluant l'existant et l'inexistant, l'œuvre des autres, toute chose me venant à l'esprit, et, en outre, tout le bruit de l'univers. Qu'en penses-tu, ma Jenkele chérie ? »

À ce moment-là, Jenka relevait la tête :

« Moi, quand je peins, je peins.

— Cela veut dire que tu ne t'inquiètes au préalable ni du cadre, ni de la toile, ni des couleurs, ni de la palette… ? Sans parler de la technique du coup de pinceau, des styles précédents, des objets à représenter…

— Allons nous coucher, Frantisek. Il est tard…

— Pas encore ! Il y a un problème. Si je choisis de céder à la troisième tentation, bientôt je devrai admettre (comme je suis en train de le faire à présent, d'ailleurs) que la totalité audible de l'existant est si vaste que personne ne peut l'embrasser (et encore moins l'exécuter) sans une sorte de réduction formelle. Imagine-toi que le simple enregistrement de cette minuscule portion du foisonnement sonore universel, disons celui qui s'écoule à l'instant même où nous échangeons ces quelques propos, supposerait une utilisation illimitée de papier à musique et de copistes occupés sans relâche à capturer automatiquement et à la hâte ce qu'ils écoutent… ! Ce qui au fond ne serait rien d'autre qu'une simple capture sensible de la fugacité du temps, et nous ne parlons même pas de sa transformation en un produit esthétique… »

Qui peut distinguer l'étincelle de deux aiguilles frottées l'une contre l'autre ? Frantisek, lui, en était capable, et à cette lumière il pouvait également imaginer l'absurdité de son idée, une rangée interminable de scribes se perdant dans l'infini de la perspective, vêtements gris et oreilles bleuies, à l'affût de l'immobilité du néant, ou pire, la simple rumeur des plumes glissant sur le papier, chacun n'entendant que ce grattement, ce crépitement élevé à la puissance n.

« Ne remplis pas la maison d'inconnus, Fran… », jaillissait l'aimable voix de la raison des lèvres de Jenka.

Mon trisaïeul comprit que la réticence de sa femme à débattre de ces questions cachait, outre une certaine exaspération, un message qui pouvait se résumer en un seul mot : « Simplicité ». La simplicité était une fin en soi, et non le prélude à un choix plus rigoureux ! Bien qu'arborescente et délectable, la folie était parfois le choix le plus facile, tandis que la simplicité supposait tout un travail. Jenka était une femme merveilleuse !

Que fit Deliuskine ? Il trancha dans le vif et se saisit du meilleur de chacune des possibilités (de chacune des « tentations ») et les utilisa à sa guise. Il embaucha Lev Isaïe Tchachenko, un attardé mental qui vadrouillait de ferme en ferme à la recherche d'un travail, et lui apprit à ramasser tous les détritus, babioles, breloques et autre camelote qu'il pouvait trouver à Crasneborsk et dans les alentours. Tous les soirs, après une récolte minutieuse, Lev apparaissait avec son sac en toile de jute rempli de trésors : clochettes, morceaux de métal, anneaux, éclats de boulet de canon, branches de bois flotté, plumes, brosses usées, os rongés, dents, élytres de papillon, carapaces de scarabée, etc. De ses mains magiques, il suspendait chaque chose au plafond ; parfois, par pur instinct de décoration, Jenka suggérait un arrangement, mais en général Lev travaillait seul ; parfois, en attachant une abeille séchée, en accrochant un tubercule à un outil, l'idiot sifflotait entre ses dents une mélodie de la Russie profonde, toujours la même. (Au troisième mouvement de *Motif slave*, il y a un *ritornello capriccioso* dont le son limpide évoque ce sifflement.)

Alors, et grâce au butin de Lev, en plus de la musique qui résonnait continuellement dans sa tête et qu'il transposait agilement sur la portée, mon trisaïeul pouvait écouter le système de relations et d'allusions que produisait cette collection d'objets qui s'effleuraient, s'entrechoquaient et se frottaient, entraînés par les courants d'air. Il y en avait même qui tournaient sur eux-mêmes sans recevoir aucune impulsion extérieure, par pur cinétisme sympathique, cherchant leur propre diapason. C'étaient les objets de prédilection de l'art pur, la promesse de siècles à venir qui parcouraient toute l'échelle chromatique. L'un des favoris de Frantisek était un petit morceau arrondi de fer vert foncé, tout de crasse et de rouille, qui pendait au centre du hangar (reconverti depuis en studio). Cela avait dû être le socle métallique du dentier d'un hobereau du coin, tombé lors d'une sortie à cheval ou dans les vomissements d'une beuverie. Mais à présent il servait d'« accordeur élémentaire » car il recueillait les vibrations des objets qui se trouvaient autour de lui, et pouvait détecter la moindre différence de ton, la corriger, l'absorber avant de la rejeter dans l'air sous la forme d'un généreux ensemble de nuances harmoniques, le mystérieux *bouquet*.

Bien entendu, personne hormis mon trisaïeul n'aurait pu extraire de musique de tout cela, de même que personne, sauf Jenka, n'aurait pu trouver de charme à cet endroit où l'amour l'avait amenée à vivre. Chaque jour, tandis que son mari s'enfermait, elle chaussait ses bottes rugueuses et ses capelines préraphaélites et, le regard posé sur les sommets distants, elle s'occupait en peignant des aquarelles d'une telle subtilité qu'elles disparaissaient invariablement dans l'estompe ou dans la brume de ce qu'elles prétendaient représenter. Ces études, qu'un spectateur peu avisé aurait immédiatement qualifiées de pur et simple gâchis de matériaux, Jenka les avait baptisées « répliques appliquées du hasard ». Quoi qu'il en fût, et hormis un fait qu'ils ne découvriraient que dans les mois suivants, ces jours marquèrent la fin de l'époque où Frantisek et Jenka avaient vécu avec la sensation d'être sur le point d'atteindre le bonheur.

Un matin, Frantisek trouva Lev étendu à quelques pas de sa porte, et ce, non pas parce qu'il avait décidé de dormir à la belle étoile. Il n'était maintenant que pures formes et couleurs, de la nourriture pour les vers de terre. L'après-midi précédant cette horrible et fraîche matinée de printemps, l'idiot allait par les champs, son sac en toile de jute rempli de trésors en bandoulière – un pétale fané, une poignée de porte, un débris de flûte à bec, un champignon *pileyforus* de la variété la plus vénéneuse –, lorsqu'il tomba nez à nez avec Basia Oprichnik, nue dans l'herbe, nue et excitée car ce vaurien d'Anatoli Tarjov – un adolescent qui ronflait d'aise derrière un buisson – venait de la déflorer ; Basia en avait conservé le goût piquant de la découverte et la certitude que cet apéritif pouvait être complété par quelque mets plus consistant. Voir l'idiot – robuste, viril et plutôt bien fait – et se jeter sur lui fut l'affaire d'un instant. Tout aurait été pour le mieux et ces rencontres auraient pu se répéter pour le plus grand plaisir des deux parties si, à peine rentrée dans sa cahute, Basia n'avait pas compris qu'elle ne pouvait *presque* rien cacher à sa mère. Angoisse, doutes, larmes. « Qui t'a fait ça ? » cria sa mère. Basia songea qu'à terme Anatoli pouvait être un bon candidat au mariage et n'avoua qu'à moitié : « L'idiot. »

La meute vengeresse de Crasneborsk accula Lev dans sa petite cabane de conte de fées, le jeta contre la bucolique campagne fleurie, le déshabilla, le castra religieusement – l'un des exaltés appartenait à la secte chrétienne orthodoxe des *Apokotekaï* –, brûla ses mamelons au fer rouge, arracha sa langue avec des tenailles et, après avoir tracé au couteau le chiffre de l'Antéchrist, arraché ses oreilles et défoncé à coups de pied ses tympans pour qu'il ne puisse plus entendre aucun gémissement, s'occupa de ses yeux. « Violeur ! » cria Olega Fiodorovski Oprichnikova avant de sortir ses ongles. Pendant le millionième de seconde qui s'écoula entre l'intention et sa mise en acte, Lev eut le temps de comprendre qu'en voyant Basia il avait déjà connu toute la beauté du monde, et devait à présent payer pour cette grâce. Il ferma les yeux, non pour reporter ni empêcher l'inéluctable, mais pour conserver cette image, et en sanglotant de bonheur il sentit à nouveau, comme la première fois, la douce saveur de cerise de son aimée.

Un cri et plus rien. Deux petites boules gélatineuses à écraser dans le mortier en pierre où Olega prépare la compote. Puis vint l'instant final. Avran Palizin, le costaud du coin, souleva un rocher et le jeta sur la tête de Lev. Le rocher fracassa la boîte crânienne ; après avoir éclaté en milliers d'esquilles pointues, les os pénétrèrent la masse cérébrale de l'idiot (une éponge au dessin délicat, qui reproduisait les contours des récifs coralliens de la mer de Kalnuk), la perforèrent et la comprimèrent. Et ainsi, à l'instant ultime de sa vie, en poussant son dernier bêlement de douleur, Lev écouta à l'intérieur de son cerveau *tous* les rythmes d'une musique que beaucoup auraient aimé entendre : c'était une sorte d'Anton Bruckner très amélioré ; l'exemple typique de l'influence créatrice que pouvait exercer Frantisek Deliuskine sur un compositeur ayant déjà atteint la pleine expression de ses moyens. Mais le plus remarquable n'était pas que cette symphonie se soit développée tout entière en un seul instant, ni qu'en raison de sa qualité exquise elle puisse aspirer à inscrire son nom en lettres d'or dans l'histoire de la musique en tant que grand chef-d'œuvre inconnu, et secret le mieux gardé de l'éternité. Non. Le plus étrange, le nec plus ultra de l'absurdité, du gâchis et du raffinement, fut qu'au fond de cette marée enveloppante de notes, Lev ait pu entendre une voix de femme mélodieuse et distante et perdue, la voix d'un amour qui s'en allait entre sanglots et bouleaux en chantant « Ochichornia », les yeux noirs de Basia se fondaient en un seul dans la disparition.

À cause de la manière dont se présentèrent les faits, Frantisek n'eut jamais l'occasion de découvrir que Lev avait été le seul disciple qu'il eût de son vivant, le seul continuateur avec qui il n'eût aucun lien de parenté et qui fût à sa hauteur. Ce qu'il sut, en revanche, c'était ce qu'il avait devant les yeux, et qu'il fallait rapidement dérober au regard de Jenka. Mon trisaïeul enleva sa veste et couvrit le visage défoncé du malheureux, déjà masqué par une auréole de mouches et de sang. Pourquoi l'avait-on jeté devant sa porte ? Mystères ataviques de ces régions barbares. Puis il se pencha et, sans vraiment savoir ce qu'il ferait ensuite, il souleva le cadavre. En se redressant, il ressentit un double pincement qui se frayait un chemin à travers ses poumons ; cela ne dura pas longtemps mais lorsqu'il en fut libéré, Frantisek tremblait et Lev était de nouveau étalé à terre. « C'est la vieillesse, songea-t-il. C'est la douleur de cette perte inutile. » Il releva à nouveau le corps du mort et s'enfonça dans la frondaison d'un bois de conifères voisin ; là, il l'ensevelit sous un tumulus de pierres. Un observateur minutieux aurait remarqué la ressemblance entre la couleur blanche de ces pierres, leur artistique bigarrure rosée, et le ton qui prédominait dans les crachats de Frantisek durant les jours qui suivirent. Mais comme il était peu attentif aux aspects visuels des choses – Jenka lui faisait constamment de tendres plaisanteries à ce sujet, relevant son manque d'inspiration pour associer ses vêtements –, l'appartenance de ces petits caillots de salive et de la tombe d'un défunt cher à une même palette lui échappa complètement ; or, la couleur rosée allait bientôt acquérir une grande importance, *la vie en rose*, lorsque, quelques jours plus tard, il apprendrait que Jenka était enceinte.

Frantisek se surprit à rêver d'une fille, à imaginer bavoirs, barboteuses, tuniques et blouses en velours, nourrissant la terreur violacée qu'avec la naissance du bébé son existence quotidienne serait anéantie par son entrée dans l'atmosphère d'une planète inconnue, faite de matières diverses comme des vagissements nocturnes, des explosions fécales et des pleurs sans fin. Le règne de l'interruption continue. En outre il craignait qu'une femme de constitution délicate comme Jenka ne fût capable d'accoucher que d'un être angélique, trop bon pour ce monde et condamné à succomber à la maladie la plus bénigne. Il essaya de prendre les devants de ces sombres lubies qui commençaient déjà à se déployer dans toute leur richesse :

« Il nous faut de toute urgence une nourrice qui soit également institutrice et infirmière », dit-il à sa femme, pensant que cette simple phrase suffisait à remettre entre ses mains les questions afférentes au choix d'une candidate.

Jenka, de son côté, considéra que la brièveté énonciative du propos constituait une sorte d'information que lui communiquait son mari, étant entendu qu'il se chargerait de mettre en marche un processus de recherche et de sélection d'aspirantes locales, processus qui lui était interdit en raison de sa maîtrise déficiente de la langue. En outre, l'emploi requis de la fonction mammaire renforçait, à ses yeux, l'évidence selon laquelle Frantisek espérait trouver une grosse et riante matrone russe, une sorte de poule pondeuse (ou un *mamut*), tout en tétines et sans cervelle. Et quant à l'incompréhensible ajout d'une ultime condition, que l'élue soit de surcroît infirmière, eh bien… cela achevait de faire de l'ensemble une véritable corvée dont à coup sûr il s'acquitterait, *lui*.

Ainsi, tous deux attendirent pendant des mois que l'autre s'occupât de l'affaire. Il n'y a rien d'étonnant à cela. Tout un chacun, après avoir conçu une idée plausible, regarde autour de lui, à la recherche de la victime expiatoire qui assumera sa mise en œuvre. Et le mariage étant par nature une institution culpabilisante et dérivative, il engendre souvent des situations similaires à celle ici décrite. Malgré tout, la conjoncture était loin d'être explosive. Parfois, la nuit, Frantisek appuyait sa tête contre le ventre de son aimée et commentait avec une pointe d'appréhension :

« Je ne voudrais pas prendre de risques. Nous devrions trouver une personne… »

Jenka, assoupie, préférait ne pas répondre, et Frantisek

finissait par se demander si au bout du compte la recherche ne finirait pas par lui échoir. Et il en fut bien ainsi. Non pas qu'il se fût décidé à résoudre le problème. Un jour, l'entendant tousser, Jenka lui conseilla de consulter un médecin. Frantisek décida de l'écouter : il prit sa canne et sortit se promener. Bien sûr, la Crasneborsk de l'époque était à peine un village : une avenue principale, quelques rues latérales. Un boucher, un charpentier, un forgeron, un médecin. Le poing de mon trisaïeul frappa contre le deuxième « o » de Propolski, peint, comme le reste du patronyme, d'une main tremblante sur le carreau en verre dépoli de la porte du cabinet.

« *Avanti !* » entendit-on dans un crescendo qui ne sonnait pas tout à fait faux.

Frantisek fut à deux doigts de s'enfuir, refusant de se remettre entre les mains d'un amateur d'opéra italien, autrement dit d'un ignorant. Mais une nouvelle quinte de toux le plia en deux ; à ce moment précis, une sorte de projection ectoplasmique croissante s'étala sur le carreau, lui injectant une masse colorée. À nouveau résonna l'« *Avanti !* » et Propolski en personne ouvrit la porte, l'attrapa par le pommeau de sa canne, tira dessus d'un coup sec et énergique et le fit entrer. C'était son premier client de la journée, le second d'une semaine entière qui s'achevait.

Alexeï Propolski avait passé plus de la moitié de sa vie à s'user les yeux à l'étude, à apprendre toutes les théories et les techniques anciennes et modernes de l'art de soigner, à tester sur des corps étrangers l'efficacité des mixtures de l'apothicaire, des dragées et emplâtres de l'académie, des herbes et concoctions des chamans populaires, mélangeant et accommodant le tout en y ajoutant des formules médicinales de son propre cru. Mais ses efforts n'avaient pas suffi à lui gagner la réputation à laquelle il se sentait en droit d'aspirer. Deux décennies durant, cette apothéose retardée lui avait servi d'aiguillon ; chaque découverte, chaque compréhension nouvelle avait été pour lui comme l'imminence du moment tant attendu. Finalement, arrivé à l'âge mûr, il avait compris que la seule expérience qu'il vivrait à cet égard n'était ni ne serait celle de l'accomplissement mais celle de l'attente de cette aurore incomplète. Il avait tout donné de lui, scientifiquement parlant, et la seule chose qu'il avait obtenue en retour était un goût tenace d'amertume, le sentiment d'injustice de se savoir doué d'un talent qui se gâchait dans la solitude. Revenu de tout, il décida de s'enterrer au fin fond de la plus triste des provinces russes, et, en laissant le doigt du destin se déplacer sur la carte, il finit par choisir Crasneborsk. Effectivement, à Crasneborsk, il n'y avait rien d'autre à faire que de devenir un spécialiste de l'ennui en tout genre. Cependant, comme il ne s'imposait pas une politique de distraction constante, il disposait encore de suffisamment de temps libre pour continuer à étudier et à mener des recherches ; il se consacrait d'ailleurs à ces questions avec une passion plus grande encore que celle dont il avait fait preuve dans sa Moscou natale. À cinquante-quatre ans, Alexeï Propolski était petit, trapu, dodu, rondelet, dégarni, bourgeonnant d'acné, malodorant et professionnellement brillant, et assurément ses travaux – sur le plan théorique – auraient été d'une très grande utilité pour le genre humain si seulement leur auteur avait bien voulu prendre la peine de documenter ses découvertes en observant un quelconque protocole scientifique ; son bureau était un fatras et les meilleurs griffonnages tombaient entre les mains inexpertes des diverses femmes embauchées pour faire le ménage qui, à cause des assauts anxieux et parfois victorieux du maître de maison, avaient à peine le temps de contenir le débordement de ce dépotoir. Comme tant d'autres médecins, Propolski se fiait trop à ses propres connaissances et très peu à la capacité du patient à transmettre des informations correctes sur ses propres maux. Aussi, à peine Frantisek eut-il ouvert la bouche qu'il leva la main comme pour dire « oui, oui, je vois, je vois », se gratta d'un air pensif les pellicules qui pullulaient dans sa moustache, et décréta :

« Excès d'humeurs grasses. Sédentarisme et dyspepsie. Nous allons alléger et purifier le sang. Enlevez vos vêtements et allongez-vous », et il disposa sur le dos de son patient une collection de sangsues transparentes et affamées ramassées dans les marais, qui aussitôt gonflèrent et s'animèrent à ses dépens. Il les retira ensuite une à une et les jeta dans une corbeille. « Voilà. Merveilleux remède », dit-il.

Pendant une semaine, peut-être à cause de la déclaration du médecin, Deliuskine se crut guéri. Mais bientôt la toux revint, accompagnée d'une sensation de faiblesse croissante. Il décida de consulter à nouveau.

Propolski le reçut avec un air offensé, comme si la répétition de sa visite impliquait une critique muette de ses qualités curatives. Il lui demanda à nouveau d'enlever ses vêtements et de s'allonger, l'ausculta à contrecœur, lui tapota le dos, le fit tousser, crier, ronfler et gémir, renifla ses larmes et lui souffla sur la gorge. Enfin il diagnostiqua :

« Le corps n'est pas si mal en point, mais c'est l'esprit qui n'y met pas du sien. Je vais vous prescrire un traitement pour le soma et la psyché. L'application est quotidienne, pendant au moins deux semaines. Mon ami, il faut se lâcher ! » et il lui donna l'adresse d'un établissement d'eaux thermales dans le village voisin de Taganrog, célèbre pour la douceur de son climat, dont profiterait quelques années plus tard la tsarine Élisabeth Alexeïevna comme d'un bref interlude avant la fin.

« C'est un bordel ? demanda Frantisek.

— Plût au ciel ! Si c'était le cas, j'y courrais de ce pas », rit Propolski, ravi de sa plaisanterie.

5

Pravda, qui en russe signifie « vérité », mais aussi « parole juste », était un local assez vaste, avec des « cabinets à la turque », de petites pièces fermées, meublées d'un simple lit en marbre agrémenté d'une serviette tenant lieu d'oreiller. À la hauteur du regard d'une personne de stature normale, un écriteau indiquait : « Déshabillez-vous ».

Une parole juste n'est pas la même chose qu'une phrase complète. Devait-il se déshabiller ou rester debout ? Assis ? Sur les genoux ? Allongé ? Sur le dos ou sur le ventre ?

« Installez-vous comme bon vous plaira », dit une voix de femme, répondant à une question que mon trisaïeul n'avait pas formulée. Frantisek se retourna. La femme était devant la porte du cabinet, la main gauche appuyée sur le chambranle. La droite tenait de fines, flexibles et odorantes tiges d'osier asiatique. Elle portait une longue robe en laine grise, fermée jusqu'au cou par d'ascétiques boutons de corail noir. « Je m'appelle Athénéa. Qui vous envoie ?

— Le docteur Propolski, dit mon trisaïeul.

— Ah, dit Athénéa, avec une moue qui semblait contenir aussi bien la connaissance que le mépris. Que vous arrive-t-il ? Vous n'êtes pas habitué à être nu devant une femme ? »

Frantisek regarda son interlocutrice dans les yeux, essayant de deviner si elle lui avait posé une question ou si elle avait lâché un commentaire sarcastique. Athénéa était grande, la trentaine bien tassée. Elle avait les cheveux bruns veinés de quelques fils argentés, les bras maigres et forts, musculeux, une expression sévère sur son visage aux traits réguliers, et une abondance sauvage au niveau de la poitrine, qui tranchait avec la sécheresse du contexte général. « Impossible de le savoir », conclut-il, et il préféra répondre :

« Non, pas tant que la femme est vêtue.

— Ce que vous voyez maintenant est tout ce que vous obtiendrez de moi, exception faite du traitement médical, dit Athénéa. Allongez-vous, s'il vous plaît.

— Sur le ventre ou sur le dos ? »

Athénéa sembla peser sa réponse :

« Il est censé s'agir de votre santé. Mais si cela ne vous dérange pas de vous faire flageller les testicules, vous pouvez vous allonger sur le dos. »

Frantisek s'empressa de se montrer obéissant et prudent. À peine fut-il couché qu'il sentit le froid du marbre sur ses mamelons. Avec le visage à cinquante centimètres du sol, il put voir qu'à cette hauteur le mur était percé d'une rangée de trous d'où se dégageait une vapeur constante.

Athénéa essaya l'une des tiges, fouettant l'air :

« Prêt ? »

Frantisek, que seule l'expression « traitement médical » avait retenu en ce lieu, comprit soudain qu'à l'évidence Propolski lui avait menti. Bien entendu, tout le bavardage du médecin au sujet de l'épaisseur anormale de son sang et de la nécessité de l'alléger apparaissait à présent comme un élégant camouflage de son véritable – et erroné – diagnostic : que ses maux provenaient de l'absence d'une vie sexuelle aussi intense que pervertie. Cet imbécile l'avait envoyé dans un lupanar pour dépravés ! Du fait de sa nature d'artiste créateur,

Frantisek estimait être la personne la moins encline à jouir de ces promesses érotiques, de ce paradis pour fonctionnaires publics et bureaucrates de tout poil, ce qui ne voulait pas dire qu'il n'éprouvait pas de curiosité pour le singulier versant de l'être humain que révélaient de tels goûts. Quoi qu'il en fût, il se trouvait à présent malgré lui nez à nez avec une prêtresse du culte de la domination, et il ne put réprimer son intérêt purement intellectuel pour cette pratique. Sa question fut des plus opportunes. En échange du premier coup, Athénéa dut lui offrir sa première réponse. La conversation avançant, Frantisek avait pu dissiper certains doutes et découvrir que son interlocutrice était un être digne du plus grand respect. « Monsieur, lui avait-elle dit, je n'ai jamais réalisé *cette* chose immonde. Je me félicite de ne pas connaître d'autres aberrations que celles que je pratique. » Athénéa lui avoua son drame : depuis l'enfance, elle concevait une vive passion pour la science médicale. Mais à cette époque, son apprentissage était défendu aux femmes, la contemplation de corps nus, même à l'état de cadavre, étant considérée comme impropre aux dames. Toutefois l'interdiction ne l'avait pas détournée de son projet. La nuit elle étudiait la discipline dans les grands textes de la médecine russe, lisant entre autres l'*Anatomie histopathologique* de Tcherepnine, le *Manuel complet des premiers soins* de Temirkanov, la *Chirurgie générale* de Tibasenko. Grâce à sa concentration et à son intelligence naturelle, elle devint bientôt une sorte de « médecin théorique ». Elle aurait pu diagnostiquer une affection, prescrire un remède et même l'opportunité ou non d'une intervention chirurgicale, mais l'essentiel lui faisait défaut : elle n'avait pas une connaissance de première main des organes internes dont la surveillance et la guérison constituaient une partie essentielle de son objet. Pour pallier ce manque, elle eut recours à une simulation (qui lui apparaîtrait plus tard comme une ruse du destin) :

se faisant passer pour une prostituée, elle suivit la marche des armées russes qui s'étaient engagées dans une nouvelle campagne. Au début, ce fut un succès à double titre : les troupes du tsar remportèrent leurs premiers affrontements, et elle eut à sa disposition tous les corps que lui offrait le champ de bataille. Comme la guerre est cruelle et les médecins trop rares, Athénéa osa bientôt proposer ses services. Quelques heureuses guérisons lui valurent un prestige de faiseuse de miracles ; quelques ignorants commencèrent à faire courir le bruit qu'elle était une incarnation de la Vierge. Quoi qu'il en fût, la noirceur surnaturelle de sa chevelure et sa pâleur d'outre-tombe la distinguaient du reste des femmes. Arkady Troïtsky, un lieutenant d'un régiment de hussards, lui fit la cour. En temps de guerre, les choses vont vite. Quelques jours seulement après avoir fait sa connaissance, Athénéa se savait amoureuse de cet homme. Arcady était un guerrier hors pair et un véritable gentilhomme. La veille de la grande bataille de Kurland, il apprit qu'il commanderait l'aile gauche de la cavalerie de son régiment et le soir même il lui demanda sa main. Le lendemain, à la suite de désaccords entre les chefs russes, l'ennemi triompha sur tous les fronts, entraînant une véritable boucherie. À midi, le combat était terminé et les troupes russes s'enfuyaient à la débandade. Arcady choisit d'affronter son destin et tomba sur le champ de bataille, vaincu par des forces supérieures. Athénéa ne le retrouva qu'à la nuit tombée. Les vainqueurs s'étaient acharnés sur lui, comme sur tant d'autres ; ou peut-être avait-elle sous les yeux l'ultime preuve d'amour d'un homme qui n'avait pas eu le temps de lui en offrir d'autres et qui, à présent, lui faisait don de son corps parfaitement lacéré, de ses organes exposés comme dans une leçon d'anatomie. Athénéa s'évanouit ; lorsqu'elle rouvrit les yeux, la nuit noire enlaçait ses chairs gelées avec la force d'un ours, lui susurrant des obscénités dans la langue de l'ennemi.

Cette ombre fut la première d'une longue série qui la posséda jusqu'au petit matin. Neuf mois plus tard, elle accoucha d'un enfant mort-né : toutes ses petites parties étaient humaines. Depuis ce jour, conclut Athénéa, de son sein gonflé ne cessa de s'épancher le lait de la colère.

Frantisek n'était pas insensible à la douleur d'autrui, et il ne le fut pas devant l'ébranlement que lui causa ce récit narré par la voix rauque et curieusement dépassionnée de sa protagoniste. Mais à cet instant il fut moins touché par le sort que lui avait réservé le destin que par le fait qu'une telle atrocité servait ses propres intérêts.

Cette femme était l'employée dont son foyer avait besoin.

Habituée aux bizarreries de son mari, Jenka ne fut pas surprise qu'il choisisse une personne à l'apparence si froide. Plus qu'une tendre institutrice, Athénéa lui fit l'impression d'une fausse aristocrate, ou pire encore, d'une dérangée. En son for intérieur, elle la jugea inapte à toute tâche et, convaincue que sa condition de maîtresse de maison lui avait valu l'antipathie instantanée de sa nouvelle employée, elle décida d'ignorer sa présence. Athénéa, de son côté, pensa que Jenka prenait avec elle des airs de grande dame, une attitude tout à fait indigne d'une personne véritablement comme il faut, et la rangea aussitôt du côté des intrigantes et des dilettantes. La haine fut réciproque, immédiate, mais Frantisek ne s'aperçut de rien. À l'heure du dîner, faiblement éclairées par la lumière venimeuse des chandelles, au lieu de parler, les deux femmes échangeaient des sourires tranchants comme des lames de rasoir.

Quelques jours avant la naissance, Jenka menaça son mari :

« Je ne veux pas que cette femme m'accompagne au moment de l'accouchement, lui dit-elle.

— Pourquoi donc ? demanda-t-il.

— Inutile que je te l'explique car ces choses, quand on les

explique, semblent sans fondement. Disons, en un mot, que je n'aime pas sa façon de me regarder. »

Mon trisaïeul se vit devant un dilemme : acquiescer aux désirs de sa femme ou lui tenir tête en affirmant sa conviction que la présence d'Athénéa garantissait un accouchement « scientifique » et sûr ; il n'était pas insensible, en outre, à l'effet psychologique que pourrait produire chez Athénéa une suspension des fonctions pour lesquelles elle avait été engagée. Et, bien entendu, il ne supportait pas de devoir fournir des explications au sujet d'affaires qui ne dépendaient pas de sa volonté. Comment prendrait-elle cette décision de Jenka ? Comme une insulte, un affront, un désaveu ? Horrible, c'était horrible…

Cette question, insignifiante en apparence, le tarauda au point que le jour de l'accouchement, il n'avait toujours pas trouvé le courage de communiquer à Athénéa la décision de Jenka. Au vrai, ce n'était pas l'annonce en elle-même ni le fait qu'Athénéa puisse l'interpréter comme un renvoi qui le tracassait, mais plutôt l'effet, déjà évoqué, que l'arrêt de ses fonctions pourrait engendrer dans l'esprit de son employée, à qui il attribuait, au vu de sa dramatique histoire, une condition fragile. Concrètement, il était terrifié à l'idée d'assister à une crise de démence. Surtout à celle d'une femme. Dans son système, tout devait tendre vers une harmonie parfaite de sorte que si l'ordre des choses avait été amputé ou « altéré » dans l'une de ses parties, la perte devait être nécessairement compensée par l'arrivée d'un nouvel élément. Appliquée au cas d'Athénéa, cette règle impliquait que son enfant mort-né (l'enfant qui aurait dû être celui du valeureux lieutenant de hussards Arkady Troïtsky et qui, au lieu de cela, fut conçu sur le champ de bataille par l'œuvre du membre pluriel de l'ennemi) devait être remplacé sur un plan imaginaire par la naissance de *son* premier-né.

Ce schéma compensatoire était le fruit non conscient d'un esprit si dérangé qu'il en était arrivé à abolir deux plans de la réalité : l'un indique que les enfants peuvent être perdus, volés, tués, offerts, dévorés, échangés et oubliés, mais que leur prêt pour des raisons thérapeutiques n'est qu'une dangereuse ineptie ; l'autre, qui prouve bien l'ingénuité essentielle de Frantisek, révèle qu'à aucun moment il ne lui était venu à l'esprit, ne serait-ce que pour se soulager de la responsabilité qu'il endossait, que la romantique et déchirante histoire d'amour et de mort qu'Athénéa lui racontait dans le cabinet du *Pravda* pouvait n'être qu'une énième version du classique récit des illusions perdues que les prostituées servent à leurs clients, un mensonge utile pour stimuler ceux qui éprouvent le besoin de s'imaginer que s'établit un « contact » personnel, une relation moins mercantile.

Mais Athénéa n'était pas une prostituée, elle n'eut pas d'accès de folie dans les minutes précédant l'accouchement, ne fit pas irruption dans la chambre conjugale et n'arracha pas le bébé du sein de Jenka en criant : « C'est le mien ! » Quelques heures avant la naissance, elle prétexta une migraine et se retira dans sa chambre. Elle fut remplacée par une vieille matrone de Crasneborsk. Le moment venu, Andreï Evgueni (qu'en hommage à de vagues aïeux grecs Jenka s'entêterait à appeler Eugène) fut un petit masque silencieux, barbouillé d'huile grise et de sang rouge, zébré de jaune ictère, qui sortait lentement sans un mouvement, sans un souffle ni une expression. À peine avait-il pointé le sommet de son crâne que Frantisek fut près d'implorer qu'on le laisse tranquille, qu'on cesse d'outrager cette fragile créature. Mais le petit corps continua de glisser le long du canal, une masse visqueuse qui finit par émerger dans un clapotement. Alors commença le long sanglot de la vie.

Frantisek sentit que la naissance le transformait. « Par sa

seule existence, écrivit-il à Volodia Dutchansky, Andreï produit un fait moral : il souligne ma contingence, dénonce la nullité de ma personne, que j'ai tenté de pallier pendant des années en me consacrant tout entier à mes problèmes, à mes propres doutes et à mon désir d'expérimentation – mais de quoi, de quoi ? Tout cela appartient à l'oubli. À présent, l'être d'Andreï pend à toutes les branches du monde et fait de moi une coquille sèche, un insecte mort après avoir pondu. »

Bien entendu, Frantisek n'était pas encore mort, ni à l'art ni à la vie. Mais désormais, enfin et pour de vrai, tout l'espoir qu'il avait placé dans ses succès et dans son être, comme dans un vase précieux, avait explosé grâce à la paternité et commençait à répandre son amour pour un autre être. Cet écoulement, comprit-il aussitôt, ne menaçait pas de le faire disparaître. Bien au contraire. C'était une illumination inattendue, la découverte de perspectives nouvelles. Soudain, il découvrait l'énorme soulagement de ne pas prêter attention à soi. Qu'est-ce que la paternité, en définitive ? Un changement d'éclairage, l'établissement d'un nouveau système de valeurs, et, surtout, une question lancée en direction de l'avenir mais dont le fil, sa ligne de pêche – plomb, hameçon et appât inclus –, est tendu vers l'arrière. Frantisek comprenait à présent son propre père, toute sa dévotion inutile, toutes ses inquiétudes, ses tentatives maladroites, parfois emphatiques, parfois farfelues, de lui fixer un cap. Avec le temps, il s'était révélé être un père exemplaire. Qu'il s'agisse de nourrir des espoirs ou de se ranger dignement à l'idée qu'il ne reprendrait pas le flambeau, l'entreprise familiale. Comme il avait dû l'aimer pour ne pas le mépriser ni railler ses prétentions de gamin malappris et maigrichon qui voulait « être un artiste » ! À moins qu'il ne s'agisse que d'orgueil, de détourner le regard pour ne pas voir l'évidence, que l'héritier de son nom était une escroquerie, la chair et le sang de sa déception. Et malgré tout, Vladimir ne lui avait jamais fait le moindre reproche. C'était un autre motif de gratitude. Dans cette tardive réconciliation intime, Frantisek s'imagina qu'à présent, ayant fait Vladimir grand-père, il commençait à payer sa dette et à se montrer digne de lui. Il eut même l'intention de lui écrire une lettre pour lui exprimer toute son admiration. Mais il n'en fit rien. Il suffirait que Vladimir apprenne la naissance du nouveau Deliuskine pour qu'il devine tout le reste. Ou qu'il le voie dans son rôle de père… Ce qui, espérait Frantisek, arriverait bientôt car le vieil homme devait brûler d'impatience de connaître son petit-fils.

Et en attendant, que faire ? Pour la première fois, Frantisek assumait l'asymétrie flagrante du lien qui l'unissait à son fils. Bien que le laps de temps où il serait le père d'Andreï et celui où Andreï serait son fils fussent strictement identiques, si les choses suivaient leur cours naturel, il serait le père de son fils jusqu'à sa mort, tandis que, tôt ou tard, Andreï perdrait sa condition de fils pour devenir *orphelin*.

Frantisek essayait toutefois de ne pas se laisser happer par ces pensées. Il avait pour l'heure des questions pratiques à résoudre. Que faisait-on avec un enfant ? Que faisait-on toute la journée ? Un fils n'était pas un problème de composition, qui s'évanouit dans les brumes de l'esprit, une fois sa solution formelle trouvée. Et d'abord, que dire à Andreï qui ne parlait pas encore ? Peut-être suffisait-il de rester à ses côtés, de le regarder grandir en laissant l'amour faire son œuvre. Pour le reste, il ne savait pas changer un bébé ni l'endormir, il n'avait pas à l'alimenter et n'avait pas la moindre idée des rapports existant entre ses changements d'humeur et ses besoins ; il craignait pour la vie de son fils chaque fois qu'il le prenait dans ses bras… Il était d'une inutilité absolue. Jenka, en revanche, était devenue une pure nature dévouée aux soins du petit.

Frantisek l'observait, étudiait ses gestes, archivait dans des régions jusqu'alors inexplorées de sa mémoire les réponses purement instinctives que sa femme apportait à chaque demande. Malgré la nouveauté de la question et l'intérêt qu'elle éveillait en lui, une région de son cerveau pouvait encore s'appliquer à percer le mystère que représentait la nouvelle attitude de sa femme. Alors qu'elle lui avait fait le plus beau des cadeaux en ruinant son corps pour qu'il connaisse le miracle de la paternité, elle semblait, après l'accouchement, non seulement ignorante de la grandeur de son don mais indifférente ou étrangère à l'objet de son sacrifice. « Elle me regarde comme si je n'existais pas », pensait mon trisaïeul. Cette qualité soudaine, la subite transparence de sa personne, n'affermit pas sa sensation de liberté mais plutôt celle d'être devenu une sorte de rebut.

Curieusement, tandis qu'il souffrait de devenir « accessoire », un phénomène qui était peut-être moins un fait objectif que la conséquence de sa propension naturelle à la mélancolie, Frantisek remarqua qu'Athénéa semblait le traiter différemment... lui prêter plus d'attention. Au reste, cela aussi pouvait n'être qu'une impression : toute marque d'intérêt portée à sa personne, aussi minime fût-elle, tranchait avec l'hypothétique état d'abandon où Jenka l'avait laissé. Néanmoins, il ne pensait pas se tromper sur ses intuitions. Athénéa ne l'entourait pas des soins que déploie une subordonnée zélée s'efforçant de devancer les besoins de son patron et de satisfaire ses moindres caprices ; c'était autre chose, parfois, surtout les jours où elle se présentait toute de noir vêtue, les cheveux attachés en queue de cheval, ses traits paraissaient saillir et se dessiner comme si elle portait un masque taillé dans de l'ivoire. Frantisek était comme hypnotisé par cette apparence, qui lui faisait l'effet d'une hyperbole criminelle de la bienséance et qui, soudain, observée sous un angle légèrement différent, menaçait de le transformer en animal. L'éclat pâle des joues d'Athénéa, la violence de ses os saillants, l'arête guerrière de son nez et l'incroyable lustre de pierre noire de ses yeux en faisaient un énorme oiseau, un corbeau gigantesque, une entité primitive qui l'observait depuis la nuit des temps avec l'attention à la fois avide et absente de l'oiseau de proie fondant sur un lapin. Cela durait une seconde à peine, puis tout revenait à la normale et Athénéa retournait à sa condition d'employée d'un couple qui ne semblait plus avoir besoin de ses services. Naturellement, si cela s'était produit quelques années plus tôt, un Frantisek plus jeune aurait deviné dans le regard de cette femme la fixité propre au désir ; mais son nouvel état de jeune père et d'époux fidèle le poussait à écarter le risque de l'aventure, il se refusait même à admettre la possibilité que cette intensité fût un signe d'ordre sexuel. « Je suis vieux, gros, flasque. Je n'ai plus de corps, je ne suis plus qu'une épave », pensait-il.

Un matin, il se réveilla plus fatigué que jamais ; devant le miroir de la salle de bains, il fut impressionné par ses joues creuses, par les poches de peau morte qui s'étalaient sur ses cernes sombres, par la lueur eczémateuse des pavillons de ses oreilles. Dans la salle à manger, il lui fut impossible d'avaler le moindre morceau ; l'odeur du café lui donnait des haut-le-cœur. Une fois à son bureau, il ne parvint pas à écrire le moindre mot. Somnolence, nausées, maux de tête. Il renifla son haleine, ses aisselles. « Un cadavre », exagéra-t-il.

Lorsqu'on frappa à la porte de son cabinet, Alexeï Propolski était assis à sa table bancale, dont il tenait le bord gauche en équilibre sur sa cuisse dodue. Il écrivait son *Tractatum de Principia Medicamentosum* (la pédanterie latinisante était de rigueur à l'époque, qu'on soit versé ou non en langues mortes), livre qu'il considérait, avant même de l'avoir commencé, comme son chef-d'œuvre, celui qui le justifierait aux yeux de la postérité. Un littérateur du coin lui ayant appris que le style tempéré était le plus adapté aux écrits sérieux, Propolski commençait chacun de ses paragraphes en scandant la phrase dans le rythme antique et noble : « Bien que, le, nom, des, médicaments, induise, un, effet, sympathique, qui, peut, concourir, à, une, rémission, de, la, maladie, l'expérience, indique, que, son, contraire, n'entraîne, pas, nécessairement, une, aggravation, des, symptômes. Avant, de, rédiger, des, prescriptions, il, ne, faut, jamais, rien, donner… » Puis, au bout d'un moment, Propolski oubliait toute retenue ou sautait tout bonnement une phrase pour arriver au passage qui l'intéressait : « Exemple : si nous posons sur le sol un miroir et que sur la surface réfléchissante nous laissons courir un rat (grand ou petit et de la couleur de celui que son chasseur nous fournira), l'altération de l'image répugnante que ces rongeurs offrent habituellement à nos sens ne nous autorise pas à penser que nous contemplons une espèce différente de… »

On frappa à nouveau :

« Ah, la paix ! » cria le médecin, avant de poursuivre :

« … ni que le nom est différent par spéculation de la figure. »

« Non, songea-t-il, ce n'est pas "spéculation". » Mais le mot ne lui venait pas. Coups à la porte.

« … ni que le cadre contient… »

« Docteur Propolski ! »

« … pas plus que l'image qui se forme dans nos cerveaux… »

« Il y a quelqu'un ? »

« … Reflet… ? »

Fin de l'inspiration.

« J'arrive ! »

Table et papiers voltigèrent. Propolski ne prit même pas la peine de ramasser, de mettre en ordre et de numéroter les pages.

« Me voici ! » dit-il en ouvrant la porte. Un coup d'œil clinique, professionnel jeté à son patient : « Mais comment en êtes-vous arrivé là ? Me prenez-vous pour un magicien qui s'amuserait à ressusciter de vieilles carnes ? Que diantre avez-vous fabriqué pendant tout ce temps, mon cher ?

— Qu'est-ce que j'ai ? dit Frantisek.

— Les diagnostics, je ne les partage qu'avec mes collègues. Il peut s'agir d'une néphrite chronique, d'une calcémie, d'une bronchectasie, d'une brucellose, d'une ascite, d'un cancer du péritoine, d'une salmonellose de Kruegger-Rand… mais allons droit au fait et laissons de côté les noms…, dit Propolski. Vous êtes prêt ?

— Pour quoi ? » Frantisek trembla à l'idée d'ablations, de mutilations, d'agonies…

« Pour une excursion champêtre. Aux grands maux les grands remèdes, je vais donc vous soumettre à certaines méthodes de la science moderne… »

Et bien qu'il fît anormalement chaud pour la saison, Propolski noua une écharpe en laine à son cou, fit pivoter son patient sur ses pieds et s'accrocha à son bras. Ils sortirent, laissant derrière eux la porte du cabinet ouverte, au moment précis où le vent se levait.

« Et ces papiers qui s'envolent, que contiennent-ils ? demanda Frantisek.

— Rien, des broutilles », dit gaiement le médecin.

Dans la rue, tandis qu'ils marchaient d'un bon pas, Propolski s'attardait sur les moindres détails de l'architecture citadine de Crasneborsk, expliquant comment ces particularités influaient sur les mœurs de ses administrés (« Un jour, par une fenêtre cassée, on vit cette friponne d'Ecratova froncer sa petite bouche… »). De l'analyse urbanistique à la dissection de la vie de quartier. En dix minutes, Frantisek avait tout appris des maladies honteuses, des petites misères et des turpitudes cachées de la moitié des habitants recensés, animaux de compagnie inclus. Et la liste s'allongeait ; Propolski avait une sentence corrosive pour dissoudre la consistance de chaque vertu et un implacable scalpel pour trancher et mettre au jour le plus petit défaut purulent. Inquiet, Frantisek songea que son médecin le gratifiait de cette collection de mémorables épigrammes avec la passion qu'une femme applique à la préparation de la valise de l'époux qui doit entreprendre un long voyage. « Il m'offre tous les charmes et toutes les couleurs du monde vus à travers ses yeux, comme s'il s'agissait des dernières images que je dois conserver avant de fermer les miens, se dit-il. Mais si j'étais en ce moment même à l'agonie, la seule chose que j'emporterais avec moi serait le brouhaha de son bavardage. »

Accablé par la tristesse de qui s'imagine moribond, mon trisaïeul était loin de saisir l'intention de son interlocuteur. La douceur de sa propre fin résonnait en lui comme un accord bien tempéré, teintait d'un ocre caressant et crépusculaire ce qui sans elle n'aurait été qu'une matinée dorée : soleil, blés ondoyant sous un vent calme, chant des oiseaux. Propolski tira mon trisaïeul par la manche pour qu'il s'arrête et dans un élan de générosité plutôt maniéré, style éventail qui se déploie, lui offrit le panorama :

« Un jour tout cela sera à vous, musicalement parlant ; notre chère campagne russe n'a toujours pas trouvé celui qui saura l'exprimer… »

Bourdonnement sourd et continu, une mouche bleu-vert voletant dans les airs. Soudain, en retrait, un colibri s'élance et la gobe. Le silence manque de demi-teintes. Graphiquement, une mouche morte a moins de valeur qu'une croche sur la fragile portée de la vie, trop saturée de notes circonstancielles. « Mais même les mouches ont des petits, pensa Frantisek et il trembla : qui seront dévorés par les araignées. »

« … si vous en avez envie, bien entendu. »

« Envie de gober des mouches ? » Frantisek comprit aussitôt que Propolski avait suivi la ligne capricieuse de sa phrase. Il s'efforça poliment de se rappeler les propos de son interlocuteur. « Un jour… » Ah, oui.

« Si j'ai envie de composer, dit-il. Et le temps pour le faire.

— Du temps ? Du *temps* ? » Les mains de Propolski papillonnèrent ; preuve supplémentaire que dans une vie antérieure, il avait été danseur de flamenco ou maître pâtissier. « Le temps, cher ami, est composé d'une suite d'unités instables, infiniment réductibles ou extensibles ; la volonté, c'est tout ce qui compte. Je vous assure qu'en présence d'une ferme volonté, chaque unité temporelle se dilate comme une bulle jusqu'à créer sa propre forme d'éternité – une éternité circonscrite, bien entendu. Quel est mon âge ?

— Je l'ignore, reconnut Frantisek.

— Moi aussi, car je n'ai pas l'âge que l'on me donne. Du reste, qui croit, à ce stade de notre civilisation, ce que nous dicte le calendrier ? En un mot : un régime équilibré fait des miracles. Naturellement, ma remarque n'a rien de religieux. C'est tout le contraire. Savez-vous à quoi l'on reconnaît un Juif ? À la question “Êtes-vous juif ?”, il répond : “J'imagine que oui.” Est-ce une boutade ? Oui ! Et l'une des meilleures que je connaisse, et je viens de l'inventer. Une autre variante ! À la même question, on vous répond : “Et vous ?” Excellente, et elle aussi de mon cru ! Mais… vous en faites une tête, mon ami. *Layt is lebn.* Réjouissez-vous !

— Si seulement je pouvais…, grommela mon trisaïeul.

— Que se passe-t-il, vous n'appréciez pas mes plaisanteries ou bien le hasard a voulu que vous soyez de la tribu d'Abraham et que vous ayez un peu honte de rire, c'est la traditionnelle susceptibilité *moishe* qui vous chatouille ? Mais ne vous méprenez pas, hein. D'un point de vue religieux, mon projet pour les circoncis n'est pas le pogrom mais l'indifférence. En revanche, je suis contre le christianisme qui transforme en espérance cette fadaise du pauvre type ressuscité, minimise la valeur de toute véritable guérison et jette ainsi le discrédit sur ma profession. De fait, *cette* croyance (je refuse de l'appeler religion) est du chantage psychique pur et simple. Alors, comme ça, le sacrifice, l'hécatombe d'un rabbin sur la croix, pourrait entraîner le salut de toute l'humanité ? Hein ? Quel rapport y a-t-il entre une chose et l'autre ? Que peut engendrer la copule d'un âne et d'un petit verre d'absinthe ? Comment peut-on s'imaginer qu'un homme assumera le destin d'autrui ? Si vous êtes tué par la balle d'un chasseur… qu'est-ce que j'ai à voir avec tout ça, moi ? »

« Et moi, qu'est-ce que j'ai ? » voulut lui demander Frantisek mais Propolski était déjà lancé :

« … naturellement, si la recette miracle était la règle et non l'exception inventée par ce bobard, la foi s'appellerait médecine et ce bas-monde serait le paradis et Dieu serait appelé le Grand Hippocrate… Enfin. Je ne sais plus ce que je dis. J'ai le ventre qui gargouille. Vous avez faim ? Nous sommes tout près de Krasnaya Matrioshka, l'auberge de Ludmila Orlova, une bonne amie qui cuisine divinement les plats typiques et atypiques de la région. On peut y déjeuner et y dîner dans une agréable ambiance intime, sous une véranda avec vue sur la campagne environnante, incluse dans le prix du repas… Prêtez-moi votre bras, le chemin est escarpé et à mon âge, je ne suis plus ce que j'étais, ce qui arrive à chaque instant, malheureusement… »

Au sommet d'une colline, au bout d'un sentier de chèvres, une ferme. Propolski s'illumina. Frantisek regarda alentour, cherchant ce qu'on lui avait promis, et qui n'existait pas, si ce n'est sous la forme d'un lopin de terre battue, en pente, sur lequel étaient posés deux ou trois tables en bois chancelantes, des chaises en paille, certaines avec dossier, d'autres sans, des bancs éclopés, taillés par des menuisiers manchots.

« La gargote est un peu défraîchie, admit Propolski tout en installant délicatement ses rondeurs. Mais les plaisirs simples sont l'ultime refuge des hommes sophistiqués. »

À un léger courant d'air dans son dos, Frantisek s'avisa de la présence du serveur.

« Kvas ? Bière ? Vodka ? Eau ? dit Propolski. Le kvas est mauvais pour votre vésicule, la bière est diurétique mais fermente et vous avez l'estomac délicat ; quant à la vodka, inutile de s'étendre sur ses effets pernicieux sur le système nerveux en général et sur le foie en particulier. Il vous faut de l'eau, bien entendu, pour drainer les calculs et autres calcifications logées dans vos reins. De l'eau pour monsieur et du kvas pour moi, *proszę panie*. Quant aux aliments solides… le hareng est-il frais ?

— Tout droit sorti du tonneau, dit le serveur.

— Provenance ?

— Norvège.

— État civil : poisson. » Propolski rit de sa boutade. Puis, en une transformation soudaine destinée à surprendre et à impressionner son interlocuteur, il plissa le front, se courba comme une vieille mendiante estropiée et dissimula ses yeux sous le manteau de ses joues, tirées comme un rideau postiche. « Sans arêtes ?

— Je les ai arrachées moi-même, une à une, répondit le serveur en s'abstenant d'ajouter "avec les dents".

— Excellent. » Propolski laissa là sa petite comédie médiévale, de gargouille graisseuse, et se frotta les joues. « Nous allons commencer par une petite entrée de *selyodka vaina shuboy* avec des oignons finement hachés et une mayonnaise bien battue, accompagnée d'une petite salade *ovoshnoy*, si toutefois la crème est acide à point…

— Ne vous inquiétez pas, docteur. Avec cette chaleur, le lait tourne à peine sorti du pis de la vache. La crème va être comme du yaourt.

— Bien. Dans ce cas, ajoutez-lui du sel. Les cornichons coupés en grosses lamelles, et la tomate pelée, sans quoi c'est indigeste – se tournant vers Frantisek : Tomates avec peau, hémorroïdes au pot – puis vers le serveur : Et pour que mon honorable ami ici présent ne me prenne pas pour un xénophobe, nous allons ajouter au menu un mets d'origine française, la salade Olivier, à condition que la viande soit fraîche…

— Si ces messieurs tendent l'oreille, dans quelques minutes, ils pourront entendre les cris du porc décapité au sabre, héritage de feu mon grand-père, jadis trempé dans le sang turc et bardé de tripes de janissaires.

— Un vrai patriote ! » s'exclama Propolski, et sans la moindre gêne, il se pencha vers mon trisaïeul et, d'une voix si forte qu'elle annulait sa grossière tentative de se montrer discret, il dit : « En voilà un qui joue les Russes blancs, mais avec ces yeux en amande, ces poils drus qui lui sortent de la tête, des joues et du front, ce teint soufré, il est plus tartare que Gengis Khan. » Après quoi, il se releva et, se tournant vers l'objet de sa sortie, ajouta : « Une lame bien aiguisée évite que la viande ne s'effiloche et que l'os ne s'esquille, choses qui, toutes deux, altèrent la saveur et la consistance du produit final. C'est du moins ce que m'expliqua un cannibale que j'eus l'occasion de soigner à la prison de Smolensk. Et maintenant, passons aux *apéritifs*… Comment sont vos *pirojkis* au foie et à la pomme de terre ?

— Ils sont bons à s'en lécher les doigts, si me permet monsieur le docteur.

— Les doigts de qui ? » Le plaisantin éclata de rire et se tourna vers Frantisek : « Quelle faim de loup, monsieur !

J'avalerais une limace crue, un escargot malade. Va pour les *pirojkis*, alors, mais avec plus d'ail que de poivre ! Ou l'inverse. Et deux soupes de champignons satinées, la fameuse *solianka*, qui embaume tout le parfum des sous-bois, et deux *okroshkas* froides. Et bien entendu, j'attends des merveilles du classique et irremplaçable *bortsch*, truffé de radis râpé et de persil, bien chaud, ce dernier, pour que la vapeur rouge encense nos visages. Et j'aurais plaisir à évaluer la consistance de quelques *gribi v smetane*... Quant aux plats de résistance, vous connaissez la chanson : veau stroganoff, *kotleta po kievski*, *tseplionok tabaka*, avec force persil haché, et ses tiges vertes et odorantes, qui attisent la passion chez ces dames ! Ajoutez quelques *shashliks* au gril, la viande bien cuite mais les petits oignons juteux, et une poignée de *pelmenis* et de *varenikis*, et bien sûr, s'il y a des *golubtsys*, c'est encore mieux. Voudrez-vous également une petite *antrykot*, *panie* Deliuskine ?

— Non. En réalité, je doute que...

— Inutile d'en dire davantage. Je suis votre médecin. Ces derniers temps, votre estomac ne tolère que le lait caillé, n'est-ce pas ? C'est bien ça. Dans ce cas, il y a une petite infection intestinale qui traîne. Laissons l'eau, inoffensive par définition, et buvons de la vodka pure, celle qui tue ou guérit.

— Je lance la commande, monsieur ? demanda le serveur.

— S'il vous plaît. » Propolski le chassa d'un revers de la main. « Les mots appartiennent pour une part à celui qui les prononce et pour l'autre à celui qui les entend, mon cher ami, aussi puis-je vous assurer que ce *shmutsik* a oublié la moitié de ce que je lui ai demandé, et qu'il apportera ce que bon lui semblera », dit-il en se reposant contre le dossier de sa chaise. Mon trisaïeul attendit avec une froide satisfaction d'assister à la scène de sa chute. Il songea qu'à l'instant même où il tomberait, Propolski se débrouillerait pour continuer à débiter des fadaises. « Voyons voir... », dit le médecin, et il se pencha en arrière en inspirant profondément. Les pieds avant de sa chaise flottèrent à plus de soixante degrés de la ligne horizontale du sol, les ailes de son nez aspirèrent le parfum d'une évocation intime, puis, avec le toc d'une décision purement spirituelle, tout revint à sa place, et Propolski ne se cassa le nez que sur une question : « Ludmila Orlova est-elle là ? Qu'en pensez-vous, Frantisek ? M'a-t-elle pardonné ou est-ce à moi de l'excuser (il ne manquerait plus que ça...) ? Avons-nous oublié nos mutuelles offenses ? Devrais-je aller la saluer ou, au contraire, est-ce à elle de venir vers moi ? Me faufiler par la porte de service ou entrer par la porte principale ? Ludmila est-elle là ?

— Allez savoir, dit mon trisaïeul.

— C'est juste, tout à fait juste, approuva Propolski. Le ciel n'est pas un jupon qui se soulève pour les timorés. Je reviens dans deux minutes, trois. Ne m'attendez pas. »

Propolski se leva, se redressa, rentra le ventre, bomba le torse, lissa ses cheveux et s'élança vers la porte de service. Mon trisaïeul le vit se perdre, plonger dans cette obscurité, parmi ces chaudrons. Il songea à profiter de cet instant pour prendre la fuite mais n'en fit rien. La simple énumération de ses maux le vissa à sa chaise : des élancements comme des coups dans les reins, la noirceur de ses urines, une vertigineuse et sauvage détonation d'ocres éclaboussant l'émail de la cuvette au moment le plus intime de sa journée. Sans parler de ces suffocations nocturnes, quand le cœur semble près de sortir de la poitrine et de se jeter dans un précipice, et de ces piqûres d'aiguille entre les côtes... « Que peut bien faire Andreï en ce moment ? se demanda-t-il. Est-il sur le sein de sa mère ? À quoi ressemble l'univers mental d'un bébé ? Des mots comme des musiques, des souvenirs de goûts et d'odeurs ? Sait-il que j'existe ? » Dans un tressaillement d'amour, il ressentit la terrible injustice des distances et la violence du temps, qui ferait grandir son fils et un jour l'éloignerait de lui à jamais. C'était la franche douleur d'un homme devenu père sur le tard qui caressait le rêve anxieux et dévorant d'aimer sans repos le fruit de sa semence avant de disparaître. Et cela résonnait à ses oreilles comme une rumeur distincte de tout le reste, comme une voix qui lui parlait.

« Non », disait-elle.

« Est-ce que, se demanda mon trisaïeul, malgré la somme de toutes les souffrances qui lui faisait tolérer cet imbécile (Propolski), quelque chose d'objectif et de surhumain lui répondait ? Cela même qui répondait à ses prières non exaucées lui proposait à présent de repousser le terme fixé ? »

« Non…, disait la voix, et c'était une voix de femme. Non… Pas ici… Ce n'est pas l'en… Égoï… Non… Comme ça… Non… Oui… Sors… »

Tintamarre de casseroles et marmites, un peu comme un mugissement. Le sabre du grand-père égorgeant une vache ? Soudain, la voix sortit de la cuisine : « Attention à l'eau ch… », et l'instant d'après, le chat échaudé qui s'enfuit en miaulant par la porte de service. « *Oy vey, Alexeï.* »

Sur un plan conjectural, mon trisaïeul examina la possibilité de mesurer le silence qui sépare deux moments lorsque ces derniers forment une unité simple, la désolation. Il n'avait abouti à aucune conclusion lorsqu'une main triomphante mais légèrement tremblante, suivie du reste du corps d'un Propolski décoiffé, s'appuya au chambranle de la porte et demeura dans cette position quelques secondes. Après ces brefs instants d'immobilité divine, le médecin esquissa sa meilleure moue complice et s'approcha de la table, titubant après l'effort, tout en reboutonnant la braguette de son pantalon.

« Il n'y a rien de nouveau sous le soleil, mais combien de mondes anciens restent à découvrir ! soupira-t-il en s'affalant sur sa chaise avant de s'accouder à la table. Si vous saviez tout ce qu'a appris cette coquine de Ludmila pendant les mois où nous ne nous sommes pas vus ! Je ne sais pas s'il faut s'en réjouir ou s'en inquiéter. Depuis combien de temps vous ai-je abandonné ?

— Je l'ignore, je suis sorti sans ma montre, dit mon trisaïeul.

— Je vais être franc avec vous, *caro* Frantisek : je n'ai rien contre l'idée que le plaisir s'accumule et qu'il s'étende dans la durée, mais je peux vous affirmer qu'il y a des intensités qui sont directement liées à l'inconfort, au trou et à la brièveté. Rendez-moi un service, voulez-vous, et dites-moi si un gardien du premier petit trésor, une pilosité hélicoïdale ou une boucle vénusienne, ne me décore pas la moustache ? Non ? Moi, comment vous dire, je renifle encore l'effluve, je sens sur mes lèvres le chatouillement sournois de l'anneau du bonheur… Qu'y a-t-il ? Vous ne voyez rien ou vous refusez de voir ? Je suis convaincu que pour vous, certains sujets… comment dire ? Ah, voici nos plats ! Enfin. Je suis épuisé. Ludmila est une vraie vampiresse, en moins de deux elle m'a vidé jusqu'à la dernière goutte de… Eh, ne penche pas ton plateau, abruti ! »

Propolski s'empressa d'aider le serveur, se chargea de distribuer assiettes, bols, pichets, verres, coupes, plats et récipients débordants d'aliments solides et liquides, cuits, crus, refroidis, puis, ruisselant de joie, il s'affaira à mélanger, goûter, séparer, recombiner les différents éléments qui dégoulinaient, s'enchâssaient, se décomposaient ou se déversaient. Frantisek contemplait les acrobaties auxquelles se livrait son médecin pour engloutir les aliments, un exercice de séduction des mondes inertes (crus et cuits), élaboré à base d'yeux exorbités d'hypnotiseur, de frétillements de langue de lézard, de coups de mâchoires avant et arrière, de claquements satisfaits et de ronronnements de déglutition. Toute cette suite d'ajustements, d'arrangements et d'effondrements qui se produisaient dans la physionomie de Propolski, et qui rappelaient les gesticulations d'un automate dont le mécanisme aurait commencé à se gripper, ne l'empêchait pas, chaque fois qu'il engloutissait une bouchée, de la comparer à d'autres qu'il avait eu l'occasion de déguster tout au long de son existence dans différents restaurants, cantines, bistrots, tavernes, relais et auberges de toute la Russie, et qui semblaient s'ajouter aux plaisirs du présent, se matérialisant dans son imagination en de nouvelles et ineffables quantités, volumes et saveurs. Chez mon trisaïeul, en revanche, le simple spectacle de cette débauche de nourriture provoquait par avance une sensation d'écœurement, tandis que le commentaire verbal y ajoutait une sorte de nausée morale. Il se demanda à nouveau ce qu'il faisait là, en compagnie de cet être vulgaire et méprisable, un inconnu qui le prenait à témoin et le croyait complice de cet étalage d'excès répugnants ; un charlatan à coup sûr, un type qui n'avait même pas le courage de lui lancer à la figure son diagnostic fatal. Mais si Propolski était une somme tangible et provisoire de tout le mal qui pouvait s'accumuler en cette journée, qu'en était-il de lui-même ? Pourquoi consentait-il en silence à tout cela ?

« J'adore les plaisirs simples, répéta Propolski tout en suçant la bave blanche, dégoulinant en tentacules gélatineux, de la moelle d'un os rond et creux, les, slurp, plaisirs, ah, simples, sont, hmm, l'ultime refuge des hommes compliqués… Vous n'en voulez pas une petite lichette ? C'est exquis ! Quoi ? Je ne vous entends pas, mon ami, je ne vous entends pas !

— Mon incurable faiblesse, mon incurable faiblesse », murmurait Frantisek.

Desserts : blinis recouverts d'une neige de crème épaisse et d'une pluie de sucre. Délicieux *khvorost* et imprononçables *gouryevskaya kasha*. Il y eut aussi des *khachapuris* et des *prya-*

nikis à foison, une constellation d'anges affamés. Propolski mangea, se tapota le ventre, éructa en diverses tonalités tout en récitant les noms des plus illustres représentants du courant de poésie rurale imaginiste qui avait connu son heure de gloire à Odessa pendant la période comprise entre 1660 et 1674 (une sélection d'éminences de second rang) et qui prônait l'élimination de la rime et encourageait les combinaisons de la « cacophonie casuelle » ; il étouffa – enfin une note de pudeur – une flatulence, puis il se leva, laissant entendre à son compagnon de table que le détail de l'addition lui incombait. Mon trisaïeul paya et quitta les lieux.

« Partir, c'est mourir un peu et mourir c'est partir un peu trop. *Ciao*, Sofia », glissa Propolski en guise d'épitaphe. Puis, se ressaisissant : « Quelle journée, *caro fratello* ! Nous avons mangé, forniqué (moi, du moins), éructé, nous retremperons le biscuit à tout moment… Et cela ne fait que commencer !

— Elle ne s'appelait pas Ludmila ? dit mon trisaïeul.

— Qui ça ?

— Ludmila. Elle ne s'appelait pas Ludmila Orlova, votre amie ?

— Si, et alors ?

— Non, c'est que vous avez dit "Sofia". "*Ciao*, Sofia."

— Ah, c'est donc ça. Je me disais, ce petit cul… Elle était si jeune et si changée que, enfin, je crois qu'il y a eu une heureuse confusion et que j'ai honoré la fille. Au fond, c'est pareil, ça reste en famille ! Savez-vous ce que nous allons faire, à présent, à des fins purement émollientes et digestives ?

— Rentrer à Crasneborsk, hasarda mon trisaïeul.

— *Nein.* Nous allons nous offrir une magnifique sieste dans une grange qui est… »

Propolski leva la main, pointa devant lui son index grassouillet et courtaud. Un oiseau noir croisa alors la trajectoire balistique de son doigt. « Un *oschtropoï*. Oiseaux de mauvais augure. On en voit rarement dans les parages. »

Donnant corps à cette affirmation, à cet instant précis, l'*oschtropoï* fit quelques battements d'ailes spasmodiques, et tomba à terre comme s'il venait de heurter une barrière invisible, disparaissant de la vue des deux passants. Quelques secondes plus tard, le coup de feu résonna.

« Abattre la mort, est-ce un redoublement inutile, un présage funeste ou le signe d'une chance exceptionnelle ? La réalité, mon cher ami, nous réserve des merveilles impénétrables. Parfois je pense que tout, lumières, ombres, bruits et couleurs, fait allusion délicatement et infiniment à ma noble personne. Je distingue une brindille flottant dans l'air et voici qu'elle dessine la première lettre de mon nom. Quelle belle attention cosmique ! dit Propolski.

— Oh quel univers imbécile… », murmura mon trisaïeul.

Après-midi champêtre. De temps à autre, Propolski aidait au processus de pollinisation en se penchant pour humer une fleur, se talquant le museau au passage, comme le nez d'un clown rêveur.

Frantisek put enfin quitter son médecin au petit jour. Sur le chemin, il se laissa aller au bonheur sans tache qui envahit l'homme regagnant son foyer après un long voyage hérissé d'embûches. Oubli des petites blessures, des défections quotidiennes. Sentiment de plénitude. Tandis que la nuit s'effilochait et qu'il se promettait de ne plus jamais abandonner sa famille, Frantisek songea qu'il assisterait bientôt à la première aurore.

Il arriva à sa propriété quelques minutes avant le lever du soleil. Le contour, d'ordinaire solide, des objets s'estompait en particules irisées. Il fut d'abord frappé par le silence des coqs. Puis par les pleurs d'Andreï. Ce n'était pas la plainte du bébé réclamant sa mère parce qu'il a faim, mais le désespoir de celui qui a appelé toute la nuit sans obtenir de réponse. Frantisek entra dans la chambre conjugale. Assise dans un fauteuil près du lit où Jenka se tenait immobile, il y avait une ombre noire, quelque chose qui se tourna vers lui. Frantisek reconnut la lueur de ce regard.

« J'ai voulu lui donner le sein mais c'est inutile. Mon lait s'est tari », dit Athénéa.

6

Frantisek ne comprit qu'après l'avoir perdue combien Jenka avait été importante pour lui. La légèreté, ce don de le rendre heureux, commença à se révéler pleinement à lui après que le vent eut dispersé les cendres de la défunte parmi les fitzroyas de la vallée de Crasneborsk. Alors seulement il comprit combien il l'avait aimée. Dans ses bras, Andreï contemplait les braises du bûcher qui avait consumé sa mère. Derrière lui, à quelques pas, Athénéa psalmodiait ses prières.

Après la crémation, mon trisaïeul embaucha une nourrice, Marina Tsvetskaïa, une matrone laitière, et se terra dans son lit. Une douleur sourde et lancinante lui perçait les os. Il attribua cette souffrance à une réaction de son organisme devant l'absence de Jenka ; l'amour était ce feu immatériel et silencieux dont les flammes le léchaient avant de l'anéantir. Les draps tirés jusqu'au cou, il observait les signes les plus visibles de la vie – le rire de Marina donnant le sein à Andreï, un oiseau à la poitrine orangée picorant le vert fluorescent d'un champignon qui dévorait le cèdre dont les branches fleurissaient de l'autre côté de la fenêtre – et se laissait aller, s'abandonnait doucement aux souvenirs. Son esprit remontait à ses premières expériences musicales, ses exercices de combinatoire développés sur des corps féminins. Il pouvait admettre à présent la frivolité de son comportement, la froide préméditation avec laquelle il avait manipulé ces femmes, mû par la rancœur de celui qui sait par avance qu'il n'atteindra pas l'objet de ses recherches. Frantisek fermait les yeux pour mieux évoquer les vagues d'extase évanescente qui le submergeaient au beau milieu de ces sabbats... De tels excès n'avaient servi à rien, sauf peut-être à donner consistance à une douleur qui s'installerait dans le temps et que seule l'existence de Jenka était parvenue à calmer, durant un laps de temps si bref que le contraste n'en était que plus terrible. Elle avait été son baume, la véritable cause et le but vers lequel avaient toujours tendu ses actions, et tout cela avait aujourd'hui disparu, le laissant dans le plus grand désarroi. À présent il n'avait d'autre choix que d'accepter le caractère provisoire de son existence, qu'il considérait comme un simple prolongement de ce souvenir.

Lentement, au fil des jours, les versions de Jenka que conservait Frantisek le submergèrent, l'une après l'autre, comme un torrent continu. Convaincu qu'il ne survivait que pour entretenir son souvenir, il devint la sentinelle qui guettait le flot en espérant qu'il se tarisse. Comme cela n'arriva pas, tout au moins dans l'immédiat, mon trisaïeul dut accepter la dureté du paradoxe. Morte, Jenka semblait devenir interminable, incessante, comme si son doux écoulement était le prélude à l'hommage qu'il devait lui rendre : un adieu durable en musique.

Bien sûr, pour composer le requiem ou la messe solennelle, il aurait fallu à Frantisek un peu plus de santé, de solitude et de concentration. Mais ces conditions étaient devenues un luxe car depuis la mort de Jenka, Athénéa avait décidé de s'occuper de lui. D'abord par politesse, puis par respect, et enfin par crainte, mon trisaïeul n'opposa aucune résistance aux traitements que lui administra sa gouvernante. Ces interventions qui épuisaient son corps et perturbaient son esprit lui servaient par ailleurs de parfait alibi pour repousser le moment où il devrait s'enfermer et créer, autrement dit rendre hommage à la défunte avant de l'abandonner à son sillage de dissolution.

Quant à Athénéa, dont le zèle obéissait à d'autres causes que la préservation de cette fidélité d'outre-tombe, elle ignorait le secret de ce fonctionnement équivoque et tous ses efforts ne visaient qu'à aider un veuf éploré à entretenir le jardin de son souvenir. Quoi qu'il en fût, même si ses raisons profondes lui demeuraient étrangères, elle ne manquait pas de remarquer la duplicité de son « patient », qui tout en se soumettant à ses manipulations semblait se cloîtrer dans sa souffrance. Ce trait de caractère de mon trisaïeul l'irritait. Elle laissait parfois échapper son agacement : « Détendez-vous », lui disait-elle tout en massant ses mollets de ses mains fortes et sèches qu'elle avait plongées quelques minutes plus tôt dans une cuvette d'eau glacée.

Naturellement, en agissant de la sorte, Athénéa outrepassait ses fonctions ; dans une situation normale, il aurait suffi d'un mot de son employeur pour la remettre à sa place. Mais ce mot n'était jamais prononcé et c'est sur son omission que fleurissait cet excès.

Dévorée par une fièvre dont le véritable sens lui échappait, Athénéa n'avait d'autre choix que de continuer à transgresser les limites, dans une recherche qui, sur un plan métaphorique, ne faisait qu'accompagner l'intuition selon laquelle Frantisek et son comportement ambigu lui présentaient de nouvelles facettes de l'univers masculin, mais que, par ailleurs et en fouillant dans une autre direction, un peu plus intime, il ne pouvait que lui tendre le miroir de ses propres émotions, sur lequel elle n'aurait jamais imaginé se pencher. En résumé, Athénéa ne savait pas qu'elle s'était éprise de son patron, de ce veuf triste et fuyant ; elle ignorait qu'elle l'aimait avec une dévotion brûlante, exigeante, anxieuse, dépourvue de tendresse ; elle l'aimait sans espoir de retour, sans rêve, sans se sentir enveloppée dans cette douce et hypnotique toile d'araignée qui, partant du regard de l'amant, projette un rayon de lumière sur l'être aimé qui, en la réfléchissant, produit l'illusion trompeuse d'en être non pas l'écran mais la source émettrice. Au lieu de cela, elle était emportée par une soif, une exigence sordide que rien n'assouvissait. Aussi prenait-elle peu à peu l'apparence d'une personne accablée sous le poids d'une chaîne de déceptions ; son rictus devint plus sérieux et son sourire plus amer.

Curieusement, Frantisek imputa cette métamorphose d'Athénéa à la crainte que devait lui inspirer la diminution de ses responsabilités domestiques ; des tâches que Jenka n'avait pas retranchées (qui elle-même avait été retranchée de la vie) mais que lui avait retirées cette soudaine rétraction qui l'avait empêchée de nourrir Andreï. Il avait même eu l'intention, du fond de sa propre souffrance, de lui en toucher quelques mots, une petite phrase de soutien, un proverbe réconfortant, quelque chose qui puisse dissiper cette crainte. Puis, comme toujours, il laissa passer l'occasion et, finalement, il oublia – ou quelque chose en lui, de plus sage et de plus conscient, choisit de ne pas le faire. Était-ce là sa petite vengeance ? Peut-être pas ; peut-être était-il simplement sous l'emprise de ses sombres méditations et des décisions d'un sombre esprit, celui de la divinité qui présidait à son déclin. Pire encore, sa vue baissait ; au lieu d'entrer dans cette zone resplendissante réservée à ceux qui souffrent d'un décollement de la rétine, et qui confère une aura de sainteté provisoire aux objets et aux personnes, mon trisaïeul ne percevait qu'une brume opaque qui brouillait tout.

Frantisek dissimula cette nouvelle défection de son organisme ; sa situation était suffisamment compliquée pour ne pas l'aggraver avec la révélation d'une autre faiblesse, dont Athénéa voudrait peut-être tirer profit pour le soumettre à de nouvelles extravagances. Aussi préférait-il se taire et, avec l'avidité des condamnés, il essayait de saisir les dernières lueurs du jour, se penchait sur le berceau d'Andreï afin de graver sur sa rétine le souvenir de ses traits adorés. Chaque fois semblait être la dernière, la perfection de l'enfant se voilait, s'estompait (des années plus tard, bien que pour d'autres raisons, mon père vivrait avec moi la même douloureuse situation). Dans l'obscurité croissante, Andreï tendait ses petites mains, lui attrapait un doigt, souriait et murmurait : « Papounet. »

Dans l'obscurité croissante. Dans l'obscurité croissante de son existence, ce n'est qu'au moment de se coucher qu'il retrouvait le contour des choses. C'est pourquoi il se raccrochait à ces moments ; il essayait même d'introduire le rêve dans ses périodes de veille et d'en tirer une méthode, il voulait entrer et sortir d'un état à l'autre comme s'ils étaient reliés par une porte tambour. Propolski, dont les opinions lui avaient d'abord fait l'effet d'un condensé d'insanités, avait-il raison lorsqu'il disait que le temps était constitué d'unités infiniment expansibles ? Il se demandait maintenant s'il était possible de récupérer le monde (celui qui était déjà perdu et celui qui commençait à lui échapper) par le simple procédé consistant à inoculer à chaque rêve la notion d'éternité. Rêver le monde par fragments, avec ferveur et lucidité, jusqu'à le reconstruire tout entier. Un monde fait selon sa fantaisie, aussi complet et durable que le vrai, et qui ne prendrait fin que le jour où lui-même l'aurait décidé.

Par la force des événements, les expériences de Frantisek ne dépassèrent jamais leur phase initiale ; elles ne parvinrent jamais au stade de rêve éveillé. Mais une nuit, après une suite d'endormissements et de réveils, il réussit à figer le visage de Jenka. Elle était à ses côtés, dans la bibliothèque de la maison.

La nouveauté de la situation ne tenait pas tant à la présence de la défunte (qui jusqu'alors s'était montrée fuyante, comme le sont en général les morts fraîchement disparus) qu'au fait que Frantisek avait réussi à se rêver lui-même comme un corps autonome et acteur du rêve, un être séparé de sa propre conscience de rêveur et ignorant même que c'était son propre moi qui le rêvait. Soudain, Jenka, qui avait passé un long moment à contempler paisiblement les flammes dans la cheminée, se tourna vers son mari et lui dit : « Le mariage consiste en l'exécution de quelques notes bien choisies. » Frantisek inclinait la tête en signe d'approbation. D'un bond, un chat blanc au pelage abondant traversa la scène et alla se coucher sur le tapis, à moins d'un mètre de la cheminée. « Jan », murmura Jenka. Frantisek soupçonna sa femme d'avoir nommé un amant. « Quoi ? » dit-il. « Jan, notre chat. Tu lui as donné ce nom en hommage à Jan Sweelinck », dit-elle. « Qui est ce Sweelinck ? » demanda-t-il. Jenka lui adressa un regard plein de compassion pour les failles de sa mémoire : « C'est un des précurseurs du contrepoint, il a composé des pièces pour orgue comme si elles étaient destinées à être chantées par une voix humaine. Tu as toujours adoré son style. » « Ah. Bien sûr. Un prédécesseur de Frescobaldi », dit Frantisek en s'appuyant contre le dossier de sa chaise. Jenka se pencha vers son mari. « Tu adores les chats », lui dit-elle. « Je ne le savais pas. » « Il y a beaucoup de choses de nous-mêmes que nous ignorons », commenta-t-elle avec affectation. Et elle ajouta : « Ton problème n'est pas ce que tu ignores mais ce que tu oublies que tu sais. » Frantisek rit, mal à l'aise, tout en se demandant pourquoi Jenka s'engageait si tardivement sur la voie du reproche, pourquoi elle se penchait de cette manière, comme si elle était près de s'écrouler. À une si courte distance, il distinguait les irrégularités de ses traits et les imperfections de sa peau. Frantisek comprit qu'il était en train de s'enfoncer à l'intérieur de quelque chose qui provenait du regard de sa femme, ou peut-être d'une zone plus profonde, de ses organes internes. Et le pire était qu'il ne pouvait échapper à cette force qui le saisissait comme une chose inerte, ni s'en écarter d'un seul centimètre, parce que le mouvement arrière de son corps se heurtait à la solidité du fauteuil. « Quoi… ? » trembla-t-il. « Chhhhut », dit-elle. Et, entrouvrant les lèvres, elle laissa pointer sa langue et commença à lui lécher le visage en poussant des gémissements de satisfaction. L'odeur de la salive de Jenka, sa densité, était différente de l'ordinaire. Ce n'était pas forcément désagréable mais déconcertant. « Tu ne t'imaginais même pas ce que tu ratais », dit la nouvelle voix de Jenka. Frantisek ferma les yeux…

Personne ne s'étonnera qu'en cet endroit de mon récit j'écrive qu'en ouvrant les yeux et en émergeant de son rêve, Frantisek découvrit Athénéa se balançant nue, juchée sur son membre.

À partir de cet instant, il n'y eut pour Frantisek ni jour sans cruauté, ni lune sans amertume. À quelques nuances près, bien sûr. Au début, bien qu'il fût le fruit d'une manipulation qui avait abusé sans vergogne de son inconscience de dormeur et de sa faiblesse générale, au point de ressembler à un viol, l'acte sexuel avec Athénéa rejaillit sur toute son existence ; surtout parce que, certaine du pouvoir qu'elle exerçait en ce domaine, Athénéa avait décidé de réitérer les faits dans l'espoir de le conquérir, jouant l'atout de son savoir-faire érotique au risque de perdre toutes les autres cartes de l'amour. Elle imaginait que, malgré sa mine fade et tremblante de vieille dame coincée, ses tétines de vierge, ses hanches de jeune homme et ses fines lèvres de nonne, ni Jenka ni son souvenir ne pouvaient rivaliser avec elle. Mais elle ne s'abandonnait pas pour autant à cette pensée ni à la certitude que le combat était gagné d'avance. Elle se méfiait de Frantisek. Au lit (ou dans toute autre position où, à partir de cette nuit, elle s'arrangeait pour qu'il la prenne), elle épiait le moindre de ses gestes, renonçait à son propre plaisir ou le différait pour s'assurer en échange de la constance de celui de son partenaire ; elle le traquait jusque dans son sommeil, le pourchassait en silence ou en sonnant la fanfare. Frantisek était profondément perturbé. La frénésie d'Athénéa l'avait ému malgré lui et son spectacle le captivait, et il était forcé de reconnaître qu'il bandait pour une femme qui ne lui plaisait même pas. Il pensait cependant que son euphorie charnelle était un signe trompeur, comme la promesse de rétablissement qui, peu avant la fin, se dessine sur le visage des moribonds. C'est pourquoi, en définitive, malgré son immersion dans la mécanique d'enthousiasmes et de cris orgasmiques, il donnait peu d'importance à ces ébats ; ils lui semblaient sans gravité, si ce n'est peut-être lorsque la sensation d'être infidèle l'envahissait au beau milieu d'une pénétration et que, tandis qu'il poussait les râles et les gémissements d'usage dans de telles circonstances, elle lui faisait mordre sans le prononcer, comme une incantation, le nom de la défunte.

Bien évidemment, sa discrétion ne parvint pas à leurrer Athénéa. Dans ses yeux, elle voyait qu'il ne s'agissait pour lui que de quelques nuits d'une passion frivole. Et cela l'atterrait. « À quoi songe-t-il vraiment ? Dans quel recoin de ses pensées me place-t-il ? » En dépit des maigres gains qu'elle avait obtenus jusqu'alors et dont elle se plaignait, l'amour, et ses promesses de bonheur à venir, l'aidait à supporter l'humiliante certitude que Frantisek la considérait comme une vulgaire femelle mais il l'empêchait d'admettre qu'en la serrant dans ses bras, cet homme dominait tout ce qui en elle palpitait comme possibilité, et la réduisait à cette terreur archaïque et palpable qui hante la femme non aimée, à sa condition de cauchemar.

Au fil des jours, Athénéa s'adapta à cette condition, elle l'ajusta à son être comme un masque moulé sur nature. Mais avant de devenir ce sinistre miroir d'une autre mort, avant de s'abandonner à la catastrophe implicite dans ce renoncement, elle lutta et résista ; elle le fit avec la pureté, la maladresse et l'ingénuité (un mélange de délire sentimental et de mauvais calcul) qui caractérisent tous les amoureux. Pour se rapprocher du cœur de mon trisaïeul, encore affecté par la mort de Jenka, elle aurait peut-être dû adopter une stratégie faite d'attentions, de gestes de compréhension, de soutien et de patience, qui, au bout d'un certain temps, aurait reçu en retour une réponse et, faute d'amour, de la tendresse et de la gratitude. Mais Athénéa était trop orgueilleuse ou trop anxieuse pour cela, et lorsqu'elle s'offrit à Frantisek, ce fut dans l'espoir d'obtenir d'un seul coup la totalité qui lui avait été jusqu'alors refusée. Et comme cela n'eut pas lieu, dans le vide tremblant qui s'ouvrit devant elle et ses attentes frustrées, elle n'eut d'autre solution que de redoubler sa mise, essayant de donner consistance à ce qui s'était déjà produit, de le rendre « réel », par le simple procédé de le rappeler à chaque instant à son amant.

Frantisek prit ce geste pour une injonction ou tout au moins pour une requête formulée depuis une position de force. Il interpréta les propos d'Athénéa comme une demande d'indemnisation, la condition préalable pour se libérer de ce lien passionnel épuisant, et sur le ton timide et ambigu de ces personnes qui considèrent qu'il est de mauvais goût de parler d'argent, il avança un chiffre. Il en attendait une réponse enthousiaste et un départ immédiat. Il fut déconcerté d'assister à une crise de larmes. En quoi s'était-il trompé ? Sur la somme promise ? Était-ce trop ou pas assez ? Et si la réaction d'Athénéa n'était pas une question d'argent ? Mais si ce n'était pas le cas, qu'était-ce donc ?

Après quelques jours de réflexion, il conclut qu'il valait mieux ne pas demander d'explication. Par prudence, et tant qu'il ne trouverait pas le moyen de comprendre ce qu'Athénéa attendait de lui, il décida de projeter sur leur relation l'ombre d'un haussement d'épaules imaginaire : lorsqu'il la croisait dans les couloirs de la maison, il esquissait un sourire morne et continuait son chemin. Naturellement, il n'aurait échappé à aucun observateur objectif que dans cette fuite il y avait de la perplexité, dans ses sorties de scène Frantisek faisait preuve d'une sorte de précipitation pensive, comme un paralytique qui tomberait dans un escalier. Mais le pire était son apparence chétive et délabrée : la tête enfoncée dans les épaules, le dos voûté, les jambes flageolantes, la chemise sortie du pantalon et pendant sur son ventre, le regard perdu dans cette pénombre qui l'enveloppait.

Quant à Athénéa, bien qu'elle fût encore blessée par une proposition objectivement insultante, elle remarqua que sa réaction avait touché de manière inattendue un point faible de Frantisek. Cela indiquait – en déduisit-elle – qu'il fallait persévérer. Et redoublant d'emphase, elle s'évertua à lui parler du lien qui les unissait, exhumant le moindre détail de chacune de leurs rencontres – depuis sa première apparition jusqu'aux actes et aux paroles échangées quelques secondes plus tôt –, chargeant de sens la moindre conversation. Ces émotions en cascade étourdissaient Frantisek, leur flux l'empêchait de voir qu'il aurait pu mettre un terme à ce jacassement en disant simplement : « Ma chère, pourriez-vous fermer votre bec et me laisser en paix une bonne fois pour toutes ? »

Mais il ne fit rien d'approchant. Son mutisme paraît inexplicable si l'on pense qu'hormis quelques accrochages nocturnes rien ne le liait à cette femme. Cependant, le mélange de remords et d'agacement que lui inspirait Athénéa, l'habileté retorse avec laquelle elle s'était imposée à lui, avaient donné une certaine densité à sa vie ; bien qu'il l'ignorât, bien qu'il continuât d'allumer en pensée des bougies sur l'autel de la défunte, le souvenir de Jenka et de son don naturel de le rendre heureux s'était évanoui.

Fut-ce par égoïsme ou inconséquence que mon trisaïeul, qui tenait Athénéa pour un obstacle, finit par l'accepter ? Elle n'était pas la femme qu'il voulait : elle était celle qui était là. Naturellement, cette évidence n'explique pas tout. Je pense qu'en la conservant dans son foyer, en se soumettant progressivement à ses exigences, à ses constantes revendications et à sa conduite intempestive, Frantisek avait trouvé un prétexte idéal pour ne pas s'acquitter de ses obligations envers la musique. Les heures réelles et le temps psychique qu'elle consommait le laissaient à l'état de loque. C'est du moins ce qu'il supposait. En un sens, donc, Athénéa, dont le constant bavardage constituait la principale entrave à la création musicale, était devenue, en raison même de ce qu'elle empêchait, son châtiment.

Ainsi, bien qu'il ne la supportât pas, Frantisek lui était totalement dévoué.

Néanmoins, avant de s'avouer vaincu pour de bon, il fit une dernière tentative, d'une bêtise telle qu'on ne peut qu'y voir un sursaut de résistance en prélude à la reddition finale. Si Athénéa – se dit-il – s'était accrochée à lui lorsqu'il s'était montré disposé à l'indemniser et à la voir disparaître pour de bon, la situation ne s'inverserait-elle pas s'il commençait à présent à lui faire la cour, à feindre de ne pouvoir vivre sans elle ? Dans la pratique, son hypothèse s'effondra. Ne considérant pas (parce qu'elle les ignorait) les sentiments de la personne sur laquelle elle prétendait influer, sa tentative produisit des résultats contraires à ceux escomptés : Athénéa fit une interprétation littérale du comportement de Frantisek, et croyant qu'elle avait enfin percé le cœur de pierre de l'homme qu'elle aimait, elle s'abandonna aux douceurs de son nouveau comportement : ravissement diurne, embrasement nocturne, formulation lyrique d'un fatras de projets communs.

Frantisek comprit qu'il était tombé dans son propre piège le jour où Athénéa lui dit :

« Je crois que nous devrions envoyer une lettre à ton père.

— Une lettre ? Pour lui dire quoi ?

— Inutile que tu me la dictes, dit-elle. Je l'ai déjà écrite. »

Et elle lut :

Cher père,

Il vous semblera peut-être précipité qu'après un récent veuvage je vous écrive pour vous communiquer mon prochain…

Et cetera.

Le jour de la noce, Athénéa portait une coiffure extravagante qui ne lui seyait pas du tout, une sorte de choucroute piquée de fleurs d'oranger et une robe de soie verte brodée d'or. Le chroniqueur anonyme d'*Izvestia* qui couvrit la cérémonie (Propolski) nota que « grâce à l'observation scrupuleuse des indications de son médecin, une éminence locale, l'illustre compositeur Frantisek Deliuskine était rétabli d'une série d'indispositions dont il souffrit il y a peu » tandis que « svelte, fort belle, l'œil vif », la mariée semblait ne pouvoir ajouter foi à ce qu'elle voyait. À la suite d'une confusion du chef de chœur (dont seul mon trisaïeul se rendit compte), les voix chantaient une mélodie grégorienne.

Des forces célestes montent et descendent
En se passant de main en main des seaux d'or

Comme toujours, Frantisek admira les caractéristiques de ce chant : sa constante circularité autour d'un son principal, sans pour autant donner la sensation de centre à la manière de la tonique finale ; l'évitement des grands intervalles et la rythmique librement oscillante, qui ne suit pas l'accentuation du sens mais la tendance expressive de la langue. « Un style archaïque mais solide », songea-t-il tout en jetant un coup d'œil sur sa droite, vers ses amis compositeurs qui lui adressaient des grimaces picaresques. Grégorien. Il avait un jour pensé utiliser la sévérité de ce modèle, en le soustrayant à la rigueur de sa principale vocation, la messe, à des fins de poétisation plus intimes. Un chant grégorien écrit pour Jenka ? Dans ce cas…

« Fran… », Athénéa le poussa du coude.

… dans ce cas, une liberté se transformerait en une forme nouvelle. Mais s'il sortait du cadre de la liturgie, en introduisant l'amour comme axe…

« Frantisek…

— Quoi ? dit mon trisaïeul.

— Vous pouvez vous embrasser », dit le prêtre.

« Mode ionien », murmura-t-il, et il se pencha vers la mariée.

7

Andreï fut confié à Marina Tsvetskaïa, sa nourrice, et les jeunes mariés partirent en voyage ; Athénéa voulait découvrir l'Europe *tout entière*. La première étape fut Saint-Pétersbourg. C'était l'été. Dans la ville déserte il n'y avait pas un seul théâtre ouvert. Ils n'allèrent ni au palais de Pavlovsk, ni aux concerts, ni sur aucune île. Frantisek encourageait sa femme à sortir seule ; il restait, quant à lui, cloîtré dans leur chambre d'hôtel, volets fermés. Il essayait de s'habituer à la nuit, ou peut-être cherchait-il à percevoir une faible lueur d'espoir, les filtrations du jour dans l'obscurité. Mais il perdait la vue peu à peu, inexorablement.

De Saint-Pétersbourg à Narva. De Narva à Tallinn et Tartu. De Tartu à Riga, Klaipeda, Kaliningrad. Ils parvinrent en Pologne et restèrent quelques jours à Elbląg. De là à Olsztyn, Varsovie, Wrocław, Cracovie… En Tchécoslovaquie, Prague seulement. De l'Empire austro-hongrois, Athénéa ne voulut connaître que Vienne et Budapest. Berne, en Suisse. En Italie, Milan (pour la mode), Venise (pour les canaux), Florence (pour le Dôme), et Rome (pour le pape). L'Espagne ne l'intéressa pas, la France oui. Ils traversèrent la Manche pour qu'elle voie Londres. Profitant du climat tempéré, ils se rendirent à la station balnéaire de Brighton. Là, sur les conseils d'un hydrothérapeute qui avait été recommandé à Athénéa par une comtesse polonaise à la recherche de son amant (un Tunisien mineur au teint olivâtre qui deux heures plus tôt s'était enfui à Sfax par la porte de service de l'hôtel d'en face, emportant avec lui tous les bijoux de la famille Potocki) et entrée par erreur dans l'hôtel où ils étaient descendus, Frantisek se soumit à une série de procédés curatifs. Le premier consistait en une crucifixion inversée : il était pendu la tête en bas, les clous remplacés par des cordes, les bras grands ouverts pour augmenter la capacité de sa cage thoracique, dans l'idée que le haut de ses poumons exsuderait le mal dont il souffrait. Puis, un masseur de renom infligeait à son corps une série d'étirements, de torsions des muscles et de réalignements de sa structure osseuse.

Après s'être prêté à ces procédés pendant un temps, Frantisek se permit d'émettre quelques doutes sur leur efficacité. Mais Athénéa n'y accorda pas la moindre attention : « Il faut y croire. Nous sommes heureux. Cesse de te plaindre », lui dit-elle. Dans des moments comme celui-ci mon trisaïeul prenait conscience de la gravité de son erreur. Son dernier espoir, frôlant le miracle, avait été que leur mariage, comme il arrive très souvent, entraîne une dissolution de leurs liens, sous l'effet de la routine, de l'ennui mutuel, de l'exaspération inspirée par les goûts et les manies de l'autre… Ainsi s'était-il imaginé que, même si la présence d'Athénéa restait le vestige d'un égarement originel, le temps en limerait les aspérités les plus saillantes jusqu'à réduire sa nuisance à celle d'une simple urticaire. Mais ce qu'il n'avait pas prévu, c'était qu'en dépit de ce qu'on pouvait attendre, sa nouvelle femme manifesterait un enthousiasme chaque jour croissant pour la vie commune. « Heureux ? se demandait-il. Où, mon Dieu, où voyait-elle ce bonheur ? » Il ne supportait pas de rester seul avec elle. C'était une étrangère, dont la présence s'était affirmée en raison d'une curieuse faiblesse de son caractère. Son seul soulagement était de constater qu'Athénéa ne percevait pas son angoisse. Au contraire, elle se montrait plus passionnée que jamais. « Je suis *si* contente d'être la femme du célèbre Deliuskine », lui disait-elle. « Célèbre ? » « Tu l'es ou tu le seras. » « Moi ? » « Oui. Bientôt, les bourses, les prix, les ventes de tes partitions, les grands concerts, tout cela sera à toi. » Elle envisageait tous les aspects de leur vie avec un aplomb incroyable. Elle décida un jour d'éliminer ce qu'il restait de pudeur entre eux, et lorsqu'il était assis sur les cabinets, elle entrait dans la salle de bains pour se livrer à de longs et bruyants rinçages de bouche dont elle jetait le contenu en crachant par la fenêtre ; elle essayait de fixer leurs horaires de coucher et de lever en fonction des prédictions de l'horoscope ; elle était capable de passer une heure à expliquer comment, combien, où et pourquoi chaque plante, chaque animal ou chaque pierre de la planète mangeait, assimilait ou déféquait. Ce que Frantisek se demandait surtout c'était pourquoi elle accordait de l'importance à cette aptitude. On pouvait supposer qu'elle était totalement fascinée par elle-même, ou du moins par la possibilité d'être écoutée indéfiniment. Ou que le mariage (peut-être l'assouvissement d'un vieux désir) la rendait joviale et jacassière. Cette nouvelle condition, en outre, rendait irréalisable un espoir que Frantisek avait commencé à caresser : l'abandonner dans les bras du premier venu en meilleur état que lui, autrement dit de n'importe quel mâle de l'espèce humaine. Il pensait qu'il était « au bout du rouleau », lorsque en réalité ses souffrances ne faisaient que commencer.

Ils avaient reçu une lettre d'invitation au must de la saison d'hiver, le bal costumé qu'offrait un magnat chinois, certainement un agent du gouvernement de Pékin. Athénéa passa la semaine à courir les boutiques de mode à la recherche de la robe idéale pour l'occasion et elle mit un point d'honneur à ne pas arriver en retard. Alors que l'hiver battait son plein, elle choisit un tilbury décapotable et obligea le cocher à lancer les chevaux au galop. Cette course folle, ajoutée au reste des événements de cette soirée, aggrava l'état de santé de mon trisaïeul.

L'adresse du Chinois se trouvait dans le quartier résidentiel. C'était un appartement sombre, propre et spacieux, parsemé de petits objets inutiles. Pompons en velours pendant aux abat-jour, housses protégeant les housses des fauteuils. Le majordome expliqua que Song Li avait été retenu mais qu'il ne tarderait pas à arriver. De toute façon, quelques invités étaient déjà là. Dans le salon, d'un air très concentré, un Philippin tournait une manivelle pour faire défiler les images d'une lanterne magique dont les fantasmagories se projetaient sur les murs. Elles évoquaient, pour la plupart, des grenouilles en train de copuler. « Magnifique », commenta Athénéa, et elle fit asseoir Frantisek à l'extrémité d'un canapé, releva ses lunettes tombées sur la pointe de son nez, plaça entre ses mains un verre contenant une boisson jaune et sucrée et, dans un jeu d'équilibre incertain, posa sur ses genoux une assiette de petits-fours. « Je reviens tout de suite », dit-elle, elle fit quelques pas et sa silhouette s'évapora. Frantisek était venu avec l'intention de ne manger, ni boire ni parler à quiconque, mais la disparition de sa femme lui fit regretter l'absence d'un auxiliaire. Ignorant ce qu'il avait autour de lui et se refusant à tâter dans le vide comme un aveugle, il préféra ne pas prendre le risque de salir ses vêtements en manipulant des aliments et il s'appliqua à descendre son verre et à vider son assiette avant de les déposer sur une table providentielle ou de les laisser tomber à terre. Naturellement, le déclin de sa vue avait favorisé le développement de ses autres sens, de sorte que, tout en mangeant et en buvant, il s'amusa à écouter les bribes de conversations qui s'échangeaient à plusieurs mètres de lui.

Une femme disait qu'il y avait un colonel amoureux d'elle, que sa mère était veuve, qu'ils avaient hérité un bosquet près de Stafford-on-Raven, et que si l'affaire tournait mal et que le colonel ne lâchait pas ses pennys, ils en seraient réduits à vendre jusqu'aux derniers de leurs pins et de leurs eucalyptus. Son interlocutrice lui demandait : « Mais, vous l'aimez ? » Et la première : « Je suis fidèle, calme, peu exigeante, et tout à fait capable de rendre n'importe quel homme heureux. L'amour est le cadet de mes soucis. »

Bruissement de pas sur un tapis, près de mon trisaïeul, le « pff » de l'air qui s'échappe d'un fauteuil sous le poids d'un postérieur :

« On s'amuse bien, n'est-ce pas ? J'ai l'impression de vous connaître depuis longtemps, ou tout du moins de vous avoir déjà vu.

— Impossible, dit mon trisaïeul. Je ne sors quasiment jamais.

— Le fait que vous ne voyiez personne ne veut pas dire que personne ne vous voie. Quelle est votre profession ? »

Déjà las de cette conversation, Frantisek préféra mentir :

« Je suis ébéniste…

— Pianiste, corrigea Athénéa, qui regagnait sa place.

— Un artiste ? Quelle coïncidence ! Vous êtes violoncelliste et je suis fumiste. La rime est preuve d'affinités. » L'inconnu poussa un grand éclat de rire qu'Athénéa accompagna d'un ricanement plus aigu que d'habitude, un ricanement qui évoquait le caquètement joyeux de la poule pondeuse au moment de l'annonce.

« Comme c'est drôle ! » célébra-t-elle, encore secouée de convulsions.

Frantisek sentit grandir en lui le poids étouffant d'une situation composée d'au moins deux éléments intolérables. Le premier, la capacité de ce type à s'incruster et à tenir une conversation banale, l'obligeant à lui emboîter le pas ou à se replier dans le silence, une attitude qui dans une soirée mondaine ne pouvait passer que pour grossière. Le second, qui l'irritait davantage encore, était qu'Athénéa ait décidé, sans que quiconque l'y ait invitée, de livrer à ce parasite une information qu'il aurait préféré garder pour lui ; ce par quoi elle lui faisait jouer inutilement le rôle du menteur. Pourquoi avait-il ouvert la bouche ? Qu'elle se soit trompée en disant « pianiste » au lieu de « compositeur » était sans importance, et prouvait une fois de plus qu'elle ignorait tout de lui. Dans un geste d'une souveraine frivolité à l'égard de l'homme qu'elle disait aimer, Athénéa avait dévoilé les décisions intimes de son mari comme autant de miettes jetées pour entretenir le désir de bavarder de ce pot de colle… Et c'était, pour Frantisek, le comble absolu, parce qu'il faisait entrer en scène un troisième élément, qui était en soi d'une rare complexité : la jalousie. *Athénéa* – crut-il comprendre – *était prête à tout, à l'attacher pieds et poings liés à une meute de chiens affamés s'il le fallait, pour susciter l'intérêt de ce personnage.*

Frantisek se sentit bouleversé par l'apparition fulgurante de cette émotion inattendue. Être jaloux d'une femme qu'il méprisait était la pire des humiliations. La jalousie la rendait indispensable. Au désespoir, il comprit qu'il devait l'éloigner, la tenir hors de sa portée… Tout de suite et à tout prix.

« Va me chercher d'autres petits-fours, dit-il d'une voix rauque en tendant son assiette à son épouse.

— Encore ? protesta-t-elle.

— Oui.

— Tu vas devenir une vraie baleine », dit Athénéa, et elle lui arracha son assiette et se leva. Avant de se diriger vers le buffet de canapés froids, elle décocha sa dernière flèche, s'adressant directement à l'autre : « Il y a quelque chose qui vous ferait plaisir ?

— Et quelque chose à boire, dit Frantisek, annulant la proposition. Et puisque tu es debout, tu pourrais peut-être aller prendre des nouvelles de notre amphitryon ?

— Et puis quoi encore ? (L'ironie cinglante d'Athénéa.)

— Rien. Si. Tu devrais aller te repoudrer le nez.

— Depuis quand est-ce que ça t'intéresse ? dit-elle avant de partir d'un air offensé.

— Une femme qui sait s'en aller sait encore mieux revenir.

— Vous êtes encore là ? dit Frantisek.

— Qui ? Moi ? Bien sûr.

— Je ne vous avais pas remarqué.

— Ne vous inquiétez pas. Je sais me rendre invisible – l'inconnu eut un rire –, j'ai passé la moitié de ma vie à l'ombre et l'autre à me cacher. Des erreurs de jeunesse. Mais je suis sur la voie du redressement ! Ah, si je vous racontais…

— Ce n'est pas nécessaire.

— Cela ne me dérange pas. J'en profite pour me présenter. Je suis Aliocha Davidov, mon cher Deliuskine.

— Nous nous connaissons ?

— Pas réciproquement, monsieur. Ah, voici votre belle épouse, la Deliuskinova, avec une délicieuse montagne de sandwichs de viande froide et de cornichons aigres-doux ! Eh bien, je me joins à cette contredanse qui vient de commencer et je vous laisse en bonne compagnie… » Il tapota le genou de mon trisaïeul, salua Athénéa d'un mouvement de tête et se fondit dans l'assistance.

Athénéa s'assit dans le fauteuil, sur les portions exactes de velours que Davidov venait de laisser tièdes.

« Song Li n'est pas encore arrivé mais il y a quelques minutes un jeune homme d'aspect plutôt nordique a frappé à la porte, alléguant qu'il était son fils naturel. *Incroyable**[1] !

1. En français dans le texte.

dit Athénéa, qui aimait afficher sa maîtrise des langues dans les grandes occasions. As-tu remarqué l'ambiance ? Les gens sont, comment dire ? Échauffés, exaltés... Je crois que le son des instruments à vent y concourt... De quoi avez-vous parlé avec Aliocha ?

— Tu connaissais ce type ? » Un nouveau coup de poignard, une nouvelle certitude plantée dans le cœur de Frantisek.

Sur le même ton d'indifférence (un classique) qu'adoptent les bonnes actrices dans les mauvaises pièces, Athénéa répondit :

« Davidov ? Mais ce... » Et là un procédé stylistique du temps fit irruption dans la réalité ou plus exactement dans la scène qui se jouait entre Athénéa et mon trisaïeul : l'interruption dilatoire. Tournant la tête, supprimant sa réponse, Athénéa s'écria : « Franti, la salle de bal est ouverte ! Allons voir ce qui s'y passe ! »

Frantisek se laissa entraîner. Le salon bleu était bleu, tout comme les fauteuils, la vaisselle, les uniformes des domestiques, la nappe de drap fin qui recouvrait la table en bois de palo santo peinte en une teinte lapis-lazuli. Les membres d'un quatuor à cordes attaquaient les premiers accords d'un scherzo. De la musique gratuite, vaine, accessoire, un grésillement de pauvres grillons grattant péniblement leurs joyeux pizzicatos pour souligner que la fête commençait. Les masques firent leur apparition opportune. « Dansons, dansons ! » criaient des voix de fausset. Tous se mirent en mouvement. Frantisek, convaincu que cet événement avait été spécialement organisé pour alimenter son infortune en généreuses portions, fut entraîné, emporté, attelé au cou de sa femme, frotté par elle et contre elle, et acquit au passage la douloureuse certitude qu'en tant que mari il jouait le rôle conventionnel de substitut d'une source qui devait être en train d'émettre les ondes de sa stimulante présence tout près d'eux.

« Ne perds pas le rythme… », haletait Athénéa.

Mon trisaïeul n'eut d'autre choix que de se demander qui était l'amant de sa femme. Le logorrhéique Davidov, le mystérieux maître de maison, un autre homme ? À quel moment Athénéa s'évaporerait-elle dans la foule au bras de son véritable amour ? En matière d'ignominie, le plan était formidable : l'abandonner, presque aveugle, comme un épouvantail perdu au milieu d'une foule masquée et dansante dans un pays étranger. Naturellement une telle perversité excédait de beaucoup les besoins d'Athénéa qui pouvait le planter à sa guise, n'importe où et n'importe quand. Il lui suffisait de lui lâcher la main et le tour était joué. « Non, se dit Frantisek, c'est une manigance de son amant. » Puisant son courage dans sa rancœur, il décida d'entraver, d'empêcher l'opération de son présumé rival et il attrapa Athénéa comme si la situation tout à coup l'excitait. Il ne fut pas surpris que son épouse lui réponde en employant le même langage : c'était l'exaltation de la fuite imminente. Ce n'est souvent qu'au moment de quitter une personne que celle-ci retrouve à nos yeux son charme rayonnant, comme au premier jour. Aussi n'était-il pas étrange qu'à présent, près de le quitter, Athénéa se sente attirée par lui, pleinement consciente des raisons pour lesquelles elle avait voulu lui appartenir. Ils se laissèrent porter, dansant joue contre joue, leurs corps serrés dans la masse de plus en plus compacte. Frantisek surveillait les variations de la respiration d'Athénéa. Lorsqu'il estima que la situation avait atteint la température adéquate, il procéda à la série de discrets arrangements requis pour s'accoupler charnellement dans des conditions impliquant le mouvement. Athénéa saisit immédiatement son intention et, tout en dodelinant de la tête pour feindre de suivre le rythme de la musique, de son habile doigté, elle l'aida à libérer son instrument. Frantisek resserra son étreinte pour, à la fois, favoriser le contact de ses doigts avec son membre et dissimuler l'embarras de sa marchandise exposée à l'air libre. Dans le même temps, elle commença à lui tourner la manivelle tout en lui susurrant : « Laisse-moi m'agenouiller, peu m'importe qu'on me piétine et que je finisse en loques. Je vais mourir en te suçant le *potz.* » « Sale chienne ! » répondit Frantisek. « Oui, oui », dit Athénéa, et elle lui lâcha dans l'oreille quelques jappements de roquet en chaleur. À cet instant, deux mains puissantes empoignèrent Frantisek par le cou et lui firent faire un tour à cent quatre-vingts degrés, comme un vulgaire pantin. La musique s'interrompit au beau milieu d'une note. Dans le silence de ces espaces vides, Frantisek comprit qu'on l'avait livré en spectacle, un vieux cochon avec son machin à l'air. La pire des humiliations. Un chiffon malodorant lui tomba sur le nez, remonta jusqu'à ses yeux. Un bandeau. Une nouvelle ombre ajoutée à sa pénombre.

« Et maintenant, jouons à colin-maillard ! s'écria Athénéa.

— Non..., supplia mon trisaïeul, mais les cris d'approbation de l'assistance couvrirent sa plainte. Des mains le firent virevolter sur les talons, dans des tours de manège qui l'étourdirent. Il dut tendre les siennes, paumes vers l'avant, les doigts comme des vers de terre, pour ne pas tomber.

« Froid... Froid... »

« C'est la fin », pensa-t-il, et il se dirigea vers cette voix qui se moquait de lui comme si le fil immatériel d'un simple son pouvait l'aider à tenir debout. Avait-il encore le dard à l'air ? Il ne le sentait pas, pas plus que la brise de chuchotements qui l'enveloppait, soulignant sa nudité.

« Par ici... Non... Pas par là... Froid... Glacial... »

Par ici, par là-bas. Ils étaient plusieurs à l'appeler maintenant. Sentant monter en lui une colère sourde, Frantisek se lança tête baissée contre les voix.

« Tout doux, taureau ! »

Rires, gloussements féminins, frôlements, chuchotis de corps qui s'ouvrent en éventail. Frantisek charge. Je suis un musicien, un artiste. Admirez ce que je suis devenu : j'ai perdu la vue. La seule fierté qui me reste consiste à ne pas desserrer les lèvres, à ne pas ouvrir la gueule pour laisser échapper le mugissement d'une vache embourbée dans la vase, d'un mammouth s'enfonçant dans les glaces du pléistocène.

« Ah… Et maintenant… Tiède… Oui… Ch… Chaud ! Non. Non, par ici ! Là… Fr… Non. Tiède. Ici ! Oui… Chaud. Chaud, très chaud, de plus en plus… Brûlé ! »

Frantisek plonge les mains dans une matière crémeuse, répugnante. Il s'en badigeonne le front en retirant le bandeau.

« Qu'est-ce que c'est que ça ? »

Il n'y a presque plus aucune différence. Des ombres et des masses.

« Qu'est-ce que c'est que ça ? crie-t-il.

— Lèche ton doigt ! »

Athénéa s'approche. Mon trisaïeul ne distingue pas son visage mais il sait qu'elle sourit, l'embrasse, soulève sa main et lui lèche le doigt :

« C'est un gâteau à la crème…, dit-elle.

— Vous vous moquez tous de moi ! sanglote mon trisaïeul.

— … un gâteau d'anniversaire… »

Frantisek déguerpit, il descend quatre à quatre l'escalier de la demeure, s'écroule sur le trottoir et déchire son pantalon, sans le savoir il court vers la promenade maritime. Des larmes brûlantes baignent ses joues, le vent les emporte et les dissout dans l'air, chacune d'entre elles conservant dans sa fragmentation les particules d'un dieu innommé. Tandis qu'il fond lui-même en sels de douleurs, les visions de son passé l'attaquent en rafales, la morve dégouline comme une rivière de diamants tuberculeux, ses poumons commencent à brûler, ses jambes à trembler. Qui suis-je ? Fran… Frantisek… Où es-tu, Frantisek ? C'est moi, ton elle. Jenka. Jenka, éclaire-moi ! Je ne peux pas, Fran, je suis morte. Les morts ne sont-ils pas des êtres de lumière ? Non, Fran, ce qui brille n'est pas cendre. Mon éclat n'illumine plus le monde. Adieu, Fran. Voix du passé. Ma maison natale. Ma famille. Je suis un bébé. Nous sommes devant la glace de la salle de bains, un miroir ovale festonné de guirlandes dorées, de feuilles de vigne et de grappes de raisin. Mon père Vladimir me porte dans ses bras. À côté de nous se tient maman. Je me regarde, je les regarde. Je suis si petit que je crois que nous ne sommes pas là, de ce côté du miroir, mais du côté qu'il reflète, et je tends un doigt pour nous toucher. Mère a un air sérieux, père aussi. Sur la pulpe de mes doigts, je sens l'horrible froideur de la glace. Mon père me dit : « Frantisek, jusqu'aujourd'hui tu n'étais qu'un crétin, un véritable attardé. Mais à partir de maintenant, tu commenceras à tout comprendre, et tu seras une personne comme les autres. » Mais je n'ai jamais rien compris, au contraire, j'ai tout compris de travers ! Je n'étais que promesse et espoir et aujourd'hui je suis une pure déception. Raté, un raté. Une loque humaine. Un idiot, un bon à rien. Quoi ? Imbécile ? Moi ? Oui, toi. Qu'est-il, ce vent humide et gelé ? Un avant-goût de ton destin. Tu n'as jamais rien compris à la vie. Alors il faut cesser de vivre.

Le courant du golfe, d'ordinaire doux et lent, a laissé place à un véritable ouragan : les vagues se rompent contre les brise-lames en pierre et en bois. Sa chute dans l'eau provoque à peine quelques éclaboussures. L'asphyxie par immersion n'offre aucun apaisement et la mort en général n'est pas une caresse. Les remous le submergent et le sauvent, courtisent sa fin. Mon trisaïeul boit la tasse, prend les rugissements de la tempête pour un cri sorti de sa gorge. Il ne s'évanouit même pas. Soudain il se souvient : Andreï. Que m'arrive-t-il ? Mon fils, mon soleil, ma notation absolue. Je t'ai abandonné dans les bras d'une inconnue et je me suis lancé dans un voyage frivole de jeunes mariés, mon amère lune de miel ! Je suis un monstre d'égoïsme. Je ne peux pas me laisser sombrer, je ne peux pas mourir : je ne m'appartiens pas. Je me dois à Andreï.

Le pied droit de Frantisek touche le degré d'un escalier en fer, ses mains agrippent les barreaux de son salut. N'ayant plus rien à perdre, il retourne tant bien que mal à la fête. « J'ai trébuché et je suis tombé dans une flaque », dit-il pour expliquer l'état de ses vêtements trempés. Athénéa s'apprête à lui faire une scène lorsqu'un domestique frappe dans ses mains et annonce que la soirée doit malheureusement s'interrompre : le soyeux Song Li, sous son costume de Cléopâtre, vient d'être victime d'une attaque cardiaque.

Lorsqu'ils quittèrent les lieux, Frantisek tremblait de fièvre. Dans le tilbury, entre deux évanouissements, lui parvenait confusément l'explication d'Athénéa (quelques mots seulement peut-être, mais qu'il entendait tourner en boucle) : ce jeune si sympathique qui lui avait fait la conversation pendant la fête, Aliosha Davidov, était en réalité Arkady Troïtsky, son lieutenant des hussards, tombé sur le champ de bataille de Kurland. Arkady n'était pas mort au combat, il avait déserté avant l'offensive à la suite de désaccords avec la stratégie adoptée par le commandement en chef. Arkady n'avait jamais été son fiancé. C'était en fait son cousin, qu'elle aimait comme un frère. Frantisek avait-il remarqué qu'ils se ressemblaient ? Comme deux gouttes d'eau. En réalité…

Frantisek ne sut jamais comment ils étaient rentrés à l'hôtel. Les draps lui firent l'impression d'un rosier de flammes où il ne pouvait supporter d'entrer autrement que nu. Son ardeur se transmit à Athénéa qui se coucha à ses côtés et lui demanda de la posséder. « Cela prouve que tu n'as jamais été à moi », répondit-il avant de s'évanouir à nouveau. Le lendemain matin – dans un moment d'accalmie de la fièvre qui ne le quitterait plus –, il se sentit assez de forces pour décider que le voyage de noces était terminé. Ils rentraient en Russie.

8

En signe de protestation contre l'interruption de leur voyage de noces, Athénéa resta silencieuse sur le chemin du retour. Cependant, une fois à Crasneborsk, elle adopta l'assurance et les grands airs de la femme qui, après avoir été à l'école du monde (l'Europe civilisée), ne peut se comporter qu'en grande dame. Déjà affaibli, mon trisaïeul tenta de s'adapter aux conséquences de ce nouveau style, qui s'illustra d'abord par l'augmentation de la domesticité, puis par l'apparition d'hôtes et d'invités. Au timbre des voix, il avait deviné que la mère d'Athénéa s'était installée dans une chambre du premier étage, d'où elle régentait le fonctionnement de la maison, et il entendait parfois les viles messes basses et les ricanements d'Aliocha Davidov/Arkady Troïtsky, qui rôdait dans les cuisines ou se faufilait dans les mansardes des femmes de chambre.

Au fond, tout cela ne lui importait guère ; même sa cécité croissante ne serait devenue qu'un défaut secondaire en regard de l'effondrement général de sa vie si, avec la perte progressive de la vue (malgré ses allées et venues, ses fulgurations perçant l'obscurité), ne s'éteignait aussi le bonheur de contempler le visage d'Andreï. Tel un tatoueur manquant de supports, Frantisek gravait la moindre des expressions de son fils dans les palais de sa mémoire : chaque boucle de ses mèches, la transparence de ses lobes d'oreille, la pigmentation (éclaboussures d'or sur bleu pétrole) de ses pupilles… La perte était incommensurable ; il ne le verrait plus grandir. Il se consolait toutefois en pensant qu'il pourrait compter sur le réconfort de sa présence. L'entendre assembler ses premiers mots, pleurer la nuit, monter dans son traîneau, s'ébattre dans la neige, devenir un homme… Mais même cela lui serait refusé.

Un matin, cherchant un peu de solitude, il alla dans l'atelier de Jenka ; l'endroit était demeuré clos depuis la mort de sa femme. Dans cette atmosphère froide d'abandon, tandis qu'il inspectait les instruments de travail – auxquels il adressait aussi sa cérémonie d'adieu visuel –, il découvrit un rouleau de toile, caché derrière des cadres et des pots de peinture. En le déroulant, il tomba sur une esquisse de portrait d'Andreï. Au-delà des détails de savoir-faire technique, ce qui impressionnait dans ces couleurs claires, c'était le sentiment de l'ineffable, le bonheur d'être mère qui habitait Jenka. L'image de ce nouveau-né répandait sa lumière sur la matière picturale, sur la mémoire de l'auteure de ce portrait. *Andreï. Andreï par Jenka.* Frantisek sentit le doigt aimant de la défunte caresser son âme, lui rappelant qu'il devait protéger son fils envers et contre tout. Non pas, bien sûr, des petites taches du temps, qu'il distinguait plus ou moins bien à l'aide de sa loupe, mais de quelque chose de moins subtil et de plus macabre, d'un travail délibéré de destruction qui se faisait passer pour ce temps avançant et déferlant comme une Furie et qui, d'une main traîtresse, s'était empressé de crever ou d'arracher les yeux d'Andreï – l'usure, avec ses irrégularités, essayait d'imiter le grignotage des mites –, et il y avait aussi une déchirure à la hauteur du cœur, qui semblait être la conséquence d'un enroulement hâtif de la toile, et qui était en réalité l'entaille faite par un couteau dont on avait préalablement émoussé la lame.

Craignant pour la vie de son fils, il envoya Andreï en secret chez les parents de Jenka en Finlande.

Je ne soulignerai pas combien cette décision lui en coûta, pas plus que je ne m'attarderai à décrire le désarroi dans lequel il plongea en voyant partir son trésor. Dix chiens, un traîneau, la nourrice serrant contre elle l'enfant. Un cri à peine étouffé. Un point dans l'immensité. Puis, rien.

Et ce rien recouvrit tout. Après le départ d'Andreï, le corps de Frantisek réagit comme une maison en bois envahie par une colonie de termites. Il se couvrit d'abcès (le moindre de ses tissus était une poche de pus), il souffrit d'acétonurie et d'acétonémie ; lors d'un premier examen, on lui diagnostiqua des lésions articulaires, une anémie, une blépharite, une avitaminose ; il présentait en outre des symptômes de bronchopneumonie, d'angine bactérienne, avec céphalées, coliques, cystites ; il allait de fièvre en fièvre, ce qui révélait les effets d'une augmentation anormale de l'activité de la moelle osseuse, souffrait de tremblements incontrôlés des fibres musculaires cardiaques… Le jour où il ne fut plus capable de se lever de son lit, Athénéa fit chercher Nicolaï Gourevitch, un médecin récemment établi dans la région et que tout Crasneborsk (hormis l'un de ses habitants) tenait pour une éminence. Gourevitch se fit suffisamment attendre pour qu'au moment de se présenter au domicile du malade règne un climat d'expectative créé par son retard et sur lequel reposait une bonne partie de son aura de sauveur. Tandis que Frantisek devina à peine le déplacement de son ombre, il entendit parfaitement le brouhaha que produisit l'entrée dans sa chambre du cortège qui le suivait. Sans prendre la peine d'écarter le drap sous lequel tremblait mon trisaïeul, sans lui soulever une paupière, l'ausculter, lui palper le ventre, lui tapoter dans le dos… sans le faire tousser, cracher, exhaler, geindre, uriner ni expirer, sans même lui demander comment il se sentait et quel était le motif de la consultation, Gourevitch se tourna vers ses élèves : « Lequel parmi vous saurait me dire ce qu'a ce malheureux ? » dit-il. « Moi, docteur. » « Non, moi, moi… » « J'ai répondu en premier ! » Gourevitch faisait mine de douter, pointait les têtes d'un doigt souverain. « Voyons voir… Orman ? » « Tuméfaction douloureuse ! » « *Niet*. Stulberg ? » « Impuissance fonctionnelle générale, docteur ! » « *Niet*, *niet*. Kuperman ? » « Je ne sais pas, maître. » « Un ignorant sincère. Que faites-vous ici, bourricot ? Voyons voir… Samestskoff ? » « Brucellose, docteur ? » « Vous confondez un être humain avec une vache, pauvre benêt ? Et vous, Sznaider ? Ne me décevez pas… » « Cirrhose hépatique, professeur ? Regardez-moi cette tête d'alcoolique ! » Gourevitch leva les bras au ciel : « Mon Dieu, je suis entouré de sots ! Est-ce toujours à moi de le dire ? » Et posant une main rassurante et paternelle sur l'épaule de Frantisek : « Nous avons ici un parfait exemple de la classique tétralogie de Fallot, une affection caractérisée par quatre malformations congénitales : a) étroitesse de l'artère pulmonaire ; b) hypertrophie du ventricule droit ; c) épanchement interventriculaire (le sang s'écoule comme dans un tuyau en produisant un bruit de flatulences) ; d) déplacement de l'aorte vers la droite. Traitement : pour le moment, aucun. Je me demande pourquoi on me fait perdre mon temps avec des malades incurables. »

Et il partit.

Le deuxième médecin, Vassili Basedow – un véritable personnage tolstoïen avant l'heure, qui traversa une partie de la steppe pieds nus pour venir à son chevet –, lui recommanda de suivre un régime naturopathique : soupe d'écorce de bouleau, racines de genièvre, insectes… Le troisième, l'affable Lev Rozenbergstein, gibier idéal pour exciter les meutes de chiens de n'importe quel pogrom, aurait sans doute été le candidat rêvé pour devenir le médecin de famille de mon trisaïeul si à l'issue des examens il n'avait pas avoué en dodelinant du chef : « Je ne sais pas ce qu'il a et je ne sais pas quoi faire. » Finalement, par élimination, Propolski refit son apparition, et se gargarisa en parlant de gastrectomies et d'ablations, s'épancha longuement sur sa récente liaison avec une belle étrangère, et après l'avoir réconforté en lui disant : « Tu as unc mine superbe, mon cher », lui prescrivit du laudanum. Frantisek en déduisit qu'il le préparait à mourir sans souffrance et décida d'accélérer le processus en ingérant de grandes quantités du médicament, mais l'opiacé ne fit qu'accroître son détachement serein à l'égard des choses de ce monde. Envahi par cette sensation, il considérait tous les événements depuis le point de vue qu'offre une existence supraterrestre ; en outre, par un effet secondaire de la drogue, il tendait à percevoir la présence d'Athénéa et de son entourage sous la forme d'émanations lumineuses organisées en chaînes colorées et invertébrées, à la manière de vers, et il pensait que chaque variation de couleur transmettait une réflexion ou une émotion différente de ces personnes, à qui elle donnait un caractère objectif. On aurait dit que le déploiement de ces lumières était le système qu'avait trouvé la folie pour revêtir l'apparence de la vérité mais cette dernière extrémité était au fond le moyen dont mon trisaïeul avait besoin pour reprendre le chemin de la création artistique.

Même cela ne fut guère aisé. Frantisek ne jouissait plus de la tranquillité de son bureau. Personne ne prenait la peine de lui demander s'il était occupé ou de fermer la porte s'il était plongé dans sa nouvelle composition. Le fait que les papiers et les livres de sa table disparaissent engloutis sous une montagne de gants, de manteaux, de chapeaux et de revues que les visiteurs déposaient là en arrivant, ou que ses manuscrits servent à la cuisine pour couvrir les jattes de lait caillé ou tapisser les tiroirs, ne semblait pas l'importuner. Athénéa commençait elle aussi à montrer les signes d'une santé déclinante : elle souffrait d'insomnies et errait toute la nuit à travers la maison, trébuchant contre les chaises et les corps des invités qui somnolaient dessus ou contre les marches de l'escalier, et le jour elle l'assommait de recommandations superflues.

Dans de telles conditions, l'achèvement d'*Univers*, le poème symphonique qui constitue son testament musical et son requiem, relève de la prouesse. Par chance, il put compter sur l'aide de Volodia Dutchansky qui, poussé par un secret présage, lui rendit visite à l'improviste et, le voyant réduit à un tel état, décida de ne pas le quitter un seul instant. Ils avaient pris l'habitude de s'asseoir l'après-midi dans le jardin (Volodia portait son ami dans ses bras jusqu'à sa chaise longue) et de s'y entretenir de musiques existantes et imaginaires. Frantisek acceptait avec sérénité l'approche de sa fin. Un jour, il lui confia :

« La cécité ne me dérange guère. Je sens encore les rayons du soleil sur mon visage. Je n'ai qu'un regret… » et l'émotion interrompit sa confidence.

Il consacrait au moins deux heures quotidiennes à la dictée. C'était une tâche ingrate, qui lui demandait beaucoup d'énergie ; il apportait un soin extrême à chaque détail, à chaque note. Parfois, à peine venait-il d'indiquer une croche que Volodia n'avait pas fini de noter qu'en proie à la plus grande agitation, mon trisaïeul signalait un changement. Il gesticulait jusqu'au moment où trempé de sueur il devait s'interrompre. Alors Volodia le soulevait à nouveau, l'enveloppait dans des couvertures et, le portant dans ses bras, le ramenait à son lit. Frantisek était à tel point plongé dans les prémices de sa nouvelle composition qu'il ne sut pas que son nom avait commencé à franchir les frontières de sa patrie – en dépit des efforts déployés par ses amis compositeurs pour empêcher cela. Des musiciens de renommée internationale accouraient pour lui présenter leurs hommages. Soucieux de préserver sa santé, Dutchansky lui épargnait ces fortes émotions ; il ne se laissa fléchir dans son rôle d'aimable cerbère que le jour où l'offre fut irrésistible. C'est ainsi que mon trisaïeul quitta Crasneborsk pour la dernière fois et parcourut les quatre-vingts verstes qui le séparaient de Saint-Pétersbourg pour assister au grand festival consacré à l'exécution de ses œuvres.

La nuit de l'ouverture, la seule chose que le public put voir fut l'arrivée sur un brancard d'un vieillard chenu, coiffé d'une toque en astrakan et couvert d'un manteau de fourrure d'ours qui ne parvenait pas à cacher sa terrible maigreur. Son visage pâle et sillonné de rides, ascétique, semblait disparaître derrière des lunettes à grosse monture qui dissimulaient ses yeux aveugles. Il y eut des acclamations entre chaque pièce, et une ovation finale, émouvante, à la clôture du concert. Tous se tournèrent vers la loge où Deliuskine reposait sur son brancard entouré de fleurs. Sans se lever, lentement mais distinctement, il dit : « Merci. »

En dépit de cet accueil triomphal, mon trisaïeul ne souhaita pas assister aux concerts suivants et le soir même il exigea de rentrer à Crasneborsk. Sur le trajet du retour, il resta silencieux. Peut-être était-il fâché qu'on l'applaudisse pour de mauvaises raisons. Embarrassé par ce silence, Volodia essaya d'engager la conversation mais s'y prit maladroitement en mentionnant Athénéa :

« Comme elle semblait émue !

— Elle était là ? » dit Frantisek d'une voix sans coloratura.

Après cette excursion, mon trisaïeul ne manifesta plus aucun autre désir que celui d'avancer dans sa dernière composition. Il brûlait de la conclure avant que ses forces ne l'abandonnent. Il n'échappera à personne que ce n'est qu'à l'orée de son agonie qu'il put affronter son plus grand défi artistique qui devint, de droit, le premier poème symphonique, n'en déplaise à Hector Berlioz dont la *Symphonie fantastique* (1830) lui est postérieure de plus d'un demi-siècle. Naturellement, il faut signaler que, pour le grand public, il manque à *Univers* ces points fixes permettant d'identifier une œuvre et à partir desquels il est possible d'isoler les détails qui l'éloignent ou la rapprochent de tout modèle connu. Mais il y a bien sûr un modèle. Même un profane en musique peut remarquer que l'œuvre est construite sur des séries consécutives d'idées mélodiques, où il est accordé plus d'importance à la couleur tonale qu'à la forme, aux insinuations qu'à l'exposition franche, de sorte que l'auditeur est forcé de répondre intuitivement à la beauté et à la majesté de l'univers qu'il prétend représenter. La nébuleuse trame harmonique et les timbres délicats, les couleurs irisées... tout est résolument nouveau. Le thème initial part des bois avant d'être repris par les cordes. Le cor anglais présente une brève scène figurative dans un paysage de rêverie. Des cygnes buvant à une cascade. La musique s'anime. Le thème principal est une ample mélodie jouée par les violes accompagnées de figures exécutées par les bois et d'accords venus des cordes du registre grave. Il est développé avec une délicieuse intensité. Puis l'atmosphère s'apaise, l'espace de quelques instants seulement. Une nouvelle idée fait une apparition fébrile dans les violons avant d'être reprise par les bois. Mais le calme revient. Le matériau initial se répète et le poème symphonique s'achève dans la brume tandis que la musique s'évanouit.

9

Frantisek Deliuskine mourut en plein solstice d'été. Suivant ses dernières volontés, il fut enterré auprès de Jenka Roszl, sa première épouse (un petit tertre de pierres au pied d'un fitzroya). Dans la lettre qu'il adressa à Vladimir Deliuskine (qui mourut l'année suivante dans un accident de pêche), Volodia Dutchansky raconte les derniers instants, élégiaques, de mon trisaïeul, comment il s'éteignit de manière paisible quelques secondes après avoir dicté sa dernière note, et fait savoir que durant la cérémonie funèbre il fut presque impossible d'entendre l'absoute du prêtre tant elle était couverte par les cris de lamentation que poussait Athénéa, la veuve du défunt.

« Décès inattendu », put-on lire dans la rubrique nécrologique d'*Izvestia.* Touchant une corde involontairement comique, un Propolski aisément reconnaissable commençait l'avis de décès avec une affirmation douteuse : « La science médicale ne peut pas encore expliquer les faits survenus… »

LIVRE 2

ANDREÏ DELIUSKINE

La tragédie, aujourd'hui, c'est la politique.

NAPOLÉON BONAPARTE

1

Dans le classique *Traité de l'harmonie réduite à ses principes naturels* de Jean-Philippe Rameau, on peut lire : « Le monde des livres reproduit le système des rapports de la pensée : le savoir universel comme reproduction schématique d'un esprit suprême. » S'il ne s'était pas référé à Dieu, il aurait fourni une parfaite définition de la prodigieuse puissance intellectuelle qui caractérisa Andreï Deliuskine, mon arrière-grand-père.

Andreï Deliuskine arriva chez ses grands-parents finlandais le jour même où le poisson parla. Il n'est pas incorrect d'employer le mot « poisson » pour désigner ce vertébré aquatique qui attendait l'apparition du couteau sur l'étal de la poissonnerie familiale, car dans ce cas, et comme Abraham Roszl l'expliquait à sa femme Jamke, cette carpe de taille normale fit un bond, lui glissa entre les mains au moment même où il s'apprêtait à la vider et atterrit dans un seau d'eau d'où elle sortit la tête. Comme la Torah ne dit rien à propos des résurrections, Abraham pensa qu'il s'agissait d'un spécimen exceptionnellement résistant aux changements d'habitat. Ah, mais c'est une autre affaire qu'une carpe – morte ou vive – remue la tête dans le seau, agite ses nageoires pour attirer votre attention, vous regarde droit dans les yeux et vous dise : « *Tzaruch shemirah* » puis : « *Hasof bah* », c'est-à-dire que tout le monde doit assumer la responsabilité de ses actes car la fin est proche ! En voilà un miracle, rien à voir avec ce faux Messie plein de bonnes intentions qu'on descend tout évanoui d'une croix !

Bien... Abraham Roszl avait commencé à dresser un tableau comparatif des miracles d'une carpe et du Christ (qui plaçait la première loin devant le second) lorsque la porte s'ouvrit et qu'une Marina Tsvetskaïa transie déposa dans ses bras un petit paquet adorable et plein de vie qui gigotait sous des couches de laine. « Jenka est morte. Voici Andreï », dit-elle. Puis elle s'évanouit de froid.

Il n'est sans doute pas d'émotion plus forte que celle d'apprendre d'une même bouche le décès d'une fille et la naissance d'un petit-fils. Abraham Roszl et Jamke ne savaient pas s'ils devaient rendre grâce à Dieu ou Le maudire. Bien sûr, ils pouvaient puiser dans la tradition pour accepter l'idée de la preuve, d'autant plus que ce jour même, émaillé d'événements extraordinaires, un poisson avait parlé. À la nuit tombée, tandis qu'Andreï et sa nourrice dormaient, Abraham et Jamke continuaient de mêler les larmes aux rires. Lorsqu'ils furent plus calmes, Abraham reprit son récit :

« ... Alors, je lui ai dit : "Tu es un *dibbouk* ! Depuis quand les poissons parlent-ils ?" "Mais Abraham ! Mon cher Avi !" m'a dit le poisson et il a ouvert de grands yeux, comme ça, vers le ciel, tellement que, je te jure Jamke, ça m'en brisait le cœur, "Tu ne sais pas qui je suis ? Ma voix ne te dit rien ? C'est moi, Biniomen Pinkas, ton voisin !" "Menteur ! Biniomen est mort l'année dernière !" lui ai-je dit. "Bien sûr, penses-tu que si je n'étais pas mort, tu me verrais maintenant, réincarné sous cette forme ?" a dit la carpe. "Et qu'est-ce qui t'amène par ici ? Tu ne pouvais pas rester tranquillement dans ta tombe ? Si tu voulais retrouver ta chère Noime, je peux t'assurer que tu t'es trompé de corps. Tu aurais dû te glisser dans celui de Motl le laitier, là tu aurais été certain de la revoir de très près", lui ai-je dit. "Ah, mon Abraham, tu n'as pas changé, quel farceur ! Non, je ne suis pas revenu à la vie pour Noime, même si nous avons réglé nos comptes, cette gredine et moi. Je suis revenu pour toi, tête de *vareniki*. J'ai un message à te transmettre, tout droit sorti de la bouche de Dieu", m'a dit la carpe. "Quoi ? Hashem veut me parler et je n'ai pas encore fait mes ablutions", lui ai-je dit avant de partir en courant…

— Mais Abraham… *Mame Maine !* Hashem a un message pour lui et mon mari le fait attendre ! se désespéra Jamke.

— Ce n'était qu'un petit mensonge. Je suis allé chercher le rabbin. Que pouvais-je faire d'autre dans une telle situation ? Bien entendu, ça m'a pris du temps, parce qu'il était à l'autre bout de la ville, et quand je l'ai trouvé, j'ai eu du mal à le convaincre que je n'étais pas saoul. "Un poisson qui parle, Abraham ! Qu'est-ce que c'est que ça, une de ces histoires hassidiques à dormir debout ?" "Mais, je vous assure, *rebbe…*" "Abraham, Abraham, penses-tu vraiment que si Hashem voulait annoncer l'Apocalypse, il enverrait un de tes voisins transformé en poisson déclamer dans ta poissonnerie ?" "Et qu'est-ce qu'il y a de bizarre à ça ? Les goïm pensent bien que le Seigneur est à la fois un et trois, pourquoi ne pourrait-on pas penser, nous, que la parole d'Hashem a fait un petit détour par la mer Baltique ?" Et cetera, et cetera, et cetera, on est donc rentrés tard à la poissonnerie… Et que s'était-il passé entre-temps ? Entre-temps, Kemi, mon cher employé, n'a pas trouvé mieux que de sacrifier la carpe et d'en faire un délicieux *gefilte fish* qu'il a vendu à la clientèle du quartier ! Donc, le message d'Hashem, merci et bon vent !…

— Mais comment ça ? Kemi a tué un poisson qui parlait ?

— Allons donc, Jamke ! Tu crois que Kemi comprend le yiddish ?

— Ah… Et le message d'Hashem ?
— C'est peut-être mieux ainsi… disséminé dans les estomacs d'une foule de bons Juifs.
— Oui. Tu as peut-être raison. La vérité absolue, c'est un trop gros morceau pour une seule personne, non ?
— Je le pense aussi. Quelle journée ! Heureusement qu'elle est finie. Bonne nuit.
— Bonne nuit.
— Jamke…
— Quoi ?
— J'ai le cœur brisé par la mort de Jenka.
— Et moi donc.
— Qu'est-ce qui lui arrive à ton moi ?
— Et moi, qui suis sa mère ?
— Oui, je préfère ne pas y penser.
— Bonne nuit. Jenka, Jenka !
— Il faut accepter, Jamke…
— Accepter, c'est ça. Faites que mon estomac éclate pendant mon sommeil. Que je me vide de mon sang.
— Ne tente pas le diable.
— Dans l'ordre des choses, les parents précèdent leurs enfants sur le chemin de l'ombre. Qui gouverne l'univers ? Hein ? Je pense qu'Il est mort et qu'avant de mourir, Il a laissé sa place au premier *schlemazel* venu.
— Ne dis pas des choses comme ça.
— Et pourquoi pas ? Ça expliquerait tout. Pourquoi je ne pourrais pas dire ça ?
— Parce que c'est péché.
— Je suis une femme, mince alors. Même Hashem ne peut pas comprendre ce que je traverse.
— Moi non plus, je n'en peux plus !
— Ce n'est pas pareil. Comment peux-tu comparer ? Un père !

— Bon, ça suffit.
— Qui dit “ça suffit” peut mettre un terme à sa douleur.
— Moi, je vais me coucher.
— Oui, bien sûr, comme ça, je reste toute seule avec mon angoisse, qui est infinie. Alors comme ça, tu vas rester là, sans rien dire ? Il détruit ta vie, assassine ta fille, notre fille, et voilà monsieur qui dit juste “moi, je vais me coucher” ?! Je suis sûre qu'après ta mort, tu ne pourras même pas te réincarner en poisson, parce que même un œuf d'esturgeon sera trop grand pour ton âme !
— Jamke, allons nous coucher. Demain est un autre jour.
— Abraham…
— Mmm..
— Avi chéri…
— Mais, je ne peux pas avoir un peu de silence ? C'est trop demandé ? Qu'est-ce qui t'arrive encore ?
— Non, rien… il vaut mieux que je me taise.
— Je t'écoute…
— Notre petit-fils va nous combler de joie…
— *Mazel tov*. Bonne nuit maintenant.
— Andreï. Quel beau prénom… »

Dieu – *le* Dieu, un dieu, n'importe quel dieu – peut-Il disséminer le sens de son message dans les portions infinitésimales de matière du corps de son messager découpé en tranches ? Où et comment se conserve ou se dissipe le contenu de cette vérité ? En reste-t-il une aura ou n'est-ce qu'un effet purement mental, le souvenir de cette existence ? Se transmet-elle par la voie du corps dispersé ? Et, dans ce cas, à travers laquelle de ses parties ? Le message se loge-t-il dans la chair blanche, dans les arêtes sombres, dans les branchies, dans les yeux globuleux et bigleux ? Ou Sa parole se dégrade-t-elle lorsque la chair qui la porte se fond dans le mélange de carotte émincée, radis râpé, oignon roussi, farine, poivre et sel ? Autant de questions auxquelles Abraham et Jamke ne répondirent jamais (et qu'ils ne se posèrent même pas) mais qui, transfigurées par les exigences de sa propre expérience, hantèrent la vie du fils unique de Frantisek et Jenka.

2

Bien qu'elle fût émaillée de voyages, de rencontres et d'aventures, l'enfance et une bonne partie de l'adolescence d'Andreï Deliuskine s'écoulèrent sans qu'il ne sorte d'Helsinki et de ses alentours, soumis qu'il était à une certaine forme d'effacement qu'Abraham Roszl avait imaginée pour sa famille, en application d'une stratégie de prévention de tous les effets possibles du mot « massacre » (traduction en finnois du vocable russe « pogrom »). Il pensait qu'en s'abstenant de participer à la vie politique, en se privant d'intervenir dans les débats publics, en prenant garde de ne pas marcher la tête trop droite, en évitant de prendre le trottoir au soleil et en esquivant la moindre occasion de porter des vêtements clairs, d'agrandir sa maison, de partir en vacances, de prendre une maîtresse ou de s'acheter un élégant tilbury pour la promenade, il produisait une sorte de fantasmagorie d'inexistence par laquelle il se fondait dans le paysage. Comme si un caméléon ne pouvait être pris au piège ! Il l'est parfois, et à cause précisément de son camouflage. Les devises d'Abraham Roszl : ne pas hausser le ton, ne regarder personne dans les yeux, ne pas rire fort, ne pas parler avec des inconnus de sujets religieux. De temps à autre, des bruits sourds l'obligeaient à veiller, à se lever dans les brumes du petit jour et à sortir de chez lui comme une ombre pour recouvrir de chaux les slogans peints sur sa porte par les artistes de la terreur : « Protégez la patrie, tuez un Juif ! C'est un ordre de la milice civique nationaliste finlandaise. » Le pauvre vieillard s'empressait d'agiter sa malheureuse brosse avant que ne le surprenne un passant ; il ne voulait importuner personne. Naturellement, il n'y a pas de trace plus exquise pour le chasseur pervers que l'odeur de la proie qui cherche à passer inaperçue. Dans ce cas, le chasseur fut la réalité. À la suite d'un changement des courants et des températures des eaux de la Finlande, la pêche commença à se raréfier sur les côtes, ce qui fit augmenter le prix des produits sur les étals et baisser la demande. Le problème s'aggrava avec l'arrivée de l'hiver. Abraham Roszl passait les rares heures de lumière diurne à se ronger les sangs devant le spectacle du carrelage immaculé de sa poissonnerie déserte. Il se demandait parfois si le phénomène n'avait pas quelque rapport avec le message jamais délivré par la carpe parlante. Qu'avait-elle voulu lui dire avant sa fin ? Les premiers chrétiens représentaient Jésus sous la forme d'un poisson. Que cela signifiait-il ? Peut-être que le Seigneur était devenu catholique et qu'Il le punissait parce que sa poissonnerie avait favorisé la théophagie… !

Doutes. Doutes. Pour autant, Abraham Roszl ne succomba pas aux charmes de l'inactivité. Son devoir : nourrir les bouches de sa famille. Il ferma sa boutique et avec les maigres économies grappillées après quarante ans d'activité, il acheta pour un prix modique un énorme, sophistiqué, variable, splendide métier à tisser mécanique qui moisissait dans l'arrière-boutique d'Itzak Bialik, un ami cambiste. Le métier à tisser était un précurseur malheureux de la révolution industrielle. Rendu à son inventeur, Leibuj Peretz, il aurait pu débiter à grande vitesse toutes sortes de tissus, trames et assemblages. Pull-overs au point de croix, tapis-puzzles, couvertures à losanges… Mais Peretz s'était vu contraint de se défaire de son œuvre pour éponger des dettes, et rongé par l'aigreur il prit à peine le temps d'initier Bialik aux rudiments du maniement de l'appareil, de sorte que le jour où le métier à tisser atterrit dans les mains d'Abraham Roszl, il n'y avait plus ni manuel d'utilisation ni tradition orale pour l'aider à se débrouiller avec sa récente acquisition. En définitive, le naïf grand-père d'Andreï dut descendre des nuages où l'avaient hissé les belles paroles de Bialik, et, cloîtré dans sa poissonnerie, il dut affronter l'évidence du mystère. Pourquoi avait-il acheté ce machin ? Comment s'était-il convaincu qu'il pourrait en tirer quelque chose d'utile ? Sur quelle planète vivait-il ?

Étalées sur un grand bandeau de velours noir moucheté d'huile qui se détachait comme une belle araignée sur la blancheur du carrelage, les pièces jetaient mille feux ; dans leur asymétrie, dans leur nonchalance grossière, elles s'arrangeaient néanmoins pour afficher un air de culpabilité affligeante, ce qui était un signe pour un observateur attentif. Mais comme le pauvre Juif était presque aveugle aux signaux profanes et qu'il n'avait pas la moindre lumière sur le fait qu'une certaine vis devait fixer un certain boulon, il se mit à désassembler et à réassembler les tubes, les tuyaux et les armatures suivant les idées farfelues qu'il se faisait de la manière d'écrire les phrases élémentaires d'une langue dont il ignorait l'alphabet, convaincu qu'au moment voulu, et après s'en être remis à Hashem autant de fois que nécessaire, la forme que devait prendre le métier à tisser apparaîtrait tout à coup, dessinée dans le vide.

Naturellement, jusqu'à ce que le miracle se produise, il devait démontrer toute sa dévotion, sa patience et sa ténacité, en affichant adroitement sa détermination à ne pas tout attendre du secours divin (condition nécessaire pour que celui-ci se manifeste). Ainsi, de longues heures durant, il se tacha les mains avec ces morceaux de ferraille, combinant les petits avec les grands, les raccordant pour former des carrés, des rectangles, des pentagones, des triangles isocèles. Mais il y avait toujours des parties manquantes ou en trop. Du reste, comment être certain qu'une pièce – un tube creux, avec une extrémité dentée et l'autre qui finissait en pointe – n'avait pas une double voire une triple fonction ? Et sans parler des quenouilles, des navettes, des crochets et des templets, autant de pièces que, par amour de la simplicité, il avait laissées de côté pour le moment. Par ailleurs, il est maintenant temps de dire que s'il était venu à l'esprit d'Abraham Roszl de montrer le métier à tisser à Andreï, aussi bien à des fins pédagogiques (« Regarde, quel beau puzzle, *ingale* ! ») que pour apporter une preuve pathétique de sa propre inutilité, son petit-fils aurait su la monter en un tour de main. Mais Andreï était à peine en âge de marcher, de sorte que l'idée ne traversa même pas l'esprit de son grand-père.

Les progrès de la désillusion : un chemin de croix. Emporté par l'optimisme maniaque propre à tout véritable désespoir, Abraham finit par assembler une construction chancelante dont l'équilibre reposait moins sur la solidité de la structure que sur l'enchevêtrement capricieux des fils qui la traversaient (s'entortillant aux barres, s'emmêlant, enrayant les bobines) et sur la trépidation métallique qui témoignait d'une sorte de fonctionnement. Le bruit, le bruit, le bruit. On comprend qu'à la suite de plusieurs tentatives infructueuses, Abraham Roszl ait préféré rester seul dans le silence et qu'après un temps de repos et de méditation, il se soit débarrassé de ce casse-tête en le revendant à des ferrailleurs. Puis il rouvrit son local, transformé en miroiterie.

Dans la Finlande fin de siècle qui vit grandir Andreï Deliuskine, les personnes prudentes longeaient toujours le bord des trottoirs, évitant de passer sous les balcons de ceux qui y accrochent des pots de fleurs ; mais ils prenaient surtout garde au battement des fenêtres ouvertes car les changements soudains de température (jours radieux et nuits glaciales) produisaient un mouvement de systole puis de diastole de la matière qui se concluait toujours par une pluie ininterrompue de verre brisé. C'est pourquoi Abraham imagina que cette fois il avait enfin trouvé une activité sûre. L'inauguration fut un succès de village. L'assistance se composait des traditionnels clients de la communauté curieux de découvrir comment, à son âge, le vieux Roszl se débrouillait pour changer de *Geschäfte* et qui feignaient d'admirer les détails de la décoration tout en jouant à cache-cache dans les reflets changeants des carreaux de verre. Jamke allait d'invité en invité, croassant d'affectueux diminutifs et offrant de petits verres de *slivovitz*, des *pletzel* de pastrami et cornichon en forme de petits cœurs… Les sourires gênés des gens qui se croisent depuis toujours et qui n'ont rien à se dire lorsqu'ils sont face à face. « Quelle mine resplendissante, Jankl ! » « Mardochée ! Tu fais plaisir à voir ! » « Tu m'enlèves les mots de la bouche, Iankl. Et Leike, est-elle en forme ? » « À ton avis ? En forme de poire, et toujours aussi bête ! » Des conversations à voix basse : « Et ce bébé qui crapahute dans tous les sens ? » « Chhhhut. Pauvre petit. Je pense qu'il ne va pas faire long feu, maigre comme il est. » « Pour l'instant, il risque de s'éteindre tout de suite si personne ne le ramasse. À qui est-il ? » « Quoi ? Tu ne le connais pas ? C'est le petit orphelin de Jenka, paix à son âme. » « Quoi ? Jenka est morte ? Quand ça ? Elle qui était pleine de vie ! » « Comment ? Tu n'étais pas au courant ? Mais sur quelle planète tu vis, toi ? » « C'est qu'à force de ne pas vouloir mettre mon nez dans les affaires des autres, je suis le dernier à apprendre les nouvelles. » « Alors voilà, un jour… »

Le lendemain matin, Abraham déposa sur le pas de la porte de sa boutique quelques pots de géraniums qui venaient de fleurir. Son secret espoir était que les pétales des plantes flétrissent à la première averse, que leurs tiges grillent aux premières gelées avant qu'une vague de chaleur digne du Sahara ne les achève pour de bon ; par un effet de magie sympathique, les variations de l'état d'une espèce si délicate indiqueraient les variations de la structure moyenne des vitres de tout Helsinki, et, par conséquent, la courbe ascendante, la flèche triomphante de ses affaires. La chance tourna, mais pas de son côté. La Finlande fut balayée par des vents tièdes et doux, le bouillon estival sans goût ni couleur qui s'effilochait péniblement après une saison torride en Espagne. La boutique était toujours déserte. Et cela donnait matière à penser. La solitude en donne toujours à ceux qui n'ont pas le don de se trouver des distractions. Or il est évident que le néo-vitrier n'était ni frivole ni rêveur, et pendant les temps morts, il se laissait donc envahir par ses pensées qui produisaient le cliquetis funeste de la fausse monnaie. Par exemple : pourquoi le rabbin n'était-il pas venu à l'inauguration de la boutique ? Était-il malade ? Non. Ils l'avaient vu en pleine forme, solide comme un chêne, deux jours plus tôt. Était-ce un simple hasard, un oubli ? Ou un signe de… de ?

Abraham essayait de se concentrer sur ses pensées, de suivre une ligne logique, mais il n'y avait rien à faire. Son cerveau était d'une espèce inculte, dévastée par la barbarie des superstitions qu'il prenait pour de l'attachement aux traditions religieuses de sa communauté. Et puis… il y avait les carreaux de verre, là-bas, qui attendaient sagement dans sa boutique, alignés en rang d'oignons… Placés à la même distance les uns des autres… comme une enfilade d'assassins silencieux.

Après avoir passé la journée dans sa boutique, il se réveillait la nuit, trempé d'une sueur spectrale.

« Mais qu'est-ce qui t'arrive, Avi ? lui demandait sa femme, tout en lui séchant le dos.

— Je ne peux pas me voir tant de fois à la suite. Je n'en peux plus ! disait-il.

— Et où est le problème ? Quelle chance ! Moi, je ne peux me reposer de moi-même que lorsque je me vois dans le miroir. Je ne sais pas si c'est moi que j'y vois mais au moins je me réjouis d'avoir quelqu'un en face de moi. »

C'était une remarque cruelle, si elle avait compris ce qu'elle lui disait.

« Si Hashem avait voulu jouer à se reproduire, il aurait peuplé l'univers de ses images. Posséder une miroiterie est un blasphème, marmonnait Abraham.

— Tu es en train de me dire qu'Hashem a fait le monde pour que nous vivions dans l'obscurité et que nous mourions de froid ? Quelle tête de mule tu fais ! Ce qui te tracasse, c'est le péché de ne pas vendre. Plus tu écouleras tes carreaux, moins tu courras le risque de voir ton reflet. Une boutique sans marchandise. Quel soulagement ! Imagine un peu l'écriteau ! "Rupture momentanée de stock". »

Cette année-là, tous les êtres cristallins et vitreux semblaient avoir atteint un état de consolidation physique suprême. Mais même s'il n'en avait pas été ainsi, même si, par exemple, toute la Finlande avait été frappée par un tremblement de terre soudain qui eût tout ravagé, il est peu probable qu'une personne normale se serait aventurée à franchir la porte de cette boutique où un Juif chétif et tremblant attendait les yeux perdus dans le vague. Pour rendre plus supportable sa situation quotidienne, Abraham se concocta une routine faite de disparitions et de retours ; dès qu'il le pouvait il quittait sa boutique pour aller dans un troquet où on buvait de l'alcool et où on jouait aux cartes. Il aurait voulu aller au temple mais il se considérait impur. Dans le troquet, il étudiait les jeux de cartes ; il constatait avec soulagement que chaque carte portait un signe et non un portrait. Un jour il se décida et il s'assit à la table de jeu. Il perdit tout ce qui lui restait, jusqu'à sa boutique. La maison fut épargnée, car elle était au nom de Jamke. On le retrouva dans les faubourgs de la ville, gisant à terre, le visage tourné vers le ciel, dans la position inconfortable de celui qui attend que le buisson brûle et qui en échange se voit – soudainement – crucifié. Il avait les yeux grands ouverts.

Quelques jours plus tard ce fut le tour de Jamke.

Andreï devint le seul et légitime héritier d'un misérable legs et Marina Tsvetskaïa la tutrice et administratrice de ses biens. La première question qu'Andreï posa dès qu'il sut parler, la première qu'il formula correctement, tant sur le plan grammatical que logique, fut : « Qui étaient mes parents, comment se rencontrèrent-ils et tombèrent-ils amoureux ? » La réponse dépendait du moment, de l'heure et de l'humeur changeante de Marina. Dans l'ensemble, ses versions étaient des illustrations du conte de l'ogre vert et de la blonde princesse, du monarque et de la servante, du magicien et de la grenouille, du prêtre et de la duchesse. Andreï n'objectait pas aux variations du répertoire ; c'était l'âge où les êtres et les choses sont nommés pour la première fois. En conclusion de chacun de ses récits, Marina insistait : « Et ils vécurent heureux pour toujours », et lorsque Andreï lui demandait dans quel endroit ils étaient vivants et heureux « pour toujours », elle se contentait de pointer un doigt vers le ciel.

En digne petit-fils d'un vitrier, Andreï grandit avec la certitude que le bonheur de ses parents était une conséquence directe de leur invisibilité, ce qui par contraste jetait un voile triste sur son enfance caractérisée par la matière. Aussi, dès son plus jeune âge, et au moyen des ressources intellectuelles dont il disposait, s'appliqua-t-il à considérer les changements de son poids, de sa taille, de sa densité, etc., en fonction de concepts abstraits comme ceux de durée, existence, malheur, perception, intangibilité… Des concepts qui, par tradition et héritage, auraient dû le lier au plus abstrait des arts, la musique, mais qui dans son cas ne servirent qu'à nourrir une nature réservée, un penchant prononcé pour la solitude et la réflexion. Aux récréations de l'école – il était bon élève sans avoir besoin d'étudier – il restait sagement dans un coin de la cour, à contempler les veines de l'écorce d'un arbre rachitique et malade que personne ne soignait, étudiant les colonies d'insectes qui rivalisaient pour dévorer chaque feuille et chaque branche. Ses camarades de classe prirent son goût de la retraite pour de la fierté et décidèrent de l'en punir, convaincus qu'il s'agissait d'une proie facile. Un jour, Andreï se vit encerclé par une ronde de mains qui le poussaient. « Décrotte-toi le museau, morveux », « sale tapette », et cetera. Cette conduite abjecte l'enflamma. Il fonça dans le tas, les yeux fermés. Une fureur qui lui était à lui-même inconnue et qui jaillissait à un rythme effréné lui fit distribuer quelques bons coups. Le cercle des agresseurs s'élargit pendant quelques secondes, avant de se refermer sur lui. Il finit à terre, évanoui, mais auréolé d'une réputation de brave. À partir de ce jour, les grands dadais des classes supérieures le choisissaient pour démontrer leur force ; c'était l'adversaire idéal pour n'importe quel matamore en culottes courtes. Le provoquer était très facile. Il suffisait de lui demander : « Avec qui elle couche, ta mère ? »

En le voyant revenir couvert de bleus de ces batailles de cours de récréation, Marina Tsvetskaïa engagea Giacomo Lorenzo Straibani, un Piémontais qui se faisait passer pour un professeur de gymnastique, afin qu'il conçoive une série d'exercices pour aguerrir son fils de lait. La *Méthode de développement physico-dynamique Straibani* n'était qu'une adaptation partielle et capricieuse des techniques de torture en vigueur sous l'Empire wisigoth mais elle permit à Andreï d'endurcir son caractère. Barres, haltères. Séries. Torsions. Augmentation progressive des poids. Étirements et contractions. Pompes. Peu à peu, mon arrière-grand-père remplit les vides laissés par l'absence de Frantisek – ombre floue, voix éteinte – de la compagnie pittoresque de ce sympathique guignol aux biceps gonflés. Le disciple voulait ressembler à son maître, il rêvait d'arborer la même moustache en guidon, la même calvitie étincelante, et le même poitrail, large comme une cage à tigres.

Après plusieurs mois d'entraînement, Andreï avait développé une structure solide. Mais ni son énergie ni sa dévotion à Straibani ne suffirent à le transformer en l'un de ces hédonistes alanguis qui traquent dans le miroir le basculement de la fibre musculaire vers la perfection typique des tubercules. Il y avait déjà, en lui, une certaine expérience des émotions violentes qui l'arracherait au pur idéal de l'autocontemplation (même s'il avançait caché sous le voile du culturisme) et qui, combinée à son inclination première pour les plaisirs de l'esprit, donnait une sorte de synthèse assez précise de ce que serait par la suite son être adulte. En outre, il existait *quelque chose*, dont il ne pouvait alors évaluer avec discernement la nature et les caractéristiques, et qui au milieu des répétitions l'entraînait à la distraction, à la perte du rythme, à l'oubli des mécaniques les plus élémentaires…

« Mais, que t'arrive-t-il ? Monde intérieur ou corps ! le disputait Straibani. C'est l'un ou l'autre. Eh bien ? C'est à un être humain que je parle ou à un renne ? »

Andreï ne réagissait pas, de sorte que le *professore* alla chercher une réponse à sa question dans le petit salon privé que Marina avait arrangé avec plus d'imagination que de goût dans le cabinet de couture de la défunte Jamke ; et Marina, une âme solitaire en fin de compte, crut, à l'heure du thé et des pastilles de chocolat à la menthe, qu'elle pouvait au moins exprimer sa perplexité :

« Que puis-je vous dire, mon cher Giacomo ? Il a toujours

été un enfant étrange. À l'époque de ma triste Russie, lorsque je lui donnais le sein, il s'y accrochait avec un désespoir qui me brisait le cœur, mais en même temps, il me regardait avec des yeux qui…

— Qui quoi, Marina… ?

— Ce ne sont pas des choses qu'on dit d'un enfant… mais c'étaient des yeux qui voyaient à travers moi… Des yeux qui me transperçaient… »

Bientôt la rigueur gymnastique ne fut plus qu'une façade ; Straibani disparaissait derrière les pudiques rideaux de taffetas, qui tremblaient en l'attendant. Après chaque leçon, Andreï dut s'habituer à aller se promener seul dans le froid des parcs, des places, des jardins, des lacs gelés, des musées, surveillant la lente transformation de chacune de ses gouttes de sueur en une petite stalactite ovoïde. Diamants de son abandon. À quoi mon arrière-grand-père songeait-il pendant ces excursions ? Impossible de le savoir. À quoi Antonella Scuzzi de Straibani songeait-elle, lorsque, seule dans la petite cuisine en terre battue de sa chaumière lombarde, elle devait déchiffrer ces lettres émaillées de douces promesses et d'excuses peu crédibles par lesquelles Giacomo demandait des excuses pour ses maigres mandats, qui suffisaient à peine pour la *pasta* quotidienne d'Antonella Due, Giacometto, Arcimboldo, Vittorio, Emanuelle, Vicenzo… ? L'épouse du *professore* savait-elle que cette écriture penchée, crue, truffée de fautes d'orthographe, avait été brouillée par les larmes que nuit après nuit, dans son misérable galetas et à la faible lumière d'une chandelle, son mari versait en nommant sa descendance comme si la magie de cette évocation avait pu le laver de la culpabilité qu'il ressentait en cédant chaque jour davantage aux sortilèges de sa pulpeuse maîtresse russe blanche ? À quoi Straibani songeait-il ? Il pouvait bien se flageller avec les verges du remords, mais au vrai il n'avait jamais songé à rien. La tragédie de l'amour est qu'elle réveille jusqu'au dernier des sots. Un homme relativement heureux, un idiot d'ordinaire euphorique, soudain tiraillé par les émotions… Un ressort qui se contracte, un autre qui se détend et finalement lâche…

Soumis aux exigences de son désir, remué par les premiers émois de sa conscience, Straibani commença à négliger ses habitudes de professeur. Il manquait les leçons sans prévenir et il s'entêtait à s'évanouir devant les images féminines des vitraux de l'église de Pastrogniödk, dans des épisodes de lascivité hystérique qu'il prenait pour autant d'expériences du sublime. Et comme durant ces pâmoisons il était assailli de visions qui s'accompagnaient d'airs de *missa solemnis*, Straibani décida de renoncer au péché, de se délivrer de toute tentation et de consacrer ce qui lui resterait à vivre à chanter les louanges du Seigneur : il s'inscrivit dans un chœur religieux. Sa jolie voix de basse (une profonde promesse testiculaire) fit des ravages parmi le reste de l'ensemble vocal, composé de deux *castrati* près de la retraite et de quarante-cinq dames de divers états physiques, psychiques et civils. En quelques mots : en dépit des promesses de perfectionnement qu'il avait faites à sa Vierge favorite (une Mater dolorosa obèse et inexpressive qui depuis un vitrail de l'aile sud-ouest de l'église se penchait pour bénir le monde), le maître de gymnastique retomba dans l'erreur. Il ne savait plus désormais s'il était infidèle à Marina Tsvetskaïa avec la charmante Kymen Lääni, ou à Antonella avec ses deux maîtresses, ou à la Vierge elle-même avec les trois, ensemble ou séparément.

Bien entendu, Marina remarqua chez Straibani une recrudescence du sentiment de culpabilité mais surtout une baisse de la stimulation que ce dernier entraînait. S'y ajouta une certaine réticence, un parfum de mensonge que toute femme flaire plus vite qu'une odeur de beurre rance. Tout évoquait indubitablement le prélude d'un déclin sentimental, qui se présenta dans ce cas sous la forme d'une fin étrangement étirée, un cortège de nuances et de transitions subtiles, surtout animiques, émaillées d'épiphanies introspectives qui l'amenèrent à la découverte tardive et cruelle d'un savoir intime, un savoir fondé sur la certitude qu'elle avait toujours mené une existence d'emprunt : celle d'éducatrice du fils d'une autre, d'habitante d'une maison de fantômes perdue dans une ville inconnue, éprise d'un étranger qui était marié et qui, comble de tout, était en train de la quitter. Elle adopta cette ferme conviction et en assuma les conséquences, comme si ce qui est propre à chacun, ce qui est à soi et à personne d'autre… comme si l'essence existait. Si elle n'était rien et que rien n'était pour elle – conclut-elle –, elle pouvait en revanche être tout pour tout le monde. Du moins pendant un temps. Elle se mit à soigner sa tenue, à sortir et à monnayer ses charmes. Cette activité ne lui apporta ni plaisir ni réconfort ; pour oublier le regard pénétrant de son fils de lait, « qui la transperçait comme un sourd reproche », elle s'initia aux secrets de la science des mélanges : rouge kirsch, verte absinthe, blonde cervoise, translucide vodka… Mère, mère. Parfois, dans la brume de midi, Andreï ne parvenait pas à la réveiller. Marina ne sut jamais que Straibani, après s'être gagné une réputation d'« étalon latin », était retombé dans un nouveau cycle de l'assommante dialectique de la culpabilité et du repentir, à la fin duquel il décida qu'elle était la seule et l'unique. Elle n'en sut rien car il n'osa pas lui communiquer cette certitude. Il préféra l'adorer en silence et se contenta de contempler sa transformation en grande mondaine. Parfois, au moment d'entrer ou de sortir d'une fête, Marina recevait la vision fugace d'une moustache couverte de givre. Parfois, elle capturait la lueur subtile d'un regard inoubliable, l'éclat brillant d'un crâne chauve. Elle attribuait ces effets non pas à la traque infatigable de son amant mais à l'ombre perpétuelle d'un sentiment typiquement russe : la nostalgie.

Pendant un temps la vie suivit son cours. Une fin d'après-midi d'été, un des néo-bellâtres mercenaires qui l'entouraient décida de l'emmener prendre l'air sur l'avenue Keski, parée d'une succession d'arches faites de branches de frêne imbibées d'alcool qui enjambaient la chaussée. Elles évoquaient une tradition atavique, comme un reflet de gestes barbares et carnavalesques, de viols rituels au fond de huttes en paille, de triomphes et d'incendies illuminant la nuit. À bord d'un véhicule décapoté, Marina aspira les parfums de la brise, agita son châle comme pour un dernier au revoir. Le landau passa sous la première arche au moment précis où Marina allumait sa cigarette… La combustion fut immédiate, élégantissime, une boule de feu qui caressa l'enfilade d'arches sur son passage ; Marina fut le clou du spectacle, un halo de sainteté aux contours parfaits, chaste comme une fleur aux pétales bleus. L'un des témoins remarqua un détail : le touriste déguisé en ours qui bondit sur le landau et voulut éteindre l'incendie en enlaçant sa victime mais qui ne parvint qu'à s'embraser à son tour, tout en gesticulant en italien.

3

Andreï Deliuskine affronta la mort de Marina comme un adulte. Il avait aimé, ô combien !, sa mère de substitution, mais il avait aussi pleinement conscience que cet amour était condamné par avance. Pendant une courte période, il se consacra à l'estimation chiffrée des horreurs du monde ; lorsqu'il eut obtenu un montant total approximatif, la découverte du résultat le jeta au bord du gouffre. Il dut son salut au seul geste de protection qu'il se permettrait jamais d'adopter : comme l'enfant qui au moment de s'endormir serre contre lui un bout de couverture rose, une tétine usée, un vieux bouton de velours vert, dans l'espoir de se forger au milieu des décombres une certitude qui lui servît de refuge, il rassembla les récits que Marina lui avait faits de ses vrais parents. À l'aide d'une poignée d'allusions lointaines, d'un crachin tenace de souvenirs remontés au hasard, mon arrière-grand-père se fabriqua une filiation et se rendit maître d'une mémoire, et c'est ainsi qu'il put se mettre à l'abri des rigueurs de l'existence. Il arriva à la conclusion qu'il ne fallait pas accélérer sa propre fin pour rejoindre les absents, mais faire de la terre un ciel pour les y retrouver.

Si pour le moment il n'en avait pas les moyens, il avait le souhait ferme et déterminé de mener à bien son projet. Entre-temps, il brada la maison de ses grands-parents et abandonna Helsinki sans même se retourner.

Première partie du périple, le long de la mer Baltique : Viborg, Narva, Tallinn. Détour par Arensbourg, seulement pour voir les mouettes fondre sur les bancs de harengs. Écume et massacre. À Riga il fit un séjour formateur, cloîtré dans la bibliothèque publique de la ville. Telle une ombre fuyante, il se dérobait au regard des bibliothécaires pour coucher ses annotations. Il griffonnait de petites ailes, détachait des rayons vermiformes qui éclairaient latéralement la page écrite. Au cours d'une seule année, il étudia des textes de balistique, de numismatique, d'archéologie, de physique et de métaphysique, de chimie, d'économie, de philosophie… Et sur chacune de ces matières, il laissa, gravés dans l'espace compressé des marges, d'inoubliables observations, des ébauches de systèmes, de nouvelles propositions, des projets de traités dont il appartiendra aux spécialistes de l'avenir de déterminer la portée.

Un jour, il tomba sur un exemplaire des *Exercices spirituels* d'Ignace de Loyola. C'était le premier écrit de nature religieuse qu'il examinait. Au début le mélange d'emphase creuse et de précisions plates et bureaucratiques lui parut assommant ; il crut que l'auteur cherchait délibérément et frivolement à contraster la laideur de sa prose et les beautés de sa pensée, comme si les mots n'étaient que la simple courroie de transmission d'une « expérience mentale » liée à la connaissance de présumées vérités ultimes. Mais bientôt sa perplexité face à cette pauvreté stylistique laissa place à une intuition. Si les inventaires scrupuleux et les observations tatillonnes de Loyola se distinguaient tant du « style de l'Église » habituel, cela n'était pas dû à des erreurs de traduction ni au fait que l'auteur se fût aventuré à rédiger le livre dans une langue vulgaire. Au contraire, ce choix supposait une méditation préalable à la rédaction. Si le latin était à l'époque la seule langue de la papauté, l'employer pour écrire ces *Exercices spirituels* aurait signifié, en principe, de choisir ses lecteurs au sein même du catholicisme. Mais le choix du castillan ouvrait une brèche de ce point de vue. Loyola nourrissait-il des desseins schismatiques ? Non. Même une lecture distraite suffisait pour constater que son œuvre était faite pour sortir indemne des feux de l'Inquisition. Loyola avait-il privilégié ses compatriotes espagnols ? S'agissait-il, alors, d'un écrit destiné à évangéliser les foules semi-analphabètes du royaume de Castille et d'Aragon ? Non plus. Revenait alors la question, centrale, du style. Au cours de son évolution (qui commençait avec une triste horde primitive d'apôtres abrutis et se poursuivait jusqu'à son présent de perfection figée) l'Église de Rome avait élaboré un « médiéval allégorique » aux penchants apocalyptiques qui, avec ses gargouilles terrifiantes et son recours constant aux Mystères (qu'ils soient d'origine éleusine, hébraïque, mazdéenne ou mithraïque), se révéla particulièrement efficace pour impressionner la mentalité infantile des masses. S'il avait choisi le bas peuple pour public, Loyola aurait opté pour une prose ampoulée et d'une efficacité *visible*, puisque les pauvres aiment le luxe et son ostentation… Qu'avions-nous à la place ? Que trouva mon arrière-grand-père pendant ces après-midi de lecture ?

Il n'y eut aucune découverte soudaine, Andreï Deliuskine ne perça pas d'un seul coup tous les secrets que le livre lui réservait. De fait, tout visiteur qui accède aujourd'hui au département des « œuvres rares, curiosités et incunables » situé au troisième étage de la bibliothèque publique de Riga, et obtient l'autorisation d'extraire de la vitrine et de consulter l'exemplaire des *Exercices spirituels* qui repose sur une sorte de carré de feutre usé et mité, se rendra à l'évidence que dans ses nombreuses annotations mon arrière-grand-père consigna ses doutes et ses certitudes. Il va sans dire que la seule raison pour laquelle cet exemplaire jouit d'une exposition privilégiée est la qualité et l'inspiration de la prose qui l'interpelle depuis ses marges.

Bien. Mon arrière-grand-père sua sang et eau pour atteindre au noyau de la question. Mais à un moment donné, soit par habitude de la lecture, soit parce que la clef même du livre consistait dans l'usure de ses invocations les plus visibles, qui servaient de distraction trompeuse (car dans le fond, et comme le savent bien les mystiques, le signe de la présence de Dieu n'advient pas à l'être par l'infinie progression d'une chaîne de syllogismes, mais à travers le silence) ; à un moment donné, et toute l'illumination qu'il allait recevoir ou produire dans ses jeunes années était là, Andreï découvrit que le choix stylistique de Loyola exigeait moins une interprétation religieuse que politique. De fait, pour le fondateur de la Compagnie de Jésus, Dieu *était le masque sous lequel se dissimulait une politique du pouvoir*.

Cela faisait-il de Loyola un brutal athée ou du moins un agnostique ?

En apparence, les *Exercices spirituels* consistaient en une structure ou une forme intelligente qui prétendait formaliser la téléologie du Moyen Âge, en recourant à une série d'étapes pratiques telles que l'oraison, le jeûne, l'imploration, l'invocation, la respiration, l'exhalaison, l'abstinence, la flagellation, et cetera, des étapes qui, observées avec rigueur, entraîneraient la certitude (ou du moins la forte croyance en la possibilité) qu'à un moment donné l'exécutant recevrait le signe indubitable de la présence de Dieu. Dieu, bien sûr, non pas en tant que *ce* qu'Il est mais en tant qu'Il *Est*. (Et, comme dans tous les récits de la manifestation divine, s'Il n'apparaît pas – si le Signe ne se produit pas – la faute est nôtre, et cela n'invalide ni l'Espérance ni le système ignacien.)

Mais ces étapes, qui sont d'une simplicité affligeante, une pure addition de temps dans une course de relais, dans la rhétorique loyolesque, dans cette prose de comptable exaspérante et dépourvue de grâce, acquièrent la dignité d'un ajournement infini. Son système discursif, fait d'annotations, de récapitulations, d'avertissements, de répétitions et de détours, dresse un formidable rempart contre ces lecteurs imprudents et légers, contre les espoirs hâtifs et les illusions de bas étage. Pourquoi en serait-il ainsi, si ce livre traitait de religion ? Si Dieu est le salut, l'Acte est complet et il n'y a rien à ajouter. Loyola, en revanche, complique (en réalité, il duplique), parce que son but est humain ; du moins, en première instance. Sa rhétorique aride et décevante – et c'est *cela* que découvrit mon arrière-grand-père – constitue en soi un système, dont le but recherché est de choisir ses lecteurs, en rejeter certains pour en élire d'autres.

En conclusion : sous les apparences inoffensives d'un manuel d'ascétisme destiné à provoquer des théophanies en série, les *Exercices spirituels* sont en réalité un traité crypté pour la recherche, la sélection et l'entraînement d'un groupe d'illuminés aspirant à s'emparer du pouvoir. Sous cet angle, découvert par mon arrière-grand-père, l'oraison dans son ensemble devient un exercice complotiste, et les rythmes de la prière (chaque récitation du *Pater noster*, chaque Nom prononcé, chaque souffle exhalé) se transforment en une méditation collective sur les temps de l'action politique. Ainsi, la figure du Dieu expectant ou absent, qui attend l'invocation correcte pour gratifier le demandeur de sa présence, devient un « vide de pouvoir » que le concile ou le groupe convoqué se chargera de remplir après une série de mouvements (la « gymnastique politique ») non plus liés au *que dire* mais, directement, au *que faire*.

Bien sûr, comme tout texte à double sens, les *Exercices*

spirituels exigeaient un écrit externe ou un texte second, le manuel permettant de déchiffrer et d'intervenir sur le premier texte. Andreï le chercha dans le *Journal spirituel* du jésuite, dans son *Commentaire*, dans ses articles épars, dans son autobiographie, dans les allusions de ses collègues, de ses supérieurs, de ses amis et de ses ennemis, dans les encycliques papales ; à aucun moment l'idée ne lui traversa l'esprit : le fait que le mode d'emploi pour la formation et l'entraînement d'une avant-garde militante prête à se lancer à la conquête du monde, plan conçu et cryptiquement énoncé par Ignace de Loyola, était – ou le serait un jour – contenu dans ses propres annotations. Cette évidence factuelle, les esprits les plus lucides de la Compagnie de Jésus s'en aviseraient des années plus tard, parmi lesquels des personnalités comme le révolutionnaire bolchevique Vladimir Ilitch Oulianov, alias Lénine (1870-1924). Mais cette question exige un chapitre à part.

4

Un peu plus d'un siècle après que mon arrière-grand-père eut mis un point final à ses annotations aux *Exercices spirituels* d'Ignace de Loyola et qu'il les eut laissées là, apparemment à l'abandon ou offertes à la consultation ou à l'oubli collectif, Vladimir Ilitch Oulianov, Lénine, partait pour la première fois en exil, en Suisse, où il projetait de fonder le journal *Iskra* (*L'Étincelle*), qu'il concevait comme un instrument de divulgation de la nécessité de fonder un parti marxiste révolutionnaire. Sa devise était : « Une seule étincelle peut allumer un feu de prairie », une affirmation relevant aussi bien de la mystique que du matérialisme dialectique.

De son point de départ – la Sibérie – où il était reclus sur ordre du tsar, à son point d'arrivée – Genève –, la route est longue, de sorte que la surveillance (dont étaient chargés deux membres particulièrement ineptes de l'Okhrana) tendait à se relâcher. Lénine profite du trajet pour lire. Entre Shushenskoye et Omsk, il dévore l'*Énéide* ; d'Omsk à Kurgan, il s'occupe de l'*Histoire de la décadence et de la chute de l'Empire romain* ; de Kurgan à Tzevsk, il parcourt les *Recherches sur la nature et les causes de la richesse des nations* ; entre Tzevsk et Kostroma, il examine les *Principes d'économie politique* ; tandis qu'entre Kostroma et Novgorod, il solde une dette ancienne : *L'Origine de la famille, de la propriété privée et de l'État* ; de Novgorod à Pskov, il s'octroie une récréation littéraire : *La Lettre volée.*

Tout lecteur disposant d'une carte fiable constatera qu'au moment où l'expatrié referme le recueil de nouvelles d'Edgar Allan Poe, la troïka est sur le point d'arriver à la frontière lettone. La Lettonie : une petite bosse sur l'échiquier changeant de l'Europe post-bismarckienne. Un pays où toutes les distances sont courtes. Pskov est à un saut de puce de Riga. La question évidente est : comment Lénine fit-il pour s'offrir une petite escapade clandestine à Riga, se rendre à la bibliothèque publique, tomber par hasard ou à dessein sur les *Exercices spirituels* annotés par Andreï Deliuskine, et utiliser ces annotations pour faire évoluer sa pensée marxiste… ? Profita-t-il d'une longue sieste d'Oleg et Magoleg ? Versa-t-il un peu de poudre de somnifère dans leurs verres ? Ou les aurait-il empoisonnés (*la fin sanctifie les moyens*) ?

Dans *Ma vie avec Lénine*, Nadejda Kroupskaia mentionne en passant que la trajectoire de son mari sur le chemin de son premier exil en Suisse « fut loin de suivre une ligne droite ». Mais ce dont on est certain, c'est que Lénine *ne mit jamais les pieds* à Riga (il aurait pu le faire en mars 1921, lorsque la Russie soviétique dut signer l'humiliante « paix de Riga » avec la Pologne, mais il y envoya finalement Ioffe, qui était déjà intervenu dans le pragmatique pacte de Brest-Litovsk). Et comme il est plus qu'évident qu'Andreï Deliuskine et Vladimir Ilitch Oulianov ne purent jamais se connaître (à moins que mon arrière-grand-père n'eût été un fantôme, un être immortel ou un vampire), l'influence du premier sur le second fut fondamentale mais forcément indirecte. Ou, plus exactement, médiatisée.

Donc. Si Lénine poursuivit son voyage vers la Suisse, comment fit-il pour prendre connaissance des annotations de mon arrière-grand-père au livre de Loyola ?

Pour le savoir, il faut remonter quelques années en arrière.

Entre 1797 (année où Andreï Deliuskine se consacra à la lecture et à l'annotation des *Exercices spirituels*) et 1850 (date de l'entrée en scène du prêtre jésuite Bernard Stierli), il se produisit une suite de petits événements qui peu à peu attirèrent l'attention des communautés religieuses de la région (de la Lettonie à la Suisse, de la Suisse à la Belgique), qui finirent par solliciter l'intervention d'une autorité ecclésiastique. Les faits en question ne différaient pas de ceux que recense la tradition des miracles : conversions incroyables, guérisons impossibles, lévitations de défunts, larmes versées par des statues de la Vierge… La singularité de ces phénomènes tenait au fait qu'ils n'étaient pas considérés comme la manifestation de l'action de saints ou du surnaturel, et que la majorité des gens en attribuait la cause à un volume qui, sur son rayonnage de la bibliothèque publique de Riga, dormait du sommeil des livres peu consultés : l'exemplaire annoté des *Exercices spirituels*. Il se disait que, la nuit, le livre resplendissait d'un éclat doré qui répandait les bénéfices mentionnés. Et, d'après les témoignages, il ne s'agissait pas d'une lumière froide, mais au contraire d'une flamme sans feu qui avait calciné jusqu'à l'os tous ceux qui s'étaient aventurés à le manipuler pour s'en emparer. Mais le plus stupéfiant dans tout cela était que ce livre qui, chaque nuit, dégageait une chaleur de tous les diables demeurait intact.

Dès qu'il eut vent des événements, Rigoberto de Nobili, provincial en charge du monastère des Jésuites de Louvain, décida de diligenter une enquête. Bien entendu, il ne fallait pas ébruiter l'affaire, ce qui serait arrivé si, suivant le protocole, il avait sollicité le gouvernement letton pour qu'il lui fasse parvenir le livre à examiner ; il ne pouvait pas non plus engager un vulgaire gredin pour qu'il le dérobe. Après une courte réflexion, Nobili manda Bernard Stierli (son bras droit et son avocat du diable), et une fois les quelques mots d'introduction échangés, il l'instruisit de certains détails délicats relatifs au sens de sa mission.

Le choix de Nobili survint à un moment extrêmement sensible de la vie de Bernard Stierli. Grand admirateur de Robert « marteau des hérétiques » Bellarmin (il connaissait sur le bout des doigts ses *Controverses* et son *Art de bien mourir*), le père Stierli avait pour seul chagrin de n'avoir jamais été mandaté d'une mission qui fût à la hauteur de ses aptitudes. Il était né trop tard pour connaître le noyau fondateur de la Compagnie, il avait raté les gestes missionnaires au Paraguay et les aventures de l'évangélisation en Chine, au Japon et en Éthiopie... Il vivait dans le désespoir permanent de se sentir dévoré par une fièvre sans objet, que ses rivaux au sein de la Compagnie définissaient comme une « succession perpétuelle de crises d'opérette ». Aussi, lorsque Nobili lui communiqua sa tâche et sa destination, Stierli dut se contenir pour ne pas bondir de joie. En moins de deux heures, son bagage était plié.

Il arriva à Riga tôt le matin, habillé en civil. De toute façon, personne ne le remarqua. La ville était sens dessus dessous : la police avait trouvé des parties de corps humains découpées avec soin et disséminées aux quatre coins de la ville.

Stierli prit un petit déjeuner frugal, choisit une pension en accord avec la modestie de ses émoluments, arrangea ses vêtements, et se dirigea vers la bibliothèque publique. Il y fut déçu par le peu de soin qu'avait pris l'institution pour protéger son œuvre la plus précieuse : l'exemplaire des *Exercices spirituels* était encore en libre consultation. Suivant un principe élémentaire de prudence, il remplit une fiche d'un faux nom, aux sonorités anglophiles et à la signification intime (Charles Hope, un cher condisciple de séminaire, défunt), et – en bon jésuite – il pratiqua un peu l'art de la dissimulation en demandant le *Candide* de Voltaire.

« Ah. De la pornographie. Monsieur est un petit cochon… », se pourlécha Gunda Gwrolin, bibliothécaire et veuve non abstinente.

Pour ne pas brouiller l'image de son personnage, les jours suivants le Hope de Stierli demanda et feignit de lire les *Mémoires* de Casanova, ceux d'une cantatrice allemande, ceux d'un érotomane anglais, ceux sans doute plus dépravés d'un navigateur solitaire (*Oiseaux et Poissons*). Et pendant ce temps, il surveillait la salle : flux de lecteurs ; épaisseur ou finesse du dos des volumes communiqués pour la consultation ; aperçus de reliures, de couvertures. Toutes les deux ou trois heures, et dans le but apparent de courtiser la Gwrolin, il s'approchait de la banque de salle et complétait sa technique de contrôle en jetant de petits regards furtifs aux formulaires de demande de lecture. Peut-être s'agissait-il d'une accalmie après la vulgaire explosion de célébrité, ou les habitants de Riga étaient-ils trop bouleversés par les meurtres en série pour se soucier des émanations mystérieuses de tel ou tel livre, toujours est-il que depuis son arrivée, personne n'avait sollicité l'exemplaire annoté des *Exercices spirituels*.

Les jours passèrent, en vain. Stierli déploya toute son énergie pour se gagner la sympathie de Gunda et obtenir la position de « lecteur de confiance » (catégorie qui habilitait son détenteur à la libre consultation sans renseignement préalable de fiche). Depuis les bouquets de fleurs un peu fanées (la version timide de l'assaut d'un soupirant maladroit) jusqu'à l'invitation à boire un verre de liqueur d'orange et au tripotage nocturne sous un porche de banlieue – l'Être, grâce à Dieu, n'est pas la Chose – tandis que la grosse, ronde comme une barrique, lui léchait l'oreille et soulevait un à un les lourds rideaux de ses multiples jupons. L'épisode le laissa perplexe. Techniquement, il était impossible de vérifier s'il avait rompu ou non son vœu de chasteté. Le prétendu Hope n'eut toutefois pas le temps de trancher. À peine avait-il atteint la position espérée, et tandis qu'il méditait sur les risques de tendre, sans autre préalable, sa main vers le volume loyolesque… alors survint un inutile, un inopiné malheur. Un nouvel épisode de l'effroyable série de crimes de Riga. Stierli éprouva une pitié molle, chrétienne, soulagée en l'apprenant. Une pointe très acérée. Direct au cœur. Par chance Gunda ne sentit rien.

Le jour suivant, un nouveau bibliothécaire. Un homme. Tout a une limite et Stierli sut qu'il était trop tard pour tout recommencer. Lorsqu'il s'approcha de la banque de salle et qu'il demanda le livre, à peine conservait-il la prudence nécessaire pour continuer à utiliser son pseudonyme. Le bibliothécaire hésita – un doute, un soupçon, un agent de police ? –, releva sa plume trempée dans l'encre, réfléchit quelques secondes. Puis il demanda :

« *Exercices*, monsieur Hope… avec ou sans h ? »

Nous voici à l'instant crucial de la vie de Bernard Stierli. Il est seul, presque seul, dans la salle de lecture, et il tient dans ses mains un trésor à ausculter, la possibilité de trouver une preuve de l'existence réelle d'un miracle, une preuve pouvant, qui sait ?, enfoncer les portes closes derrière lesquelles s'ouvre l'abîme : la démonstration de l'existence de Dieu. Faire ce saut, cette démonstration, justifierait son existence… n'importe quelle existence… celle même de l'univers… et le trouver dans un exemplaire du livre du fondateur de son ordre, ce serait le *nec plus ultra*. On comprend que le jésuite regagne sa place, transi d'émotion (comme, cinquante ans plus tôt, Andreï Deliuskine avait été *transi d'écriture*). Tambourinement de doigts sur la couverture rigide, tremblements. Et si, après la révélation, il n'y a ni paradis ni vérité mais… ? « Pssit, pssit. » « Hein ? » « Vous vous sentez bien, monsieur ? » « Pourquoi ? » « Vous tremblez. » « Ah, oui, merci ma chère, ne vous inquiétez pas. C'est l'excitation, je veux dire l'âge, la danse de Saint-Guy. » « Voulez-vous que j'appelle un méd... » « Je ne veux rien, sacrebleu ! » « Oh, pardon, quel caractère ! » Crissement de barreaux de chaise traînée sur le sol, corps de femme qui disparaît. Une vieille histoire. Désir et remords : la femme est un fantasme, un fantôme qui ne hante pas les châteaux de théologie. À présent, tout en caressant avec une crainte révérencielle les lettres d'or de la couverture, le père Stierli se souvient que saint Ignace fut une sorte de don Quichotte de l'Église ; sa conversion, son accès de folie survint lorsque, forcé au repos après avoir été blessé à la bataille de Pampelune, il n'eut sous la main d'autre source de distraction que la lecture du Nouveau Testament. « Quel aurait été mon destin – se demande Stierli tout en ouvrant l'exemplaire des *Exercices spirituels* – si, au lieu des saintes Écritures, Loyola était tombé sur l'*Amadis de Gaule* ? » Envahi plus que jamais du sentiment de sa propre disparition, le jésuite murmura : « *Anima Christi, sanctifica me.* »

Nul vent chaud agitant les feuilles d'un livre, l'arrachant de ses mains et l'emportant en le faisant tourbillonner dans les airs. Aucun son de harpe (Dieu gagne en discrétion à mesure qu'il vieillit). Mais, en dépit de ses maigres effets, l'événement est d'un autre ordre, plus radical. Stierli ouvre la première page et la lecture est une commotion, une fulmination. En marge des propos liminaires de l'auteur (une véritable déclaration de principes), il tombe sur la première des phrases que, de son écriture minuscule et appliquée, de sa patte de mouche indéchiffrable, Andreï Deliuskine a tracées au cours de ce lointain été 1797 qu'il passa à Riga. Et cette première oraison (il y a des phrases qui sont des prières) semble simplifier, contenir et installer dans sa véritable dimension tout le sens des préoccupations de Loyola :

Comment un esprit se meut-il ?

Stierli frémit de bonheur. La nuit, depuis la chambre de sa pension, il écrit à Rigoberto de Nibili. La brièveté de sa missive atteste le bonheur qui l'envahit : « Tout est vrai. »

Naturellement, le croire est une chose mais le prouver en est une autre. Avec la perspicacité qui le caractérise, Stierli sait que, outre une enquête classique d'expert ecclésiastique cherchant à distinguer les subtiles différences entre la transe mystique et l'accès d'hystérie, son travail doit tendre à la résolution des questions suivantes : pourquoi attribue-t-on un pouvoir miraculeux à cet exemplaire (plutôt qu'à un autre) des *Exercices spirituels* ? Est-ce dû à une particularité graphique ou typographique ? Ou, à cause, peut-être (comme il le croit, et cette croyance est déjà un pari), des annotations qu'un parfait inconnu a ajoutées en marge ?

Chaque matin, donc, Stierli sillonne Riga et ses alentours, séparant le bon grain de l'ivraie, le miracle de l'imposture. Et chaque après-midi, assis à la table de la salle de consultation déserte, pourvu d'une plume et d'un encrier, penché comme un cancre sur un autre exemplaire des *Exercices spirituels* qu'il a réussi à se procurer et qu'il fait entrer chaque jour en douce dans la bibliothèque publique, il transcrit d'une main révérencieuse et fidèle aussi bien l'esprit de la lettre que la forme calligraphique des annotations de mon arrière-grand-père. Il emploie une encre spéciale, qu'il s'est procurée auprès d'un célèbre faussaire d'antiquités, de sorte que chaque lettre tracée et à peine séchée imite avec beaucoup de naturel les outrages du temps. Mais l'essentiel est ailleurs. À mesure que sa main glisse sur la page, le vieux jésuite dévot devient l'incarnation tremblante d'un jeune génie disparu : mon arrière-grand-père. Stierli lit avec lui, comprend avec lui, interprète avec lui, écrit avec lui.

Et peu à peu, la portée de l'œuvre de Loyola s'ouvre devant lui, lentement et pleinement. Pendant chacun de ces après-midi, et à mesure qu'il copie l'original lettre après lettre, il sent se transfuser à son être les signes d'une compréhension suprême. « Il n'est pas possible de tout comprendre sans un secours céleste – pense-t-il ; d'ailleurs, il n'est pas possible que ces annotations aient été écrites par une personne, elles semblent plutôt émaner directement d'un esprit suprasensible qui cherche à introduire dans le monde une vérité jusqu'à présent cachée, une réforme inattendue du plan de la création divine. Mais, pourquoi moi ? Pourquoi m'incombe-t-il de la dévoiler ? »

Stierli se méfie et il a peur, naturellement. Bien que dans son rôle d'avocat du diable il ait peine à croire en l'existence physique de Satan, il n'écarte pas néanmoins la possibilité de son existence en tant qu'entité subsidiaire des systèmes de preuve et de châtiment propres à l'économie du salut. Dans ce cas, pense-t-il, les questions sur sa propre fonction dans le plan du Très-Haut pourraient être les prolégomènes d'une terrible erreur, voire de sa propre chute. Puis il se console : « Dieu ne ménage pas ses efforts, mais il ne les dilapide pas non plus inutilement. Il ne fait pas tout cela simplement pour me condamner. Après tout, que suis-je pour lui ? Moins que rien. » Tout cela – se dit-il – n'est peut-être que l'effet de sa trop grande méfiance. Il s'étonne toutefois de l'apparence qu'il s'est donnée, où l'immense se niche dans le minuscule : un jésuite recopiant les textes d'un secrétaire illuminé, de Dieu lui-même peut-être, qui un jour daigna descendre silencieusement de son Trône et s'assit sur une chaise de la bibliothèque publique de Riga pour apporter commentaires, corrections et améliorations à l'œuvre du fondateur de la Compagnie de Jésus. Est-ce un cercle ? Ou peut-être une spirale ascendante, une ellipse qui se dirige vers le ciel sans que nos yeux puissent la distinguer ?

L'étonnement peut être une vocation, un excellent auxiliaire de la foi, mais même le plus crédule des hommes sent diminuer sa capacité d'admiration lorsque l'émerveillement devient la norme. Toutefois, dans ce cas, Stierli, qui au fil des ans s'est habitué à fréquenter les textes les plus ardus, y gagnant une agilité lui permettant d'anticiper le moment où son intelligence atteindra ou dépassera les éminents esprits dont il suit le cheminement, se heurte à présent à une puissance qui le dépasse. Les voies qu'emprunte la pensée de mon arrière-grand-père le déconcertent avec leurs constructions capricieuses, leurs dérivations ressemblant à des sauts abrupts, aux fulgurations d'une vérité qui ne requiert pas le pénible déroulement du syllogisme mais dont la logique ultime se niche d'une certaine manière dans un point qui semble infini. Et le plus étrange est l'absence de style, comme si cette écriture n'avait pas besoin d'un homme (ou d'une entité) pour être écrite. Une impersonnalité sereine ou suprême, ni pressante ni exubérante mais qui, observée de près, révèle, tant dans le déroulement de toute la phrase qu'à l'intérieur de chacun des concepts pris à part, un précipice où bouillonnent des dimensions nouvelles encore à découvrir. Dans ces moments de terreur ou d'abjection, Stierli croit se trouver en présence d'une machine ou d'un monstre. Il écrit de nouveau à Rigoberto de Nobili. Son ton n'est plus celui du bonheur sans nuages ; il est entaché par l'inquiétude : « Une simplicité complexe. Sublime ou plus encore : l'ineffable. » Nobili ne répond pas : il se tait et attend. Stierli poursuit son chemin. Les vérités qui s'imposent à lui chaque jour dans la perfection de leur forme acceptent ensuite de voir leur sens élargi et peuvent aussi bien compléter que réfuter, sans que leurs objections annulent les concepts exposés. En définitive : il est abasourdi par l'onde expansive d'une explosion d'effets tant intellectuels que pratiques, et dont on ne pourra mesurer les conséquences qu'au moment où cette écriture – les annotations d'Andreï Deliuskine – se sera répandue dans l'esprit de ses destinataires, que ces derniers soient un sujet universel, la totalité de l'espèce, ou – étant donné la nature du livre où elle fit son apparition – des membres de l'ordre des Jésuites.

Quoi qu'il en soit, et suivant les mots de Loyola : « Toi aussi, tu peux le faire. » Il faut continuer à copier, à penser. Sans, pour autant, négliger le monde. Depuis un certain temps, Stierli a commencé à sentir qu'il est l'objet de regards qui ne semblent pas fortuits. Il ne tarde pas à remarquer un individu portant un étrange jabot, des guêtres et un haut-de-forme rouge, et qui le suit sur quelques mètres de son trajet, le soir, avant d'être remplacé par un autre spécimen entièrement vêtu de noir. Stierli croit avoir été découvert par ses frères ennemis, les Dominicains, qui naturellement traquent aussi le mystère entourant l'exemplaire des *Exercices spirituels* (probablement pour le dénigrer, le déclarer inauthentique ou peut-être l'interpréter à leur manière et l'utiliser aux fins de leur propre congrégation). Mais il se trompe. Ses filateurs ne sont que de vulgaires argousins, car son nom – plus exactement son pseudonyme, Hope – figure sur la liste des individus suspectés de tremper dans l'affaire que l'Europe commence à désigner sous le nom des « Crimes de Riga ». Depuis la nuit des temps, pour les autorités de chaque État, la figure du criminel est presque toujours synonyme d'étranger. La présence de Stierli sur cette liste n'est toutefois pas dénuée de sens, puisque, sous le nom de Hope, il a eu un contact éphémère avec l'un des éléments des meurtres en série, plus précisément avec l'une des victimes : Gunda Gwrolin. Mais cela, la police l'ignore autant que l'intéressé. Ce qui est regrettable, car si Stierli avait prêté quelque attention à l'affaire, à la succession des faits et à leur enchaînement, à partir du troisième ou du quatrième crime il n'aurait pas eu la moindre difficulté à déduire le critère logique et le patronyme qui guidaient la main de l'assassin.

Qui était ce dernier ?

Laissons de côté pour le moment son identité et concentrons-nous sur sa biographie : enfance malheureuse, coups de tison sur les doigts assenés par un père alcoolique, pénétrations incomplètes par un frère aîné, mineur au chômage. Puis, les premières vengeances : il devient expert à crever les yeux d'alouettes, joue au poète maudit en dérobant des objets inutiles dans des maisons abandonnées. À la fin de l'adolescence, la certitude de l'importance de sa personne l'envahit, et il ressent la nécessité consécutive d'en communiquer la nouvelle à la terre entière. On lui raconte que Néron est devenu célèbre après avoir incendié Rome. « Voyons voir, et moi, que puis-je faire pour obtenir le même résultat ? » se demande-t-il. Dans l'architecture de Riga il entre plus de pierre que de bois. Aussi décide-t-il de cimenter sa gloire sans recourir au feu et choisit ses victimes suivant leurs initiales qui, mises bout à bout dans l'ordre des faits, révéleront son propre nom : en tout criminel de bas étage sommeille la volonté allégorique qui caractérise une intelligence limitée. Tuer, se salir les mains de sang, cela lui plaît autant que d'imaginer l'annonce du crime et le moment où un fin limier viendra l'arrêter. Et si cela n'arrive pas à la fin de la première série, eh bien… il y aura des rééditions plus morbides et plus spectaculaires encore… Mais dans le doute (et craignant de ne pas être compris), il offre la pauvreté d'un message codé, dont il reproduit le contenu sur seize feuilles de papier quadrillé : « Seize personnes seront tuées puis découpées et leurs restes seront éparpillés à travers la ville, car je veux, moi, proclamer devant l'histoire remplie d'effroi et de vénération que mon nom est composé de la première lettre du nom de chacune des victimes tuées par ma main. » Sans grand succès, Aglarevopphigius – boiteux, gringalet, insignifiant, exophtalmique, célibataire et laid – distribue ces textes dans les toilettes de tous les bars de la ville après avoir souligné d'un trait de sang la première lettre de son nom.

Mais l'histoire ne s'arrête pas là. Il y a un autre signe. Pour Aglarevopphigius, choisir un nom c'est aussi choisir l'organe ou la partie du corps qui sera amputé par son poignard, perforé par sa balle, rongé par son poison, serré par sa corde. Ainsi l'éminent horloger Acantus reçoit-il un plomb dans l'Abdomen ; Gimmel se vide de son sang après que son bourreau a découpé en tranches son Gland… Le choix le plus étrange d'Aglarevopphigius est justement celui de Gunda Gwrolin, qui tombe sous un coup de poignard lui sectionnant l'intestin. Parce qu'elle était grosse, grasse ou grivoise ?

Comment le savoir ? Le pauvre Aglarevopphigius ne fut jamais arrêté, et Stierli, qui resta en marge de l'évolution de cette affaire (mais pas de sa résolution), demeura convaincu qu'une faction de conjurés connaissait sa mission et ne le lâchait pas d'une semelle.

Alors, croyant que l'étau se resserre autour de lui, Stierli s'affaire. Il copie à la hâte, sans s'arrêter ni penser, courant le risque de commettre une erreur, de produire une légère modification de la calligraphie, de l'expression, du sens des annotations de mon arrière-grand-père[1]. Puis, un après-midi, il met un point final à son travail. C'est le moment le plus délicat de sa mission : celui où il doit procéder à la substitution, laisser sa copie et emporter l'original à Louvain ; c'est aussi, par conséquent, le moment dont tout adversaire profiterait pour le dénoncer comme voleur et faussaire. C'est

1. Certains spécialistes affirment qu'à partir de la « deuxième semaine » stipulée par Loyola, le travail de transcription du père Stierli s'écarte du texte d'Andreï Deliuskine et introduit de nouveaux articles.

pourquoi, flairant l'embuscade, Stierli *se retire de la bibliothèque en emportant sa copie*. C'est une opération à la mesure de son intelligence subtile, de sa grande étourderie. S'ils l'attrapent et s'emparent de ce qu'il emporte, les voleurs mettront la main non pas sur ce qu'ils recherchent, mais sur son simulacre. Sauf si, après tout, la transcription est conforme à l'esprit et à la lettre, alors n'est-elle pas identique à l'original au point qu'on puisse les confondre ? Pour la première fois depuis des mois, Stierli sort dans les rues de Riga avec un air de malfrat comblé. Il fait un pas puis un autre. Sa main coupable caresse, dénonce la poche secrète de son manteau où il a caché son livre-appeau. À sa grande surprise, personne ne l'arrête, personne ne lui tombe dessus, personne ne lui demande de rendre ou de livrer son butin.

À ce stade de l'intrigue, il se peut qu'un lecteur s'interroge sur la rationalité de l'opération. Ou, du moins, sur celle qu'impliquerait la croyance dans la singularité, miraculeuse et ambiguë, du livre annoté par Deliuskine, une singularité exclusive qui ne s'étendrait pas à sa copie, pourtant reproduite à l'identique par Stierli. En d'autres termes, l'aura de la chose première n'entourerait-elle pas ses reproductions ? Si se trouvait ainsi démontrée la fausseté du principe postulant l'égale valeur de tous les éléments de la série – principe que populariserait, entre autres, l'inventeur de l'imprimerie –, ne serait-on pas en présence d'une réfutation du catholicisme qui investit aussi bien la figure première (qu'il s'agisse du Christ, de la Vierge ou des saints) que ses apparitions surnaturelles et ses reproductions matérielles du même pouvoir de produire des vérités de la foi ?

Voilà les questions qui taraudent Stierli qui, toutefois, par réflexe d'obéissance canonique, suspend ses doutes et son incrédulité. Quand enfin il s'est convaincu que personne ne monte la garde pour le surprendre la main dans le sac, la nuit est déjà tombée.

L'oblique nuit de Riga le voit retourner sur ses pas et se faufiler par la fenêtre du troisième étage de la bibliothèque. Essoufflé (il n'a plus l'âge de telles acrobaties), il pose ses sandales sur les losanges noirs et blancs. Dans l'obscurité de l'enceinte, la plus simple rangée d'étagères acquiert la densité d'un enchevêtrement gothique. Stierli, qui au fil des jours a mémorisé les proportions des lieux, marche les yeux fermés, les bras grands ouverts, esquivant de quelques centimètres les obstacles. Tout se passe comme si la divine Providence le guidait vers le rayonnage où repose le livre qui doit être volé et remplacé… Soudain, tout près du tabernacle, il doit s'arrêter. On entend un bruissement de vêtements effleurant les murs. Stierli sent l'air tranchant comme une lame et mécaniquement il lève un bras, pare le coup, en assène un autre de la tranche de sa main, perçoit la musique d'un gémissement étouffé, les borborygmes d'une agonie. Tout s'accélère. D'un mouvement confus il extrait la copie de ses vêtements et substitue ou croit substituer l'original qu'il emporte dans sa fuite. Pâle comme la lune qui perce le ciel, dans sa course sur les toits il ne remarque pas les cornes jaunes qui se teignent de sang, s'imprègnent des couleurs de l'islam.

Notre jésuite croit-il avoir assassiné quelqu'un ? Un détective secret et efficace mais infortuné ? Le gardien de nuit surpris dans sa ronde ? Sa maîtresse furtive ? Il est difficile de définir la manière dont se présentent les faits lorsqu'ils prennent l'inconsistance du fantastique. Il reste néanmoins la certitude qu'au cours de cette nuit Stierli a tué quelqu'un. Bien sûr le crime ne fut pas intentionnel. Un agnostique affirmerait qu'il est imputable à l'élégance du hasard. Oui. *Aglarevopphigius*. Qui, comme chaque nuit, rumine son plan de promotion personnelle, dangereusement accoudé au parapet du pont enjambant le fleuve Dvina. Doit-il donner un petit coup de pouce au monde en annonçant que, disséminée parmi les lettres de son patronyme, se trouve la première lettre de l'alphabet hébreu ? Faudrait-il sacrifier un nouveau-né le jour de sa naissance (de la sienne, bien sûr : Aglarevopphigius ne sait pas utiliser les possessifs car rien ne lui a jamais appartenu en propre) ? Et pourquoi ne pas se livrer à la police (au moins, cela fera parler de lui dans les journaux) ? Ou peut-être se supprimer avec panache ?

Méditations. Aglarevopphigius fixe sans les voir les taches bleu ciel qui colorent par instants l'eau brune du fleuve ; soudain, un scintillement doré, une zébrure spermatique ondule, frétille de la queue. Un ploc, puis plus rien. Au lieu de relever la tête pour regarder la ligne frémissante où apparaîtra le soleil, Aglarevopphigius se penche légèrement, au moment précis où Stierli passe en courant dans son dos (le sien propre) et, par la seule poussée de l'air déplacé, précipite sa chute mortelle. Les eaux s'ouvrent avec une rumeur de dégoût ou de bienvenue. Homicide ou suicide ? En définitive, personne ne peut rester étranger à ce dilemme interprétatif que suscite ce point de contact (le dernier) entre deux sujets liés à des formes si diverses de l'indicible que furent Aglaveropphigius et Stierli.

5

L'arrivée au monastère de Louvain de l'édition annotée par Andreï Deliuskine introduisit au sein de la Compagnie de Jésus le signe d'une transformation aussi radicale que le fut l'apparition des *Exercices spirituels* dans le monde de la mystique médiévale. Jusqu'alors, l'idéal de perfection était une possibilité qui ne se réalisait que dans l'union avec Dieu, un processus qui était l'effet d'un don, de la grâce divine, et non la conséquence d'un mérite humain. Aussi, cette *contemplation infuse* établissait-elle une différence fondamèntale, non pas de degré mais de nature, avec la *contemplation acquise*, un travail méritoire et digne d'éloge mais dont la portée était forcément limitée puisque son origine se trouvait dans la volonté de l'homme d'atteindre cette union. Grâce au don extraordinaire de la *contemplation infuse*, le mystique perd toute relation avec le monde sensible (il n'y a plus ni raison ni mémoire, et les images, formes et comparaisons s'évanouissent), de sorte que les mots qui par la suite rapportent cette expérience ne peuvent rendre compte de ce qu'il s'est produit ; face à cette impossibilité donnée en spectacle, l'ineffable tourmente l'âme de ceux qui n'ont pas reçu ce don (la foule des pratiquants de la *contemplation acquise*), qui ressentent l'inutilité de leurs efforts pour obtenir un contact qui, en définitive, sera toujours d'une qualité inférieure. Il n'est pas surprenant que cette suprématie dans l'ordre des liens issue d'un choix supraterrestre qui élit à sa guise des individus pour les illuminer d'une manière extraordinaire corresponde à un état politique qui, sans prendre appui sur la moindre assise axiologique, fait reposer sur des têtes couronnées ou vaticanes tout principe d'autorité. La publication des *Exercices spirituels* – comme le comprendra bien Lénine après avoir lu les annotations de mon arrière-grand-père Andreï Deliuskine – marque un tournant dans cette théorie, balayant les fondements métaphysiques de l'hypothétique prééminence de la méthode contemplative pour accéder à cet état. Bien qu'il relève en apparence du domaine religieux, le livre de Loyola (nous sommes toujours avec Lénine) représente l'une des premières productions idéologiques qui tente de fabriquer une conception du monde adaptée à la bourgeoisie naissante, une classe sociale émergente qui déploie ses efforts égalitaristes et proto-démocratiques pour tout obtenir, tout comprendre, et dont l'*aspiration* (avide mais absolument pas *infuse*) est de tout *acquérir*… même le contact avec Dieu.

Mais ne devançons pas le cours des événements, allons plutôt voir du côté des cloîtres.

De retour à Louvain, le père Bernard Stierli s'entretient avec Rigoberto de Nobili. Le contenu de l'entrevue demeure secret, comme une émanation de la confession. Mais les conséquences se diffusent. En bref : les annotations d'Andreï Deliuskine deviennent un objet de lecture et de discussion à l'intérieur du couvent. L'ambiance devient fébrile. L'application de différentes méthodes de lecture du texte débouche sur des interprétations divergentes. Les tenants de chaque position se livrent à des prouesses de raffinement herméneutique mais aucune d'entre elles n'emporte l'adhésion générale. Les eaux se partagent : de chaque opinion naît une chapelle, et de chaque chapelle surgissent jalousies, rancœurs et reproches. La crise s'étend, les dissensions s'aggravent. Admonesté par le Supérieur de Rome, Rigoberto de Nobili recourt à un modèle d'organisation de l'étude et du débat qui renforce le système hiérarchique, contenant le désir commun d'accéder à *une* vérité du texte par la soustraction de ce dernier à la consultation : il le garde sous clef, dans l'armoire de sa cellule.

L'absence soudaine de l'exemplaire annoté est ressentie par la masse des étudiants et des prêtres comme un vide métaphysique, une spirale qui emporte tout et apaise la violence, la remplaçant par un sentiment de nostalgie. Nobili profite de son coup d'éclat et occupe le devant de la scène. Il organise une cérémonie pour célébrer la fin de la discorde, remet le livre à sa place, mais en conditionne l'accès à l'inscription préalable de chaque solliciteur dans un « cercle de lecture » des annotations. Ce schéma étant un calque du modèle concentrique proposé dans la *Divine Comédie*, chaque cercle est dirigé par un « guide » (membre, bien entendu, de l'entourage de Nobili) qui oriente, légitime ou écarte les interprétations des « guidés », et qui périodiquement informe des possibles déviations doctrinales ou des progrès dans la droite compréhension du matériau d'étude. Et c'est Nobili qui, naturellement, s'occupe personnellement des gradations. Une rébellion ponctuelle, un accès de libre interprétation sont habituellement punis de la chute de quelques cercles. Inversement, toute ascension indique une bonne conduite. Beaucoup d'inscrits décident de payer le prix de la subordination : le bruit court qu'au dernier niveau, appelé « suprême » ou *coelum*, chaque « promu » peut laisser le « guide » à l'extérieur du Saint des Saints et accéder au contact direct – pendant une durée maximale de vingt-quatre heures – avec les annotations d'Andreï Deliuskine. (En général, par conviction ou par hypocrisie, après une journée de réclusion, les « promus » sortent de la Chambre de consultation avec, sur le visage, l'expression que les récits antiques attribuent à l'union mystique.)

En dépit de son exhaustivité, cette tentative de mise en ordre suscite des réactions ; certains secteurs accusent Nobili de papisme et affirment qu'il est le bras d'une réaction conservatrice qui essaie de tempérer, de dissimuler ou d'éliminer les sens les plus dérangeants auxquels aboutirait une libre lecture. Croyant que son statut de « témoin original » le place au-dessus de la mêlée, un Bernard Stierli un tantinet sénile essaie de jouer les négociateurs entre les factions opposées : il est poignardé en plein réfectoire dans un épisode nocturne sombre et confus. Pendant la veillée funèbre, l'expression de contrition terrifiée gravée sur son visage agit comme un baume sur les âmes meurtries par la tragédie. Après l'enterrement de l'illustre frère, et dans un geste politique, le principal tempère certaines rigueurs et élimine des séjours intermédiaires. Les annotations de mon arrière-grand-père deviennent accessibles à tous, même aux novices. Curieusement, ce relâchement de la discipline survient au moment où plus personne ou presque ne cherche à consulter l'exemplaire. Comme si la systole-diastole de l'interdiction et de la libération avait émoussé ses potentialités, épuisé ses plus stimulantes vérités. Sous la surface en apparence apaisée des choses, le travail de mon arrière-grand-père est devenu une sorte de poisson des abysses, un fossile survivant qui continue à nager dans les eaux troubles, guidé par sa propre et étrange lumière. À présent, c'est le livre lui-même comme objet et non son contenu qui est devenu le fétiche d'un culte.

On l'installe dans une salle spécialement aménagée pour le recevoir, où l'escortent deux cierges allumés en permanence, dans une vitrine en bois de palo santo où il repose sur un coussin de velours rouge… Dans le même temps, la désillusion et le doute se répandent. Certains éléments juvéniles, gagnés par l'esprit agnostique de l'époque, assurent que les *Exercices spirituels* ne sont qu'un vulgaire résumé (voire un plagiat) d'autres livres ascético-mystiques comme le *Livre d'exercices* de l'abbé bénédictin García de Cisneros, la *Vie de Jésus-Christ* de Ludolphe de Saxe et l'*Imitation de Jésus-Christ* de Thomas a Kempis, eux-mêmes compilations de livres antérieurs…

Et par conséquent les annotations de mon arrière-grand-père ne seraient qu'une exégèse laborieuse et académique, griffonnée par un scribe anonyme et obtus, incapable de détecter cette décevante généalogie. Le livre devient le vestige dérangeant d'une hypothétique supercherie. Quelqu'un propose le bûcher, une purification générale. Un jour, une main anonyme se décide enfin et remplace l'exemplaire par un rat mort et empaillé ; le scandale de l'opération retombe devant l'absence de répercussions. Puis le désintérêt, l'ennui mortel se répandent et recouvrent tout. L'édition annotée des *Exercices spirituels* retourne à sa place, le rat atterrit dans une poubelle et rideau !

Les années passent. La nouvelle génération de Jésuites ignore l'histoire du livre mis en exposition et commence à l'adorer, convaincue qu'il s'agit de l'édition originale, voire du manuscrit de la main de Loyola. Un enthousiasme neuf s'empare des âmes. Prières, chants, musiques, transes. Chaque initié commence à mesurer le privilège d'être en contact avec quelque chose dont seul le temps révélera la vraie dimension. Lentement, l'atmosphère recueillie de la salle prend des allures de bazar. Aux cierges rituels qui n'éclairaient pour personne les bords usés du volume s'ajoutent à présent l'encens, les croix déposées dans la vitrine, les portraits des parents malades. Un jour, un lépreux s'installe aux portes du monastère et affirme qu'il ne quittera pas les lieux tant qu'on ne le laissera pas adorer le « livre miraculeux ». La machine repart mais plus rien n'est pareil. Aux subtilités des débats s'ajoute maintenant l'enquête historique qui essaie de discerner les différences et les similitudes (si tant est qu'il y en ait) entre Loyola et son commentateur ; et, pour la première fois, on commence même à spéculer sur l'identité de l'auteur des annotations. Quant à Rigoberto de Nobili, qui pourrait être le seul témoin de certains fragments de l'histoire, cela fait déjà deux décennies que la tétraplégie l'a privé de parole et de mouvement. Quoi qu'il en soit, lorsque à la fin du XIXe siècle le supérieur rend enfin son âme à Dieu, le monastère de Louvain est déjà le principal foyer de la vie intellectuelle de l'Église.

Et nous voici revenus à Lénine.

6

Stuttgart, mars 1902. Vladimir Ilitch Oulianov publie *Que faire ?* Il y propose de créer un parti de révolutionnaires professionnels. Ses formulations sont délibérément simplificatrices. De fait, il a lu saint Augustin et il se souvient : « À la question “Que faire ?”, le monde ancien a déjà apporté 288 réponses. » Au mois de septembre de la même année, il écrit sa *Lettre à un camarade sur nos tâches d'organisation*, ce qui fournit un indice supplémentaire sur l'orientation de ses travaux. Depuis des années il est empêtré dans un dialogue de sourds avec Plekhanov, qui l'accuse d'être trop « centraliste ». Il accuse, quant à lui, ses camarades du parti ouvrier social-démocrate de Russie (POSDR) d'alimenter d'interminables débats, de « verbalisme ». Il est convaincu qu'il faut imposer une discipline aux militants, leur faire prendre conscience qu'ils font partie d'un projet collectif ; il s'agit, en réalité, de construire un organisme aux structures rigides et prêt à se lancer dans la lutte pour le pouvoir. En ce sens, l'idée première de Lénine est d'imiter le fonctionnement de l'armée traditionnelle (aussi bien la prussienne que la russe ou la française). Mais il comprend bientôt qu'à ce modèle, efficace à de nombreux égards, notamment pour l'entraînement, la discipline et la hiérarchie, il manque toutefois un *ethos* finaliste, puisque son unique cause est la préservation de sa forme. L'armée traditionnelle – comprend-il – est la cristallisation d'une idée, une machine fatiguée et intellectuellement morte, en aucun cas un instrument utilisable. *Aucune armée connue ne transformera le monde.* Il faut donc chercher ailleurs. Y a-t-il un nouveau type d'armée ? Un modèle imitable ?

Oui. Évidemment. Et cela fait des siècles qu'il existe.

Poussé par le goût du travestissement et du grimage qui le distinguera toujours des autres révolutionnaires, Lénine quitte son domicile d'exilé à Berne et se présente aux portes du monastère de Louvain revêtu de l'habit bénédictin. Il prétend s'être perdu et demande asile pour la nuit.

« Je me contenterai du banc du réfectoire », dit-il.

En réponse, on le conduit dans une pièce sombre et silencieuse. Plus obéissant qu'un cadavre, il se couche là où on le lui indique. Le voyage a été éprouvant et il s'endort à l'instant. Il est réveillé par le soleil. Ce qu'il voit en premier, resplendissant d'un éclat magnétique, est une sphère de cuir peint qui vient de s'arrêter après sa dernière rotation : un globe terrestre. Puis il voit un long doigt, un ongle soigné ; le doigt qui vient de le faire tourner sur son axe. Lénine se redresse.

« Suis-je prisonnier ? »

L'homme qui lui répond est le propriétaire du doigt, Philippe de Groisellière, le nouveau supérieur de Louvain :

« Entraver la liberté de mouvement ne fait pas partie de l'entraînement que nous proposons ici… camarade.

— Je vois qu'il n'est pas utile que j'essaie de cacher mon identité, sourit Lénine.

— Nous ne jouons jamais à deviner l'identité de nos hôtes, dit Groisellière. Néanmoins, nous apprécions toujours de recevoir des visites du monde extérieur. Surtout s'il s'agit de quelqu'un qui n'appartient pas à notre cercle de relations ou d'influence. Puis-je vous demander à quoi nous devons l'honneur… ? Ou me permettez-vous d'imaginer les motifs de votre présence ?

— C'est le moins que je puisse vous accorder, puisque je vous oblige déjà à être mon amphitryon.

— Bien. Il va de soi que votre arrivée dans ce centre d'opération de la Compagnie de Jésus est étrangère au désir d'entamer un quelconque dialogue eschatologique. Ce n'est pas la théorie qui vous amène mais la pratique pure et dure.

— Est-il nécessaire de séparer aussi radicalement ces deux aspects ? proteste Lénine. Les grands échecs historiques sont dus, à l'origine, à des déviations théoriques qui sont, en définitive, des déviations philosophiques… »

Groisellière l'interrompt :

« Loin d'être la philosophie, c'est la religion qui est le domaine de pensée où se décident, sinon les succès et les échecs de la politique révolutionnaire, du moins la capacité de les nommer et de les expliquer. D'ailleurs, la religion construit son autorité universelle suivant un critère administratif : l'interprétation des faits en fonction de leur degré d'adéquation au plan de l'économie divine.

— Autrement dit la religion serait l'instance de nomination transcendante des avatars de la politique…

— Du moins, c'est ainsi que nous, les Jésuites, l'entendons. Et ne fais pas l'idiot, car c'est précisément à partir des résultats de ce raisonnement que tu as pris la peine d'abandonner momentanément tes petits copains du Parti… Martov, Kamenev, Zinoviev et toute la bande. Eh bien, bienvenue dans le jeu de la grande politique… Un café ? Un verre d'eau ?

— Vous n'avez pas de vodka ? Impossible d'en trouver la moindre bouteille dans toute la Suisse.

— Non.

— De l'eau, alors. Permettez-moi une indiscrétion. Comment vous débrouillez-vous sans femme ? Ce n'est pas que moi, je...

— Parfaitement bien, merci. Quelle est, exactement, la raison qui t'amène ici ?

— Je ne sais pas si je dois...

— Tu peux m'appeler Philippe, Vladimir Ilitch. Tu es en sécurité : le bras des services secrets de Nicolas II ne s'étend pas jusqu'ici. Et bien sûr, tout ce que tu me diras restera marqué du sceau de la confession.

— Dans ce cas... il y a quelque chose que je veux savoir !

— Je t'écoute...

— Si une religion est un État, ou du moins un État des choses de la Foi, ce que j'aimerais comprendre c'est comment Paul de Tarse a pu inventer le catholicisme à partir du Christ, un sujet dépourvu de toute entité au moment de l'annonciation de la vérité paulinienne. Car n'oublions pas qu'à ce moment Il était mort et que Paul...

— Saint Paul, s'il te plaît...

— Et que saint Paul annonçait comme une vérité transcendante le seul événement impossible de son existence : la résurrection. Je veux savoir, en bref, comment saint Paul organise son parti religieux à partir d'un sujet inexistant et d'un événement invérifiable. Je veux savoir comment, à partir de cette confluence d'absurdités, il fonde dans l'histoire la possibilité d'une prédication qui s'étende à toute l'espèce humaine.

— Un marxiste veut donc fabriquer son propre Jésus sous la forme d'une loi politique d'application planétaire ?

— Oui. Hormis qu'il ne s'agit pas du Fils mais du Parti.

— Ah, mais c'est intéressant... Et quelle idée te fais-tu de la place de Dieu le Père dans ce système ?

— Avec votre respect...

— Avec respect, tu veux me dire que selon toi Dieu est inutile, que la théologie est une discipline sans objet, et qu'il n'existe dans l'univers rien de mieux, rien de plus grand, rien de plus vrai que ce dont nous sommes capables. Cela signifie que pour toi, il y a des évidences mais que rien n'est sacré. Et que par conséquent tu peux renoncer à toute vérité avec une majuscule, à toute illusion de vérité, et qu'en revanche tu es prêt à construire un artefact conceptuel fondé sur l'efficacité.

— On peut dire que je veux imposer un idéal, ou du moins la considération de la possibilité d'une croyance collective…

— Si c'est cela que tu veux, tu l'obtiendras. Connais-tu la phrase célèbre qui dit que "les cathédrales sont faites d'argile et de boue mais [qu']elles ne sont ni argile ni boue" ?

— Non.

— Je te la cède sous bénéfice d'inventaire. Tu l'utiliseras, juché sur des trains blindés, du haut de balcons, de pupitres ou de tribunes, chaque fois que tu voudras enflammer le prolétariat avec tes discours. Ce que je peux te dire c'est que le pari de saint Paul sur la résurrection ne suppose pas une vie antérieure du Christ ; bien plus, selon lui, la version "réaliste", biographique (dont s'occupe en détail le reste des apôtres) enlaidit la perfection de sa fable.

— La résurrection d'un être sans vie antérieure qui la justifie… C'est une idée magnifique !

— En effet… La cause incausée. C'est Dieu, ou sa plus belle invention, la religion.

— Alors…

— Alors, frère Vladimir Ilitch Oulianov, bienvenue. Le frère Francisco va te montrer ta cellule…

— Une dernière question.

— Oui… ?

— Il y a des questions liées à la construction du Parti, à la direction des masses, à la lutte contre le spontanéisme et l'économisme, qui sont préalables à la prise du gouvernement. Et puis, après l'insurrection triomphante, il y a l'administration de l'État et la construction du socialisme qui…

— Oui… ?

— En définitive, comment saint Paul reçut-il… ?

— La grâce ?

— La grâce, oui. Ou bien, disons, le miracle de sa merveilleuse invention.

— En tant que dernier chrétien et fondateur du catholicisme, dit Groisellière, il ne fut ni conditionné ni converti par personne, ce qui dans son cas nous permet d'écarter tous ces laïus moralistes sur "l'illumination mystique" comme récompense de l'effort et de la souffrance. Saint Paul était tout en agressivité et en brutalité, pur calcul et volonté de pouvoir. Comme saint Ignace de Loyola, du reste. Bien. Où en étions-nous ? Ah. Quant à ton séjour dans ce monastère… tu peux laisser la porte de ta cellule ouverte.

— Mais, et mes effets personnels… ?

— Ne t'inquiète pas pour cela ; ici tout est à tout le monde. Nous autres Jésuites considérons que la propriété, c'est le vol. »

À en juger par les faits, le séjour de Lénine au monastère de Louvain porta ses fruits. En juillet 1903, après neuf mois de réclusion et d'entraînement, il refit son apparition à l'occasion du IIe Congrès du parti ouvrier social-démocrate de Russie à Bruxelles et à Londres. Grâce à la seule force de sa détermination – « la seule réalité, c'est le pouvoir, le reste n'est qu'illusion » – il mena les débats et rallia à sa faction (bolchevique) une bonne partie des dirigeants et des militants. Sa volonté inflexible d'organiser et de diriger un parti qui assumerait l'idéologie et la représentation des forces transformatrices de la société deviendrait, avec le temps, une perspective politique et un modus operandi qui recevrait le nom de « léninisme ». Les initiés auraient tout aussi bien pu le baptiser – le verbe n'est pas anodin – « loyolisme pratique » ou, mieux encore, « deliuskinisme ». Mais aussi bien Philippe de Groisellière que le reste des Jésuites préférèrent garder le silence à ce sujet. Quoi qu'il en soit, après quelques décennies, qu'il s'agisse des œuvres de la Compagnie de Jésus ou des biographies du leader soviétique, il n'est fait mention nulle part de l'initiation de Vladimir Ilitch Oulianov (Lénine) aux tactiques et aux stratégies de prise du pouvoir et d'organisation du parti, enseignées par les Jésuites d'après l'interprétation des *Exercices spirituels* d'Ignace de Loyola qu'en proposa mon arrière-grand-père[1].

Naturellement, à ce stade de l'histoire, il doit sembler incompréhensible à de nombreux lecteurs que mon arrière-grand-père se soit dégagé de toute responsabilité – ou de paternité – concernant ses annotations au texte de Loyola, comme s'il ne soupçonnait pas leur importance et leur portée, ou comme s'il avait décidé de leur attribuer un caractère provisoire, celui de brouillon de travaux à venir. Peut-être un désir soudain de soleils violents et de lunes étrangères le poussa-t-il à délaisser les aventures de la pensée, peut-être comprit-il – tout à coup, comme une révélation – que ce nom propre qui surgit dans ses annotations condensait le

1. Pour établir un lien causal entre les écrits d'Andreï Deliuskine et la praxis léniniste, il faut s'intéresser à *la question du procédé*. À peine se fut-il emparé du pouvoir que le leader bolchevique confia l'exploitation des richesses pétrolifères du sous-sol russe à des capitaux américains et anglais – ce que le tsar fraîchement renversé n'aurait jamais osé faire –, en échange d'une fabuleuse injection d'argent qu'il employa au développement intensif des forces productives. Il utilisa ainsi les puissances impériales pour inventer dans son pays la classe ouvrière qui justifierait la révolution prolétarienne qui venait d'avoir lieu. Cette stratégie ne suppose-t-elle pas une profonde compréhension de l'efficacité de la geste paulinienne, qui fonde la plus grande institution idéologique de l'Occident – l'Église romaine – à partir de ce que Lénine appelle un « fait inexistant » (la résurrection de Jésus) ? En outre, son geste politique – qu'aucun « gauchiste » ne comprit alors – nous dit clairement qu'il sut tirer le meilleur parti des leçons qu'il reçut pendant ces mois de réclusion.

sens de sa tâche. Quoi qu'il en soit, un jour, au milieu d'une phrase dans laquelle il déployait une série de variations sur la fameuse « Méditation des trois Binaires », sa plume écrivit « Napoléon Bonaparte ». Andreï s'arrêta, lut ce qui était écrit, soupira calmement, appuya son visage sur la paume de sa main, referma les *Exercices spirituels*, renversa son encrier sur la table (l'encre éclata en bulles délicates et dessina un lac anamorphique, une chimère, un daguerréotype d'Arthur Rimbaud voilé par l'exposition excessive aux feux du désert, le voluptueux postérieur de sa future épouse aperçu dans la pénombre de la chambre fermée en plein jour), se leva, sortit de la bibliothèque publique et quitta Riga pour toujours.

7

Andreï Deliuskine abandonne les cabinets d'étude et devient un jeune homme sérieux mais libre : disponibilité, petites aventures. Il s'emploie comme arrimeur à Dantzig ; son dos s'élargit, ses muscles se gonflent. Incursion sur des chalutiers : thons. De retour au port : bars, prostituées. Contre toute attente, il ne veut pas les sauver et se contente de les enfiler plusieurs fois à la suite, avec un enthousiasme qui rappelle les jeunes années de son père et qui dépasse de beaucoup ses capacités de paiement. Andreï fornique comme on se vide de son sang. Vlamincka Vilnius, la tenancière de l'endroit (que les habitués appellent Bebé), est avertie des aptitudes du client et, ayant pris en charge l'examen de ses mérites, elle ne peut qu'admirer la forme allongée du bâton de chair, la délicatesse de son contour légèrement schizoïde, le tremblement de ses coups de collier et la tonalité générale rosée, qui l'apparentent à un esturgeon pressé de remonter la rivière pour aller pondre ses œufs. Le fin tressage du frein, à la manière d'un harnais, achève définitivement de la ravir. Mais c'est une sorte de bouton, une excroissance oblongue et sébacée, qui palpite de manière indépendante, inquiétante, qui lui coupe le souffle : sous la peau douce et souple, qui se rétracte comme une vierge effarouchée au plus léger effleurement de la pointe de sa langue, semble sommeiller toute une société d'homoncules, le véritable principe de la procréation. Allongé nonchalamment sur le lit, nu, les bras croisés sous la tête comme un oreiller, Andreï se laisse inspecter. Sur son visage se dessine un sourire canaille – inattendu chez un jeune homme de son âge – lorsqu'il dit : « Je suis comme un singe. Je peux répéter le même geste à l'infini. » Bebé lui offre un contrat aux montants délirants et la possibilité de refuser des clientes une fois sa moyenne quotidienne atteinte. Andreï refuse la proposition et poursuit son voyage.

Olsztyn. Białystok. Se dirige-t-il vers Varsovie ? Non. Après un détour, il traverse Lublin, arrive à Fadom. Katowice. Cracovie. La Hongrie ? Le retard du centre de l'Europe ? Le dessin d'une méditation en mouvement. Il semble y avoir un tropisme sud, avec une légère inclination pour l'Orient. Soudain, virage ascendant. Budapest, Linz, Munich, Stuttgart, Nuremberg, Erford, Leipzig, Dortmund, Hanovre. À Amsterdam, il trouve du travail chez un opticien, comme polisseur. Dans son activité quotidienne, la machine à penser ralentit, mais comme il travaille avec des verres grossissants il s'habitue à voir les formes agrandies. Un après-midi, dans un café, il fait la connaissance d'une demoiselle. Après quelques mots vite échangés, elle lui révèle son âge, avoue qu'elle n'est pas vierge et qu'elle est célibataire, et ajoute qu'elle n'est pas pressée de se marier. Immédiatement, Andreï prend ces confidences pour une tactique de flirt d'une femme qui se flatte d'être « à la page ». Tandis qu'elle parle, Alicia Varmon pose son regard ailleurs, et cela ne semble pas être l'effet d'un quelconque strabisme mais un moyen utilisé pour considérer *in abstracto* les mérites des présents. Andreï, en revanche, est parfaitement conscient de chacun des détails que les vêtements dissimulent : les hanches voluptueuses, les cuisses tièdes et laiteuses, la toison pubienne châtain…

« Pensez-vous que tout le possible, en tant que pensable, est existant et donc passible d'être réalisé sur cette terre ? » lui dit-il.

Varmon sourit pour la première fois (Andreï découvre ses dents irrégulières, saines) et l'observe à la dérobée :

« Êtes-vous en train de me proposer un épisode de libertinage sexuel ou êtes-vous à la recherche de la définition parfaite de l'Utopie ? »

Andreï n'a pas besoin d'en entendre davantage pour se savoir amoureux.

En dépit de la promesse d'immédiateté offerte par ce premier entretien, au cours des rendez-vous suivants, mon arrière-grand-père devine que l'accès charnel à son aimée est compliqué. Bien qu'elle parle avec naturel des différentes coutumes des peuples – le plaisir anglais, le goût français, la perversion glandulaire turque –, les possibilités de concrétisation s'éloignent. À chacune de leurs rencontres, comme fatalement, Alicia apparaît escortée par une amie. S'il s'agit là d'un moyen d'exalter ses mérites intrinsèques par la voie de l'obstacle et de l'esquive… son douteux stratagème ne l'excite guère. Martha Velin est sombre, trapue, ronde et inutile à toute autre fin que celle de l'enquiquiner. Par une étrange obstination qu'Andreï prend pour une toquade romantique, Alicia insiste pour qu'ils se retrouvent chaque fois à la même heure dans le café viennois de leur première rencontre. Et Martha Velin est toujours là, silencieuse, imperturbable, droite, ses chairs flasques appuyées contre le dossier en fer forgé de sa chaise rococo (dans les rares occasions où elle les abandonne un instant pour se rendre aux toilettes pour dames, Andreï observe avec indignation la marque d'infamie, le sillon rouge d'un magnolia tracé sur ce dos de grosse vache). Avec la finesse que l'ennui aiguise en lui, Andreï, qui n'a jamais pu lui arracher plus d'un monosyllabe bougon, et ce, tant qu'il se sentit dans l'obligation de lui adresser la parole, croit entendre les susurrements de décomposition de cet organisme détestable. Les sifflements internes des emphysèmes, les clapotements fluides du sang s'écoulant d'une artère cérébrale près de crever, le « toc toc » palpitant d'un cancer du pancréas, les « plop » d'une explosion en chaîne des diverticules stomacaux.

Parfois, Alicia laisse entrevoir la volubilité de son esprit : elle veut faire une promenade. Elle s'appuie sur le bras d'Andreï mais c'est Martha Velin qui ouvre son ombrelle, la protège des rayons du soleil et lui chuchote à l'oreille.

Un jour, cependant, l'inespéré se produit : la chaperonne n'assiste pas au rendez-vous. Andreï, qui faisait dépendre toute illusion de bonheur (même éphémère) de la soustraction de sa présence, est forcé de découvrir que l'émotion émergente possède une qualité différente de celle qu'il en attendait. Se retrouver sans Martha Velin, c'est comme flotter dans un vide, agréable, certes, mais un peu fade. Accolée à Alicia, Martha est une pustule répugnante, un crachat au front de sa beauté ; arrachée soudainement, elle déchire un peu de l'être auquel elle était accrochée : c'est comme si quelque chose manquait à son amour. Libéré, Andreï ne sait que faire. Et bien qu'il constate l'urgence de son désir, à présent qu'il n'est plus sous surveillance – chaque fois qu'il prend Alicia par le coude pour traverser la rue, chaque fois que sa poitrine effleure son bras –, la force de cette émotion est momentanément déplacée par la curiosité de savoir ce qu'il est arrivé à son ennemie. Le reste de l'après-midi s'écoule agréablement. Ils visitent la cathédrale, où Alicia insiste pour s'agenouiller devant les dalles du maître-autel qui conserve les restes de ses ancêtres les plus illustres. Puis ils font un tour dans le parc municipal, où ils s'émerveillent des prouesses du géant Belinzone, un Hercule de près de deux mètres de hauteur, maillot de corps sans manches et collants, qui soulève une roulotte au-dessus de sa tête tout en crachant du feu. Elle applaudit comme une petite fille et rougit lorsque Belinzone lui jette une fleur parfumée. Sur le chemin du domicile d'Alicia, la nuit tombe. Au moment de se séparer, sentant que l'absence de Martha l'autorise à agir plus librement, Andreï amorce un mouvement d'approche de sa bien-aimée pour l'embrasser mais elle le devance : elle campe sa main droite à la hauteur de la poitrine d'Andreï comme pour arrêter son avancée puis, soudain, elle la laisse retomber vers son entrejambe, la paume ouverte et les doigts à demi fléchis comme si elle voulait saisir un boulet de canon de petit calibre, et avec une remarquable détermination, elle empoigne la zone testiculaire d'Andreï, se dresse sur la pointe des pieds et lui souffle à l'oreille : « Tout ceci est à moi et le moment venu je te détruirai, je te mangerai en petits morceaux, je n'en laisserai pas une miette. Mon tout beau. » Puis, avec un petit rire, elle entre chez elle et lui claque la porte au nez.

De retour à la pension pour étudiants où il loge, Andreï songe à ce qui vient de se produire. La combinaison d'éléments hétérogènes le déconcerte. Tandis que dans les opérations purement intellectuelles il a fait preuve d'une lucidité extraordinaire, dans ses relations avec les femmes il n'échappe pas aux lieux communs de son époque ; la seule réflexion qui lui vienne à l'esprit est que l'attitude d'Alicia correspond à un tempérament passionné. Cela l'inquiète. A-t-elle pensé qu'il n'était qu'un poltron ? « Peut-être s'attendait-elle à un comportement plus audacieux de ma part ! »

Après y avoir longuement réfléchi, au lieu de dormir, il retourne chez la Varmon. Une fois arrivé, il s'arrête quelques secondes pour reprendre son souffle. Puis, à cause de l'heure avancée et par égard pour le sommeil des voisins, il frappe doucement à la porte, murmure : « Alicia… » Pas de réponse. Cela le surprend. Soudain, un horrible doute envahit son esprit : *un délinquant a pénétré dans la maison et le pire s'est déjà produit*. Dans une fulguration, Andreï voit des membres écartelés, des yeux arrachés, des cheveux trempés de sang. Incrédule, il insiste à coup de cris et de ruades, il passe dans un éclair de la discrétion à l'angoisse. Les lumières peu à peu s'allument dans les maisons voisines. La peur du scandale vient à bout de ses ultimes scrupules : il trouve la fenêtre entrouverte par où s'est introduit l'assassin, il se faufile dans la maison de sa dulcinée.

La première chose qui attire son attention est la densité du silence, un silence riche et chargé, abondant en échos étouffés, comme un silence de cimetières ; et l'odeur, dense elle aussi, avec différents niveaux, légère en bas, épaisse dans les hauteurs, chaque nuance exerçant la virtuosité de sa particularité sur la base d'un ton central, une rigoureuse macération de tubéreuses diluées dans l'eau et la poussière ambiante. C'est l'odeur de renfermé d'une âme prisonnière, pense-t-il. Et l'espace d'un instant il cède au contraste facile et il s'imagine dans le rôle du libérateur, entrant dans la pièce où Alicia sanglote – enchaînée mais vivante, outragée peut-être, mais vivante ! Puis, à l'affût, ou peut-être sous l'influence de ses chimères, il croit entendre une rumeur, une plainte qui trace un arc d'agonie dans le vide diapré de la salle, venue de l'étage supérieur. Andreï court, monte les marches quatre à quatre. À droite ou à gauche ? Une petite lueur, un scintillement fugace, vers l'avant. C'est la flamme d'une bougie ou son reflet sur une peau dorée, qui soudain s'évanouit en une myriade de lumières violacées, la glace d'un miroir accroché à la porte de l'armoire qui s'ouvre lentement et les dévoile nues et enlacées dans le lit. Alicia le voit et dit simplement : « Andreï. » Martha Velin commente froidement : « Ceci n'est pas réel », dans le dos de l'homme qui s'enfuit de la maison, déboule dans la rue, quitte Amsterdam.

8

Quel fut le parcours d'Andreï Deliuskine après sa grande déception amoureuse ? Dans le récit de l'essentiel, la péripétie n'existe pas. À cette époque, Napoléon Bonaparte a disséminé dans toute l'Europe continentale un groupe d'agents chargés de recruter des scientifiques, des penseurs et des aventuriers disposés à participer à la grande campagne d'Égypte. L'empereur en personne les a instruits en la matière : « Je veux que vous me trouviez des scélérats éhontés et des talents gâchés et prêts à tout pourvu qu'ils puissent découper aux ciseaux de leur ambition le plus petit lambeau du brillant papier mâché de la gloire. » La première halte trouve mon arrière-grand-père à Bratislava. Il s'y enrôle dans le corps expéditionnaire français en se déclarant : « Polygraphe, philosophe, opticien et orphelin. »

Qu'est-ce qui le pousse à rejoindre les rangs de la France ? Que trouve-t-il dans la figure du Corse ? Peut-être voit-il en lui, comme le feront plus tard d'autres penseurs et littérateurs, l'incarnation actuelle de l'Esprit universel ? Ou son choix est-il inspiré par son dépit ? Quoi qu'il en soit, si les causes de ce dernier peuvent être multiples, ses conséquences sont sans nul doute impressionnantes pour la culture de notre temps. Mais ce n'est qu'une partie de l'affaire. L'autre question ou interrogation est : qu'est-ce qui pousse Bonaparte à planifier, monter et mettre en pratique son projet d'envahir l'Égypte ? Ses relations conflictuelles avec les membres incompétents et jaloux du Directoire ? La querelle qui l'oppose au ministre des Relations extérieures, Charles-Maurice de Talleyrand-Périgord, son unique rival et compatriote pouvant légitimement s'estimer à sa hauteur ? La France est peut-être trop petite pour les contenir tous les deux même s'il est dans leur intérêt de se partager les gains politiques qu'entraînerait une telle campagne (dans laquelle, bien entendu, c'est le militaire qui court tous les risques). N'oublions pas non plus que le plan de conquête est d'une rigoureuse rationalité politique, puisque, l'Angleterre étant invincible sur les mers, le plus logique est de mener des actions visant à couper les routes commerciales britanniques, mettre fin à son emprise sur l'Inde, condition préalable à l'isolement de l'ennemi avant son invasion et sa défaite. Celui qui se rendra maître de l'Égypte détiendra les clefs de la mer Méditerranée et de la mer Rouge. Bien entendu, après son passage triomphal par ce pays, Napoléon ambitionne de contrôler Damas et Alep, d'occuper Constantinople et la Turquie, de faire le tour du continent par Andrinople et même par Vienne après la chute des Habsbourg. Naturellement, dans l'élan qui le pousse à modifier la carte politique des continents, Napoléon caresse l'espoir d'entrer en contact avec la sensuelle et millénaire sagesse égyptienne, dont la connaissance et l'exercice lui permettraient d'arracher sa frivole Joséphine des bras de l'exsangue Hippolyte Charles, un dandy à la chevelure bouclée qui l'a envoûtée grâce à ses techniques érotiques. Mais, est-ce cela que Napoléon veut ? Être le nouvel Alexandre le Grand ? Et que veut Andreï Deliuskine ?

1798. Mon arrière-grand-père voyage de Bratislava à Toulon, où se concentre la flotte française. Cinquante mille hommes – trente-huit mille soldats, dix mille marins, deux mille scientifiques et artistes – se répartissent entre quinze vaisseaux de ligne, une douzaine de frégates, une corvette, des dizaines d'avisos, tartanes et bombardes, et même un décoratif sampan dérobé à des pirates malais… Noms : *Alceste*, *Aquilon*, *Franklin*, *Tonnant*… Le navire amiral possède cent vingt canons et a été baptisé l'*Orient*. Andreï voyage à bord de l'*Oiseau*.

La traversée de la Méditerranée est lente et ennuyeuse. Il n'y a pas le moindre signe de la flotte anglaise dirigée par l'amiral Nelson. La vie à bord est celle d'un couvent flottant : chansons, parties de cartes, mascarades. De temps à autre, un ivrogne trébuche et s'écroule sur le pont. Le naturaliste Geoffroy de Saint-Hilaire gagne l'admiration de l'équipage de sa chaloupe en se jetant à la mer et en subjuguant un requin qui est remonté sur le pont sans offrir de résistance. À bord de l'*Aquilon*, Nouet et Quenot retardent et avancent leurs horloges marines, modifient l'angle de leurs sextants, Villiers du Terrage trouve dans la cabine de son capitaine un manuel historico-comparatif des types de nœuds marins et, extrapolant des constantes, il jette les bases de l'analyse infinitésimale. À la proue de l'*Orient*, Vivant Denon assouplit son poignet en dessinant des courbes, des vagues, des courbes et encore des vagues. Il finit par tracer de rapides esquisses des autres navires. Il ne serait pas étonnant que l'une de ces figures capturées par son trait soit celle de mon arrière-grand-père, même s'il est difficile de discerner sur ces croquis une pipe d'un ballot de linge ou d'une personne. De toute façon, Andreï Deliuskine a passé l'essentiel du voyage dans un recoin isolé de la poupe, plongé dans un livre.

Vingt-deux jours après avoir embarqué, et à la suite d'une représentation des *Souffrances du jeune Werther*, le Corse décide d'offrir un amuse-bouche à ses troupes : la conquête de l'île de

Malte. Cinq cents vieux chevaliers aux croix humides et aux armures rouillées n'ont d'autre choix que de se rendre. À des fins publicitaires, les Français libèrent quelques centaines de musulmans des affres des cachots maltais. Le 1er juillet 1798, sur les côtes d'Alexandrie, commence l'invasion de l'Égypte. Quelque peu déçu devant le panorama qui s'offre à ses yeux (la vaste cité fondée par Alexandre n'est plus qu'un patelin poussiéreux et infesté de moustiques qui batifolent à leur aise au-dessus des citernes d'eau croupie), Napoléon sort à peine de sa résidence. Tandis que ses scientifiques parcourent les rues armés, poursuivis par des meutes de chiens affamés, il se débat avec la rédaction des considérations initiales de son discours aux indigènes. Essais :

« Ne nous regardez pas comme des envahisseurs mais comme les héritiers de votre civilisation… » ;

« Nous aimons profondément votre architecture, vos réussites du passé. Quiconque parmi vous visitera Paris y verra quantité de pyramides et d'obélisques. À commencer par la place de la Bastille, où une fontaine représente la déesse Isis… » ;

« Les anciennes religions égyptiennes ont donné naissance au polythéisme et au monothéisme. Jehova n'est rien d'autre qu'un Aton rustique, bruyant et grincheux, et la Cabbale une interprétation confuse du Livre des morts » ;

« Je suis une incarnation des divins pharaons. Mon sang italien remonte à la Nubie… ».

Finalement, las de ces préliminaires et se rendant à l'évidence que Talleyrand conspire contre lui, il décide de marcher sur Le Caire en traversant le désert. Une bonne partie de son armée meurt, rôtit ou perd la tête en essayant de boire l'eau que contient le sable des mirages et qu'analysera plus tard Monge dans ses travaux scientifiques. Une escarmouche survient contre les mamelouks du village de Chobrakhit mais le combat final, la « bataille des Pyramides », a lieu à Imbaba. La formation régulière de l'infanterie napoléonienne déroute ses ennemis qui vont au combat parés de leurs plus beaux vêtements, croyant qu'ils vont affronter des individus. Ouvrir le feu sur cette foule anonyme et mal habillée leur fait offense : ce serait s'attaquer à un tas de détritus. Malgré tout, les mamelouks vident leurs armes avec indolence, tirent dans tous les sens avec leurs carabines, leurs escopettes, leurs quatre pistolets par cavalier. Les Français les reçoivent avec des tirs groupés, successifs, et prennent leur retraite blasée pour un signe de leur propre victoire. C'est le premier des nombreux malentendus qui surgiront entre la France et l'Égypte des temps immémoriaux, mais il permet à Napoléon de peaufiner son premier discours adressé aux générations futures. À son chroniqueur, il dit : « Là où, avant le combat, je m'adressais aux soldats avec la formule suivante : "En avant, et songez que du haut de ces monuments, quarante siècles nous observent", mets plutôt : "Du haut de ces pyramides, quarante siècles vous contemplent". » Le chroniqueur lui fait remarquer : « Mais, mon général… ! C'est la même chose ! » Napoléon le foudroie de l'un de ses regards mythiques : « Le style n'est pas indifférent. »

Le 1er août se produit la catastrophe de la baie d'Aboukir, où la flotte de l'amiral Nelson surprend celle de l'amiral Brueys, l'attaque, la vainc et coule la plupart de ses navires. Alors, quand bien même ils le voudraient, les Français ne peuvent pas rentrer chez eux. Informé du désastre, Napoléon commente : « Il n'y a pas d'autre issue que d'avancer et de fonder un empire. » La nécessité de trouver des appuis locaux le conduit à diffuser une proclamation rédigée avec l'aide de l'orientaliste Venture de Paradis, dans laquelle il soutient la condition objectivement musulmane de l'armée française qui a défait le pape et se présente comme l'envoyé de Mahomet.

Les membres du Divan estiment que le document a été

rédigé par un infidèle qui n'a qu'une idée très approximative de la véritable foi et sa fièvre antichrétienne prouve à leurs yeux que son rédacteur est un chien d'athée. Quant aux troupes françaises, les ulémas affirment qu'il ne peut y avoir de véritable conversion à l'islam sans accomplissement des rites de passage et proposent d'organiser une journée collective de circoncision et de prière. Napoléon ne prend pas la peine de leur répondre. Il se fait appeler « sultan el-Kebir » et porte un cafetan de velours dont l'ourlet traîne à terre et s'emmêle dans ses babouches. Il est temps, selon lui, de nouer un lien direct avec les masses, dont il pense qu'elles lui sont reconnaissantes d'avoir renversé la caste des mamelouks. Pour nourrir cette relation, il exempte les commerçants du paiement de certains impôts et conçoit la réalisation d'une série de spectacles didactiques de qualité, dont chacun sera couronné par sa propre apparition, inattendue, devant les Cairotes, au balcon de sa nouvelle résidence, le palais d'Elfy-Bey, les bras levés au ciel, comme s'il était la représentation vivante des César de l'Empire romain (les modes sont cycliques). Les généraux s'opposent à ce qu'ils considèrent comme du vulgaire cirque. Ses savants, en revanche, s'appuyant sur diverses sources de la tradition religieuse (la résurrection d'Osiris, la fête de la naissance du Prophète, la bar-mitsva du Christ et l'illumination de Bouddha sous le sycomore), lui conseillent de mettre en pratique son idée durant la célébration annuelle de la crue du Nil. Cette festivité est l'un des grands moments de chaque saison, et le cabinet scientifique estime qu'il s'agit d'une occasion idéale pour que le peuple égyptien reste bouche bée devant la supériorité technique de ses nouveaux hôtes. À cet effet, à peine arrivée au Caire, l'équipe des géologues menée par l'ingénieur Edme Jomard creuse les fondations d'un barrage qui régulera le flux d'eau qui traverse la ville pendant la crue.

Le jour venu, les vannes de la première écluse sont ouvertes. Nerveux comme une *prima donna* qui la nuit de la première épie son public par un trou du rideau, Napoléon contemple à l'aide d'une longue-vue le rythme et l'intensité des premiers filets d'eau qui glissent le long du canal. L'espace d'un instant, tout semble parfait, magnifique. Mais – peut-être parce que Jomard s'est trompé dans l'estimation des niveaux, des crues et des drainages ou en raison de tout autre impondérable – l'instant suivant, Le Caire tout entier est inondé. Attentif à la délicate question des implications politiques, le Corse s'abstient de saluer la foule depuis le balcon, mais cela ne l'empêche pas de se régaler du spectacle : « … c'était un ravissement. Les villages, les hameaux, les arbres, les minarets, les coupoles des tombes émergeaient de la nappe d'eau, que sillonnaient en tous sens des milliers de voiles blanches », se rappelle-t-il dans son *Mémorial de Sainte-Hélène*.

À la suite de cette catastrophe, il remet à plus tard son idée d'établir un contact direct et charismatique avec le peuple, et en échange il s'évertue à flatter la vanité des potentats locaux. Il instruit sa garde personnelle pour que chaque matin elle déploie une série de mouvements pompeux et ridicules – présentation des armes, génuflexions, révérences, petits bonds, clignements d'œil et frétillements de moustache – destinés à éblouir les docteurs de la loi et les notables venus lui rendre visite. Après cette fanfaronnade dans la cour d'entrée, les visiteurs pénètrent dans une salle décorée dans le plus pur style oriental (ce qui pour eux est le comble de l'exotisme français), où ils boivent du café et s'affalent sur des coussins rembourrés à la plume d'oie, jusqu'au moment où un Napoléon débonnaire fait son apparition et les consulte sur les subtilités coraniques. Toute une mise en scène fastidieuse mais nécessaire.

Puis, après un moment, survient le second coup d'éclat : une foire. Sur la place d'Ezbekieh, on dresse un obélisque en bois qui imite le granite rose ; il y a des jeux de hasard, des appareils pour caraméliser des pommes et tisser de collants nuages de sucre cotonneux. Un chœur de soldats entonne un couplet sur les vertus morales. Sous les dais d'une tente de deux cents mètres de long, les arabistes enseignent l'art difficile de manger avec une fourchette et un couteau, et sur les marchés on vante la dernière merveille de la science étrangère : une grande machine volante qui s'élèvera dans les airs, poussée par une source de feu sacré. À l'heure prévue, un énorme ballon rouge, bleu et blanc prend son envol, oscille à une vingtaine de mètres, avant de retomber, enveloppé dans les flammes, sur les spectateurs.

Les Français s'étonnent de l'indifférence des locaux devant ce qu'ils ne connaissent pas. Selon les orientalistes (et parmi eux Georges Cuvier), cette sorte d'ataraxie généralisée prend son origine dans les conquêtes successives qui ont anéanti les anciennes civilisations. L'Égypte, qui fut un jour au sommet de la science et de la culture ; le pays qui jadis éblouit le monde avec son art de construire des pyramides, d'embaumer les morts et de multiplier les dieux et les calculs astrologiques, n'est plus qu'une porcherie. Mais Napoléon voit dans cette aboulie une amorce de résistance, un balbutiement de politique. Il faut faire un nouvel effort, puis un autre, et encore un autre. Il oblige son général Jacques de Menou à épouser une musulmane et fait circoncire conformément à la Loi plusieurs soldats syphilitiques. Il jeûne. Se prosterne dans les minarets. Son verset favori est : « Gloire à Dieu, qui est au-dessus de ce qu'on lui associe ! » Ses conseillers redoutent qu'il ne se soit véritablement converti à l'islam ; il les rassure : l'Égypte vaut bien une prière.

« C'est une terrible erreur que d'avoir essayé de persuader les indigènes des vertus supérieures de la France, explique-t-il. Aux peuples conquis nous devons faire croire que nos troupes se rendent à mesure qu'elles se frayent un chemin.

» Naturellement, poursuit le Corse, pour être efficace, ce “leur faire croire” ne doit pas être la conséquence d'une communication verbale, car le didactisme rebute les masses qui, en revanche, sont attirées par les symboles les plus évidents qui ne requièrent aucune explication. Quelqu'un aurait-il à l'esprit une métaphore essentielle, quelque chose qui révèle notre adoration de ce vieux nouveau monde ? »

Silence général.

« Rien qui puisse attendrir les cœurs ? »

Idem. Soudain, Vivant Denon a une idée :

« Je cite de l'arabe : “Tous les mortels ont peur du Temps, mais le Temps a peur des pyramides”, dit-il. Et si nous tentions une pyramide humaine française ?

— Et qu'est-ce que c'est que ça ? »

Denon sort son carnet de notes et dessine un schéma : sur quatre fins mais solides bâtons de bois alignés parallèlement, se tiendront quatre équilibristes, à une courte distance les uns des autres. À leur tour, trois autres équilibristes grimperont sur les épaules des premiers et supporteront le poids de deux nouveaux hommes, sur lesquels sera hissé un dernier qui « couronnera » l'ascension. Le schéma – avertit Denon – est purement indicatif. Idéalement, une progression rigoureuse pourra multiplier la quantité de participants. Cinq sous les quatre premiers, six sous les cinq suivants et ainsi de suite. Mais il va de soi que l'augmentation de la quantité d'équilibristes ajoutera des kilos à ceux que chaque rang devra porter, en proportion de leur place dans le schéma, jusqu'à atteindre un poids impossible à soutenir par ceux de la base, et cela entraînera finalement l'effondrement de la figure.

« C'est pourquoi je propose un modeste *septimium*, poursuit Denon. Sept hommes en bas, un seul au sommet. Ces vingt-huit malheureux serviront d'échantillon à un *perpetuum mobile* humain qui évoque la figure géométrique par excellence de ces contrées.

— Mais, ce faisant, ne courons-nous pas le risque de renforcer la tendance que nous essayons précisément de corriger ? demande Napoléon. Tout Égyptien qui assistera à la représentation ne pensera-t-il pas que nous essayons de lui démontrer que tout peut devenir objet de domination, matière à transformation, élément susceptible d'amélioration et de déplacement ? Ces sauvages ne finiront-ils pas par penser que nous voulons emporter leurs pyramides en France et que nous essayons de les convaincre que l'effort humain... ? Que pouvez-vous opposer à ces objections ?

— Rien, répond un Denon plein de superbe, hormis le fait que je ne pense pas qu'il en sera ainsi.

— Ah, murmure Napoléon. Voilà qui est intéressant. Il est temps de mettre ce plan en marche. »

La modeste foire des débuts, un phénomène typique de la vie extra-muros, revêt à présent un caractère officiel : il s'agit de la Ire Foire aux inventions organisée par l'Institut scientifique d'Égypte dans l'une des cours du palais d'Hassan Kachef. On y présente l'ingénieux dispositif acrobatique. Bonaparte en personne assiste à la démonstration. La troupe est un assemblage de soldats, de statures plutôt disparates, qui remplacent les acrobates jusqu'à leur arrivée de Paris. On se débrouille comme on peut. Un soldat éternue et sa rangée tremble, un autre lâche un pet, tous éclatent de rire, et le *septimium* s'écroule au sol. Vivant Denon commente :

« Je suppose que c'est la fin de l'expérience.

— Au contraire, répond Napoléon. Ce n'est que le début. »

L'affaire se poursuit donc. Fraîchement débarqué, le contingent d'équilibristes est conduit sur un terrain vague où il doit pratiquer sans relâche. Les techniques d'entraînement sont en soi cruelles, intolérables, et leur inhumanité s'accroît du fait de la chaleur ambiante. Mais rien ne plaît davantage à un professionnel de quelque branche qu'il soit que de se sacrifier par amour de son art. Au bout de quelques semaines, ils atteignent un niveau si élevé de concentration et de maîtrise de leur métier qu'ils se gagnent l'admiration de leur propre public, un public extatique et infatigable, et qui reste en silence pour ne pas les perturber. Les équilibristes s'efforcent de ne pas démériter auprès de leurs spectateurs et décident de poursuivre l'expérience pour un temps indéfini. Cette décision sert le projet qui les a réunis, puisque la IIe Foire aux inventions – qui allait être celle de leurs débuts – se voit reportée en raison d'une série de circonstances administratives : ils pourront désormais arriver parfaitement préparés à la grande première. L'entraînement continue. On tient leur exceptionnelle concentration pour un phénomène mystique, même si eux ne sont animés que par la stricte observation de leur méthode. Bien entendu, pour entretenir leur détermination, on leur injecte des fortifiants, des tonifiants musculaires, et des masseurs leur frictionnent les mollets. Lorsqu'un équilibriste n'en peut plus et chancelle (la faim et la soif en ont fait un sac d'os), les médecins français ont recours à un composé solidifiant qui est, en substance, une réduction de vieille momie, chaux, sable et poussière du désert, délayée dans de l'eau distillée ; le produit est aspergé sur tout l'épiderme de l'équilibriste jusqu'à ce que ce dernier s'immobilise dans sa position, figé, soutenant ce qu'il porte sur ses épaules sans nuire au reste de la structure.

Avec le temps, la stricte rigidité du *septimium* finit par émousser l'attrait du spectacle que remplacent progressivement de nouvelles attractions. Peu à peu, l'endroit se vide ; on n'y entend plus la psalmodie des mendiants, le chant syrien ni les mélodies arabes ; les charmeurs ont remballé leurs serpents. Dans cette solitude, les équilibristes ne tiennent plus que pour recevoir les jets d'urine des chiens et les morsures des rats. Lorsque la IIe Foire s'ouvre enfin, personne ne prend la peine de les en informer. Et ce, alors que le terrain vague n'est qu'à quelques mètres de la cour de l'Institut, qui s'illumine, brille de mille feux artificiels et s'anime des rires de la foule ! De toute façon, les équilibristes n'ont pas le courage de déplorer l'oubli où ils sont tombés ; en réalité, ils sont morts. Quelques corps ont été remplacés par des répliques en porcelaine grandeur nature, déchargées des cales des bateaux qui amènent de nouveaux contingents de hussards. Un jour le simoun se lève à l'improviste et la glorieuse métaphore de la France amoureuse de l'Égypte s'écroule dans l'air chaud.

9

Que veut Napoléon Bonaparte ? Que cherche Andreï Deliuskine en rejoignant ses rangs ? La réponse à la première question est simple et a déjà été donnée : le futur empereur espère récupérer Joséphine en l'impressionnant par ses exploits. Andreï, de son côté, essaie d'oublier Alicia Varmon, à moins qu'il n'explore *in situ* la matérialité la plus extrême de l'échiquier de sable de la politique ? Si tel est le cas, quelle scène constitue ce dernier pour les vastes panoramas de la pensée que mon arrière-grand-père trace en s'occupant de son époque ? L'affaire s'éclaircira peut-être plus avant. Pour le moment…

Napoléon. *Vie sentimentale de l'empereur.* La tête farcie des bruits courant sur les infidélités de Joséphine (« les choses que dit Hippolyte Charles de vous, mon général », etc.), Bonaparte commet l'imprudence d'écrire une lettre à son frère Louis dans laquelle il se plaint de son épouse :

« … Ma passion de la gloire a disparu. Je n'ai plus de raison de vivre. Je suis las de la nature humaine. À vingt-neuf ans, *sono finito.* J'ai voulu mettre le monde à ses pieds mais elle ne pense qu'à son imbécile à frisettes. Que se passe-t-il avec cette femme ? Je ne sais même pas pourquoi je l'ai épousée. Elle ne m'arrive pas à la cheville, elle a autant d'esprit qu'une couturière. Je n'aime même pas l'odeur de son corps… », etc.

La lettre est interceptée par la flotte de Nelson durant la traversée de la Méditerranée, la goélette qui la transportait coulée et son texte reproduit en première page de tous les journaux londoniens.

Bonaparte est exaspéré par cette révélation indiscrète :

« Quel rapport y a-t-il entre la vie privée et la guerre ? Dans cette affaire, les Britanniques n'ont pas fait honneur à leur réputation de gentlemen », crie-t-il en donnant de grands coups de pied contre les chambranles des portes.

Mais la conduite de la presse ennemie était prévisible. Ce que Napoléon ne sait pas devancer, c'est la réaction de Joséphine qui, outragée devant l'opinion publique européenne, se débrouille pour lui rendre la vie infernale, lui envoyant en moyenne trois lettres par jour dans lesquelles elle l'accuse des pires horreurs tout en alléguant son innocence. Ces missives déconcertent le Corse. Que serait-il arrivé si Nelson avait fait main basse sur les siennes, celles de Joséphine… ? En outre, qui croire ? Les commérages qui le brocardent en cocu ? Ou ces pages baignées de larmes ? (Joséphine les asperge-t-elle d'eau à l'aide d'une pipette ?) Au début, pour dissimuler sa confusion, Bonaparte répond en feignant un ton méprisant, impérial. Mais ce traitement n'apaisant pas Joséphine et la plongeant, au contraire, dans un état de furie vengeresse, de conviction délirante quant à la vérité de ses affirmations, elle répond par un torrent d'insultes. Surpris d'être l'objet d'une réplique si frontale, il bat immédiatement en retraite et implore le pardon. « Comment ai-je pu me laisser emporter par les vents de l'infamie et croire que toi, mon unique, mon adorée, tu serais capable de… ? » ; « Je baise tes pieds, je lèche tes orteils, je me soumets à toi comme un esclave barbouillé de noir, je suis ton chien… », etc. Peu après, la flotte française fait la navette en Méditerranée, moins pour approvisionner le Corse en armes, en vivres et en troupes fraîches que pour assurer l'acheminement d'une correspondance qui le tourmente. Mais, bientôt, ce flot d'humiliations ne suffit plus. Une fois installé dans le rôle de l'amoureux qui se repent d'avoir infligé à sa chaste fiancée l'offense d'un pelotage imaginaire, Napoléon commence à se creuser les méninges pour dénicher le symbole à même d'exprimer sa volonté de réparer sa faute. Et comme il connaît mieux que personne la cupidité de sa femme et sa fascination puérile pour les bibelots, les brillants et les antiquités, il fait dévier de leur itinéraire des objets archéologiques initialement destinés aux salles d'égyptologie du futur musée (le Louvre) et, dans un geste de malversation sentimentale, ces derniers échouent dans la demeure de sa bien-aimée. Scarabées magiques en lapis-lazuli, petites pyramides plaquées d'or, autels en marbre, grimoires, soleils d'Aton et colliers d'Amon, boucles d'oreilles serties de rubis, chevalières montées d'un saphir, brûle-parfums, coffrets funéraires incrustés de pierres précieuses. Des objets qui le plus souvent entrent presque aussi vite par la porte de devant qu'ils ressortent par la porte de derrière, échangés contre des pièces sonnantes et trébuchantes qui viennent nourrir les coffres de l'« offensée ». En dépit de cette célérité, certains spécimens de cette pacotille, dignes de l'incroyable mauvais goût de Joséphine, restent vissés à ses doigts, épinglés à ses bustiers, emmêlés dans ses cheveux, étalés sur les draps en soie de Chine couleur chocolat de cet arriviste d'Hippolyte.

Il en fut ainsi pendant des mois. Puis, tandis que le flot de cadeaux ne tarissait pas, Napoléon continua de nourrir l'insupportable soupçon que Joséphine le prenait pour un imbécile. Naturellement, au-delà des rumeurs, il ne pouvait s'appuyer sur aucun témoignage de première main pour confirmer ou démentir la trahison de sa femme ; entre autres raisons parce que cette dernière s'était entourée de serviteurs fidèles et bien payés que rien ni personne n'aurait fait parler *sauf la mort*. Alors, dévoré par le besoin de savoir autant que par la crainte de découvrir, il élabora un stratagème pour introduire au sein de cette cour d'outre-tombe le plus silencieux des espions : une momie.

Il s'agirait bien sûr, dans ce cas, d'une fausse momie. Immobile. Intègre. À installer dans la chambre conjugale. Des yeux et une mémoire. Vivante. L'un des siens.

Comme on le sait, c'est Dieu qui est dans les détails et non un futur empereur. Une fois son plan conçu, Napoléon délégua à l'un de ses assistants, le colonel Roger Klab, le soin de trouver le soldat suffisamment calme ou résigné pour accepter la mission qu'on lui confiait ; de son côté, Klab considéra qu'il avait trop de choses à faire pour s'en occuper et se délesta de la tâche sur le lieutenant Vallois qui la laissa entre les mains du sergent Mirabeau, lequel choisit parmi ses hommes un type plutôt long à la détente : le hussard Patrice Daudet.

Bien entendu, il ne fut pas aisé de lui faire comprendre qu'il avait été choisi pour demeurer immobile dans la chambre de Joséphine afin de recueillir une information fiable sur l'activité de son occupante ; et la difficulté fut encore plus grande de lui ôter l'idée saugrenue que son sergent attendait de lui qu'il couche avec la femme de Bonaparte. Une fois l'équivoque levée, Daudet accepta sans rechigner la possibilité que les bandelettes constituent une sorte d'uniforme, et il ne lui vint même pas à l'esprit de demander combien de temps il devait rester debout, en silence, les yeux ouverts, et à quel moment on viendrait prendre sa relève.

Napoléon étant pressé d'obtenir des résultats, la mission jouit de la priorité maximale. Le navire amiral, l'*Orient*, attendait dans le port la fin des préparatifs. Les bandes destinées à la fabrication de la momie furent plongées dans un bain de sels de mercure et de soufre, et au moment d'envelopper l'espion, on eut soin de pratiquer de petites ouvertures à la hauteur des yeux et des narines, et on y répéta le même procédé sur le couvercle du sarcophage – quant à lui original, et provenant d'un pillage de la tombe de Thoutmôsis Ier. Pour prévenir les déjections, le hussard fut soumis à une série de lavements, mais dans la hâte d'accomplir les ordres, on négligea certains aspects élémentaires de la logistique de sorte que la traversée à peine entamée, le pauvre Daudet, serré dans ses bandelettes, désorienté par l'obscurité et le manque d'air dans le sarcophage, étourdi par le roulis du bateau, asphyxié par les odeurs pestilentielles des cales, et souffrant déjà de la privation de nourriture et de boisson, commença à ressentir une légère inquiétude pour son destin ; les jours passant, cette inquiétude se transforma en peur puis en angoisse avant de finir en un pur et simple désespoir qui se manifesta sous la forme de cris, de gémissements, de plaintes, de hurlements et d'appels à l'aide de toutes sortes, que personne naturellement n'entendit et qui s'étouffèrent peu à peu jusqu'à ce que la mort vienne le cueillir. Toujours est-il qu'en raison de ces efforts pour assurer sa survie, ou à cause, peut-être, de l'incomplétude des mesures purgatives de l'époque, lorsque le sarcophage débarqua dans le port, Noiset, préposé à son transfert, l'inspecta. Et jugeant, à l'odeur qu'il dégageait, que son contenu se trouvait dans un état de décomposition avancée, il agit de son propre chef et, au lieu de l'apporter à Joséphine (qui l'aurait fait jeter sur-le-champ au fumier), en souleva le couvercle, appliqua une injection de formol au cadavre et, après l'avoir purifié en lui versant le contenu d'un flacon de parfum bon marché, offrit le tout au propriétaire d'un cirque fraîchement arrivé de Marseille… qui n'était autre que Giovanni Battista Belzoni ou Belinzone en personne, un géant de plus de deux mètres, à l'impressionnante musculature, surnommé le Samson de Patagonie.

À peine eut-il flairé l'aubaine que Belzoni entrevit la lumineuse possibilité d'une utilisation immédiate : la Momie lui permettrait d'ajouter un nouveau numéro à son spectacle de force, de beauté et d'habileté. Mais cette odeur de conserve pourrie qui s'échappait de l'intérieur du cercueil ! Fallait-il changer ses bandes et l'immerger dans un bon bain de sels parfumés… ? Ou bien… ou peut-être… Et si plutôt… ? Belzoni fit claquer ses doigts dans l'air. Castagnettes. Casse-noisettes.

Premiers jours du mois de janvier 1799. Nuit tombée. Le chapiteau du Cirque Belinzone est bondé. Dans toute la ville portuaire, le bruit a couru que le géant va présenter quelque chose d'inouï. La foule occupe tous les sièges, s'entasse dans les couloirs. Les dames soupirent d'aise en s'imaginant par avance la vision du corps de bronze du nouvel Hercule. L'excitation flotte dans l'air. Charme des prolégomènes : un jongleur fait tourner cinq oranges au-dessus de sa tête ; un estropié en poursuit un autre dans les couloirs en lui assenant des coups de marteau en caoutchouc. Des voix s'élèvent pour réclamer la présence de Belzoni. Celui-ci entre en piste lorsqu'il estime que la clameur devient irrésistible. Applaudissements. Il est à demi nu, à peine couvert par un minuscule pantalon en cuir qui lui arrive à mi-cuisse. « Magnifique ! » Belzoni distribue des clins d'œil, caresse sa barbe qui se répand comme un fleuve de sperme diabolique sur sa poitrine à multiples facettes musculaires. Deux assistants ceignent ses épaules d'une structure en métal qui l'attache à des harnais. Puis apparaissent huit autres hommes qui en accrochent les pointes à leurs ceintures avant de s'écrouler à terre : Belzoni devient la corolle dressée et ses auxiliaires les pétales tombés. Le colosse bande ses muscles jusqu'à leur donner une forme hyperbolique, puis il commence à soulever la structure. Lentement, lentement. Ses assistants semblent déjà onduler à quelques centimètres du sol, les bras relâchés, comme évanouis ; mais Belzoni n'a pas achevé sa prouesse. Il commence à tourner sur la pointe des pieds autour d'un axe imaginaire ; et si, au début, ses esclaves enchaînés l'entourent de leurs corps, s'enroulant autour de lui, quelques secondes plus tard, la vitesse croissant, ils commencent à sauter, les cordes qui les rattachent aux harnais fouettent l'air en se tendant, et les assistants, transformés en toupies, ouvrent les mains, tendent les jambes, simulent des hurlements de terreur. Le public éclate en vivats. Belzoni freine, ses auxiliaires roulent à terre comme des quilles. Les trompettes résonnent. Le Samson de Patagonie quitte la piste.

Intermezzo. Après quelques bagatelles (acrobatie, écuyères, un homme-boulet qui surgit d'un canon et traverse le ciel sans perdre son tricorne), apparaît mademoiselle Legrini. Belzoni l'a embauchée autant pour sa consommation personnelle (toutes les nuits, il goûte au plaisir de ces belles cuisses galbées et symétriques qui emprisonnent son cou et le poussent dans des excès frisant l'asphyxie) que pour instiller le doute parmi le public et faire croire que dans son propre cirque s'entraînent des artistes capables de lui voler la vedette sur scène. Naturellement, ce duel est une pure mascarade ; ce qui en réalité a lieu à chaque représentation est une distribution savamment orchestrée des attractions par genre. Tandis que les dames se pâment pour le mâle dominant, les hommes contemplent jusqu'au vertige et à l'anéantissement les jambes de la danseuse. Le numéro de mademoiselle Legrini… Inénarrable. À la fin, silence. Toussotements. Raclements de gorge. Scène vide. Une minute, puis deux. Le nain Perlimpinpin entre en piste vêtu d'un frac et portant un escabeau. Le public siffle, applaudit, fait les plaisanteries convenues sur les tailles inversement proportionnelles de l'ensemble. Perlimpinpin les ignore superbement. Montant sur l'escabeau il allume l'une des vasques latérales (posée dangereusement près du rideau rouge) ; puis il traverse la scène et répète l'opération à l'autre extrémité. À gauche et à droite. Le scintillement du feu invite à la réflexion. L'atmosphère devient solennelle. Perlimpinpin s'incline en direction du public, souffle sur la mèche, salue. La fumée se répand magiquement dans l'air et recouvre tout, tandis que résonne la plainte d'un violon mal accordé. C'est une mélopée orientale. Au-dessus de cette musique s'élève une voix rauque, terriblement masculine (Belzoni).

« Depuis plus de deux mille ans elle dort d'un sommeil éternel, à l'abri des profanateurs. Sa demeure était une tombe de pierre rectangulaire. Mais aujourd'hui nous osons perturber le repos mérité de cette noble dame pour le bénéfice du savoir et de la science. Mesdames et messieurs, en provenance directe du Proche-Orient et prête à nous révéler l'Énigme de l'Autre Monde, sous vos applaudissements, Nofretamon, la plus belle des princesses égyptiennes ! »

Belzoni entre en scène en portant le sarcophage que lui a vendu Noiset. Il le laisse debout, adossé à un étai. La lumière des vasques, imprévisible et faible, découpe des zones d'ombre. Le sourire de Belzoni est une grimace. Lui-même ressemble à un Baphomet. Qui maintenant murmure :

« Voici venu le moment de votre vie que vous devrez estampiller comme une pièce de monnaie unique ; voici venu le moment que vous choisirez de raconter à vos petits-enfants. Aujourd'hui, mes amis, pour le prix modique de votre entrée, vous êtes sur le point d'assister au miracle des miracles : la résurrection d'une momie. »

Sur ce, et feignant de ne pas entendre les cris d'exclamation (horreur, incrédulité, admiration), Belzoni passe une main caressante sur les hiéroglyphes décorant le couvercle du sarcophage :

« D'après ces inscriptions, Nofretamon vécut quinze ans dans la ville de Thèbes avant de mourir subitement d'une maladie inconnue ; c'était la seconde princesse de la dynastie des… Et aujourd'hui nous la ramènerons à la vie ! Mais pour cela, j'ai besoin d'un collaborateur ! Quelqu'un, parmi le public, se propose-t-il ? »

Devançant les autres, une main blanche et délicate, adolescente, se lève :

« Moi !

— Toi ? Très bien, mon garçon. Viens, monte. Comment t'appelles-tu ?

— Jean-François Champollion.

— Parfait, Jean-François. Comme tu sembles petit à mes côtés ! (*Tonnerre de rires.*) Bien. À présent, je vais prononcer une formule magique qui me permettra de m'élever au quatrième état astral, grâce auquel j'entrerai en contact avec l'esprit de cette jeune fille. Oui, Jean-François : l'âme qui, il y a deux mille ans, anima cette belle créature bandée se rendra au charme de mes paroles et quittera les cieux pour insuffler de nouveau la vie à ce corps… Au moment venu, mon cher garçon, je te prie de soulever le couvercle du sarcophage et, si son poids ne t'en empêche pas, (*au public*) avouons qu'il est un peu gringalet ! (*rires*), tu le déposeras à terre. D'accord ?

— D'accord, dit Champollion.

— Bien. Alors, commençons. À vos marques. Prêts. Partez ! »

Belzoni ferme les yeux, ses paupières frémissent, de ses lèvres noires commence à jaillir un salmigondis de voyelles et de consonnes. Puis ses yeux se révulsent, il prononce quelque chose comme « Opis » et se met à trembler ; tout son corps s'agite, ses muscles tressaillent, semblent fondre et se solidifier en un seul mouvement, comme une sorte de gélatine rocailleuse. Champollion retire le couvercle du sarcophage et le laisse sur le côté. Belzoni, baigné de la sueur de son succès, sort de son mutisme et procède au désemballage de la momie.

Ce que découvrent en premier les yeux du public est une chevelure noire, coiffée dans un style Ancien Empire, qui dégage la moitié du front et laisse échapper sur les côtés quelques mèches irrégulières, rebelles. Les paupières de la défunte sont ombrées au cirage ou à l'encre de Chine noire ou à la stibine (ce qui est tombé sous la main du maquilleur, dans l'armoire à pharmacie) ; les joues sont d'une pâleur spectrale, le nez est parfait, légèrement aquilin, les lèvres sont charnues, ourlées et palpitent de vie. Bien qu'ils aient maintes fois répété leur numéro, mademoiselle Legrini a du mal à ne pas éclater de rire, et ne parvient à se retenir que par peur de son patron. Lorsque Belzoni arrive à la hauteur de sa poitrine, à peine recouverte de petits carrés de fer-blanc brillants, la danseuse frissonne d'excitation.

« La voici… La voici qui revient à la vie, Belzoni murmure d'une voix suffisamment forte pour qu'on l'entende jusqu'au dernier rang. Et la vie vient à toi ! »

Les bandelettes tombent. Legrini surgit comme un phénomène surnaturel, une beauté venue d'un autre monde.

« Dis-moi ton nom, je t'en supplie ! »

La femme ouvre les yeux, ramenée par la conjuration.

« Je suis Nofretamon, princesse de Thèbes. Suis-je revenue ? Où suis-je ? Suis-je vivante ? »

Mademoiselle Legrini ouvre les bras. Les applaudissements éclatent. Belzoni prend l'une des mains de la momie et salue le public. Puis, il se penche pour saluer Champollion d'une accolade condescendante, instant que ce dernier saisit pour lui chuchoter à l'oreille :

« Je m'abstiendrai en public de faire le moindre commentaire sur votre grossière mystification si en échange vous me dites où vous avez déniché ce magnifique sarcophage… qui, soit dit en passant, et comme l'indiquent les inscriptions, était destiné à un cadavre masculin. »

Les mots se perdent sous le tonnerre d'applaudissements, qui redoublent d'intensité lorsque, comme par mégarde, mademoiselle Legrini laisse glisser l'un de ses petits carrés et que sa glorieuse poitrine barbouillée d'huiles resplendit comme une promesse, enchâssant la perfection de l'aréole violette.

« Comment as-tu compris… ? dit Belzoni.

— Pour commencer, la caractérisation est un florilège d'erreurs.

— Et puis ?

— Quiconque possède quelque rudiment sur l'art funéraire égyptien ne manquera pas de se souvenir que les morts, avant leur momification, étaient vidés de tous leurs organes internes. Or, sur le délicieux corps de cette jeune fille, je ne vois pas la moindre trace de suture, ce qui m'amène à inférer qu'elle est vivante et que sa spectaculaire "réincarnation" n'est qu'une supercherie. Ai-je tort ? Et ce, sans parler de l'invraisemblable détail d'une momie de deux mille ans s'exprimant comme une modiste de province, résume Champollion.

— Bien, murmure le Samson de Patagonie, et il ajoute : Si tu n'ébruites pas ce que tu as découvert, je te raconte ce que je sais, mais si tu ouvres la bouche, je te tords le cou comme à un vulgaire poulet.

— Marché conclu », dit Champollion.

Mademoiselle Legrini se penche encore une fois. Nouveau tonnerre d'applaudissements.

Cette rencontre et la nuit qui s'ensuivit furent fructueuses pour les deux hommes. Confidences et échange d'expériences, le tout arrosé de bon vin et accompagné d'une nourriture abondante. Dans la lumière que dégageaient les yeux de son jeune interlocuteur lorsqu'il parlait de langues anciennes et d'époques passées, Belzoni trouva une cause, quelque chose qui dépassait de loin les plaisirs qu'il pouvait tirer de la vaniteuse exhibition de sa force physique ; et cette cause finirait par dévier la route de ce charlatan et le conduirait jusqu'en Égypte, où il deviendrait un égyptologue *sui generis*, capable de faire sauter les couvercles scellés des sarcophages au pied de biche ou de graver son propre nom à côté de ceux des pharaons. Quant à Champollion, au-delà des informations que Belzoni lui fournit à propos de ces « caisses de viande froide », il trouva auprès de ce dernier un puissant aiguillon pour ajouter à la soif de savoir qui l'avait toujours consumé – à l'âge de quatorze ans il maîtrisait déjà une dizaine de langues et en apprenait cinq autres –, une passion d'une qualité différente, mais tout aussi dévorante que la première : la soif de l'aventure.

L'étape suivante fut de voyager en Égypte. Puis de se perdre dans son immensité. Avec la certitude de ceux qui croient que les lignes du destin sont tracées d'avance, il quitta Alexandrie et, au lieu de poursuivre sur la route qui mène aux pyramides de Gizeh, il s'enfonça dans la dépression de Qattara. Ses vêtements étaient inadaptés ; sa réserve d'eau insuffisante. Il passa comme un fantôme au milieu des tribus nomades du désert, chercha refuge à l'ombre des caravanes. Fit halte à El Falyum. Puis, il s'attaqua de nouveau aux étendues de sable, les traversa et arriva enfin à El Alya, où il sentit la morsure des fièvres du désert qu'il laissait derrière lui. Il agonisa dans l'intérieur concentrique d'un puits frais qui était une maison en terre crue. À l'instant où il crut mourir, il murmura : « Moi qui ai lu les *Hieroglyphica* d'Horapollon, je puis dire de moi-même que j'ai été sur la balance et que je n'ai pas fait le poids. » Puis, s'abandonnant à son goût des langues mortes : « *Mene, mene, tekel, upharsin.* » À peine eut-il prononcé ces mots qu'il sentit la fièvre baisser. Peut-être était-ce une rémission opportune, suffisante pour que sa fin survienne à ciel ouvert. Il sortit de nuit, décidé à s'en remettre à la lune et à se laisser dévorer par les chacals. Il marcha jusqu'à un rivage de limon et de plantes qui absorbaient toute la lumière. Au loin, on entendait un claquement de rames. Champollion tomba contre ce mur qui s'ouvre. Son visage s'enfonça dans le Nil.

10

Tout en continuant d'attendre les rapports de son espion désormais spectral, Napoléon poursuivit sa politique de reconquête de Joséphine. Aussi, à peine fut-il informé de la découverte d'une pierre antique recouverte d'inscriptions, de formules mathématiques ou de hiéroglyphes dans la ville portuaire de Rosette qu'il décida qu'elle deviendrait le cadeau final, le présent ultime de la série offerte en hommage à son aimée. Toutefois, avant cela, la pierre en question devait être examinée. Andreï Deliuskine est élu par l'Institut scientifique d'Égypte pour vérifier de quoi il retourne.

L'officier Pierre Bouchard, chef du détachement local, s'irrite de l'arrivée imminente de mon arrière-grand-père. Il pense qu'il s'agit d'un opportuniste qui vient lui dérober une part de la gloire de sa découverte. En prévention, il envoie des agents surveiller la barque à bord de laquelle il descend le fleuve. Les agents s'autorisent une certaine liberté d'action. De temps à autre, dans un coude du Nil on voit une flèche percer l'air, un coup de feu résonne. Un matin, le plancher de la barque apparaît totalement arraché. Andreï ne s'en inquiète pas ; il traverse les heures et les jours dans un état de somnolence, comme s'il couvait une maladie ou comme si les formes dépouillées de ce monde l'incitaient à une réflexion plus sereine. Peu de choses, mais éternelles : l'eau, le ciel, les papyrus.

Lorsqu'il débarque à Rosette et s'annonce, les soldats le conduisent au milieu des quolibets et des ruades jusqu'à l'entrée de la tente de Bouchard, qui lui fait faire le pied de grue pendant une heure avant de le recevoir allongé sur un tapis de laine, soutenu par de moelleux coussins de velours ; il tripote ses pampilles, ses pompons, tandis qu'une grassouillette imitation de houri lui chatouille la plante des pieds à l'aide d'une plume d'ibis. Au fond de la scène, sur une table de campagne consolidée, la pierre est exposée aux regards. Andreï remarque son éclat, devine que le granite est veiné de mica et de feldspath. Une roche à quartz, d'un mètre et demi de largeur et soixante-cinq centimètres de hauteur. Un discret aérolite noir, ou plutôt gris foncé, délicatement zébré de rose. Un vestige de civilisations disparues.

« Oh, Marie ! Quelle surprise ! Nous avons de la visite ! La science a daigné venir jusqu'à notre modeste foyer ! » gazouille Bouchard, la voix étouffée par le ressentiment. La grosse applaudit sans conviction tandis que son maître se redresse sur son tapis et se tourne vers mon arrière-grand-père. Un pétale fané d'une fleur du désert est resté collé à la commissure de ses lèvres, la trace distraite d'une libation. Et à peine prononce-t-il le mot suivant (« avant ») que le pétale se détache et virevolte comme un papillon recraché par un chat.

« Avant de vous écouter proférer je ne sais quelle imbécillité d'érudit, je veux que vous me disiez si vous savez pourquoi nous sommes ici. Nous. Lorsque je dis "nous", je me réfère à l'expédition française », dit Bouchard.

Andreï réfléchit quelques secondes. Puis il avoue :

« Je ne sais pas.

— C'est bien ce que je craignais. Laisse-moi tranquille ! »

Du talon de son pied gauche, Bouchard frappe la mâchoire

de Marie, qui n'a d'autre choix que de reculer. La grosse se réfugie dans un coin de la tente, se penche pour ramasser un poignard ou préparer une infusion. Bouchard la suit du regard et reprend : « Enfin, je suis certain que vous avez entendu des milliers de versions à ce sujet. Des centaines. Moi, par exemple, je n'ai jamais cru, pas une minute, que cette avancée expéditionnaire dans le nord de l'Afrique fût un *fait innocent*. Non. Bien sûr que non. *Prima facie*, je dirais qu'il y a trois raisons qui expliquent notre arrivée dans ce pays. Une Sainte-Trinité de motifs convergents, complémentaires.

» La première raison, qui relève de la politique, je l'appellerais *apparente* : Napoléon a décidé de conquérir l'Égypte dans son plan général de domination du monde. Qui ne commence pas avec lui, naturellement. Déjà en 1672, Leibniz envoya un mémorandum à Louis XIV indiquant que pour mener une véritable politique impériale, nous devions occuper la porte de l'Orient. Si vous voulez, nous pouvons faire un peu d'histoire ancienne, mais je crois que ce que je viens de dire suffit.

» La deuxième raison, qui implique le savoir scientifique, je l'appellerais *allégorique* : à ce niveau, notre intérêt n'est pas de nous emparer de tout mais de tout savoir. Nous découpons le monde, notre vocation d'arpenteurs de la connaissance s'épanouit suivant le principe que tout objet est digne d'un égal intérêt, d'une même fascination. Emballées, pesées et mesurées, toutes les choses échouent dans les magasins du futur musée. Du point de vue géométrique ou spatial, il s'agit d'une aberration complète. Comment faire tenir le plus grand dans le plus petit ? Enfin. Et, bien entendu, les indigènes rient à gorge déployée en voyant Prosper Jollois étudier la mâchoire des crocodiles, Monge faire peser les tonnes d'excréments de chauves-souris entassées au fond des pyramides abandonnées… ! Moi-même, j'ai assisté à une séance à l'Institut au cours de laquelle Saint-Hilaire donna une conférence sur le tétrodon, un poisson qui tourne sur lui-même comme un tonneau après avoir avalé de l'air, s'immobilise sur le dos avant de gonfler et de s'élever comme un ballon. Je me souviens des propos du cheikh El-Madhi à la suite de l'exposition de notre savant : "Mais, est-ce possible ? Tout ce bavardage pour un malheureux poisson ! Le Tout-Puissant a créé plus de cinquante mille espèces de poissons. Combien de vies ce monsieur pense-t-il devoir gâcher pour nous révéler cette infime proportion de la totalité ?" Naturellement, les Égyptiens sont dans le vrai. Mais cela n'empêche que la raison allégorique reste un motif de notre présence dans ces contrées.

» Examinons à présent la troisième raison, ou *profonde*. C'est le niveau de vérité auquel je souscris et où vous me trouvez : seul. À ce stade, les choses et les entités acquièrent une fluidité presque immatérielle ; c'est le niveau où l'enquête du passé, fondée sur la contemplation d'éléments fixes, nous révèle les événements de l'avenir. C'est un peu une sorte d'oniromancie. Ou comme la Cabbale, sauf qu'au lieu d'être appliquée au nom de Dieu, elle l'est à la compréhension des orbes sensibles : le monde, les relations humaines. Tout se rencontre à un point fixe. Chaque élément est une pièce d'une totalité en cours de dévoilement. Vous comprenez ce que je vous dis ?

— J'essaie, sourit Andreï.

— La route est encore longue, alors, répond Bouchard. *Nous sommes venus en Égypte pour savoir ce que nous dira la pierre*. Voilà ce que je pense. L'avez-vous vue ? Avez-vous pu y jeter un coup d'œil ? Là sommeille un cosmos mathématique. Sur cette surface noire on trouve, disséminées, *toutes* les formules algébriques : celles qui permettent d'édifier des pyramides, de déterminer le calendrier des crues et des décrues du Nil, de prédire le trajet des étoiles et de prophétiser le cours de l'histoire. Pas mal, hein ? Il ne s'agit que de déchiffrer son sens, de voir s'il surgit de son déroulement (comme la lecture successive d'une phrase nous permet de construire son argument), ou de certaines relations spatiales établies entre ses éléments, ou bien… Je peux vous assurer que grâce à la solide formation que j'ai reçue à l'Académie militaire, en deux ou trois jours, une semaine tout au plus, je finirai par tout comprendre. »

Mon arrière-grand-père feint de ne pas réussir à voir et s'approche de la pierre. À première vue, par pur algorithme de la forme, il remarque qu'elle est taillée suivant trois critères, en trois langues. Pas des signes mathématiques, mais des langages. Il recule d'un pas, puis d'un autre. Il dit :

« Je vous explique demain. »

Andreï sort de la tente. Il est entré avec le soleil ; quelques secondes plus tard, il fait nuit noire. Il reste un moment à écouter la conversation des soldats regroupés autour des feux du campement. Mais il est plus attiré par l'idée d'aller faire un tour dans le désert. De nuit, tous les sables sont noirs. S'il n'y avait pas ces hyènes… Il cherche un officier de campagne qui pourrait lui dégoter un lit, mais il est évident que personne ne se soucie de son confort. Comment le pourraient-ils ? Ils sont en guerre. À tout moment il peut y avoir une nouvelle attaque des mamelouks, un débarquement des Anglais…

Dans ses déambulations, il arrive au pied des murs de la ville, récemment consolidés. Sans sa couleur, la pierre qu'il est venu étudier aurait fini comme les autres, empilée pour renforcer la défense.

« Alors, on profite des promesses de l'immensité ? »

Andreï n'a pas besoin de se retourner pour savoir à qui appartient la voix qui résonne derrière lui. C'est Marie, la concubine de Bouchard. Ils sont à près d'un mètre de distance l'un de l'autre, mais mon arrière-grand-père perçoit une qualité dense, quelque chose d'ineffable émanant de cette figure.

« Parfois, lorsque la tristesse m'envahit, je viens sentir la fraîcheur qui se dégage de ces murs, dit Marie. J'appuie ma joue contre les pierres et je sens l'humidité. Même dans ce chaudron infernal, la vie s'arrange pour se condenser en gouttes, former des champignons et se décomposer. J'appuie ma joue et je ressens la fraîcheur et je m'imagine juchée sur la croupe d'un chameau conduit à bride abattue par le Bédouin qui m'a ravie. Le Bédouin me conduit à son oasis, me soumet à toutes les perversions de sa libido, m'initie à sa culture. Je suis enfermée dans une cage. Il vient une fois par jour et me nourrit de dattes, qu'il introduit une à une dans ma bouche qui résiste, avec la patience d'un saint. Finalement, je cède et tombe amoureuse. Je lui lèche les doigts, agenouillée. Voilà un amour, un vrai. Lorsqu'une patrouille me délivre, personne ne comprend mes propos. Du reste, je refuse de parler : mon Bédouin est mort au combat. Je porte ses vêtements noirs, mes yeux s'assombrissent et se creusent derrière mon voile…

— C'est une belle histoire, murmure Andreï.

— Elle le fut. Nous jouions à des jeux comme ceux-là, Pierre et moi, jusqu'à ce jour maudit où il trouva la pierre. Depuis, il passe ses nuits à tourner en rond autour de ses griffonnages. Pourquoi se tourmenter au point d'en perdre le bonheur dont on a toujours joui ? Il se comporte comme si je n'existais pas. Il ne m'écoute pas. Ne me regarde pas. Je ne suis même plus un simple corps pour lui. Il caresse la pierre, la parcourt comme s'il s'agissait d'un objet à prendre d'assaut, la maquette d'une forteresse. Parfois je le surprends à passer un plumeau dans ses rainures, ses fissures, ses écritures. Il lui parle. Je l'ai vu pleurer en essayant de l'enlacer. Je ne sais rien mais j'ai lu que les anciens dieux égyptiens peuvent se métamorphoser en n'importe quelle chose lorsqu'ils veulent détruire la vie de quelqu'un. Si de tels dieux sauvages existent, pourquoi s'en sont-ils pris à mon homme, monsieur, qui n'est qu'un pauvre bougre ? » Marie soupire ; elle renifle, sèche ses larmes. Andreï ne sait pas trop quoi faire, et ne fait donc rien. Elle ajoute : « Si vous emportiez cette pierre au milieu de la nuit je saurais comment vous en remercier. Je ne pense pas à mon sexe juteux, chaud et parfumé mais à des chevaux et des chemins secrets. Malgré tout, il y a quelque chose que je voudrais vous demander.

— Dites-moi », l'encourage Andreï.

Et elle :

« Suis-je belle ? »

Sur le Nil, en amont. Andreï Deliuskine voyage à présent à bord d'une embarcation plutôt correcte ; il dispose de sa propre cabine. Une fois l'enveloppe décachetée (« Ouvrir à votre retour de Rosette ») et la lettre lue, il est informé de la nature de sa mission. Il sait à présent que Bonaparte en personne l'attend : c'est à lui qu'il devra remettre un rapport préliminaire sur les contenus hypothétiques, les possibles révélations taillées dans la pierre de Rosette. « Prenez soin de cet objet comme de votre âme », lui écrit Napoléon. « Il est de la plus haute importance qu'il arrive jusqu'à moi sans accrocs ni rayures. Je ne veux pas voir de hiéroglyphes décapités ni de marques de ciseaux destinées à censurer des messages supposément obscènes, ésotériques, incompréhensibles. La lisibilité et l'esthétique ne font qu'un. Et je ne suis pas de ceux qui pensent qu'une pièce est plus belle lorsqu'elle a été amputée. » Avant de le jeter dans le fleuve, Andreï remarque que le message ne contient pas le mot « pierre ». Les ellipses évidentes, forcées, transmettent mieux que tout ordre énoncé la certitude qu'il y a des choses dont il ne faut pas garder de trace écrite.

Une nuit, sur le fleuve. Bruit de clapotis derrière le rideau de jacinthes d'eau, de papyrus. Quelqu'un dévorant quelque chose, quelque chose dévorant quelqu'un ? Une tache noire flotte au bord du rivage, un corps s'enfonçant. Européen.

Andreï Deliuskine se jette à l'eau, repêche le moribond. Les crocodiles, repus d'autres festins, ne bougent pas.

Champollion garde le lit deux, trois jours, dans un état d'évanouissement sans rêves. Lorsqu'il rouvre les yeux, il se découvre sur le pont d'une embarcation, allongé sur une natte tressée, protégé du soleil par un dais de lin. Un homme à l'allure extrêmement distinguée se penche au-dessus de lui et lui sourit : c'est mon arrière-grand-père. Champollion ressent soudainement l'envie de s'expliquer, de se présenter : il lui raconte sa vie, son amour de l'étude, ses longues heures passées à l'École spéciale des langues orientales du Collège de France (son apprentissage de l'arabe, du chaldéen, du copte, de l'éthiopien, de l'hébreu et du perse, entre autres idiomes), et ses polémiques avec des linguistes de haut vol comme Louis-Mathieu Langlès, Prosper-Gabriel Audran et Silvestre de Sacy. Andreï sourit à nouveau :

« Tu es tombé au bon endroit. »

Et il le conduit dans la minuscule soute du bateau et soulève une toile de jute sous laquelle se cache une pierre de basalte noire.

« Que vois-tu ? » dit Andreï.

Champollion s'évanouit à nouveau.

Sur un hiéroglyphe, un babouin peut signifier lune, écriture ou colère. La tête d'une mule peut aussi bien représenter l'animal que se référer à un homme qui n'a jamais voyagé et qui ne sait rien du monde. Penchés sur la pierre de Rosette, Andreï Deliuskine et Jean-François Champollion (maître et disciple) exercent les logiques du sens comme dans un réseau infini. En principe, les écritures grecque et égyptienne de la pierre sont une paraphrase l'une de l'autre ; non pas des traductions littérales – de laquelle vers laquelle ? – mais des transmissions du propos général du texte. La langue égyptienne ancienne possède-t-elle une grammaire compliquée, des déclinaisons, le subjonctif ? La pierre brille dans l'obscurité. Parfois, lorsque le cours du Nil devient plus calme, on la monte sur le pont afin de mieux l'étudier. Andreï formule une hypothèse, il propose un principe d'écriture acrophonique : chaque image est une lettre. Une porte est la lettre « p », un ibis, la lettre « i ». Peut-être, suggère Jean-François, tout ceci n'est-il qu'un galimatias, un polysyllabe monstrueux, un mot unique et interminable dont la prononciation reproduit le chaos. Non, dit Andreï, les hiéroglyphes purs ne représentent pas les sons d'une langue mais les idées. Le problème est que la partie égyptienne de la pierre utilise aussi bien des hiéroglyphes que le démotique. À la fin, apparaît le premier nom : Ptolemaîos, la forme grecque de Ptolémée. Un univers de connaissances s'ouvre… et Champollion en sera le divulgateur. À Al-Minya, une nouvelle poussée de fièvre l'oblige à débarquer pour être soigné. Une fois guéri, il rentrera en France, où il révélera ce qu'il a appris aux côtés de mon arrière-grand-père. Petit détail égoïste : pour ne pas ternir sa gloire il gardera dans l'ombre le nom d'Andreï Deliuskine. Quant à Andreï, il doit continuer son voyage, Napoléon l'attend dans la vallée des Rois (Biban el-Molouk).

Ciel, eau.

La chaloupe s'engrave dans un méandre étroit du fleuve. Mon arrière-grand-père décide de continuer à pied, suivi d'un couple de porteurs qui transportent la pierre de Rosette. Jours et nuits. Finalement ils atteignent l'étroite gorge qui conduit à la vallée. Andreï découvre une coupe panoramique, une entaille pratiquée dans la chair du monde par un couteau émoussé. Sur les parois à pic de roche coupée, survivent, près de s'effondrer, d'informes restes de sculptures rongées par le temps et qui pourraient passer pour des aspérités de la pierre, pour le dépôt d'hydroglyphes géants. De chaque côté, sur des pentes abruptes, se dressent vers le ciel d'énormes masses rocheuses, projetant leur fantastique ligne de fuite sur le fond d'un ciel bleu indigo. Le jour commence à tomber. Les rayons du soleil chauffent jusqu'à la transparence l'un des côtés de la vallée, tandis que l'autre flotte dans cette teinte crue et bleue propre aux territoires secs.

« Salut, crie l'un des porteurs, et il explique : J'honore les morts. »

L'écho de la voix se prolonge au loin, s'étrangle dans le défilé, agonise et s'éteint avant de revenir, changée :

« Vous êtes bien arrivés ? »

Un mort ? Non, pas encore. C'est Napoléon Bonaparte. Qui les attend au centre d'une vaste plaine qui s'étale après le coude suivant. Entièrement vêtu de blanc. Pelant une orange sous un baldaquin. Un casque de liège couvre sa tête dont la chevelure commence à se clairsemer. Andreï s'approche. Ses porteurs déposent la pierre de Rosette sur la table. Pendant quelques instants, Napoléon contemple ces signes comme s'il étudiait la transcription d'un rêve. Après en avoir détaché son regard, il dit :

« Savez-vous pourquoi je vous ai demandé de l'apporter ? Mes amis de l'Institut, ou, plus exactement, vos collègues, puisque dans ma position, je ne peux prétendre avoir de véritables amis, croient que mon intérêt pour cette pierre relève de la rhétorique, comme s'il s'agissait d'une métaphore de la clef qui permettrait d'établir certains points de rencontre entre les Égyptiens et nous. "Puisque nous ne pouvons comprendre les Égyptiens d'aujourd'hui, commençons par le début, en cherchant les clefs de leur civilisation antique." Autant vous le dire tout de suite, cette hypothèse est ridicule et son application pratique serait une pure perte de temps. En réalité, qui sont les Égyptiens ? Qu'est ce pays ? Le trou fétide où firent leurs besoins les Arabes, les Grecs et les Latins... ! Trois cents ans avant Jésus-Christ, les pharaons n'étaient déjà plus de sang égyptien... Cléopâtre en personne – dont ma Joséphine n'est qu'un pâle reflet, un fétu de cette splendeur –, Joséphine en per... Cléopâtre parlait l'égyptien à dessein mais sa langue maternelle était le grec. Le copte n'est, par chance, qu'une simplification de l'égyptien ancien, enveloppé dans l'alphabet grec et débité en sept lettres ; une langue amputée. En conclusion : l'Égypte est un acte de volonté, un pays qui n'est pas encore né ou un choix nostalgique. Ainsi, de quoi allons-nous parler avec eux ? Sur quoi allons-nous nous mettre d'accord ? Rien. Les Égyptiens n'existent pas, tout simplement. Aussi, mon ami, n'y a-t-il aucune clef à chercher. De quoi s'agit-il, au fond ? Pourquoi sommes-nous ici ? Que cache notre présence, que je ne me prive pas de considérer comme le premier d'une chaîne d'actes successifs, une chaîne qui pourrait être interminable ? Qu'est-ce qui *moi*, m'intéresse ? C'est très simple : je le devine mais je ne peux pas le nommer. Le mystère irrésolu de mon désir restera une énigme à déchiffrer pour les hommes qui sauront voir plus loin et mieux que je ne le peux. Ma sincérité vous étonne ? Je me réjouis d'être encore imprévisible pour quelqu'un. Je désespère de m'en emparer. De ce concept. De cette chose. Qui est précisément ce qui nous file entre les doigts. Et peut-être est-ce pour cela que j'ai traîné mes armées dans la poussière des déserts, en les utilisant comme monnaie d'échange. Tous morts pour une aspiration. Voilà. Je suis le Moïse de mon peuple. Savez-vous comment mourut Moïse ? C'est Jehova qui le dit, pas moi : "Tu verras le lieu mais tu ne pourras pas l'habiter." Ancien Testament. Lorsque Moïse (ou Mashiah) atteignit ces confins, il assura que derrière la ligne d'horizon commençait la Terre promise. Sa femme, beaucoup plus jeune que lui, lui dit : "Pardon. Je reviens tout de suite", et elle fila à dos d'âne. Moïse la vit disparaître au loin. Quelques heures plus tard elle revint en poussant des cris et lui jeta une poignée de sable au visage : "Terre promise… ! C'est pour ça que tu nous as fait venir jusqu'ici ? Je rentre immédiatement en Égypte !" Les femmes cherchent toujours la sécurité. Ce qui est difficile à comprendre, c'est pourquoi elle avait décidé de partir avec lui. À Thèbes, elle était traitée comme une reine ! Bref, le fait est qu'entendant ces paroles de reproche, le cœur de Moïse s'arrêta, son *Ka* s'éleva au ciel pour se fondre en Aton, et quant à lui, il retomba à terre de tout son poids. Tout cela est clair, non ? L'armée est ma femme, qui tous les jours me demande pourquoi je l'ai emmenée dans cette bourgade perdue. Elle ne voit pas que c'est moi qui agonise. Bien entendu que je vous parle déjà de Joséphine et non plus de ma troupe de *coglioni*. Comme vous devez déjà le savoir (ici les rumeurs courent plus vite que mon infanterie), cette pierre dont je vous ai confié la garde et le déchiffrement est la perle, le saphir oriental que j'offrirai à mon épouse bien-aimée pour qu'elle l'arbore métaphoriquement sur sa couronne d'impératrice. Et naturellement, Joséphine fera ce que bon lui semblera de cette pierre. La briser, la vendre, la déposer sur la tablette de la cheminée pour que le côté le plus sombre réfracte la chaleur du feu, l'offrir à ses servantes ; peu m'importe le destin matériel des objets. Mais je suppose qu'au cours de votre voyage, vous aurez pris soin de faire des copies lisibles de la graphie, de sorte que l'information contenue… »

Andreï acquiesça d'un hochement de tête. Napoléon poursuivit :

« L'éternité est éprise des œuvres du temps. Cela explique la descente de croix du Christ et ce que je ressens pour mon écervelée d'épouse. Pourquoi, dans notre cas, une telle passion pour l'égyptologie ? Parce que ce que nous pouvons apprendre de l'Égypte antique ne signifie plus rien. Si vous voulez qu'un

Français soit franc avec vous, tout en sachant qu'il a du sang italien : Joséphine non plus ne signifie rien pour moi et c'est bien pour cela qu'elle m'est devenue précieuse au point que je serais prêt à tout pour la reconquérir : piller des trésors, sacrifier des armées, renoncer à des empires. Si l'herméneutique est l'effort, aussi audacieux qu'inutile, pour rendre actuel un sens tombé dans l'oubli, permettez-moi alors de vous raconter comment toute la campagne d'Égypte n'est rien d'autre qu'une nouvelle tentative pour redonner à la vie le sens de mon sacrifice devant l'autel de l'amour. L'espoir de récupérer pour un instant l'amour perdu. Une chambre, la mienne, un lit, le mien : et Joséphine et moi, nus, jouant. Elle m'enveloppait dans des bandages, tirait dessus et je tournais comme une toupie et nous riions et elle m'aimait, je vous jure qu'un jour elle m'a aimé. Et je lui fis la promesse que nous viendrions ici en vacances, prendre des bains de sel dans le lac Maréotis – je sais à présent qu'il est vide et aussi mort que moi. Nous nous baignerions jusqu'à ce que le sol nous calcine et nous resterions côte à côte, telles deux momies embaumées par la nature dans leur bain romantique. Éternels. Aussi n'ai-je plus d'autre choix que d'être Napoléon Bonaparte, le conquérant, l'époux de la postérité. Triste réconfort. Mais ainsi va la vie, n'est-ce pas ? Certains volent comme des aigles, d'autres se traînent comme des serpents. Sans que personne ne sache jamais quelle bête il représente.

11

Le 23 août 1799, Napoléon quitta l'Égypte et rentra en France. Quelques jours plus tard, mon arrière-grand-père fit de même, à cela près qu'au lieu de rentrer en Europe, il décida de s'enfoncer au cœur de l'Afrique. On perd sa trace ; d'aucuns disent l'avoir vu enveloppé dans un keffieh, adossé et comme enfoui à l'ombre des murailles de torchis de la citadelle de Berbera, mendiant sa pitance tout en exhibant une jambe mutilée ; d'autres assurent que la description est correcte mais que le décor et le costume orientaux sont ceux de la Perse. Il y a ceux qui jurent l'avoir surpris pratiquant le jeûne et la prière hissé sur une colonne, et ceux qui le virent trafiquer de l'opium à la frontière avec la Chine. Ce sont, dans le fond, des versions conformes à la littérature exotique en vogue à cette époque, et sur lesquelles se pencheraient quelques années plus tard les amateurs d'absinthe. Ce qui est certain, c'est qu'il réapparaît quelques mois plus tard à Amsterdam : il est foncé comme un Maure, buriné par le soleil. Son air absent fascine les femmes, même Alicia Varmon, qui le surprend dans un café et s'approche de lui, le prenant pour un inconnu.

Alicia Varmon et Andreï Deliuskine se marièrent le 1er août 1801. La fortune coquette de l'épouse permit à la famille de mener une vie confortable. Fidèle à ses habitudes, Andreï passait ses journées à étudier et à travailler ; il écrivait. Il fut, en résumé, le seul *uomo universalis* que notre espèce ait connu après la disparition du dernier homme de la Renaissance, Pic de la Mirandole. Ses recherches, traités et essais s'étendirent sur une centaine de manuscrits qui exploraient tous les domaines du savoir. Malheureusement, après sa mort prématurée – un jour, absorbé dans ses pensées, il sortit marcher avec un vêtement trop léger et fut surpris par la pluie, et quelques semaines plus tard, par la pneumonie puis par la mort –, sa veuve décida de faire don de tous ses papiers (à l'exception de son *Anatomie instrumentale de la praxis politique* que s'évertua à conserver le benjamin, Esaü Deliuskine), et ceux-ci succombèrent aux flammes qui consumèrent la bibliothèque communale d'Amsterdam au cours du célèbre incendie de 1824.

Alicia Varmon et Andreï Deliuskine eurent trois fils : Athanase, Elias et Esaü.

Athanase mena une vie parfaitement banale, ne se distinguant en aucun domaine. Ce qui est suffisant en soi.

Le cadet, Elias, hérita de la veine artistique de Frantisek et de Jenka, ses grands-parents maternels. Il avait un don inné pour la musique et aurait pu devenir un remarquable interprète d'instrument à vent... Malheureusement, depuis son plus jeune âge, il souffrait d'une déficience du nerf acoustique qui eut de grandes répercussions sur son âme. À peine commençait-il à jouer que l'envahissait la certitude qu'il ne pourrait plus s'arrêter ; il se voyait contraint d'esquiver le moindre instant de silence entre deux notes, car risquait alors de s'ouvrir un précipice créé dans le seul but qu'il y tombe. Pour un esprit plus ferme ou moins perturbé, cette limitation apparente aurait resplendi comme un firmament de possibilités inexplorées : la voûte étoilée du son continu et de l'exécution agile, brillant dans un parfait enchaînement, ou, au contraire, l'explosion exhaustive, la supernova d'une seule note. Une fois cette perspective ouverte, la conséquence serait toujours heureuse : il suffisait de parier sur l'œuvre qui durerait au moins autant que la vie de son interprète maintenu dans des conditions idéales d'exécution, ou de se consacrer à l'invention de mécaniques de production de registres musicaux autonomes par la fabrication d'instruments au fonctionnement automatique… En d'autres termes, dans les deux cas, on pouvait présager une vie pleine de musique… Mais la folie n'étant presque jamais une source d'inspiration mais une pure et simple misère humaine, Elias, bien qu'il tînt dans ses mains toutes les cartes du triomphe, ne put qu'habiter l'étroite frange de ces silences pour lui inespérés. En conclusion, et même si son jeu devança de plus de cent ans l'invention du free jazz (une musique interdite dans tous les asiles d'aliénés), il ne fut ni respecté ni admiré, vécut fou et mourut idiot.

Le dernier, mon grand-père Esaü, est le protagoniste du troisième livre de cette chronique des génies de ma famille.

LIVRE 3

ESAÜ DELIUSKINE

L'art du paysage n'aurait pu naître au Sahara.

LÉON TROTSKY,
Ma vie

1

La défense de l'héritage paternel est-elle une idée qui courtise le vide ?

L'*Anatomie instrumentale de la praxis politique* d'Andreï Deliuskine s'ouvre sur une série d'affirmations catégoriques : « Postuler l'amour comme une conduite, le tenir pour un manuel de procédés, prétendre à la connaissance de sa grammaire intime voue l'ingénu à l'échec ; l'amour est un pari inédit sur la réalité du futur qui, par définition, s'éloigne toujours. » D'aucuns s'imagineront que la phrase trace définitivement les limites du projet napoléonien. Pour Esaü Deliuskine, le livre de son père – pointe lumineuse de l'iceberg d'une œuvre monumentale – fut le fondement et le levier qui, utilisés à bon escient, serviraient à changer le monde. Il est même possible d'affirmer que la vie du troisième génie de ma famille fut la mise en pratique radicale, bouleversante, de cette citation. Afin d'exécuter le message d'Andreï, Esaü négligea sa propre singularité et fut tous, personne et aucun à la fois ; il voulut transformer l'existant (volonté qui suppose une incroyable réserve d'amour de notre espèce) et c'est à peine s'il put aimer deux personnes qu'il ne vit jamais. Esaü était taillé dans l'étoffe de ceux qui dans les naufrages refusent de porter un gilet de sauvetage et s'engloutissent dans les flots en contemplant le scintillement de l'univers. Ces froids signaux, qui pour d'autres sont des fanaux dans la nuit, des lanternes éclairées, représentaient pour lui les yeux de son père l'examinant depuis l'au-delà, scrutant son âme pour voir s'il était à la hauteur de ses attentes. Bien entendu, cet examen abyssal ne fut pas le fruit de l'intention d'Andreï mais l'effet du soin exigeant que le fils apporta à l'accomplissement de sa tâche.

Enfant, à peine apprit-il à lire qu'Esaü décida de rester enfermé dans sa chambre, se privant de tout contact avec les membres de sa famille. On lui déposait ses repas devant sa porte ; lorsqu'il avait faim, il ouvrait, traînait l'assiette à l'intérieur puis refermait la porte. Sa mère ne sut jamais que faire de lui et le considéra bientôt comme une sorte de monstre. Cet enfant ne pouvait être son fils, se disait-elle, car il n'avait ni sa gaieté, ni son charme, ni son liant. Et, du reste, il n'avait pas non plus le moindre atome de ce pauvre Andreï, qui avait été un type adorable, quoique terriblement ennuyeux, toujours occupé à griffonner des sornettes, le nez plongé dans de vieux papiers. Cependant, bien qu'il n'existât et ne pût exister aucune relation entre les trois, par une étrange transitivité de la pensée, chaque fois qu'Alicia Varmon, veuve de Deliuskine, contemplait Esaü avec ce mélange de déplaisir et de désarroi propre aux mères qui ont souffert une profonde désillusion, elle se demandait quelle raison l'avait conduite à « fonder une famille » avec son père. Était-ce parce que Andreï avait été l'unique témoin de son seul véritable égarement, le spectateur du petit secret (son jardin intime) qui l'avait unie éphémèrement à Martha Velin ? Alicia ne savait quelle conclusion en tirer, aussi, comme toujours, n'en tira-t-elle aucune. De telles vagues d'ignorance font que des personnes comme elle plongent dans de profonds océans d'oubli des œuvres comme celle de son mari défunt, et que, des années plus tard, elles succombent paisiblement à leur propre destin, ignorant à jamais l'étendue de la catastrophe qu'elles ont provoquée. Bien. Elle fut ce qu'elle fut, et un après-midi d'avril elle creva dans son lit. Ses fils ne la pleurèrent pas longtemps. Alicia Varmon reposa rapidement en terre consacrée et, quant à eux, ils durent se disputer avec leurs avocats les restes de l'héritage (le pronom de la troisième personne du pluriel doit exclure Elias, tout juste capable de rester assis sur une chaise, tremblant, ses lèvres sèches appuyées sur le bec de son saxophone, dans la chambre vide de sa mère). Ce fut une bataille peu glorieuse, à en juger par ses résultats. Les descendants d'Andreï Deliuskine et d'Alicia Varmon finirent à la rue. Cette circonstance permit à Esaü de découvrir et d'évaluer la vertu négative de la cupidité ; et de constater qu'il possédait des aptitudes de combattant et de meneur. L'homme est un loup pour l'homme : il prit la tête d'une petite bande qui s'emparait des biens d'autrui et les redistribuait aux pauvres au gré de sa fantaisie. En mettant en circulation la propriété, en assistant à l'embrasement soudain de ces masses d'énergie gelée, Esaü atteignait des sommets de jubilation sauvage. De telles émotions pourraient relever d'une phénoménologie de la sainteté, si celle-ci ne correspondait à une ascèse parfaitement réglée. À la faveur de ces épanchements de libre arbitre, il découvrit aussi les extases de la chair et savoura, à plus d'une occasion, le goût du sang ; tout lui sembla peu de chose. Le monde devait être l'objet d'une correction et c'était à lui (d'après les indications du livre de son père, qu'il parvint à soustraire à l'examen des sbires de ses créanciers) qu'il incombait de la lui infliger. À ce stade, il était évident de conclure que les actions réalisées jusqu'alors n'étaient que les premiers essais rudimentaires d'une geste à venir. Mais le futur ne possède pas de structure finie. Alors, que faire ?

Tandis qu'Esaü sillonnait l'Europe avec sa bande dans une fièvre d'exactions et de redistributions, il s'interrogeait sur la suite des événements. Il découvre bientôt les limites de sa fête. L'un de ses hommes est arrêté lors d'un cambriolage. Puis c'est son lieutenant qui meurt. Le sentiment général d'impunité s'évanouit ; ils ne sont plus invincibles ni invisibles, ils ne sont plus immortels. À qui la faute ? Esaü doit faire montre de son courage pour empêcher un renversement de son autorité, et bien qu'il s'impose au corps-à-corps, il sait que cet embryon de rébellion n'est que le début d'une série qui se conclura immanquablement par son remplacement et peut-être par sa mort. Moins pour survivre que pour triompher, il concocte un coup qui, par son ampleur, arrachera ses hommes à la condition de pratiquants furtifs de la rapine et les revêtira d'une grandeur héroïque. Il s'agit d'éliminer l'une des figures majeures de l'échiquier de l'Europe centrale. Esaü calcule qu'avec le magnicide la précaire stabilité politique de la zone s'enflammera. Il en va ainsi, du moins, lorsqu'on approche une allumette d'une araignée pour éliminer sa toile puis son corps noir et répugnant (l'Empire austro-hongrois tapi au centre du maillage). Le plan est parfait : il prévoit le cri d'alarme, la réaction des gardes, la fuite simulée vers le lieu de l'embuscade, la bombe, les tireurs cachés, la mort de l'homme célèbre. Mais la machine se grippe, l'archiduc s'en sort et Esaü est le seul coupable arrêté.

On l'attache, on le bat jusqu'à l'évanouissement, on le transporte dans un coche noir ; à chaque réveil, il sent les cahots de la voiture, la chaleur croissante. Bientôt, ses ravisseurs se mettent à parler une langue inconnue.

À la fin du voyage il est jeté dans une cellule : le paysage l'occupe. Des dunes caressées par le vent, des palmiers. Si ce qu'il distingue à travers la fenêtre grillagée n'est pas qu'un décor peint dans le seul but de le tromper, il est possible qu'il se trouve dans une prison d'une province reculée de l'une des vastes colonies que conserve encore l'Empire. Personne ne lui rend visite et personne ne le dérange ; une fois par jour il reçoit un bol de soupe qui, à peine avalé, lui retourne l'estomac. Les jours sont d'une chaleur étouffante ; les nuits gelées. Dans le ciel limpide naviguent des étoiles fugaces. Esaü les regarde, ou pas. En général, il reste allongé sur sa paillasse. Il ferme les yeux et il pense ou il dort ou bien il écoute les murmures de l'extérieur. Cette musique dissonante attire son attention, un chant ou une plainte qui provient d'une cellule voisine ou d'un alcazar. Au début il ne perçoit qu'un simple enchaînement de syllabes et de voyelles réunies par l'impulsion du chant, puis il découvre que c'est la phrase qui détermine la cadence et non l'inverse. De là, il n'y a qu'un pas vers l'apprentissage des rudiments du système, les principes syllabiques ; à leur tour, les graves et les aigus apportent leur part de sens. La musique est toujours la même et se répète des heures durant, avec l'emphase des choses perdues. Tendant l'oreille, il découvre que ce qui résonne comme une plainte d'amour est en réalité la mélopée d'un discours politique et il comprend aussi qu'il n'y a pas un chanteur mais deux, la voix dominante et la voix dominée, comme le serpent et la branche qui le soutient. Dans cet entrelacs, la voix dominante affirme que la soumission au régime est l'unique source de bonheur. La seconde voix, légèrement plus harmonieuse, et qui se faufile, remplie de crainte, dans les silences de la première, ne peut lui opposer que de timides objections que l'autre réfute rythmiquement. Il est évident qu'entre la première et la seconde voix il y a connivence, sous l'apparence du contraste, la seconde ne commente que les passages qui peuvent être repris par la première, suggérant ainsi que toute opposition ne peut provenir que d'une intelligence limitée des raisons de la voix dominante.

Esaü comprend que cette musique symbolise la situation où il se trouve : ses ravisseurs, quels qu'ils soient, veulent l'instruire sur les événements passés. Si jusqu'à présent ils ont pris la peine de le garder vivant, alors qu'il eût été si simple de le fusiller et de jeter son cadavre au fond d'un puits, c'est qu'ils ont décidé de l'utiliser à titre d'exemple dialectique d'un cycle dans lequel sa tentative de magnicide devrait être lue comme le moment négatif d'un processus destiné à consolider le régime (*Anatomie instrumentale de la praxis politique* prévoit cette contingence et bien d'autres).

Il est évident que mon grand-père ne connaît pas assez la langue pour être sûr que son interprétation soit correcte. Quoi qu'il en soit, il est possible, intellectuellement, d'établir cette relation et – c'est là l'aiguillon qui le fait agir – de penser à l'inverser. Il s'agirait donc d'écrire un texte, de le traduire, pour qu'il soit chanté dans cette langue. Sa chanson dirait les vérités que le modèle officiel tait. Et si, par chance, il trouvait les canaux de diffusion adéquats, il produirait les effets de compréhension nécessaires pour que les auditeurs s'emploient à transformer le monde. Le seul problème est : comment trouver un acolyte, mieux encore un traducteur, puis les musiciens et les chanteurs, depuis un cachot isolé ?

2

Le directeur de la prison entre, salue Esaü et dit :

« J'imagine que vous êtes dans le plus grand confort que de telles circonstances autorisent, et que l'enfermement et la solitude vous ont permis de découvrir que le vrai goût du bonheur se trouve dans les petites choses de la vie. Un rayon de soleil filtrant à travers la lucarne, la fraîcheur de l'aurore, le doux écoulement des heures lorsqu'on a la chance de ne rien faire. On dira ce que l'on voudra, mais vous êtes la parfaite illustration que nous vivons dans le meilleur des mondes possibles. Quand a-t-on vu qu'un crime est puni de privilèges ? Vous devriez être reconnaissant du traitement que l'on vous réserve. Regardez-moi ces joues rebondies ! Vous pourriez les voir si vous aviez un miroir. Mais laissez-moi vous dire que vous avez à présent l'air reposé de ces personnes que les problèmes quotidiens ont cessé de tourmenter, la même apparence heureuse que ces grands-mères qui viennent de tricoter un chandail à leurs petits-enfants. Si vous saviez la mine que vous aviez le jour de votre arrivée ! Un énergumène anxieux, crispé par le besoin de comprendre, démoli par la haine… Y avez-vous songé ? La paix qui éclaire votre visage est-elle la conséquence de la réflexion et du repentir ? Je l'ignore, aujourd'hui encore. Et ce n'est pas faute de vous avoir observé. J'ai un nombre infini de manières de le faire. J'ai perdu le sommeil en suivant la moindre des variations sur la carte de votre visage. On peut dire que je suis devenu un spécialiste de l'orographie de votre âme, si tant est que la face d'un prisonnier en soit son reflet fidèle, son expression sensible. Supposons qu'elle le soit. Êtes-vous à votre aise ici ? Votre oreiller est-il moelleux ? La nourriture est-elle bonne ? Vous devez vous demander pourquoi je me cause autant de tracasseries pour un simple détenu. Il y a deux raisons à cela. La première, d'ordre personnel : je me considère comme un homme charitable. La deuxième, d'ordre professionnel, est que je suis responsable de votre éducation. Ma mission est de faire de vous un homme nouveau. Et à cet effet, je dois vous accompagner dans l'examen de vos conduites passées. Pour cela, nous devons commencer par l'analyse de votre attentat avorté contre l'archiduc. Vous conviendrez avec moi que votre action est le résultat d'une grossière erreur de point de vue, celle consistant à considérer que les individus sont les acteurs de l'histoire. Non ? N'êtes-vous pas d'accord ? Quel dommage. Enfin, patience. Reprenons au début. L'attentat. Vous avez cru que l'assassinat de l'archiduc pourrait... permettrait... Mais, au vrai, cher hôte, la société produit des archiducs en permanence. Si l'ordre social ressemblait à un jeu de quilles dans lequel l'archiduc serait une quille parmi les autres, et que votre bombe avait été extrêmement efficace, une boule capable de renverser toutes les quilles (archiducs) d'un seul lancer, ce qui est certain, c'est qu'immédiatement le pare-balles – *le système en tant que système* – aurait relevé les quilles (archiducs) ou, à défaut, les aurait remplacées par d'autres en tout point identiques. Chaque individu est unique et inimitable ? Cela est vrai, du point de vue du cosmos de la sensibilité romantique. Moi-même, qui me considère comme un être exceptionnel – et ne me demandez pas pourquoi, il me faudrait des heures, des mois pour vous proposer une introduction satisfaisante aux merveilles dont je regorge –, moi-même je suis, au moins en théorie, remplaçable. N'est-ce pas insupportable ? Et pourtant, c'est ainsi. Chaque être humain est à la fois un univers inexploré et un simple déchet. Vous pourriez bien sûr arguer que votre activité terroriste ne relève pas seulement du pur acte (un tir qui change tout) mais qu'elle se produit principalement dans l'univers des signes. Le signe de la mort de l'archiduc aurait alors été : « Tout ce qui existe périt ; même le Pouvoir s'effondre. » Disons : une instructive démonstration adressée aux masses. Mais permettez-moi ici deux observations dont la pertinence n'échappera pas à votre perspicacité. Première observation : si l'attentat contre l'archiduc était une tentative pour faire connaître la condition nécessairement sanglante d'une alternative à caractère libertaire – « les fleurs de la Révolution s'arrosent du sang des oppresseurs » –, vous devriez admettre que cette tentative a avorté car personne – hormis nous autres, les serviteurs de l'État, qui avons œuvré pour l'empêcher – ne s'en est avisé. L'archiduc lui-même ignore qu'il fut sur le point de voler en mille morceaux. Et ce, parce que : a) l'archiduc a d'autres affaires plus importantes à régler, et il n'aurait été d'aucune aide à l'accomplissement de ses fonctions qu'une partie de son attention fût occupée à spéculer sur les délicates questions relatives à sa survie ; b) comme je vous l'ai déjà dit, à l'échelle individuelle, l'archiduc n'est qu'un fantoche, un pantin désarticulé, un simple pion sur le grand échiquier de la politique. Aussi, au nom de quoi aurions-nous pris la peine de vous avertir de quoi que ce soit ? Nous vous avons laissé parader ici et là. À présent, passons à la seconde observation : le Pouvoir. La question du Pouvoir. Imaginons un attentat réussi : l'archiduc et son archiducal carrosse volent en éclats avec enfants, puces, écussons, emblèmes, épouse, diplomates, perruques, poudriers, petits chiens de salon. Qu'en serait-il ressorti ? Quelle transformation *réelle* serait survenue ? Même… le pare-balles est mort et il n'y a plus d'archiduc. Alors, quoi ? L'État échoue dans vos mains criminelles et de l'Opposition vous passez au Pouvoir… Ne pensez-vous pas qu'à l'instant même, ou quelques mois plus tard, un nouveau terroriste apparaîtrait pour vous éliminer et prendre à son tour votre place, et ainsi de suite, *per saecula saeculorum*…

— Mais…, dit Esaü.

— Ne m'interrompez pas. Je ne vous ai pas donné l'autorisation de parler ! Dans nos situations respectives, je suis chargé de vous soulager du poids de croire en l'importance de la parole prononcée. J'espère qu'un jour vous me remercierez de ce service que je vous rends. Les gens croient que sous prétexte qu'ils parlent, ils disent une vérité. Et cela est faux, si vous me permettez le syllogisme. Où en étais-je ? Ah. Vous pensiez que si l'archiduc mourait à cause de votre action, la Révolution… Mais. Pourquoi faire la révolution, une révolution, n'importe quelle révolution ? *Dans quel but ?* L'argument de Pascal est parfait, appliqué à la connaissance de la divinité et du salut personnel. Dieu est comme un tir de balle à blanc. S'il existe et que nous croyons en lui, nous visons la foi et nous mettons dans le mille pour l'éternité. Le meilleur investissement dans la bourse aux valeurs de l'infini. Et si Dieu n'existe pas, au moins avons-nous fait l'effort de croire, et nous ne perdons rien qui ne fût perdu d'avance. Mais cet argument est complètement fallacieux transposé aux affaires mondaines. Avant de poursuivre le raisonnement : un ami affirme que la meilleure preuve de l'inexistence de Dieu est la foi. S'Il existait, croire en lui serait inutile : nous constaterions l'évidence de son existence. De la même manière, la meilleure preuve de l'inexistence de la Révolution est l'espoir qu'elle survienne un jour. Continuons. Mais avant cela…

Est-il bien clair que mes propos antérieurs ont été prononcés à titre personnel et qu'en ma condition de fonctionnaire de l'État, je suis un ferme défenseur des vérités révélées ? En ce sens, je me range du côté de Spinoza et de son *Éthique*. "Nous devons aimer Dieu sans rien attendre en retour." (Comme il est curieux qu'un mathématicien conçoive une affirmation sans calcul !) Naturellement, dans nos situations respectives, vous occuperiez la place du "nous devons" et moi celle de "Dieu". Et néanmoins, regardez comment sont les choses : je me présente dans cette cellule pour vous offrir toute mon affection, toute ma protection. Et sans rien espérer en retour. Oui, rien. Soyons honnêtes, que peut-on attendre de vous ? Comme vous devez vous sentir libre maintenant, éclairé par mes paroles ! Vous qui avez cru que vous pouviez tout faire, vous découvrez votre infinie nullité ; le néant ouvre tous les chemins, même si cela ne veut pas dire qu'en sortant j'oublierai de refermer la porte de cette cellule. Bien. Continuons. Où en étions-nous ? La Révolution. La Révolution, qui est la version pour adultes du conte pour enfants du paradis terrestre, promet une altération absolue des paramètres habituels. Transformation du monde, altération de l'expérience, bonheur, plénitude vitale. Y croyez-vous ? Y croyez-vous *pour de vrai* ? Et cependant tout est faux, mon cher ami, tout ceci est faux ! Une histoire à dormir debout que s'obstinent à répéter des esprits faibles qui se croient éduqués et qui ne font que cultiver la dernière pensée à la mode. (Quelqu'un pourrait-il me dire pourquoi diable la pensée devrait-elle être actualisée ? Depuis quand et comment la pensée devient-elle inactuelle et doit « s'actualiser » ?) Laissez-moi vous dire… Vous, et les personnes comme vous, n'avez pas la moindre idée du mal que vous faites avec tous vos prêches laïcs sur la Révolution. Et je tire mon chapeau à l'effort que, depuis leur chaire, chaque dimanche, les hommes de l'Église déploient pour diffuser les réconforts du récit ultra-terrestre, qui sont sans nul doute le seul bonheur à la portée des masses. Imaginez un peu la réalisation triomphale de ce « changement révolutionnaire » ! Qu'adviendrait-il de ces masses domestiquées, infranormales, sous-alimentées d'aujourd'hui, si elles voyaient soudain toutes leurs demandes satisfaites, au-delà même de leurs propres attentes ? Voyez-les. Voyez l'inquiet troupeau. Leur nom est Légion ; sans plus rien à désirer, à rêver, à reprocher. Qu'arriverait-il ? Pouvez-vous me le dire ? Non. Bien entendu. Vous vous taisez. Paradoxalement, votre esprit égalitaire soupçonne que dans le silence se trouve un certain principe de supériorité. C'est ce que vous croyez, mais non. Vous vous taisez, premièrement parce que je vous ai dit de ne pas parler, et deuxièmement, parce que vous avez été battu. Parler impliquerait de reconnaître la vérité et la réalité des faits. Qu'adviendrait-il de ces masses soumises à la terrible expérience de la réalisation de leurs désirs ? Dites-le-moi ! Je vous le dis, moi : elles s'abandonneraient à l'angoisse et à l'athéisme, deux effets propres à l'augmentation soudaine de la capacité de discernement qui à son tour est un préalable de l'intelligence pure et une condition du malheur subséquent. Être intelligent c'est être malheureux, mon cher détenu, et je sais de quoi je parle, car je suis le plus misérable des hommes. C'est cela que vous voulez ? Transformer le monde d'aujourd'hui en un monde rempli de malheureux ? Est-ce là votre changement révolutionnaire ? Mon Dieu ! Pourquoi une telle perversité ? Ne me répondez pas. Ne dites rien. Je vous laisse. Je crois que c'est suffisant. Je m'en vais. Pour le moment. J'espère que vous méditerez sur notre petite conversation. Adieu. Mais, que se passe-t-il ? Hein ? Que se passe-t-il ? J'observe sur votre visage une expression de doute, de réserve et même de contrariété. Cela me rappelle la grimace de celui qui, lors d'une soirée de gala où tout devrait baigner dans un parfum de roses, perçoit l'inopiné sabotage d'une odeur inappropriée. Crevons l'abcès. Vous gardez le silence – vous résistez. Attentif à nos positions respectives, vous imaginez que vous n'êtes pas en condition objective d'émettre des réserves, d'intervenir de manière péremptoire, de couper le circuit de mon discours avec une objection capable de démonter ce que vous estimez être une erreur ou une ruse de ma part. Mais j'inverserais un peu la question. Quant au rôle que je joue dans cette institution carcérale, de pilier central de l'architecture de l'État, croyez-vous que ce que je dis est moins vrai parce que c'est moi qui le dis ? Supposez-vous que les vérités sont fonction du pouvoir dont sont investis ou privés les individus qui les énoncent ? Bien, je vous laisse à présent. Je dois monter dans la dernière tour, sortir à la rudesse de l'air libre. J'y donne à manger aux pigeons. Je remplis mes mains de grains de maïs et je les laisse se poser sur mes épaules, manger et déféquer sur moi. Vous devriez méditer sur cela. Mais quoi ? Dites une bonne fois pour toutes ce que vous avez à dire ! Parlez ou au moins rendez suffisamment explicite le sens de votre silence ! Je sais bien. Je parle de "sens", d'"explicite", et vous traduisez : "vérité". Vous pensez que je vous demande que circule entre nous la vérité lorsque en réalité ce que je vous proposerais est que nous tombions d'accord sur l'utilité de la circulation du mensonge sur la planète. Cela est-il vrai ? Oui, c'est vrai, si l'on attribue à ces paroles la valeur d'une révélation d'un contenu caché, comme dans votre cas, et non, comme dans le mien, une valeur de préservation des vertus du monde tel qu'il existe. Pour ma part, cher ami, vous l'ai-je déjà dit ?, je pense que les choses sont bien comme elles sont, et qu'un peu de dissimulation – de mensonge, si vous préférez, ou de douceur et de réconfort – ne fait de mal à personne. Songez, par exemple, aux femmes. Je ne vous dis pas de le faire maintenant. Vous aurez tout le temps qu'il faut pour penser à elles. Avec un peu de chance, dans quelques mois vous ne pourrez plus penser à rien d'autre qu'à ce dont vous êtes privé. Aux femmes. Vous devez sûrement être l'un de ces gentlemen qui s'imaginent qu'il faut dire la vérité aux femmes, qu'elles l'aient demandé ou non. Pour quelqu'un comme vous, un homme qui trompe une femme n'est plus un homme, c'est une canaille. Bien. Laissez-moi d'abord vous dire ce qui distingue un gentleman d'une canaille puis nous déterminerons quelle est la conduite qui illustre le mieux les principes de la morale. Selon moi, un gentleman est un homme qui, après s'être abusé sur ses propres conditions, enveloppe une femme dans les voiles d'une promesse, l'épouse et obtient qu'ils se gâchent mutuellement la vie. Une canaille, en revanche, a calculé, dès le début, froidement et rationnellement, les choix qui s'offrent à elle, et prévoyant dès le début les conséquences de son comportement, il administre ses ressources d'une main de maître, afin que, de la déception consécutive – déception inhérente à toute action humaine – découle au moins une conséquence positive. Une canaille anticipe avec une mélancolique justesse la fin des illusions, conduit le cours des événements et s'adapte aux possibilités existantes. L'exemple le plus abouti de canaille que je connaisse, ce sont les ruffians, autrement appelés proxénètes. Quelle admirable ingénierie déploient ces martyrs du réalisme ! Au moyen d'amphigouriques arguties, ils capturent la volonté des jeunes filles innocentes, issues des plus basses couches de la société et condamnées à s'engager dans le même sillon d'exploitation conjugale, d'enfants mal nourris et d'avortements clandestins que leurs mères durent emprunter avant elles. En quoi consiste leur duperie ? À leur offrir, en échange de cet avenir d'inexorable misère, absolument *tout* ! Et le comble est qu'ils honorent leur promesse, à leur manière ! Une fois leurrées, ces jouvencelles sont installées dans de somptueuses maisons closes où elles sont instruites dans les arts de l'amour et de la séduction, font la connaissance de personnes de coutumes, de cultures et de couches sociales diverses, apprennent des langues étrangères, en un mot, deviennent des femmes du monde. Et à quel coût ! En échange du don de cette petite chose, de ce néant rosé et miroitant qui leur entaille l'entrejambe, et grâce à la générosité de ces ruffians, au bout de quelques années d'une vie de divertissement, fortes d'une pleine connaissance de toutes les richesses de la vie, dans la fleur de l'âge et de l'apprentissage, elles peuvent se retirer et profiter de leur rente. Qu'avez-vous à proposer qui s'en rapproche un tant soit peu ? Que peut offrir la Révolution, en comparaison de ce modèle d'esprit de coopération, de progrès spirituel et de sagesse administrative qu'incarnent les ruffians ? J'irais plus loin : la maison close représente l'idéal du fonctionnement social, et à tous ces théoriciens de pacotille qui agitent leurs rêveries politiques caduques je n'hésite pas à recommander de l'étudier avec soin. Vous me direz, reprenant mes propres mots : *ces petites ont été trompées*. Voire : quand bien même elles toucheraient la moitié des recettes, comme c'est le cas le plus souvent, *elles n'en restent pas moins les victimes d'une duperie initiale*. De ce point de vue factuel, cela est vrai. Mais, et alors ? N'est-il pas également vrai qu'en compensation elles reçoivent plus qu'elles ne l'avaient imaginé ? Autrement dit, ne leur offre-t-on pas la dose exacte de fantaisie et de martyre à laquelle aspire légitimement toute femme ? Donner à une femme plus qu'elle n'espère, plus qu'elle n'aurait même osé demander, n'est-ce pas se placer au centre de son désir ? Quel mari peut aspirer à faire un tel don ? Si l'on met de côté le caractère absolument laïc de l'affaire, et c'est la dernière chose que j'ajouterai pour le moment, je dirais que ces ruffians sont la version contemporaine des saints.

3

Après le départ du directeur de l'établissement carcéral, Esaü réfléchit aux motifs de sa visite. Selon lui, le directeur s'était présenté pour accomplir un mouvement rituel, celui qui veut que l'autorité paraisse devant le détenu pour que ce dernier fasse acte de contrition. Comme il n'avait pas semblé accepter les règles de ce jeu, il devait s'attendre à des représailles. Esaü se prépara pour la séance de torture en dressant une liste exhaustive des méthodes existantes. Chacun des supplices constituait un chapitre à part : rien de commun entre le chevalet, l'arrachage des ongles, l'empalement, l'abrasion d'organes internes… Il fallait numéroter chaque zone du corps et la diviser en sous-sections, établir une échelle de la douleur, et distinguer les instruments employés en fonction d'objectifs spécifiques (saignée, déchirement, cautérisation, écrasement, exfoliation, etc.). Naturellement, cette anticipation ne servirait pas à atténuer la douleur, néanmoins la seule idée qu'il n'y avait là rien de nouveau lui apporterait du réconfort.

Cependant, dans l'immédiat, rien ne se produisit. Les jours commencèrent à s'écouler dans un morne épuisement de ses attentes frustrées. Était-ce un raffinement de l'art de torturer, ce coup suspendu dans le vide ? Au bout d'un moment, Esaü en eut assez. D'une certaine manière, il était devenu indifférent à l'avenir ; être prisonnier, c'était comme être au grand air, les aléas du climat en moins. Des années auparavant, son père, Andreï, lui avait parlé de l'impression d'extrême solitude et d'indépendance que dégageaient certains Bédouins, plongés dans la contemplation des feux allumés dans la nuit du désert. « Peut-être, lui avait-il dit, n'ont-ils pas besoin de parler parce qu'ils s'entretiennent sans cesse avec les démons. » Quelque chose de semblable lui arrivait, il se repassait en boucle le seul événement survenu depuis son internement dans la prison : la visite du directeur de l'établissement. Peut-être – songeait-il – avait-il raté l'occasion de mettre en application ses projets de mutinerie. Car le directeur avait parlé d'une seule traite, l'empêchant de lui répondre. Et pourquoi avait-il agi de cette manière, si ce n'est parce qu'il se savait vaincu d'avance ? Le triomphe, au contraire, ne requiert aucune affirmation verbale : c'est un fait qui s'impose de lui-même.

Esaü comprit que le directeur de l'établissement ne renouvellerait pas sa visite.

Un jour, tandis qu'il repoussait son écuelle encore remplie de nourriture, le maton laissa tomber un fouet sur le sol de la cellule. Il était évident qu'il ne s'agissait pas d'une simple distraction : on l'invitait à employer l'instrument contre le maton, offert en sacrifice. Décidé à ne pas obéir, Esaü commença à se flageller lui-même. Aux premières gouttes de sang, le directeur de l'établissement carcéral entra et lui arracha le fouet des mains.

« Que faites-vous ? Est-ce une manière de se conduire ? lui dit-il. Pensez-vous qu'en prenant ma place vous me rendez facultatif ? Vous essayez peut-être de me donner une leçon ? Si c'était votre intention, permettez-moi de vous dire que vous n'avez encore rien compris. Ma véritable mission n'est pas de me débarrasser de votre personne mais de vous protéger contre vous-même. N'avez-vous pas honte de votre attitude ?

Vous qui prétendiez réaliser le bien suprême en essayant d'assassiner un homme, vous jouez avec une délectation pathologique le rôle de la victime. Maudit charlatan ! S'il vous restait ne serait-ce qu'une once de dignité, vous essaieriez au moins de m'arracher le fouet.

Sur quoi il le tendit à Esaü qui ne bougea pas d'un cil, se contentant de garder les yeux clos jusqu'au moment où la porte se refermait.

Un autre jour, le même maton lui offrit de l'aider à s'échapper de la prison. « L'évasion est un impératif absolu pour les esprits libres », lui dit-il. Esaü voulut connaître les raisons qui le poussaient à lui apporter son concours. Le maton lui répondit qu'il avait agi par simple humanité. Et puis, dehors, ses acolytes l'attendaient. Esaü lui demanda alors s'il avait adopté de nouvelles idées, ce à quoi le maton ne sut répondre : il n'était qu'un simple garde-chiourme, et n'entendait goutte à la politique.

Ils s'échangèrent leurs vêtements. Esaü arpenta les couloirs pendant un long moment. D'un point de vue architectural, la prison n'était pas tarabiscotée ; elle était loin de réaliser les lourds idéaux allégoriques de l'oppression et de la rédemption. Il monta et descendit des escaliers sans bien savoir où ils le menaient. Après tant de temps passé en réclusion, il cherchait les recoins sombres et les espaces fermés. Tout ce qui était ouvert le rebutait. Sans s'en rendre compte, il avait parcouru la prison dans la direction opposée à la sortie, et soudain, après avoir gravi un escalier particulièrement raide, il se retrouva devant la dernière porte. Il l'ouvrit, convaincu que de l'autre côté l'attendaient de nouveaux gardes-chiourme. L'intérieur portait les traces d'un lugubre sanctuaire, respirant la tristesse propre à toute manifestation d'autorité. C'était le bureau du directeur de l'établissement. Sur la table, il y avait une lettre inachevée. Ou peut-être le feuillet précédent ou le suivant s'étaient-ils envolés par la fenêtre entrouverte. Mon grand-père lut :

... la vie moderne a cela d'étrange, monsieur le juge, qu'aujourd'hui toute biographie peut aisément se réduire à un simple schéma. Quant à l'objet de votre question, je suis en mesure de vous annoncer que toutes les étapes se réalisent conformément à votre heureuse prédiction, autrement dit, je deviens peu à peu le maître à penser de notre détenu. L'incontestable bénéfice d'un tel...

Esaü déchira le feuillet et le fit voler. Puis il revint sur ses pas. Personne ne l'arrêta. Bientôt il arriva devant le portail principal. Il franchit les contrôles et se retrouva dans la rue. Il marcha quelques mètres, guettant les cris et l'injonction de s'arrêter, l'ordre de tirer. Le mur extérieur de la prison projetait son ombre sur une place. Il se fondit dans la foule. Son aspect n'attirait pas l'attention. Dans des bains publics, il se rasa, se lava et échangea ses vêtements contre ceux d'un autre. Dans une poche de son nouveau pantalon, il trouva un peu d'argent. Il s'assit dans un café et regarda les passants. L'alcool lui monta à la tête ; il marcha sans but. Remparts, terrasses, visages, odeurs, animaux. L'enfermement l'avait habitué à magnifier les vertus de la rareté ; à présent la prolifération d'impressions lui faisait éprouver la perte du sens. Le monde était devenu un marché. Et où étaient ces camarades, ces compagnons de lutte dont le geôlier avait parlé ? Il entra dans une taverne. Il goûta une nourriture faite d'ingrédients inconnus, âpres. La barbarie commençait par les saveurs du palais. Où était-il ? L'espace d'un instant, il crut qu'il s'était égaré dans le temps, qu'il habitait une version de l'Égypte dans laquelle les mamelouks avaient mis en déroute l'armée de Napoléon, qu'il était son propre père et qu'il avait été fait prisonnier. Il s'endormit le nez dans son assiette. Il se réveilla à la tombée du jour. Un soleil rouge et mourant enflammait les murs blanchis à la chaux. Esaü gravit des raidillons. Ne sachant où aller, il regretta les certitudes immédiates qu'apportait la prison. Il était évident qu'on l'avait laissé s'échapper pour qu'il se convainque du confort de la réclusion. Au bout d'une rue escarpée (herbes folles poussant entre les briques des murs, un chien noir qui urine sans lever la patte, comme une dame), il entendit un chuchotis. Accoudée à une fenêtre ovale, une femme voilée lui faisait signe. « Ce n'est donc pas l'Orient », regretta-t-il. Quels changements pourraient bien survenir dans le coin le plus reculé de la planète ? La femme l'appela à nouveau. « Ara, ara. Mit, mit. » Ou quelque chose dans ce genre. Esaü franchit la porte d'entrée, qui s'ouvrait sur un jardin intérieur, une méticuleuse reproduction en miniature des jardins de conte de fées, avec leurs ridicules disques métalliques et leurs tiges évidées : la musique du vent. « Pst, pst. » Une main douce le conduisit dans les chambres de la maison, d'autres mains le déshabillèrent et une femme lui donna un baiser ; elle était nue et son corps était brûlant. Esaü n'avait aucun souvenir d'une expérience similaire. Enveloppé dans les mots d'une langue inconnue, il se sentit envahi de tendresse. Avant de s'endormir, bercé par cette voix, il s'entendit lui dire qu'il l'aimait.

À son réveil, il se retrouva à nouveau en prison. Il n'en fut pas surpris. À chaque instant de sa journée d'apparente liberté il avait remarqué qu'autour de lui s'opérait une série de déplacements, une chorégraphie de surveillants furtifs qui se relayaient pour contrôler ses pas. Sa fuite avait donc été préméditée par l'ennemi. Il pouvait s'agir d'une farce cruelle destinée à casser son moral ou d'une expérience destinée à tester les conditions de sécurité de la prison ou peut-être avait-on essayé de l'utiliser comme appât au cas où il entrerait en contact avec un réseau de son organisation politique. Quoi qu'il en fût, ce qui attirait son attention, c'était l'attirail de ressources que le pouvoir déployait pour anticiper ses propres actions, comme si dans la situation actuelle elles n'étaient pas terriblement limitées. Cette disproportion était une preuve qu'ils avaient surestimé ses potentialités révolutionnaires... Et qu'il devait se montrer à la hauteur de l'affrontement. Il ne pouvait pas être moins intelligent que l'ennemi ! En ce sens, si – comme il en était convaincu – les autorités carcérales avaient facilité sa sortie afin de l'utiliser pour détecter et capturer d'autres militants politiques, sa tâche consistait non pas à « démontrer son innocence » et à offrir une « vérité » liée au présent, mais à produire un mirage de cette existence – qui dans l'avenir pourrait devenir réelle –, de sorte qu'une bonne partie de l'énergie de ses oppresseurs soit employée à le combattre au mauvais moment et au mauvais endroit. Le problème était le suivant : comment créer une illusion crédible de parti, une organisation politique fantôme ? Comment produire un simulacre ? Était-il possible de construire une réalité qui, quoique dépourvue de matière, possède néanmoins la corporéité suffisante pour que ses geôliers se jettent sur elle afin de la soumettre et que, suivant la dynamique de l'infiltration politique, qui agit par duplicité et par ruse, ses geôliers finissent par la doter d'une existence propre ? Telle était la question, au fond[1] ! S'appliquer à la résoudre était le

1. « La dynamique de la transformation politique n'obéit pas aux lois de la dialectique mais à l'impulsion (spiralée mais atavique, et de nature suicidaire) du scorpion. Un espion ou un agent de l'État qui s'infiltre dans les rangs d'un parti révolutionnaire doit s'efforcer d'afficher – de rendre visibles – ses "références révolutionnaires" pour dissiper le moindre doute sur sa véritable condition. C'est pour cela que, dans l'activité révolutionnaire, ces agents infiltrés et provocateurs sont en général ceux qui accomplissent les tâches nécessaires au changement, allant jusqu'à s'immoler pour elles. Un agent provocateur devra nécessairement se faire valoir aux yeux des "membres légitimes du parti" en

défi qui s'imposait à lui. Il se trouvait dans des conditions idéales. Il n'avait plus rien à perdre et il n'était pas envahi par la terreur, qu'il avait ressentie lorsqu'il était libre, d'être pourchassé, capturé et jeté en prison.

---

allant plus loin que les autres. Par exemple en assassinant un ministre dans des circonstances exceptionnelles, démontrant une audace extrême et une foi inébranlable dans la cause. Il est alors possible que, selon les conditions, la révolution sociale finisse par être l'œuvre d'un organisme d'espionnage qui mène le plus scrupuleusement possible sa mission d'infiltration du groupe révolutionnaire » (*Anatomie instrumentale de la praxis politique*).

4

À peine avait-il commencé à réfléchir à ces questions qu'Esaü reçut la visite du directeur de l'établissement carcéral. Il avait revêtu une blouse de médecin et portait un panama. D'un mouvement de tête, il lui fit signe de se lever :

« J'étais plongé dans la rédaction de demandes de rapports, de réponses à des requêtes, de sollicitations de transfert, de sentences d'exécution lorsqu'une question m'a traversé l'esprit, que je juge opportune, et j'ai pensé que vous étiez la personne la plus indiquée pour me donner une réponse. Naturellement, ce ne sont pas les conditions appropriées pour discuter : les murs ont des oreilles. »

Une fois Esaü debout, le directeur de l'établissement carcéral se pencha et lui enserra la cheville gauche dans une sorte d'anneau métallique terminé par une chaîne dont il enroula l'extrémité autour de son propre poignet.

« N'ayez pas l'impression d'être un chien, allons, dans la promenade on ne sait jamais qui mène qui. »

Ils sortirent de la cellule sans dire un mot. Une heure plus tard, ils marchaient dans le désert. Mon grand-père avait perdu l'habitude de l'effort et il essayait constamment de s'arrêter pour reprendre son souffle, mais le directeur tirait sur la chaîne, l'obligeant à le suivre, et lorsque Esaü tomba de tout son long, il le traîna sur quelques mètres. Tout en raillant sa faiblesse physique, il l'encourageait de mots tendres, le mettait en garde contre les risques de s'assoupir au soleil. Il se permettait même de faire des plaisanteries obscènes :

« Voilà des millions d'années il y avait là une mer, aussi chaque grain de sable contient-il de la poudre de moule. Mais pourquoi y enfoncer votre nez maintenant ? Le parfum d'une femme vous manque-t-il à ce point ? »

Puis il ajoutait :

« Où est passé votre prétendu esprit de révolte ? Nous sommes complètement seuls. Je ne comprends pas pourquoi vous n'essayez pas de m'attaquer par surprise. Avec un peu de chance, vous pourriez me pendre. Il ne serait pas inutile non plus d'essayer de me flanquer des coups de pied dans les couilles. Qu'en dites-vous ? Si vous visez juste, vous voilà libre. Vous rendez-vous compte ? Libre, libre comme l'air, comme le vautour qui s'échappe de prison. Et pourquoi ne pas vous battre à mains nues avec moi ? »

Envahi par une étrange sensation de détachement, Esaü comprit que toutes ces rodomontades dissimulaient l'intention d'en finir avec lui à ciel ouvert.

« Moi, je ne bouge pas d'ici, dit-il.

— En voilà une vision d'avenir, ironisa le directeur. Se transformer en arbre au beau milieu du désert ! Allons, voyons. Nous ferons notre arrêt rafraîchissement après ce banc de sable », et il secoua la chaîne.

Une tente de soie blanche. Une table, des chaises, des fauteuils, des coussins. Et de la nourriture et des boissons à profusion.

« De l'eau, du vin, de la bière, un kirsch royal ? demanda le directeur. Non ? Préférez-vous quelque chose de solide ? De fines rondelles de saucisson ? Une tranche de boudin froid ? Je vous prépare un petit sandwich au jambon cru et au fromage ? Non plus ? Un petit-four ? Pourquoi remuez-vous la tête ? Des poux ? Bien. Je voulais vous poser cette question : à quel moment un idéaliste devient-il un homme d'idées, autrement dit un homme d'affaires ? En d'autres termes, combien vaut ce que vous savez et que vous refusez d'avouer ? Savoir et organisation : ce sont les piliers sur lesquels repose mon entreprise d'administration de prisonniers. Entreprise en tout point semblable à celle que vous gérez, fournisseuse de sens idéologiques et productrice d'actions révolutionnaires. On pourrait dire que nous faisons la paire, à ceci près que mon affaire est prospère et la vôtre en faillite. Vous rendez-vous compte ? Vous devriez transiger avec la possibilité d'être *véritablement* utile à quelqu'un. Je vous le dis la main sur le cœur, d'entrepreneur à entrepreneur : vous n'avez plus rien à perdre, rien à donner en échange de ce que je vous demande. Le moment est venu de négocier.

Esaü ne répondit pas. Le directeur soupira :

« Vous pensez posséder quelque chose de valeur, quelque chose que vous pouvez soustraire à ma connaissance, seulement parce que vous le gardez sous clef. C'est l'une des meilleures stratégies que je connaisse, outre celle de jouer les mystiques ou les idiots. Naturellement, vous aurez remarqué que grâce à ma maîtrise de l'univers concentrationnaire, je suis à même de réaliser de grandes choses. Imaginez-vous, un instant, libre et associé à moi. Ce que nous pourrions faire ! Mon cher ami : je vous propose d'utiliser pour notre propre bénéfice votre capacité à capter l'attention des masses… et d'en tirer profit. Vous avez des croyances, j'ai des connivences : l'équipe de rêve. Vous rendez-vous compte ? *Vous rendez-vous compte ou non ?*

— Que voulez-vous ? Vous êtes mon geôlier !…, protesta Esaü.

— Ah, mais je ne suis pas du tout matérialiste. Posséder

votre intelligence me suffit amplement. Je vous propose que nous entrions ensemble, main dans la main, dans le monde du spectacle. Je pourrais faire jouer mes relations dans l'administration centrale et obtenir que votre dossier s'égare. J'ai remporté des victoires plus ardues. Après quoi, les désignations dans les organismes de l'État étant en général le fruit de manœuvres douteuses, je serais tout à fait à même de vous faire nommer, disons, directeur de l'Opéra national. Pas mal, non ? Je ne vous parlerai même pas des bénéfices que rapporterait un poste d'une telle responsabilité à un psychisme comme le vôtre, modelé par les élucubrations de l'esthétique de la violence ! Ce travail ferait de vous un homme pratique. Du jour au lendemain. C'est mon intention. Pensez-y. Le poste vous tend les bras.

— Où dois-je signer ? » dit Esaü, soulevant son bras enchaîné.

Le directeur sourit comme s'il n'avait pas saisi l'ironie :

« Je savais que vous ne seriez pas si sot… Imaginez-vous dans l'exercice de vos fonctions. Je ne vous décris pas votre bureau, la cour de flatteurs, les femmes tombant à vos pieds, les costumes taillés sur mesure, parce que je sais que vous êtes une personne aux vues élevées. Allons directement aux responsabilités. En tant que directeur de l'Opéra national, il y a trois domaines qui vous incombent : la programmation artistique, le financement de l'institution et les gains personnels. Le premier domaine dépend entièrement du critère qu'on applique au deuxième. Qu'est-ce que cela signifie ? L'Opéra national vit grâce aux subventions, aux galas de bienfaisance, aux versements de l'administration centrale et aux revenus de la billetterie. Pour garantir un flux abondant de capital en provenance de ces sources, il faut penser à grande échelle et présenter des budgets totalement surdimensionnés. Je veux les témoignages de la débauche d'argent : des œuvres fastueuses, des acteurs étrangers, des orchestres de premier rang, des mises en scène éblouissantes, des *régisseurs* de renommée internationale, des putes de luxe, des danseurs, des chanteurs, *et al.* Alors. Ne perdons pas de temps : pensez à une programmation de haut vol. Vous avez l'entière liberté de choisir les œuvres à monter. Vous pouvez les écrire vous-même ou y dire ce qu'il vous plaira : être explicite, capricieux, vulgaire. Même révolutionnaire. Sans aucun problème. L'œuvre d'art sublime ou le navet que vous produirez broiera l'effet du message dans la forme. Dans les salles, les gens vont "voir" et non "comprendre" quelque chose. Dans le fond, le contenu importe peu, car la seule chose que met en scène un message, c'est le fait qu'il y a une personne qui agit et une autre qui regarde, une qui parle et une autre qui écoute, une qui explique et une autre qui acquiesce ; et chacune des parties, depuis la position qu'elle occupe, pense mener la danse.

» Qu'est-ce que cela démontre ? Qu'avec ou sans représentation, le pouvoir est toujours une structure binaire inaltérable *à jamais*. Il n'est ni d'un côté ni de l'autre, mais bien le résultat d'une relation entre les deux parties. Naturellement, vous êtes de l'avis contraire. Mais, quoi qu'il en soit, c'est là votre défi, non ? Démontrer que c'est nous qui faisons erreur.

— Ma démonstration, si elle était couronnée de succès, entraînerait la conséquence paradoxale de vous rendre riche..., dit Esaü.

— Enfin nous nous comprenons ! s'enthousiasma le directeur.

— Je suppose que vous avez soupesé le risque que cette même richesse finisse par vous conduire devant un peloton d'exécution...

— Mené par vous-même ? Quelle tentation !

— Cela ne vous effraie pas ?

— Au contraire, cela m'excite ! J'adore vivre dangereusement...

— La proposition que vous me faites n'est pas dépourvue d'attrait. Mais la question n'est pas tant de savoir qui viendrait voir les œuvres mais qui les jouerait.

— Vous ne pensez quand même pas que je vais prendre la peine de rentrer dans le détail du choix des acteurs…, dit le directeur.

— Il ne s'agit pas de cela. Je réfléchis à votre offre. Je pense à des spectacles à grande échelle. Et montés non pas dans des théâtres mais sur les places des grandes villes.

— Ai-je bien entendu ? applaudit le directeur. Je n'avais pas pensé à cette possibilité, mais elle me semble tout simplement… extraordinaire. Une véritable révolution ! Un véritable théâtre populaire ! Au lieu d'engager quelques spécialistes hors de prix, nous multiplierons les frais, non par goût aristocratique mais par quantité démocratique, transformant en acteurs des centaines, des milliers… toute la populace ! Nous pouvons commencer à nous entraîner ici, dans la prison, en faisant des essais dans notre microcosme pour évaluer la mécanique du fonctionnement. Les prisonniers sont gratuits, pour commencer, et ils s'ennuient dans leur cellule, aussi nous sera-t-il très simple de les utiliser. Nous pourrons ensuite transposer les résultats à taille réelle. Il faut être rigoureux. Chacun des acteurs choisis, même s'il s'agit de tous les habitants d'une ville, touchera un salaire, celui que nous déciderons de lui verser, et qui du reste sera inférieur à celui que nous déclarerons dans le rapport des dépenses envoyé au ministère compétent. Merveilleux, vraiment merveilleux ! Vous n'avez pas idée des marges que nous allons faire… »

5

De retour en prison, Esaü dormit comme il ne l'avait pas fait depuis longtemps. Au réveil, il se sentit frais, revigoré. La nuit avait clarifié ses idées. La révolution et sa propre libération étaient inévitables. C'était une question mathématique. Si le directeur de l'établissement tenait parole et engageait un nombre x (presque illimité) de personnes du peuple comme acteurs, la valeur de chaque salaire, multiplié par des milliers ou des millions, aboutirait à un total qui excéderait le contenu des coffres du ministère de l'Économie, entraînant immédiatement un manque de liquidités, des dettes, du chômage, de l'inflation, la dévaluation de la monnaie, des faillites en cascade, le chaos politique et finalement la révolution espérée. Mais même si cela n'arrivait pas, si la quantité d'acteurs finissait par être réduite et que le ministère tolérait son coût, l'effet final resterait favorable, dans la mesure où, à chaque répétition, il entraînerait les militants – des acteurs – d'un parti d'avant-garde *financé par l'État.* Et l'œuvre serait, bien entendu, la représentation de l'acte révolutionnaire qui aurait ensuite lieu dans la réalité, le jour de la première, une mise en scène d'un grand didactisme définissant très clairement les mouvements destinés à la prise du pouvoir ; au sens strict, il s'agirait de l'application de l'*Anatomie instrumentale de la praxis politique*, le legs de son père.

« Penser l'acte révolutionnaire comme s'il s'agissait d'une représentation théâtrale, se disait-il, représenter des faits comme s'ils étaient vrais, revient, en définitive, à les construire comme tels. Du moins pendant le temps que dure la représentation. Bien sûr, si nous comprenons l'acte révolutionnaire comme le fait théâtral en lui-même, ce qui se monte sur scène ; théâtre et révolution deviennent deux choses identiques. Mais comment représenter cet acte ? En tant qu'acte, on ne peut penser qu'il ait une conclusion, car il deviendrait un anti-acte, autrement dit le néant. Aussi, logiquement, la révolution représentée devrait-elle être permanente, une action non pas définitive mais interminable, inachevable, une suite d'actions qui finiraient fatalement par se répandre sur le monde, de telle sorte qu'un seul de ses moments, par sa luminosité et sa simplicité, par son infini pouvoir d'illustration, assumerait la représentation de l'ensemble et deviendrait l'acte emblématique, l'acte définitif qui à son tour, et en son temps, deviendrait l'objet d'une œuvre théâtrale, une œuvre seconde ou un acte second, rappelant la première… Ce qui arrive toujours lorsqu'une révolution triomphe, et que le moment d'apothéose de la prise révolutionnaire du pouvoir devient le sujet de prédilection de l'art officiel. »

Esaü arriva rapidement à ces conclusions et l'instant d'après il était déjà disposé à recevoir une nouvelle visite du directeur, au cours de laquelle ils commenceraient à discuter des détails de la réalisation. Mais le directeur ne se montra pas, en dépit des heures qu'il passa à réclamer à cor et à cri sa présence… Il était étrange qu'il ne donne pas le moindre signe de vie. Il avait applaudi avec tant d'enthousiasme son projet ! L'avidité avait alors troublé l'éclat de ses yeux, la perspective d'une croissance exponentielle de ses affaires avait apporté une touche de démence à son regard…

Au bout de quelques jours, Esaü fut obligé d'admettre que

le directeur de l'établissement carcéral n'était pas aussi bête qu'il l'avait cru. De fait, avec cette soudaine disparition, il se révélait même être plus malin qu'il ne l'avait imaginé. Ainsi, tous les trésors de gastronomie et de persuasion déployés dans le désert n'avaient-ils pas relevé de la simple maladresse d'un imprudent qui, aveuglé par l'appât du gain, méconnaît les conséquences implicitement contenues dans sa proposition, mais d'un exercice de froide manipulation de l'enthousiasme d'un autre – le sien. Tel un magicien qui fait alterner les ombres et les lumières d'une lanterne magique, le directeur avait administré ses illusions en lui faisant croire qu'il lui offrait la possibilité de faire la révolution, qu'il avait en réalité évoquée pour en empêcher la réalisation. Comment avait-il pu se laisser berner à ce point ? Le directeur était le geôlier en chef, son *ennemi politique*, et non un agent de sa libération ! Et en tant qu'ennemi, il l'avait placé sur le champ de bataille qui lui convenait. Mais… – et pour la première fois Esaü échafaudait une stratégie – et si, à son tour, il faisait croire à l'autre qu'il était encore victime de sa duperie ? Et s'il faisait croire au directeur que celui-ci avait encore la main ? Alors, s'appuyant sur cet avantage, il pourrait commencer à explorer l'unique possibilité qui s'offrait à lui : la fuite.

Dans sa cellule il avait amassé des cuillères en métal, des couteaux à la pointe arrondie, des assiettes en céramique, des manches à balai, des ressorts de matelas et toutes sortes d'objets qui pouvaient servir aussi bien dans un combat que pour une excavation. Soudain, et avec une férocité qui tranchait avec toute tentative de dissimulation, mon grand-père utilisa certains de ces ustensiles pour gratter le mortier qui soudait entre elles les pierres du mur. Il ne tarda pas à en retirer la première. Il se retrouva face à un fond noir, fait de terre, de sable et de gravier ; un mélange assez tendre. Il se sentit pousser des ailes. À l'heure du crépuscule, il se souvint que sa cellule était située sur les hauteurs, dans un avant-corps du bâtiment principal qui imitait maladroitement un rocher détaché de la montagne, en équilibre au-dessus d'un précipice. En passant la main à travers les barreaux de sa fenêtre, il pouvait donner à manger aux oiseaux. Mais, après avoir creusé, au lieu de sortir la tête à l'extérieur, il se trouvait maintenant à l'entrée d'une sorte de caverne. Quel était ce mystère ? Il écartait la possibilité qu'il s'agisse d'un système de prolongement autogénéré, d'un mécanisme qui, à chaque blessure de sa matrice (à chaque tentative de fuite), répondait comme le font les organismes microcellulaires, en élargissant sa forme et en étendant ses pseudopodes. En réalité, ce qui devait se passer était que la nuit, pendant son sommeil, un bataillon de maçons et d'ouvriers œuvrait dans le silence le plus complet pour augmenter l'épaisseur des murs de sa cellule…

Quoi qu'il en fût, ce travail devait cesser à un moment ou à un autre, ou bien les renforcements s'effondreraient sous leur propre poids. Et il gagnerait ainsi sa liberté, grâce aux efforts que déployaient ses geôliers pour le garder en prison. Et si cela ne se passait pas de cette manière, si la construction s'étendait à toutes les régions, au monde entier… alors le combat changeait de sens, chaque acteur de la lutte était pris dans un cycle de transsubstantiation et son destin ultime s'inscrivait dans la figure de l'allégorie.

Mais en attendant, il fallait encore creuser.

La sensation d'accomplir une tâche désagréable disparut bientôt. Un rythme s'installa. Les ustensiles employés à ce travail se cassèrent un à un. Esaü poursuivit à mains nues. Certes, les ongles continuent à pousser alors que le corps se décompose, mais tant que celui-ci est vivant et gratte les pierres, ils sont les premiers à s'user. Esaü tenta de les endurcir, de leur constituer une sorte de couche protectrice, un tissu, à l'aide d'un composé d'argile et de rognures qu'il essayait de coller avec de la salive sur chacun de ses doigts ; bientôt le mélange s'imbiba de sang. La mixture servait au moins d'emplâtre cicatrisant. Sur son chemin, il croisa des vers, des larves. Parfois, sous l'effet de la fatigue et du manque d'air, il s'endormait en plein travail. Sa barbe poussa, se collant aux parois en croûtes de crasse, au point qu'il devait se l'arracher pour continuer d'avancer. À cause des différences entre les matériaux utilisés dans la construction de l'établissement carcéral, le tunnel avançait tantôt en zigzag, tantôt en ligne droite ; parfois, c'était une énorme trouée de plus de cinquante centimètres de hauteur, parfois un cylindre le long duquel on ne pouvait se déplacer qu'en serrant les coudes contre sa poitrine. Pour accorder un répit à ses mains, Esaü utilisa ses dents. L'exercice renforça ses mâchoires. À un moment donné, il tomba sur une canalisation en plomb qui conduisait les eaux usées vers la fosse inférieure ; il l'arracha d'un simple coup de dents. La faiblesse et le doute étaient pour lui des passions révolues. Il but l'humidité de la terre et s'alimenta des bestioles qui surgissaient des murs. La privation extrême aiguisa ses sens. Ses yeux émettaient de la lumière… Esaü commença à s'imaginer telle une boule de feu transhumaine, l'arme spirituelle d'une hécatombe. Un jour, au loin, il vit une tache de poussière blanche, un morceau de papier qui brillait, comme si une lumière venue de l'extérieur l'éclairait. Était-ce la fin de ses efforts, le trou de la sortie ? Il s'approcha, prit cette feuille dans ses doigts sales, la déplia.

Des griffonnages ?

Écrit d'une main qu'il reconnut aussitôt, il lut :

Idiot, imbécile, raclure, étron, incapable. Tu n'arriveras jamais à rien. Infect morpion, scorie de puits stérile, merde en conserve. La mort est la seule issue possible pour un crétin de ton engeance…

6

Esaü retourna dans sa cellule. Réfléchissant à ce qui venait de se produire, il lui parut évident que ce papier avait été placé là *pour qu'il le trouve.* Dans ce qui constituait une claire démonstration de force, on l'avertissait que ses stratégies de fuite avaient été anticipées et tuées dans l'œuf. La situation aurait été désespérée si ces imprécations qui l'invitaient au suicide n'avaient également contenu un message de salut. Car, lues correctement, une fois leurs propositions inversées, elles transmettaient une information certaine, la seule qu'un rédacteur plus prudent aurait dû se réserver, car elle décelait son propre raisonnement. En utilisant le mot « issue », en l'associant à la seule possibilité de la mort, on lui communiquait que, de sa part, on ne concevait et n'attendait qu'une seule modalité d'action : l'évasion *physique.* Aussi, pensait Esaü, la chance pouvait-elle commencer à tourner en sa faveur, car, tandis que ses geôliers pensaient avoir tout réglé à la perfection, et qu'en l'invitant à s'éliminer, ils lui faisaient savoir qu'ils le considéraient désormais comme superflu, lui, de son côté, connaissant l'idée qu'ils s'étaient faite de lui, pouvait *la jouer fine* et leur faire croire qu'à l'avenir il continuerait à agir comme il l'avait fait jusqu'alors. Son avantage consistait en ceci : s'il changeait de procédé, le pouvoir, qui était une machine subtile appliquée à enregistrer son ancien modus operandi, ne pourrait détecter la variation. Là, dans cette différence insensible, résidait la clef de sa réussite.

Et que cela signifiait-il, dans la pratique ?

En principe, qu'il fallait continuer à penser ; c'était une partie de la lutte à mener. Penser, penser : passer au tamis de son esprit tous les grains du message jusqu'à en extraire la pépite d'or de ses multiples sens. Exemple : pourquoi l'incitait-on à se tuer ? Très simple : parce que, après une longue période de flatterie éhontée et d'obscènes tentatives pour se concilier sa sympathie et gagner sa confiance afin de recueillir des informations, le directeur de l'établissement en était arrivé à la conclusion qu'il ne pouvait s'appuyer sur aucun successeur, disciple, continuateur, ni groupe de soutien… qu'il était donc *inoffensif*. Inemployable. Inutile. Etc. Que faire, alors ? Avant toute chose : se protéger. *Semer le doute dans l'esprit de l'ennemi*. À cette fin, il fallait s'employer de toute urgence à envoyer des signaux de fumée, de fantastiques signes, mais qui ne serviraient qu'à rallumer la croyance sur ses capacités à soulever des masses, à perpétrer des attentats, à fabriquer des martyrs et des meneurs.

Esaü œuvra avant tout à son propre salut. Digne fils de son père, le talent que celui-ci avait déployé pour lire les lignes secrètes de certaines écritures (jetant les filets du réel pour attraper l'existant et anticiper dans le même mouvement les trames de l'avenir), il l'employa quant à lui à tracer des apparences de réalité adressées à sa cour de fantômes révolutionnaires, surgis du néant pour inquiéter le pouvoir. Parfois, il prenait même plaisir à ordonner les lettres de l'alphabet hiéroglyphique qu'il avait inventé pour déconcerter ses geôliers (vingt-six lettres d'apparence oblongue, certaines d'entre elles étaient un mélange de cyrillique et d'écriture cunéiforme, d'autres étaient inspirées des formes des animaux qui devaient habiter le désert). Convaincu qu'il jouait là son sort, il prenait soin que la répétition et la permutation de ces signes aient un air de régularité, propre à tout message idéologique. Le fait que le résultat présente une certaine ressemblance avec les graphies du syrien et du démotique qu'Andreï Deliuskine avait su en son temps déchiffrer est tout au plus un détail sympathique. Il dessinait ces choses en lettres minuscules, sur des feuilles de papier qu'il pliait à l'infini et cachait dans de la mie de pain qu'il modelait ensuite en petites sculptures : une maison, un fusil, une faucille, un homme, une paire de fesses, un marteau. Il déposait ces pièces le long de la fenêtre de sa cellule, les unes à côté des autres, attendant que les pigeons viennent les picorer. Sa stratégie était simple et efficace : comme le directeur de l'établissement s'occupait personnellement de ces infectes bestioles, il ne tarderait pas à remarquer qu'elles avaient pris une nouvelle habitude. Le circuit serait alors activé : à peine le directeur aurait-il éviscéré la première qu'il trouverait ces boulettes de mie de pain, et à l'intérieur, ces figures, dont on déduirait que – contre toute attente – son prisonnier essayait de rester en contact avec des forces qui lui répondaient.

Mais ce n'était que le début du travail qui attendait mon grand-père, et il ne consistait qu'à concentrer les forces de surveillance de l'ennemi au mauvais endroit. Il était plus important, naturellement, de continuer à réfléchir à la manière de s'échapper de sa prison ; mais, surtout, et c'était la principale de ses tâches, il s'agissait de mettre en pratique le moyen idoine de diffuser un message aussi simple qu'efficace, qui puisse ouvrir la voie à la révolution mondiale. Certes, mais comment y parvenir ? Dans son présent état de réclusion et d'anonymat forcé, quel moyen pouvait-il employer pour diffuser ses idées ? Bien sûr, il ne pouvait tomber dans son propre piège en utilisant les pigeons. Et donc ? Dans la mesure où il n'existe pas de message dans le vide, il était aussi riche de messages à diffuser que pauvre de moyens pour les transmettre et les représenter ; il était comme un jet d'eau sans carafe pour le recevoir. Ce fut d'ailleurs ce qu'il dit au directeur, le jour où ce dernier entra à l'improviste dans sa cellule :

« Je dois admettre que vous êtes une personne d'une résistance surhumaine et une grande arnaque. Vous m'étonnez et vous me décevez à la fois. Tout ce temps passé ici et vous n'avez *rien* inventé ! Dans des prisons comme celle-ci, j'ai eu d'autres prisonniers de votre rang. Mais étaient-ils vraiment de la même trempe que vous ? Ils écrivaient, eux. Ils notaient leurs pensées. Ils léguaient leurs idées à l'humanité. Vous, non. Pourquoi ? Vous croyez-vous au-dessus de la mêlée ? Êtes-vous doté d'un cerveau prodigieux, capable de stocker des chapitres et des chapitres, des livres et des livres, entièrement rédigés ? N'avez-vous pas peur que vos idées se mélangent pendant votre sommeil ? Songez que le progrès de la science est infini : un jour on inventera un mécanisme pour absorber la pensée d'autrui. Ce jour-là, toute votre réserve sera devenue inutile. Nous découvrirons tout. Ou peut-être n'êtes-vous pas aussi intelligent que nous l'imaginions, auquel cas nous passerons notre temps à évaluer des phrases tronquées, des balbutiements, des borborygmes cérébraux !... Et le pire est qu'il en va vraiment ainsi, qui sait ?... Vous : un idiot qui du jour au lendemain, sur un coup de tête, décida de tuer un archiduc au prétexte que l'éclat de ses médailles l'agaçait... Et nous qui pensions que vous aviez conçu un plan qui bouleverserait la civilisation contemporaine ! Peut-être, n'est-ce pas ? C'est de l'ordre du possible. Enfin. Bien entendu, si vous êtes un idiot, vous ne nous servez à rien. Je vais être franc avec vous : nous avons besoin de l'intelligence de l'opposition pour construire un champ d'expérimentation où le réel se voie affecté par les tensions du possible. Ainsi seulement serons-nous capables d'évaluer toutes les solutions, tous les risques. Songez-y et dites-moi ce que vous en pensez ! Mais vous ne répondez pas. Jusqu'à présent, vous n'avez pas gagné le pain que nous vous donnons. »

Pour une fois, Esaü décida de lui répondre :

« J'ai réfléchi. Vos paroles confirment certains des soupçons que j'ai nourris. Cette prison est identique à beaucoup d'autres, disséminées sur toute la surface du globe, et nous pourrions bien imaginer que, si l'univers souffre d'une certaine limitation dans la variété de son canevas, le schéma geôlier-prison-prisonnier pourrait lui aussi se répéter à travers les innombrables mondes existants. Un univers de bulles de savon qui flottent dans le vide des galaxies en reproduisant la figure que nous composons dans le nôtre. Lorsque j'applique à mon cas votre dialectique du pouvoir et de l'opposition, où le premier remplit la fonction d'existant unique et la seconde représente l'aspiration de la nouveauté à exister, la conclusion s'impose à moi qu'une double tâche m'attend : sur le plan cosmique, je dois lutter pour étouffer cette prolifération incessante et appauvrissante de nos possibilités, en faisant le pari de la diversité et de la richesse naturelles de l'espèce humaine, cet animal baroque, tout en continuant, sur le plan terrestre, à œuvrer à la construction d'un monde qui réponde aux idéaux politiques les plus élevés.

— Ah, je vois maintenant où vous voulez en venir. Vous observez le schéma geôlier-prison-prisonnier et vous vous interrogez sur le sens de son expansion tumorale. Eh bien, naturellement ma réponse est déjà prête, dit le directeur, même si je suis prêt à parier que vous ne partagerez pas mon point de vue... »

Esaü inclina la tête poliment.

« ... Le schéma dans lequel nous sommes inclus, poursuivit le directeur, est une représentation simplifiée et aboutie du modèle de production qui s'impose aujourd'hui sur toute la planète et qui porte le nom de "capitalisme". Ce modèle postule la multiplication de l'identique qui fut découvert – vous apprécierez le paradoxe ! – avec l'invention de l'imprimerie. J'ai décidé de faire ce pari. Vous, en revanche... vous appartenez à la réaction lyrique qui aspire à la survie de l'unique à une époque où celui-ci n'a plus sa place. La Révolution est le rêve réactionnaire des artisans, remplacés par la logique manufacturière dominante. Remarquez ce détail : dans ce système de reproduction à l'échelle mondiale (et peut-être galactique), nous sommes tous devenus égaux, car dans la situation hypothétique où nous possédons les mêmes valeurs en billets ou en pièces de monnaie, nous sommes en condition d'acquérir la même quantité de produits et de valeurs. Si on laisse de côté la quantité de liquidités que possède effectivement chaque individu, et qui le rend riche ou pauvre, le capitalisme ne serait-il pas le mode de relation qui renvoie au communisme primitif et le perfectionne ? Songez-y, dit le directeur en s'apprêtant à sortir, mais la réponse d'Esaü le retint quelques secondes de plus :

— Certes, mais il est aussi possible que, dans la totalité du monde comme du cosmos, il existe une infinité d'individus identiques à vous et moi, mais dont les systèmes de relation sont différents de ceux qui nous unissent. Dans ce cas, il se peut que vous, ici, me teniez sous votre joug, tandis que dans un autre (un autre cas, un autre monde, d'autres systèmes), moi ou quelqu'un comme moi est, en ce moment même, en train de vous éliminer, vous et tous vos alter ego, vous et chacun de vos masques et de vos emblèmes, vous et chacune de vos horribles figures, et qu'il impose la forme de la révolution à l'infini...

— L'univers comme catalogue ? Un musée de salles interminables, d'objets et d'êtres égaux en apparence seulement mais aux fonctions différentes ? Quelle aventure ! » dit le directeur de l'établissement, et il sortit.

À la suite de cette conversation, le directeur décida qu'Esaü devait s'acquitter chaque jour d'une série de corvées liées à l'hygiène et à la conservation de l'établissement carcéral, des tâches dont il l'instruisit personnellement, comme s'il lui incombait de régler la routine de chaque détenu. En outre, il cessa de s'adresser à lui par son nom et son matricule ; avec une satisfaction évidente, il l'appelait « crétin » ou « idiot », cherchant peut-être à provoquer une réaction de son prisonnier, mais Esaü répondait docilement à ces provocations, comme s'il estimait normal que l'on s'adresse à lui de cette façon. Il agissait même de manière à les justifier, feignant d'être déconcerté par la complexité présumée des travaux qui lui étaient assignés, même les plus simples. Alors, dans un raffinement d'ironie, le directeur s'adressait à lui sans écarter l'insulte mais en l'enveloppant dans des formules de courtoisie :

« Pensez-vous par hasard, vermine, qu'il vous serait possible de nettoyer les toilettes ? »

Esaü répondit :

« Je suis convaincu que cette tâche excède mes aptitudes. Je crois que je pourrais, tout au plus, me charger de balayer les sols. »

Au-delà des insultes, pour Esaü le changement de régime était bénéfique ; atteindre un certain degré de visibilité était nécessaire et constituait un signe de sa survie, adressé à un réseau solidaire qui existait peut-être effectivement à l'extérieur. Nul doute, d'ailleurs, qu'en lui faisant visiter tous les recoins de l'établissement, en l'obligeant à lustrer les pierres humides des remparts et à contempler les crépuscules mélancoliques du paysage, le directeur de l'établissement carcéral l'utilisait comme appât, l'exhibant pour voir si quelqu'un s'aventurerait à le libérer. Il s'agissait donc, pour Esaü, de se montrer sans causer la perte de qui que ce soit. Mais comment lancer un signal de détresse et ne pas risquer que ses geôliers l'interceptent ?

Bientôt ce fut le tour des gardes-chiourme de surveiller ses mouvements et de le tourmenter. Dépourvus des ressources de leur supérieur, ils se contentaient de le rouer de coups de pied, de le fouetter, ou de le jeter la tête la première dans la poubelle remplie des détritus liquides et solides qu'il venait de balayer. À l'une de ces occasions, tandis qu'il retirait de ses cheveux ces saletés, mon grand-père tomba sur une feuille de papier froissée :

Je me souviens des moindres détails de cette nuit chaque fois que je sens tes fils remuer dans mon ventre, Esaü…

Il allait être père.

7

La nouvelle changeait tout. Penser à la femme de cette nuit de liberté était comme sortir d'un rêve. Lui revenaient à présent les subterfuges qu'ils avaient trouvés pour rester en contact ; jamais ils n'avaient cessé de communiquer. Que ces voies clandestines, dérobées à sa propre attention, affleurent à présent seulement signifiait que le but de la réclusion était de voiler ou d'abolir sa conscience, et que ses geôliers avaient été efficaces au point de produire de tels résultats. La lettre disait qu'il allait être père de frères jumeaux, peut-être des vrais ; qu'une bande de malfrats avait forcé sa porte et tout détruit, et qu'elle avait dû fuir pour sauver sa vie et celles qui grandissaient en son sein ; qu'il devait, lui, les retrouver.

N'ayant d'autre choix, Esaü s'évada de la prison. Il peut paraître étrange qu'un homme comme lui, qui méditait le moindre de ses pas au point de sembler immobilisé par ses pensées, se soit lancé à la recherche de celle que, dans son for intérieur, il appelait « mon épouse », sans même s'arrêter à vérifier la direction qu'il avait prise dans sa fuite. Soudain mon grand-père ne suivait que son instinct. Il n'en reçut pas moins des avertissements. Une nuit, dans une auberge où il avait élu refuge, un messager vint le trouver et lui dit que le directeur de l'établissement lui avait donné l'ordre de lui transmettre son intime conviction, selon laquelle sa fuite n'était que le début d'une carrière prometteuse.

« Son Excellence, mon supérieur, m'a affirmé avoir toujours eu la plus grande confiance en vous et souhaite vous exprimer par mon intermédiaire l'assurance de son indéfectible sympathie. Bonne chance ! »

Sur quoi le messager se retira.

Esaü redoubla d'efforts dans sa recherche ; il voulait au moins faire la connaissance de ses fils avant qu'on ne le rattrape. À mesure qu'il s'éloignait de la prison, son espoir grandissait. Et puis les paysages changeaient. De la réverbération du désert aux champs arides. Les membres mutilés des soldats morts flottaient dans la brume, pendaient aux arbres. Ce pouvait être aussi bien les vestiges d'un siècle révolu que les témoignages d'une bataille de la veille ; le gel conservait tout. La chair humaine était une nourriture comme une autre ; et c'était tout ce qu'il y avait. Mon grand-père avançait dans le froid, traçant des sillons dans la neige. Souvent, dans l'immensité de la steppe, il rencontrait d'autres hommes songeurs ou concentrés comme lui ; plus rarement, ils bifurquaient de leur propre chemin pour suivre ses pas. Peut-être le prenaient-ils pour un général en déroute.

De la chaleur au froid, du froid à la chaleur. Combien de temps s'écoula-t-il ? Vint le moment où, bien qu'il ne songeât qu'à retrouver sa famille, Esaü comprit qu'il devait assumer la subsistance de cette horde. Ils firent halte sur les berges d'un fleuve ou d'un canal. Ils étaient des dizaines, des milliers. Il renonça à les compter. Il donna l'ordre d'édifier une ville car les nuits étaient douces et qu'il goûtait peu le spectacle des fornications à ciel ouvert. Toutefois il y avait à peine de quoi dresser des tentes. Les habitants des villages voisins leur apportaient de la nourriture, des matériaux, de l'argent, par peur des pillages. Depuis le campement, Esaü envoyait des missionnaires vers tous les confins, afin de diffuser des appels à la révolution et de retrouver la trace de la mère de ses fils. Les missionnaires revenaient bredouilles. Il devait aussi prendre en charge l'organisation. Tant que lui et ses gens avaient été une sorte de tribu nomade, l'illusion de variété créée par les changements de lieu tempérait les conflits mais le modèle sédentaire les aggrava. Et maintenant qu'il était évident que le monde ne se pliait pas à ses volontés, il voyait sa capacité à commander amoindrie. Dans la citadelle il n'y avait ni égouts ni fontaines, on buvait la même eau que celle où l'on déféquait ; les constructions poussaient anarchiquement, sans respect des instructions de la planification urbaine. L'inaction semait les germes de la révolte ; surtout chez ceux qui n'étaient pas encore morts du typhus ou de la malaria. Parfois, on désobéissait à ses ordres, ils étaient même bravés. Un jour il vit un enfant patauger dans la boue et le mit en garde contre les dangers de cette crasse ; d'abord, l'enfant ne parut pas l'entendre, puis il leva un bras, comme pour chasser une mouche, et lui dit : « Lâche-moi la grappe. » Esaü ne comprenait pas ce comportement général. L'avaient-ils suivi uniquement pour le désavouer ?

Des mois passèrent qui lui semblèrent des années. Esaü, qui s'était imaginé dans le rôle – parfaitement décrit et conçu par son père – de leader d'un parti d'avant-garde, se voyait réduit à la pénible représentation d'un dictateur qui doit conduire d'une main ferme des masses agglutinées. Dès qu'il en avait le loisir, il disparaissait quelques jours et s'enfermait dans des grottes situées à une demi-journée de cheval ; là, il méditait sur son expérience. Il rentrait dans des dispositions remarquablement variables. Tantôt il penchait pour l'espionnage interne et les exécutions sommaires, tantôt pour le laisser-faire ; personne ne s'avisait de la différence, hormis les intéressés. La nostalgie des fils qu'il n'avait pas connus lui dévorait l'âme. Où étaient-ils, eux, sa femme ? Pas la moindre nouvelle. Il se laissa aller à engraisser, à s'abrutir, à oublier tout ce qu'il avait aspiré à réaliser dans l'ordre et la clarté de son ancienne cellule. Dans cette incurie, il finit par ressembler à un roitelet de ville portuaire, tandis que sa ville, qui avait continué de s'étendre sans plan, devenait un immense campement de sauvages...

Cela ne fut pas sans conséquences.

Tandis qu'Esaü ne pouvait attribuer cette déconfiture qu'à l'échec de ses illusions et à l'effondrement de son courage, le reste de la planète, qui s'était vaguement torché le derrière avec ses déclarations idéologiques, assignait néanmoins, et chaque jour davantage, un caractère subversif à sa mégalopole. Cet enfer qu'il abhorrait et dont il ne pouvait s'échapper était pour d'autres le rêve devenu réalité d'un programme politique néfaste. Et dressés sur cette équivoque, ces derniers s'étaient donné pour mission de le détruire. Comme à l'époque révolue de la Sainte-Alliance, à la tête de l'hécatombe se trouvaient les Prussiens.

Bien entendu, à peine les armées ennemies furent-elles levées que mon grand-père sut qu'il était inutile d'envisager un combat perdu d'avance. Il n'en fut guère chagriné : l'expérience avait raté et la citadelle était loin de ressembler à un État révolutionnaire, aussi sa disparition ne causait-elle aucun dommage. Ce qui l'inquiétait... Ce à quoi il ne voulait se résigner à aucun prix, c'était que les flammes et le sang anéantissent aussi le signe de cette révolution avortée, dont la forme se réaliserait dans des temps plus propices. Aussi, et pendant les jours et les semaines qu'il restait avant que les Huns n'envahissent son campement, une seule sorte d'adieu s'offrait à lui : il ne s'agissait plus de créer une société nouvelle mais de produire un sens nouveau, une évidence. Et qui resteraient gravés dans les esprits les plus lucides.

Ce qui suivit peut se raconter en quelques lignes. Bien qu'ils fussent habitués à vaincre sans livrer combat, les Prussiens s'étonnèrent de ne rencontrer *aucune* résistance. Palissades, murailles et créneaux étaient déserts. Ils crurent d'abord que tous les habitants avaient abandonné la citadelle pour se réfugier dans l'obscurité ; puis, ils furent attirés sur la place centrale par un son augural, triste : c'était l'ouverture de l'opéra écrit par Esaü Deliuskine.

À leur corps défendant, les attaquants se virent enveloppés dans les fantasmagories de cet éblouissement. Les costumes étaient somptueux et les fragiles panneaux décorant les palais et les palmiers leur rappelaient le souvenir d'époques qu'ils n'avaient pas connues. L'œuvre parlait de guerres, d'armées, de pays et de passions, elle parlait d'amour et de mort. Compte tenu du peu de temps dont il disposa, de la piètre aptitude des participants qu'il eut à diriger et de sa très rudimentaire formation littéraire, picturale et musicale, il est surprenant que mon grand-père ait réussi à composer avec tous ces éléments en même temps ; les leitmotivs, par exemple, captivaient à tel point la troupe des envahisseurs que, sous les panaches et les morions, les hallebardiers devaient retenir leurs larmes devant cette profusion de beauté. Assurément, le général ennemi et ses officiers (tous mélomanes) remarquèrent aussitôt qu'il était difficile de trouver, dans toute l'histoire du *bel canto*, une composition avec autant d'arias et de parties chantées, aussi justifiées du point de vue dramatique, et enchâssées avec une telle précision, de sorte qu'ils ne purent donner l'ordre d'attaquer qu'en profitant de l'impulsion transmise par la marche triomphale, dans laquelle, malheureusement, les habitants de la citadelle tinrent le rôle de l'armée égyptienne massacrée par les hordes nubiennes[1].

1. Il est évident que dans cette ultime invention d'Esaü – son chef-d'œuvre et son trait de génie le plus prononcé – souffle l'esprit de la proposition du

Esaü fut capturé vif. Au début on ne le reconnut pas car son corps chétif et son œil morne ne répondaient pas à l'archétype du leader, du héros ou du demi-dieu dont les vainqueurs s'étaient fait l'idée. On l'avait laissé parmi les autres prisonniers, entassés dans des hangars ou des baraques construites avec les restes du décor. Une fois son identité établie, on lui banda les yeux, on le planta devant un palmier de carton-pâte avant de lui annoncer son exécution. Esaü retira son bandeau et cria aux soldats du peloton : « Je veux voir les chiens qui vont me tuer ! » Le sergent lui répondit : « C'était une plaisanterie ! Nous aussi nous faisions semblant. » Puis, feignant de lui tendre la main, il lui prit les doigts et les lui brisa tout en lui disant : « Maintenant tu peux envoyer des lettres à ta femme. »

Ils le rouèrent de coups au point de le laisser presque aveugle et sourd. Il resta enfermé plusieurs jours durant, jusqu'à ce que sur son oreille droite, qui suppurait sans cesse, se mit à grandir une ampoule géante, une fleur de pus et de sang. Puis ils lâchèrent un chimpanzé dans sa cellule, croyant que son immobilité en ferait la proie facile des morsures du singe, mais la bête s'accrocha au cou d'Esaü et le couvrit de caresses et de baisers, et Esaü fit de même, tout en lui parlant. Alors les gardes lui dirent : « Voilà ce qui arrive à tes révolutionnaires », et ils torturèrent le singe en sa présence avant de l'achever. Sur quoi, ils lui conseillèrent de se suicider, lui offrant leur aide s'il n'en avait plus la force, mais Esaü leur répondit qu'il n'était pas son propre bourreau. Vint alors le

---

directeur de l'établissement carcéral. Et alors ? Vidé de son contenu mercantile, le schéma est exceptionnel. Esaü utilise le monde – dans l'esprit politique de l'époque – et le force à agir dans son œuvre : il en fut ainsi de l'armée prussienne qui tint lieu de destin, d'inéluctable, entrant à feu et à sang dans la citadelle, soulignant à grand renfort de balles et de coups d'épée la catastrophe d'une révolution avortée.

moment de l'emmener dans les quartiers du général qui, se trouvant encore sous le coup de l'émotion que lui avait inspirée son prisonnier, l'implora de reconnaître l'inutilité, le danger et la bêtise qu'il y avait à consacrer sa vie à la cause de la révolution.

Esaü lui répondit :

« Vous vous trompez. Le concept de révolution a, de nos jours, le statut d'idée abstraite : on ne peut la réaliser, ni la connaître, dans les conditions présentes, et comme on ne peut la déduire de l'expérience, elle s'est imposée à moi comme un besoin impérieux de la pensée. Je suis la preuve vivante que la possibilité intellectuelle d'un concept n'atteste pas son existence préalable mais est la condition de sa nécessité et de sa réalisation futures, raison pour laquelle j'ai dû recourir à toutes sortes d'élaborations provisoires dont le but fut de compenser ce qu'il était impossible de savoir par avance. De là son caractère éminemment perturbant et de là, par ailleurs, la dimension de saut épistémologique qu'a impliqué mon effort : il s'est agi d'un passage à l'acte, qui ne s'est pas fait comme la traduction d'un matériau théorique mais s'est effectué, au contraire, sans que celui-ci ait apporté les preuves décisives de la véracité de ses propositions, ni même de son existence. Par sa structure, cet imbroglio n'est pas sans rappeler la distinction entre *connaître* et *penser* : ce qui est indémontrable dans le présent exige néanmoins d'être "pensé" pour garantir le travail de la praxis politique. Ainsi, bien que les objets de la raison ne soient pas connaissables (bien qu'ils n'entrent pas comme tels dans le cadre de l'information qu'apporte notre temps), ils ont toutefois guidé mon action politique et permettront à d'autres de constituer le corpus théorique… »

Le général prussien répliqua :

« Dans une grotte perdue au milieu du désert nous avons trouvé une vieille presse, avec ses caractères usés par le temps, et à côté, un livre intitulé *Anatomie instrumentale de la praxis politique*. Notre mission n'étant pas de penser mais de faire, nous avons convoqué nos érudits, nos critiques, nos théologiens qui, après avoir étudié le livre et la presse, ont conclu qu'il existait un lien entre ces deux objets dissemblables. Le livre, en effet, avait été imprimé sur cette machine, mais les caractères avaient été changés, de sorte que tout ce qui y serait imprimé produirait un sens différent. Après un examen approfondi, nous avons découvert que cette presse est un instrument de torture à peine déguisé qu'inventa votre père pour que vous y soyez exécuté. Avant de vous soumettre à ce dessein, laissez-moi vous dire que si finalement votre père concocta cet enseignement, sa plus grande satisfaction, et la plus exquise de vos peines, sera de mourir sans avoir percé le sens ultime de ses paroles.

8

Finalement, Esaü Deliuskine ne fut-il qu'une simple apostille à la gigantesque entreprise d'Andreï ? Perpétua-t-il d'une manière singulière son héritage ? Qu'en reste-t-il, hormis une tentative de bilan ? Au moins une partie de ce qu'il poursuivit lui fut-il concédé à titre posthume, au sens large du terme : alors qu'il avait ambitionné de perpétuer l'héritage de son père en construisant un parti fort mené par une avant-garde éclairée, après sa mort, son nom devint une sorte de mot de passe et sa figure un mythe dans certains cénacles. Pour ces derniers, les faits et écrits d'Esaü Deliuskine lui valent d'appartenir à la longue tradition des utopistes qui à l'effort théorique ajoutèrent la volonté d'une mise en pratique. Dans cette lignée, mon grand-père trouve place aux côtés de noms aussi illustres que ceux de Condillac, Campanella, Rousseau, Blanqui, Bergerac et Kropotkine, pour n'en citer que quelques-uns. En outre, dans certaines innovations du théâtre contemporain de lutte et de contestation politique, un spécialiste reconnaîtra aisément la marque de cette tradition qui réunit art, idéologie et vie. Ainsi, quoique le nom d'Esaü Deliuskine demeure encore – et ce, peut-être pour toujours – inconnu aux masses, sa geste constitue sans aucun doute un événement majeur de l'histoire des derniers siècles passés.

En quelques mots brefs et précis : si l'on réfléchit aux faits du siècle dernier depuis le point de vue du nouveau millénaire, force est de constater que ce criminel d'Adolf Hitler savait faire des choses avec les mots. Et bien entendu, il n'avait pas son pareil pour les faire faire à d'autres. Sur ce point, Hitler est l'égal d'un poète des situations dramatiques, d'un auteur de théâtre. Nul ne peut en déduire que le Führer ait eu vent de l'existence de mon grand-père ou qu'il ait tiré quelque leçon de son échec ; mais personne ne peut nous refuser la possibilité de penser que si, mesuré à l'aune des codes de la scène de son époque, Hitler fut une sorte de William Shakespeare démoniaque, alors Esaü Deliuskine qui voulut, par ses actes, réaliser l'œuvre pensée par son père fut son obscur rival, son précurseur et son antithèse. Si la cause incarnée par mon père avait triomphé, Hitler n'aurait pu ni croître ni prospérer. Aussi, sa fin précoce et l'oubli où il tomba en font-ils une sorte de Christopher Marlowe.

LIVRE 4

ALEXANDRE SCRIABINE

Réduire l'Univers à une seule loi, qui est le rêve de toute science, reviendrait à comprendre l'esprit de l'Absolu.

MAURICE NICOLL,
Commentaires psychologiques sur l'enseignement de Gurdjieff et Oupensky

1

Chaque génie a sa propre contrainte. Le père d'Edgard Varèse fermait le piano à double tour, recouvrait l'instrument d'un linceul et glissait la clef dans sa poche. Celui de Pierre Boulez attachait les doigts de son fils à l'aide de barbelés. Sam Bernstein adressa à son Leonard une lettre où il distribuait à parts égales plaintes et reproches : « J'ai fui l'Ukraine à l'âge de seize ans pour mener une vie digne aux États-Unis. Dans ma patrie, j'avais connu des musiciens vagabonds qui exécutaient leurs morceaux lors de bar-mitsva pour une poignée de kopecks. Je ne peux pas croire qu'il m'ait fallu endurer trois semaines à fond de cale, me ruiner l'échine à New York en déchargeant des carcasses de bovins que je devais ensuite débiter sur les comptoirs gelés des chambres froides (arthrite et arthrose), balayer les poils de barbe des goyim chez un barbier de Hartford, Connecticut, et monter une affaire d'approvisionnement en articles pour salons de beauté à Boston, tout cela pour que mon fils aîné s'imagine que le mieux qu'il pouvait espérer de la vie était de passer ses journées à jouer du piano sous une cascade artificielle dans un cabaret. » La mère de Stravinsky ne daigna même pas assister aux célébrations du vingt-cinquième anniversaire de la composition du *Sacre du printemps*, au prétexte que son Igor ne composait pas le style de musique qu'elle affectionnait : elle était une fervente admiratrice de l'œuvre d'Alexandre Scriabine.

Comme il a été dit dans le livre précédent, ma grand-mère abandonna son foyer après la visite fort peu courtoise des sbires du directeur de l'établissement carcéral. Tandis qu'elle fuyait à travers les paysages, traînant son énorme ventre, sa main droite tremblante semait les courriers, les messages adressés à mon grand-père Esaü. Ces lettres, véritables bouteilles jetées à la mer, sombraient dans l'océan des chemins empruntés par leur destinataire. Et bien qu'il fût possible qu'au gré de ses pérégrinations elle eût foulé sans le savoir la terre brûlée et encore fumante où, quelques jours plus tôt, se dressait encore la citadelle, jamais plus ils ne se retrouveraient.

Des paysans apitoyés par son sort la laissèrent accoucher de ses jumeaux dans l'étable ; le vent soulevait la paille et ma grand-mère se déchira en poussant de toutes ses forces car l'odeur du sang excitait les cochons. Elle leur jeta le placenta et enveloppa mon père et mon oncle dans de vieux linges et les prénomma Sébastien et Alexandre. Puis elle reprit sa route. Dans son errance, elle quitta sans s'en rendre compte le nord des côtes africaines, traversa la Lituanie et la Finlande et entra en Russie. Elle se nourrissait de tubercules pourris, de pommes de terre qu'elle trouvait en grattant la terre dure de l'hiver ; seul le souvenir de l'existence d'Esaü parvenait à réchauffer le lait qui s'écoulait de son sein et alimentait ses petits. Son extrême indigence la privait même de la charité des hommes ; elle voyait des barbares pourvus de longs sabres, d'yeux plus ou moins bridés : elle parcourait le territoire où se livrait la guerre russo-japonaise (1904-1905) et s'approchait de l'endroit où les chemins des jumeaux bifurqueraient, pour que leurs vies s'entrelacent à nouveau, plus tard, d'une façon plus intime et plus étrange. Alexandre, mon oncle, et Sébastien, mon père, avaient déjà atteint l'âge de trois ans. C'étaient deux marmots squelettiques, tout bleus de faim. Terrifiée à l'idée de les perdre, leur mère ne s'en séparait sous aucun prétexte. Ils dormaient ensemble, faisaient ensemble leurs besoins. Parfois, à la tombée du jour, projetées sur les ciels argentés de la toundra, leurs figures formaient une triade mystique dénuée de pouvoirs. Au moins, dans son désespoir, ma grand-mère entendait-elle comme une basse continue le rire du diable.

La suite est confuse. Nous éviterons le mélodrame. Gare ferroviaire. Ma grand-mère et ses fils sur le quai. Une centurie, un bataillon divisé en deux cohortes. Grand-mère, papa et mon oncle sont pris au beau milieu de ce défilé. Après le passage de la troupe, il y a un vide. Alexandre a disparu. Les soldats sont montés dans le train qui part pour le front. On entend résonner l'hymne national :

Que Dieu protège notre tsar
Grand et tout-puissant,
Qu'il règne pour notre gloire
Qu'il règne et que nos ennemis tremblent
Ô tsar orthodoxe
Que Dieu protège notre tsar

Accablée par la perte, ma grand-mère croit devenir folle. La nuit, Sébastien l'enlace en lui disant qu'il est encore en contact avec son frère.

Ils finissent par embarquer sur un bateau en partance vers un autre continent. Après un voyage sans heurt, ils accostent au port de Buenos Aires, capitale de la République argentine. Entre-temps, mon oncle est devenu la mascotte de l'armée. Il voyage dans le havresac des soldats, le régiment est une pléiade de pères adoptifs qui tempère sa nostalgie de sa famille d'origine. Bien entendu, la troupe est peu à peu décimée. Alexandre grandit vite parmi les tirs et les explosions de bombes. La campagne lui fait découvrir le charme du Transsibérien, unique voie d'acheminement des renforts vers le front. Halte incontournable sur l'étendue gelée du lac Baïkal. Séance de patinage. Alexandre écoute les voix du vent qui lui apportent le murmure de Sébastien ; c'est un bourdonnement parasité par les bavardages des soldats au repos, la rumeur des aulnes. Mais si l'on tend l'oreille, le concert général des sons est un balbutiement dans une demi-langue inconnue, sa musique…

Le régiment arrive en Extrême-Orient. La marine impériale japonaise, sous les ordres de l'amiral Togo Heihachiro, possède sept cuirassés (*Asahi*, *Mikasa*, *Yashima*, *Fuji*, *Shikishima*, *Hatsuse*, *Chin Yen*), huit croiseurs cuirassés (*Asama*, *Tokiwa*, *Iwate*, *Izumo*, *Azuma*, *Yakumo*, *Nisshin* et *Kasuga*), cinq cuirassés côtiers (*Fuso*, *Hei-yen*, *Chiyoda*, *Hiei*, *Kongo*), dix-sept croiseurs protégés, douze destructeurs et cent torpilleurs, ainsi qu'un chapelet de bases logistiques réparties dans la mer Jaune. La Russie, en revanche, ne dispose que d'unités navales vétustes, d'un haut commandement incompétent (l'amiral Alekseïev et le général Kouropatkine, bonnet blanc et blanc bonnet), un entraînement militaire médiocre et deux bases très éloignées l'une de l'autre et stratégiquement mal placées : Port-Arthur et Vladivostok.

La nuit du 8 février, la marine japonaise ouvre le feu en torpillant sans préavis les bateaux mouillant à Port-Arthur. S'ensuit une série de manœuvres navales incertaines, par lesquelles les Japonais se montrent incapables de venir à bout de la flotte ennemie protégée par les canons postés dans la baie, tandis que les Russes refusent de gagner la pleine mer.

Le Japon commence le siège de la ville. En août, une partie de la flotte russe tente de s'échapper mais elle est interceptée et vaincue au cours de la bataille de la mer Jaune. Les autres navires restent à leur mouillage et sont coulés un à un par l'artillerie. Les tentatives pour porter secours à la ville depuis le continent échouent à leur tour et, finalement, le 2 janvier 1905, Port-Arthur tombe.

En tant que membre de l'armée défaite, mon oncle – âgé d'à peine quatre ans – est fait prisonnier par les Japonais sur l'un de leurs nouveaux cuirassés, le *Bernardino Rivadavia* – qui avait été acquis avec le *Mariano Moreno* auprès de l'Argentine et rebaptisé *Nisshin* tandis que le second prenait le nom *Kasuga* –, et qui, en vertu d'une clause secrète de la vente, disposait d'un équipage de cette nationalité, chargé du fonctionnement et de l'entretien des moteurs. Prisonnier est un bien grand mot : mon oncle crapahute à sa guise dans tous les recoins du cuirassé. Les Japonais sont étranges : incapables d'imposer des limites aux enfants, ils considèrent néanmoins toute manifestation d'affection comme un signe d'efféminination. Les Argentins, en revanche, en voyant ce bambin espiègle et blondinet, ont aussitôt envie de le cajoler, de l'embrasser, de pleurer au souvenir de leurs propres enfants… Le chef mécanicien de la salle des machines, José Ignacio Vélez, songe à l'adopter : il est originaire de Santa Rosa, province de La Pampa, un coin perdu au beau milieu de son pays. Il a cinq marmots et trois mouflettes, ce n'est pas une bouche de plus qui va changer grand-chose.

En ces temps de guerre, on est peu à cheval sur les formalités. Bien entendu, il n'a pas de papiers, aussi pour faire les choses dans les règles faut-il d'abord lui restituer son identité d'origine pour l'en faire changer ensuite, et rapidement, contre celle que lui donnera son père adoptif.

Comment un Argentin à bord d'un navire japonais s'y prend-il pour se faire comprendre d'un Russe ? Alexandre ne saisit pas un mot de l'affaire ni de ce qu'on lui demande. L'Argentin gesticule, désigne sa poitrine de son index, qu'il dresse ensuite pour se frapper la tempe, pointe son pouce dans son dos, tapote un morceau de papier chiffonné puis, le poing fermé, il porte un coup sur la poitrine d'Alexandre qui hoche la tête en silence. Les autres s'en mêlent, ses compatriotes, qui ajoutent à la confusion en reproduisant ses mimiques avec de légères variantes. Chacun d'entre eux se montre du doigt et répète quelque chose. Il s'agit, bien sûr, de leurs noms, qui ne produisent qu'une pure cacophonie. Rappelons qu'Alexandre n'est encore qu'un enfant mais qu'il a déjà suffisamment vécu pour comprendre que le langage est une articulation sonore divisée arbitrairement en mots qui s'organisent d'une certaine manière pour désigner aléatoirement les éléments de la réalité, aussi pense-t-il, au début, qu'en disant « Pedro González », « Pablo Fernández », « Atanasio Quilpayen », les étrangers nomment les parties de leur corps. « Pedro González », en déduit-il, c'est le cœur. « Pablo Fernández », la tempe droite. « Atanasio Quilpayen », peut-être un œil, ou bien les deux, ou encore l'un puis l'autre. Mais par la suite, les endroits désignés changeant et les flots sonores se répétant, il devine enfin que l'invariant définit l'identité. Il prononce alors son nom et plonge ses auditeurs dans la plus grande perplexité. En russe, les voyelles ont la répercussion du chant lyrique : le « a », par exemple, se ferme au point de ressembler à un « o » qui atteint une stridence particulière, comme si la langue perdait l'appui du bord des dents et qu'elle faisait trois pas en arrière et, telle une ballerine en goguette, s'enfonçait dans les profondeurs du palais ; les consonnes, en revanche, s'adoucissent et s'allègent, les « s » et les « t » s'enveloppent dans la langue, qui trouve des points d'attaque d'où elle peut déployer son amour de la prononciation. Ainsi, lorsque Alexandre dit « Alexandre », les Argentins entendent-ils quelque chose comme Iolexanda… Ce qui ressemble à un nom de femme ou de conquérant macédonien. Le patronyme est plus ardu encore. Les deux premières syllabes, De-lius, ont l'air d'un pur et simple bafouillis. La troisième est collée, non pas au sens mais au son, par le « s » : skine. Les marins argentins, étant pratiquement analphabètes et ne pouvant réaliser aucune déduction logique, se laissent guider par les déterminations de leurs propres origines. « Skine, ça ressemble à Bin, dit Mario Abdallah, et en turc, Bin, ça veut dire "fils de" », d'où ils infèrent que le gamin est en train de leur dire qu'il est le fils de cette Iolexanda. Mais cela ne fait guère avancer les choses ; et puis, pour une raison ou pour une autre, on commence à entendre les voix criardes des Jaunes qui glapissent des ordres depuis le pont. Et bientôt, un officier passe la tête dans l'entrebâillement de la porte de la salle des machines et vocifère son charabia habituel. Les machinistes doivent se dépêcher de tout mettre en marche, mais ils ne vont quand même pas se laisser mener par un Japonais à la con, et ils reprennent leur discussion dès que la face de lune orientale disparaît de l'encadrement. Quelqu'un allume les moteurs pour faire du bruit, qui s'ajoute à celui que fournissent, en arrière-fond, les maigres tirs de la flotte russe. Dans la salle, il devient difficile d'entendre quoi que ce soit. Pardo le Boiteux essaie de résumer l'affaire et demande : « Ce petit-là, alors, est-ce le criard de quelqu'un ? » Alexandre sourit, il dit : « Escria », car ce mot qui n'en est pas un lui rappelle quelque chose qu'il ne peut pas définir : un jouet précieux, un pays imaginaire, des mots qui résonnent comme des accords, un but absolu. Puis il répète le mot inventé, suivant un contrefort descendant, une réverbération métaphysique. « Escria ? » lui demande Ramiro Pardo. Et Alexandre répond : « Alexandre Escria bin. » « C'est le fils de qui, alors ? » demande Vélez. « Qu'est-ce que j'en sais, moi », résume un autre. La transcription du nom sur un morceau de papier qui tiendra lieu de carte d'identité frauduleuse vaut elle aussi son pesant d'or.

Pardo, qui en est chargé, émet quelques doutes : « Les autres lettres, je m'en souviens, dit-il, mais comment on écrit "e" ? » Vélez renâcle, jamais aucun de ses enfants ne lui avait donné autant de travail ! Il dit : « Le "e", c'est comme dessiner un petit poisson qui essaie de sortir la tête hors de l'eau. » Pardo veut être certain d'avoir bien compris : « Avec des yeux, des nageoires, des écailles et tout le reste ? » Vélez : « Tu mets les lettres dont tu te souviens, et puis voilà. » Pardo les écrit, et au même instant une bombe, un peu plus inspirée que les précédentes, frappe la sainte-barbe du *Nisshin* qui sombre sans attendre la saint-glinglin.

Si le canon russe avait mieux visé, après cette bataille et les autres qui la suivirent, mon oncle aurait peut-être réussi à gagner l'Argentine et – si le hasard l'avait voulu ainsi – il aurait pu rejoindre sa mère et son frère. Cet affrontement eut lieu le 27 mai 1905 et les livres d'histoire l'ont baptisé « bataille de Tsushima », en référence au détroit du même nom. Pendant la bataille, qui dura jusqu'au 29 mai, la flotte japonaise – à l'exception du *Nisshin*, en piteux état, coulé par l'ennemi – détruisit la russe, qui parvint néanmoins à sauver des eaux un enfant tremblant et fébrile qui flottait parmi les cadavres. Tandis qu'on le remontait sur le pont du *Zinovi Petrovitch Rojestvenski*, mon oncle envoya un message télépathique à son frère : « Désormais je m'appelle Alexandre Scriabine[1]. »

1. Suivant un critère chronologique quelque peu hétérodoxe, le brillant musicien et scriabiniste convaincu Giacinto Scelsi (*Uaxuctum, Les Chants du Capricorne, Aion, Quatre Épisodes de la vie de Brahma, Konx-Om-Pax*) fut persuadé que l'événement militaire auquel participa mon oncle était une guerre antérieure. Selon lui, il se serait agi de celle de Crimée (1854-1856).

2

La Russie au début du XXe siècle. L'Empire connaît de profonds changements industriels tandis que le couple régnant s'enfonce dans son rêve autocratique. Alexandra Feodorovna Romanova est une idiote, quant à son mari Nicolas II, c'est encore pire. Des milliers d'emplois, de machines, de véhicules, d'inventions voient le jour mais eux ont les yeux rivés sur le passé. Là où un ouvrier apparaît, la nostalgie folklorique (d'origine aristocratique et réactionnaire dans son esprit) invente un paysan expulsé du paradis. Alexandre vit dans le quartier de Khitrovka, sur les rives du fleuve Iaouza, près du Kremlin, à Moscou. On n'y trouve que des alcooliques, des voleurs, des travailleurs, des assassins. La police ne s'aventure pas dans ses ruelles après la nuit tombée, et ce non pas parce que leurs chevaux glissent le long des pentes boueuses empestant la vodka frelatée, mais parce que la populace s'y soulève régulièrement, sort de ses bouges pour leur arracher leurs uniformes et leurs armes et dévorer le cavalier et même sa monture, selle et éperons mis à part. Dans cet infâme taudis, mon oncle a vécu toutes les péripéties propres aux orphelins. Jusqu'à l'âge où il peut être porté dans les bras, Alexandre est loué aux mendiants, qui le promènent comme leur propre enfant sur la perspective Nevski. Il apprend à rouler des yeux, à laisser couler un filet de bave le long de la commissure de ses lèvres, à exhaler un son rauque et nasillard, à jouer au boiteux ou à faire le mort. Il faut bien vivre. Puis, quelques années plus tard, on lui inculque les rudiments de la délinquance : il est pickpocket, exécute à merveille la découpe d'anse de sac à main, excelle dans le vol à l'arraché. Roulement rythmique de ses pieds sur l'asphalte, rapides dessins inattendus, une progression : l'art de la fugue.

Durant ces années, les contacts entre Alexandre et Sébastien sont encore à l'état embryonnaire. Dans sa délicieuse simplicité, la littérature spécialisée dans les phénomènes paranormaux n'aborde pas le sujet de la traduction. Existe-t-il une langue télépathique universelle ? Où les interférences atteignent-elles leurs niveaux les plus élevés ? Dans la communication entre les vivants et les défunts, ou entre les vivants séparés par un océan (les turbulences de l'au-delà *vs* les crépitations, l'électromagnétisme aquatique, le chant des baleines et des dauphins en transe de l'ici-bas) ? Il nous faut sans doute considérer avec une certaine circonspection la possibilité que nos organes perceptifs soient capables de reconstruire fidèlement le sens de ce qui est communiqué au cours de ce type de contacts. Néanmoins, et toujours dans une certaine mesure, cette transmission existait bel et bien dans le cas de mon père et de son frère. Les informations étaient rudimentaires ; des masses sonores, des voix indéterminées. Il s'agissait surtout de signaux qu'ils s'envoyaient, similaires à ceux dont ils avaient déjà fait l'expérience au cours de leur vie intra-utérine. Et cependant eux *savaient* qu'ils communiquaient.

Au fil du temps, ce circuit d'interlocution s'étendit et s'affina jusqu'à constituer un canal spécifique. D'ordinaire, les médiums et les voyants communiquent par le truchement d'images ou de mots. Mon père et mon oncle, quant à eux, le faisaient au travers de la musique. Ou la musique transmettait les signaux qu'ils s'adressaient. Et comme la musique répugne à exprimer les sentiments, le contact s'affranchissait du problème de l'interprétation et de sa conséquence immédiate, l'équivoque. À moins qu'il n'existât des divergences au sujet de la forme même du message – car tous deux étaient immensément doués en ce domaine – et que le problème se posât en termes musicaux (peut-être, afin d'éviter les différences, ce qui allait de l'un vers l'autre était-il tout simplement un système de notation). Je l'ignore, du reste je ne peux pas *tout* savoir au sujet de ma famille. Mais je sais avec certitude qu'Alexandre et Sébastien communiquaient de manière continue selon leur propre système, développant ainsi leurs personnalités et leurs capacités au point que leurs aptitudes en vinrent à être perceptibles pour les personnes douées de la même faculté. C'est, du moins, ce qui sera expliqué à mon oncle dans quelques lignes.

Dans la société fortement hiérarchisée de la Russie de l'époque, Alexandre se trouvait à l'un des degrés les plus bas de l'échelle. Ni le taudis qu'il habitait ni les activités auxquelles il se livrait ne lui permettaient de poursuivre sa croissance et son épanouissement personnel. On imagine aisément combien son extraordinaire sensibilité de génie précoce put souffrir de devoir partager la compagnie d'un ramassis de ruffians et de criminels. Dans ce domaine, même sa survie à court terme n'était pas assurée. Il fut assez avisé de prendre le chemin qui s'offre aux jeunes ambitieux sans perspective, et, tirant profit de sa mine avantageuse, il entra comme serveur au Stropanovitch, un hôtel de voyageurs près du théâtre Bolchoï. Douze heures de travail, logé dans un galetas à peine plus grand qu'un grenier, uniforme, linge de rechange et deux repas quotidiens. Dans le salon-bar, un piano plutôt correct, sur lequel il exerçait ses idées à ses heures perdues.

Il s'occupait des démarches incombant au gérant, supervisait l'entretien des chambres, servait les petits déjeuners, les déjeuners et les dîners, remplissait les verres et allumait les cigares des messieurs, fermait et ouvrait les valises des dames, rapportait les assiettes sales à la cuisine. Aussi restreint fût-il, un domaine comme celui-ci pouvait contenir les intérêts de toute une existence n'aspirant qu'aux sommets de la modestie : l'excellence dans le service, l'ascension dans la hiérarchie, l'expérience par procuration (récits de passagers)... Alexandre, pourtant, absorba tout à la volée comme ce dont il s'agissait ; un ensemble de rapports, un schéma. Son regard le séparait des choses tout en lui permettant de les saisir dans leur véritable dimension. Bien sûr, le schéma avait son mouvement, ses sons, ses couleurs et ses températures. Parfois il était tenté de le transcrire sur une portée, comme il le fit d'ailleurs pour sa première composition, qu'il intitula *Petit Monde*... Il ne se priva pas non plus d'autres plaisirs qu'un certain degré de libéralisme autorisait entre employés et clientes. Mais cela n'a guère d'importance.

Un jour, le majordome l'envoya dans la chambre 1234 – un hommage involontaire aux nombres sacrés et un signe de la mégalomanie du propriétaire, puisque l'établissement ne comptait pas plus de quarante chambres –, où l'attendait la tâche ingrate de satisfaire les exigences d'une cliente difficile. La femme en question, accoutumée à renvoyer les plats au prétexte qu'ils étaient secs, crus, trop cuits ou trop gras, protestait parce que les serviettes n'étaient pas assez chaudes et les draps plutôt froids, brisait les miroirs, déplaçait les meubles, claquait les portes des placards, produisait toutes sortes de bruits et de hululements et vociférait contre des êtres imaginaires jusque tard dans la nuit. Si elle n'avait pas été une habituée fidèle, de celles qui paient rubis sur l'ongle leurs notes (parfois exagérément salées), la maison n'aurait jamais toléré sa présence. Il ne s'agissait pas d'une invitée de marque, d'une princesse polonaise ou d'une cantatrice anglaise. Ce n'était qu'une simple et grosse Russe, diabétique, boiteuse et d'âge mûr qui poussait le snobisme jusqu'à se faire appeler *madame**.

« Tu m'appelleras ainsi. Madame. Madame Helena Petrovna, dit-elle à Alexandre qui venait à peine d'entrer. Mon nom est Blavatsky, mais presque personne ne m'appelle ainsi, à commencer par mon mari, que je n'ai pas vu depuis plus de dix ans. Et en parlant de voir. Je t'ai vu. Dans les couloirs. Avec ton air fuyant. À moi, tu ne me la fais pas, petit cachotier. Tu es appelé à faire de grandes choses. Il y a un fragment d'être, en toi… une octave ascendante vers le soleil. Comprends-tu ce que je te dis ? Pour l'instant, cela n'a pas d'importance. Mais ne te méprends pas. Être, ce n'est pas être perçu, sauf par la causalité. Dans ce monde, la célébrité est le fruit d'une erreur. Les grands hommes, les sages, les saints, les mahatmas, peuvent être tout bonnement intangibles. Ta mission… Le moment n'est pas encore venu. Comment t'appelles-tu ? »

Mon oncle énonça ses nom et prénom, ajouta « madame » (madame acquiesça) puis il lui demanda en quoi il pouvait lui être utile. Madame Blavatsky prit place dans un fauteuil de style Louis XVI plutôt avachi et d'une main désigna une chaise à côté d'elle. Alexandre préféra rester debout.

« Afin que nous nous comprenions, répondit madame Blavatsky. Le cycle de cette roue de la vie, de cet éternel retour, c'est la révolution permanente qui a suscité maintes réflexions chez les Sumériens, les bouddhistes, Platon, Schopenhauer, Nietzsche et compagnie. En revanche, le résultat de la pensée fondée sur l'idée d'un développement linéaire de l'histoire allant d'un unique commencement vers une fin définitive et irréversible, c'est le zoroastrisme. Lequel a transmis cette conception dualiste et cette orientation unilatérale au judaïsme, au christianisme et à l'islam, et parallèlement, au mithraïsme, au manichéisme et au gnosticisme. Où vais-je puiser tout cela ? Eh bien… L'heure est peut-être venue de me présenter, comme cela, rien ne pourra t'induire en erreur qui ne sera de mon propre fait. Disons que je suis une apôtre de la connaissance, doublée d'une chercheuse invétérée. Les mahatmas m'instruisent des grandes vérités. Mais, pourquoi toi… ? Ce que j'ai vu… Je sais ce dont tu as besoin. Commençons par le début. Bien sûr, je peux parfois me tromper. Je vais par monts et par vaux, répandant… Tu imagineras aisément qu'il m'est impossible de transporter de grandes bibliothèques. Il faut que mes amis invisibles me "descendent" ce que je dois savoir pour qu'à mon tour je le communique. Je vois ces paroles flotter dans le vent, des pages et des pages, les livres de la révélation. Je ne suis pas à l'abri de l'erreur, évidemment. Parfois je lis en miroir, dans l'obscurité. Un 6 devient un 9, du sanscrit ressemble à du latin. Est-ce ma faute si les choses ne me sont pas servies sur un plateau d'argent ? Quoi qu'il en soit, les lettres se ressemblent. Du reste, jamais une vérité transmise partiellement ne peut induire en erreur. À moins que… Mais je ne devrais pas te parler de cela, pas encore. Chaque chose en son temps. Mélodie. Contrepoint. Géométrie. Arithmétique. Et harmonieusement. »

Madame Blavatsky sortit un énorme cigare de son petit sac en paille et le tendit à Alexandre qui déclina l'offre.

« Je te demandais de me l'allumer », dit-elle. Alexandre lui présenta ses excuses. Madame Blavatsky tira quelques bouffées, contempla le feu qui crépitait sur la feuille de tabac, la formation de la couche de cendre rougeâtre. Puis elle reprit :

« D'où vient la peur de l'infini ? Tout remonte à Pythagore. Ou plus loin encore. Ou bien, fondamentalement : où nous trouvons-nous lorsque nous écoutons de la musique ? Vers où sommes-nous conduits ? Pythagore. Pythagore ! D'origine ionienne, il naquit sur l'île de Samos autour de l'an 582 avant Jésus-Christ. À l'âge de vingt ans, il connaissait déjà Thalès et Anaximandre, mais ayant entendu parler du savoir prodigieux des prêtres égyptiens et de leurs mystères, il décida de partir à leur recherche dans le but d'être initié à Memphis. Là, il put approfondir les mathématiques sacrées, la science des nombres ou des principes universels, qui fut le noyau de son système philosophique et qu'il reformula par la suite en de nouveaux termes. Son initiation dura vingt-deux ans sous le pontificat du grand prêtre Sonchis. Puis ce fut l'invasion et la conquête de l'Égypte par Cambyse, roi des Perses et des Mèdes. Despotique et cruel, après avoir décapité des milliers d'Égyptiens, Cambyse le fit prisonnier. À la suite d'un bref et instructif séjour en prison, semblable à celui que fit ton père… Ne fais pas cette tête-là. Comment je le sais ? Non, personne ne m'a parlé de vous. Je l'ai vu dans l'air, je l'ai lu dans *ton* livre. Quelque temps plus tard, Cambyse envoya Pythagore en exil à Babylone. Là, il prit langue avec les héritiers de Zoroastre ("le nombre trois règne sur l'univers, et la monade – un, unique, unité – est son principe", dit l'un de ses oracles) et les prêtres de trois religions : la chaldéenne, la perse et la juive, qui élargirent son horizon philosophique et scientifique. Tandis qu'on l'instruisait dans les rites sacrés locaux, il perfectionna ses connaissances en astrologie, en géométrie et en mathématiques et apprit que les mouvements des astres obéissaient à des lois numériques. Après quoi, notre ami en savait davantage que n'importe lequel de ses contemporains grecs. Il était temps de rentrer en Grèce pour accomplir sa mission… Pythagore se rendit à Delphes, ville située au pied du mont Parnasse. S'y dressait le temple d'Apollon, célèbre pour ses oracles. Pythagore y enseigna les secrets de sa doctrine. Au terme d'une année complète, il partit pour Crotone, ville située au sud de l'Italie, en Calabre. À peine fut-il rentré au bercail qu'il fonda sa propre société secrète : la secte pythagoricienne. Les initiés se divisaient en deux catégories, les *Mathématiciens* (« connaisseurs »), des jeunes doués pour la pensée abstraite, et les *Acousmatiques* ou « auditeurs », des hommes plus simples qui reconnaissaient la vérité de façon intuitive au travers de dogmes, de croyances, d'apologues, de sentences orales indémontrables et sans fondement, de principes moraux et d'aphorismes, le genre de pêcheurs que rameuta mon ami Maître Jésus lorsqu'il voulut répandre ses enseignements les moins ardus. Le noyau dur, la garde rapprochée pythagoricienne est, bien entendu, constituée des *Mathématiciens* – engagés dans la totalité de la connaissance – tandis que les *Acousmatiques* étaient chargés de défendre la porte d'entrée du temple, de protéger le voile sacré. Ésotérique et exotérique. Bien. Pour en revenir à la Grèce. Dans l'Arcadie pythagoricienne, on cultivait la mystique et la pensée philosophique, dont le fondement était la conviction qu'il est possible d'atteindre l'immortalité sous la forme d'une suite infinie de réincarnations. Si tu envisages cette figure sous l'angle de la combinatoire et non de la succession, tu y trouveras, résumées, toutes les possibilités de la musique… Mais commençons par les nombres. Pythagore se consacra à l'exploration du Tout, l'ensemble de toute les choses qu'il nomma Cosmos, partant du présupposé (d'origine orientale) que cet ensemble observait une certaine proportion, obéissait à des lois intelligibles à l'homme par le biais du nombre, qui est le principe élémentaire, « l'essence de toute chose ». Partant du principe que le Cosmos dans sa totalité est soumis à des cycles progressifs et prédictibles, il décida de le mesurer à l'aide de ces instruments ou principes essentiels. Il affirmait également que les nombres, utilisés pour représenter des valeurs mathématiques, sont séparés des qualités et caractéristiques qu'ils représentent et ont une autre fonction, celle d'agir sur un plan spirituel. Si tu ne comprends pas quelque chose, Alexandre, tu m'interromps. Que tu me poses une question n'implique pas nécessairement que je puisse y répondre. Ainsi, pour Pythagore, l'essence du nombre est antérieure à tout corps tridimensionnel et a une origine divine. Sa prémisse est : « Dieu géométrise. » Donc, ce qu'il a appris aux côtés des géomètres égyptiens et des astronomes babyloniens, ajouté à sa propre recherche sur les instruments musicaux, lui permet d'établir que le nombre est l'essence de l'Univers et la racine et la source de la nature éternelle. De sorte que, tandis que la pensée grecque de l'époque tenait pour acquis que la Terre est le centre d'un Univers soutenu par des tortues et des éléphants, Pythagore savait déjà que la Terre et les autres planètes tournent autour du Soleil. Il pensait aussi que les corps célestes se meuvent de façon harmonieuse suivant un schéma numérique, séparés les uns des autres par des intervalles correspondant à des longueurs de cordes harmoniques dont le mouvement engendre une vibration… Et cette vibration est une note. Mais puisque chaque corps céleste est relié à un autre, situé à une distance déterminée et invariable, enfermé dans sa petite boîte en verre comme les rouages d'une horloge… Ce qu'il affirmait, c'était que les distances entre ces planètes ont les mêmes proportions que celles existant entre les sons de la gamme musicale considérés comme "harmoniques" ou consonants. Voilà qui commence à t'intéresser un peu plus, n'est-ce pas ? De la Terre à la Lune il y aurait un ton, de la Lune à Mercure un demi-ton, un autre de Mercure à Vénus, et de Vénus au Soleil un ton et demi. Par conséquent, entre le Soleil et la Terre, il y aurait une séparation correspondant à l'intervalle d'une quinte, et une distance corrélative de l'intervalle d'une quarte de la Lune au Soleil. Donne-moi un verre avec de l'eau, s'il te plaît. Non, pardon. Ce n'est pas avec *de l'*eau, mais *d'*eau, sur cette planète. Sur d'autres… Je ne me souviens pas si Pythagore disait en outre que, tandis que la Terre tourne autour du Soleil, le reste des planètes tournent quant à elles autour de la Terre... Qu'importe ? Cela fait si longtemps... Et puis, toute cette philosophie n'avait pour but que la purification de l'âme, ainsi donc... Bien sûr, il faut voir ce que les gens entendent par purification. Il y en a qui boivent leur propre urine. Quelle horreur. En un mot... les tons émis par les planètes dépendaient des proportions arithmétiques de leurs orbites autour... de la Terre ? du Soleil ? tout comme la longueur des cordes d'une lyre détermine ses tons. Les sphères les plus rapprochées... du Soleil ? de la Terre ? produisent des tons graves, qui deviennent plus aigus à mesure que la distance augmente. As-tu déjà assisté à un concert ? Non ? Ô grand mahatma ! Ce garçon-là est une ode à l'ignorance ! Eh bien, imagine un peu : tu règles ta lunette sur le fond en velours noir. C'est le firmament. Au début, tu crois que les lumières du théâtre de l'Univers sont éteintes, seul résonne le silence. Puis, lentement – tu as tout le temps devant toi, des éons pour t'accoutumer –, tu commences à distinguer l'éclat des étoiles, mortes ou non, qui sait ? Sache que tu es l'éternité même, tu peux donc t'installer confortablement dans ton fauteuil. Ensuite, tends l'oreille. Tu entends ici un violon, là un cor, le soufflet d'un orgue. Les instruments respirent. Bien sûr qu'il n'y a pas d'instruments *réels*. Les planètes tournent autour d'autres planètes et sur elles-mêmes ; chacune, selon sa position relative et sa vitesse et son angle de rotation, émet un son ou une série de sons qui se combinent avec ceux des autres planètes, produisant une synchronie spéciale, qu'on appelle "la musique des sphères". Tout cela n'est qu'une pure déduction mathématique : aucune oreille humaine (hormis le pavillon de la pensée) ne peut entendre cette heureuse musique parce qu'elle se joue à une fréquence impossible à capter. Les étoiles produisent des sons fantomatiques, des tambourinements, des bourdonnements, des coups de tonnerre. Moi-même, au cours de l'un de mes voyages astraux, j'ai vu ces mouvements, j'ai écouté, congrûment amplifié, ce concert. Mais j'ai également vu d'autres choses. Beaucoup de rebut stellaire, des arias perdues dans l'espace, des compositions avortées. J'ai assisté au moment où une étoile neutronique subissait un gigantesque tremblement de terre. Le pauvre corps céleste vibrait comme une cloche et faisait résonner une note que nous pourrions définir comme un *la* majeur. Ce n'est pas tout. Lorsque tu y prêteras attention, tu remarqueras que tout vibre selon une fréquence particulière. Nous autres, les amas d'étoiles et les galaxies. À commencer par notre Voie lactée qui musicalement se tend comme la peau d'un tambour. Ainsi donc… Ah, après tant de voyages, je suis fourbue… J'ai besoin de massages plantaires, d'un amant attentionné… Ce serait mal si j'éteignais le cigare que je n'ai pas fumé dans l'eau que tu ne m'as pas apportée ? »

3

La théosophe lui fit une proposition économique et professionnelle très alléchante mais l'avertit également qu'en l'acceptant, il s'engagerait dans un bourbier. D'aucuns la tenaient pour une illuminée, mais la majorité des gens ne voyaient en elle qu'un charlatan.

Entre-temps, ils voyagèrent à travers toute la Russie. Inutile de consigner des noms de villes. Mon oncle profitait de ses moments libres pour parfaire sa formation. À l'évidence madame Blavatsky lui avait présenté une version abrégée de questions fondamentales.

En reprenant à la lumière de ses propres lectures ce que lui avait dit sa patronne, il découvrit qu'elle avait été à la fois succincte et confuse. Peut-être y avait-il à cela des raisons stratégiques. Dans la tradition ésotérique, la connaissance révélée doit avoir une apparence chaotique et incomplète, un caractère écrasant et obsédant ; la révélation doit être un mirage qui projette le ciel sur la surface des eaux. En ce sens, Helena Petrovna avait agi en parfaite pédagogue. Alexandre entreprit avec passion de fouiller les ruines du pythagorisme à la recherche des fragments de savoir qu'il pourrait encore en extraire. Dans le chapitre V du livre I de la *Métaphysique*, Aristote rappelle que les pythagoriciens affirmaient que les principes des mathématiques étaient les principes de toute chose, et que les choses elles-mêmes étaient des nombres – non pas, toutefois, des nombres existant à part, mais des nombres entrant dans la *facture*, la *composition* des choses et des êtres. Le nombre est le principe élémentaire, l'essence de l'existant, comme les atomes pour Démocrite, mais des atomes doués de magnitude et d'extension. Et le plus remarquable était qu'il était arrivé à cette conclusion en découvrant la base numérique des intervalles musicaux (1/2, 3/2 et 4/3) ! Ainsi, les nombres étant la clef des sons musicaux, quiconque connaîtrait leurs propriétés et leurs rapports déchiffrerait les lois qui régissent la nature, la mécanique de l'Univers tout entier. Ils étaient la base de l'esprit et le moyen par lequel se manifestait la réalité. Ce qui découlait d'une certaine manière du mysticisme : si les nombres possédaient une réalité substantielle permettant de décrire les aspects tant qualitatifs que physiques des choses, ils étaient également des hiéroglyphes par le biais desquels on pouvait réaliser des opérations métaphysiques d'une grande portée symbolique. Les nombres et leur caractère sacré. Le mysticisme numérique. Les propriétés cabalistiques des nombres. Leurs propriétés spéciales. *Un*, monade, principe et fondement de tout ce qui existe, Dieu unique, *Solus*, Soleil. *Deux*, dyade, principe passif, symbole de la diversité, expression des contrastes de la nature (nuit et jour, lumière et obscurité, santé et maladie, etc.). Nombres. Nombres. Nombres, et ainsi de suite jusqu'à dix, qui était, bien entendu, le plus sacré de tous, parce que les quatre premiers contenaient le secret de l'échelle musicale (1 + 2 + 3 + 4 = 10) et leur agrégat représentait le nombre de l'Univers, la somme de toutes les dimensions géométriques possibles : le un est le point ; le deux est la ligne ; le trois la surface, et le quatre l'espace. La tétractys.

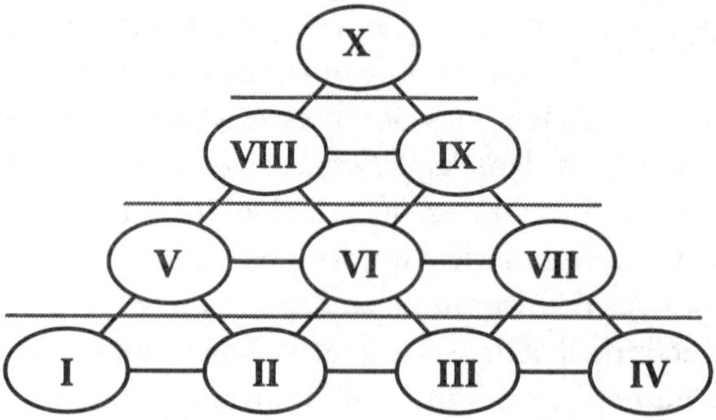

Un peu de patience. Parfois, tout en lisant, Alexandre se demandait si, finalement, il se consacrerait à la géométrie, à la musique ou à la cosmologie. C'était une question qu'il ne trancherait pas du jour au lendemain. Si la vénération du nombre dix (la première division) avait aux yeux des pythagoriciens une implication cosmologique transcendantale dans leur doctrine sur la configuration de l'Univers (conçu pour la première fois de façon non géocentrique), il n'est pas étonnant que, par amour des proportions et des équivalences, ils aient affirmé que les planètes qui se meuvent autour des cieux soient au nombre de dix. Mais comme seules neuf d'entre elles étaient observables à l'œil nu (la Terre, la Lune, le Soleil, Mercure, Vénus, Mars, Jupiter, Saturne, plus la Sphère extérieure des étoiles fixes, toutes tournant en orbites circulaires concentriques autour du trône de Zeus, le feu central), ils se virent contraints de découvrir ou d'imaginer une dixième planète. Elle était invisible mais opérante, la tache noire irisée qui complétait la liste : c'était l'*Anti-Terre*.

Une apparition parfaite : Alexandre comprit la figure. Son frère et lui, aux deux extrémités. Terre et Anti-Terre. Unis. Le lien télépathique et ses interférences (les infimes dissonances). Et le Soleil (s'il était le père), non plus au centre de l'Univers mais tournant lui aussi autour du feu central. Et la mère loin elle aussi. Tous illuminés, dansant dans le cosmos. Terre et Anti-Terre, Soleil et Lune. Grosse comme elle était, madame Blavatsky devait être Jupiter.

Poursuivons nos révisions. Quelle était la relation précise entre l'harmonie musicale et les nombres ? Pythagore avait découvert que les cordes qui donnent le ton, la quatrième, la cinquième et la huitième ont des longueurs proportionnelles à 12, 9, 8 et 6. Et étant donné que les rapports entre ces nombres sont égaux à ceux qu'il y a entre 1, 3/4, 2/3 et 1/2, qui sont les plus simples qui puissent se former avec les nombres de la tétractys (1, 2, 3, 4), il en déduisit que c'étaient là la source et la racine de la Nature éternelle. Les nombres de la tétractys étaient ainsi la base de l'harmonie musicale et aussi la source de la connaissance des racines de l'harmonie du Cosmos. Dans les nombres se trouvait la clef du ton musical de la nature tout entière. Père, un, avec la mère, deux. Un fils sort en premier, trois. Le second, quatre. Additionnés : une famille.

Les Deliuskine-Scriabine : une tétractys détruite.

La suite fut un peu plus facile mais aussi plus étrange. Le sentiment de beauté qu'inspire une illusion de perfection (« Le nombre est l'essence de toutes les choses ») se vit soudain menacé par la catastrophe. Pauvre Pythagore. Vingt ans après la mort du maître, vers 480 avant Jésus-Christ, Hippase de Métaponte eut l'idée de chercher une unité permettant de mesurer de manière exacte et simultanée la diagonale et le côté du carré, ou bien la diagonale et le côté d'un pentagone régulier. Pour quoi faire. *Il n'y parvint pas.* Et il décida de le révéler au monde entier : il avait découvert la magnitude incommensurable, l'irrationnel (l'*alogôn*) qui ne peut s'exprimer au moyen de rapports. S'il y a quelque chose qui ne peut se mesurer et quelque chose qui ne peut être su, il y a quelque chose qui ne peut être ni évalué ni dit, et cet impossible, multiplié, se reproduit comme un feu qui embrase tout ordre et toute prédictibilité et…

Hippase de Métaponte, l'école pythagoricienne lui tourna le dos. Ils le bannirent de leur communauté et de leur vie collective et lui érigèrent un tombeau comme s'il était déjà mort de son vivant. Dans le livre X de ses *Éléments*, le sévère Euclide déciderait que l'auteur de la découverte avait péri dans un naufrage *parce que l'ineffable et l'inimaginable auraient dû demeurer éternellement secrets*. Une phrase à laquelle Pythagore n'aurait peut-être pas souscrit. Quoi qu'il en soit, la découverte des irrationnels et de l'incommensurabilité, bien qu'elle sape les fondements sur lesquels repose le pythagorisme, non seulement trace une limite momentanée à la connaissance mais ouvre une crise par où s'engouffre l'horreur de l'infini et, par suite, bien entendu, se faufile l'idée qu'il existe un dieu (qu'il soit un, double ou trinitaire) qui tire les ficelles. De toute manière, l'effondrement du pythagorisme n'annule pas l'idée de la musique comme « nombre audible » qui, transmise par la tradition hellénistique néoplatonicienne, est reprise par les grandes figures intellectuelles de l'Antiquité tardive (Macrobe, Boèce, Cassiodore, Aurélien de Réomé, Juan Gil de Zamora, Adélard de Bath, Évrart de Conty, etc.). Alexandre s'use les yeux sur le *Commentaire au Songe de Scipion*, *De institutione musicae*, *Institutiones divinarum et saecularium litterarum*, *Musica disciplina*, *Ars Musicae*, *De eodem et diverso*, *Le Livre des échecs amoureux moralisés*… Il arpente des bibliothèques, consulte des codex. Un texte l'envoie vers un autre. Lorsque l'un d'entre eux se révèle particulièrement difficile à trouver, madame Blavatsky, en patronne compréhensive, entre en contact avec ses mahatmas et le lui fait « descendre » des hautes sphères. Studieux, méditatif, sage à l'extrême, Alexandre se présente durant cette période comme l'antithèse de l'image qu'en gardera la postérité ingrate. Rien en lui ne rappelle ces hyperboles tardives propres au musicien romantique, ni sa fatuité ni son ignorance. Quant à la passion, nul n'est besoin qu'en plus de couler dans les veines, elle affleure dans une bouche écumante (Nietzsche, Schumann et tant d'autres). Il est même loin de ressembler à un musicien. Il ne s'assied presque jamais au piano, ce qui ne veut pas dire qu'il ne compose pas mentalement et qu'il ne pratique pas dans ses rêves. En outre, à Buenos Aires, son frère Sébastien mène une carrière de virtuose, et ce que l'un apprend est instantanément transmis à l'autre, si ce n'est qu'Alexandre a les doigts un peu plus courts et dodus. En résumé, sa formation d'autodidacte est classique. Elle le tient à l'écart de la tendance en vogue, laquelle surgit précisément pendant la période d'industrialisation et mise tout sur l'expression réactionnaire d'une ineffable « âme russe » d'inspiration folklorique. Ayant pour horizon le sublime et pour programme d'étude l'Univers, les questions locales lui semblent réductrices et peu alléchantes. En dehors de la compagnie chaleureuse de ses livres, de sa lampe allumée et des accords silencieux qui font résonner son attente à quelques mètres seulement de ses doigts (la musique non encore jouée), tout le reste lui est insupportable. En dépit des diagonales et des théorèmes, mon oncle persiste à croire que la Beauté triomphera. Ce pari enthousiaste a l'apparence de ce qu'il commence à pressentir obscurément comme sa mission. En réalité, d'une partie seulement. En ce sens, le cosmos et la musique continuent d'être des quasi-synonymes. Si les nombres sont la source et la règle de l'harmonie dans les mouvements, le jugement esthétique pourrait finalement se réduire à une définition mathématique et la Beauté deviendrait alors intelligible pour tous, ou du moins pour les esprits lucides. Dieu comme esthète. Pour saint Augustin, les proportions de la musique agissent comme des métaphores sonores de la création, qui conduisent à la révélation et à la contemplation extatique du mystère divin. La musique possède un caractère hautement spirituel : les mécanismes de la sensation sonore expriment l'activité de l'âme sur elle-même, de sorte que cette dernière vibre encore après que la musique s'est tue.

Viennent ensuite Boèce et sa triade. Mon oncle s'intéresse à la croyance selon laquelle la musique des sphères (*musique mondaine*), inaudible pour nos oreilles, résonne à travers les anges disposés autour du trône céleste, et s'enthousiasme à l'idée que l'homme est un microcosme gouverné lui aussi par l'harmonie. La *musique humaine* n'est pas un objet de perception mais plutôt le lieu d'une introspection qui réunit la vie du corps et la vie de la raison et de la sensibilité, appariement qui évoque l'accord entre un son grave et un son aigu, mais aussi le concert du mouvement établi entre les planètes. Et la troisième branche, qui concerne l'art des sons et l'art de la composition en général… La *musique instrumentale* imite donc la Musique du Monde, de sorte que l'homme, qui à l'image de l'âme du monde possède un « accord » musical, est le réceptacle de la musique. Harmonie externe et interne. Microcosme et macrocosme. Dialectique de l'universel et du particulier… Ce sont là des nœuds associatifs de son processus mental qu'il poursuit en traversant le Moyen Âge.

Absorbé par ses sujets de prédilection, Alexandre passe un peu rapidement sur les distinctions entre musique naturelle et musique artificielle. Laissons de côté les délicieuses et rudimentaires conceptions de Remi d'Auxerre (fin du IXe siècle après Jésus-Christ) à propos du « chant parfait » qui réunit le mouvement du corps, l'organisation des hauteurs et de la moyenne, et des mots entre eux. Puis Guillaume de Conches, figure majeure de l'école de Chartres. Une idée charmante : on considère le rythme comme le point de convergence terrestre du mouvement universel, qui établit non seulement un lien mystique entre toutes les choses, mais aussi un phénomène musical qui équivaut à l'harmonie. Et l'harmonie n'est ni plus ni moins que le statu quo de l'Univers, qui au travers de l'art transmet (diffuse) la véritable sagesse, modèle de toute société… Dieu, architecte tout-puissant, a construit l'existant et harmonisé la variété des choses créées au moyen des proportions parfaites, de la consonance musicale. Mille cinq cents ans après la naissance de Pythagore, au fil de ses resucées, tout est redevenu théocentrique. Les nombres continuent de nous dire que l'art de la musique peut atteindre la beauté éternelle du divin. Bien entendu, même si le calcul nous permet de connaître ou d'imaginer les sons que produisent les corps célestes dans leur rotation, personne n'a entendu le chant des anges…

Mais, après tout, qu'est-ce que la musique ? *Mundica*, une contraction de *mundi* et de *cantus*, le chant du monde ? Selon Juan Gil de Zamora, elle provient plutôt de *moys*, qui signifie eau. Et *moys* ne renvoie-t-il pas à *Moyses*, Moïse, « sauvé des eaux », de sorte que la musique serait ce qui sauve l'homme ? Autant de questions que mon oncle aurait ignorées s'il avait décidé de devenir interprète et non compositeur. Surtout, le genre de compositeur qu'il allait devenir. Durant ces heures d'étude, sous l'effet immuable que produisent les impressions véritables, Alexandre Scriabine commençait à entrevoir la conviction qui le pousserait des années plus tard à entreprendre son chef-d'œuvre : l'art comme salut et comme restitution de l'Univers à ses fins.

4

Chez madame Blavatsky, la vie suit son cours habituel. Alexandre est son bras droit : il est chargé de superviser le personnel qui réalise les tâches de ménage, de cuisine, de blanchiment et de repassage. Il doit aussi garder un œil sur la salle d'attente où se bousculent les visiteurs. Sa patronne ne s'embarrasse pas des formes et cela lui vaut parfois de petits scandales ou d'être l'objet de diverses accusations. La Russie est une société provinciale et dans le vide de ses villes entourées de toundras, de taïgas et de steppes, le moindre petit bruit retentit comme une déflagration.

« On me traîne dans la boue ! J'exige un avocat ! » crie Helena Petrovna.

Tout avait commencé par un voyage éclair que madame avait fait à Bombay à des fins médicales et didactiques, suivi d'un débarquement à Londres, où elle avait rendu visite à la filiale locale de la Société théosophique dans le but de trancher certains désaccords philosophiques, doctrinaires et chrématistiques qui l'opposaient à ses membres. Le début de la rencontre s'était déroulé dans une atmosphère en apparence des plus cordiales. L'excentrique lady Anna Kingsford, responsable de la section britannique de la Loge, offrit en son honneur une réception dans les règles de l'art, plateaux arborescents d'amuse-bouche, fioritures, confitures. Tout cela, bien entendu, dans l'intention perverse de l'attraper le bec plein et la garde baissée. À la troisième rencontre, la patronne d'Alexandre s'étonna de la présence d'inconnus qui lui furent présentés comme de nouveaux adhérents mais que lady Kingsford avoua finalement être des examinateurs de la Société de recherches psychiques de la ville, fondée deux ou trois ans plus tôt dans l'intention déclarée d'« apporter un cadre de sécurité objective au développement et à la connaissance des événements paranormaux ». Selon la maîtresse de maison, messieurs F. W. H. Myers et J. H. Stack n'avaient d'autre intention que d'observer de leurs propres yeux les merveilleuses aptitudes de l'invitée. Dans son ingénuité ou voulant se montrer au monde sous ce jour, Blavatsky accepta de se soumettre à l'examen et, plusieurs nuits durant, elle prouva sa capacité à produire l'apparition des fantômes d'êtres encore vivants, à projeter et à matérialiser des doubles humains, à favoriser l'irruption d'objets, à tirer des sons de cloches astrales, à noircir des lettres sous pli scellé et dûment cacheté, à faire sortir des fleurs, des broches et des clochettes à des doubles d'adeptes... D'après les confidences que Blavatsky fit à mon oncle au milieu des sanglots et des hoquets, elle avait même exposé toute une série d'expériences qui revêtaient le caractère le plus sacré – « Je leur ai même parlé de la cité d'or, Shambhala ! » –, afin d'œuvrer pour la cause de la science spiritiste. Néanmoins rien n'y fit. Une fois les masques de la courtoisie tombés, madame comprit qu'elle était en présence d'un comité que personne n'avait convoqué. Les accusations n'avaient pas encore été prononcées qu'elle ressentait déjà la malveillance qui se détachait des crânes de ces personnages, tel un halo jaune et oppressant.

L'interrogatoire commença. Un sténographe enregistrait les questions et les réponses : tandis que monsieur Stack s'enquérait de ses habitudes hygiéniques, de ses préférences sexuelles et de ses goûts culinaires, monsieur Myers s'évertuait à déchiffrer les sources de financement de la Société. Par instants, ils parlaient en même temps. Une fois les apparences de cordialité dissipées, madame n'eut même pas droit à un rafraîchissement. Les examinateurs élevaient le ton pour critiquer ses déclarations, prétendaient soulever des contradictions, se montraient cruels et sceptiques et ne manifestaient pas la moindre considération pour ses sentiments. Ils parvinrent finalement à fâcher Blavatsky qui les taxa d'incompétents et leur reprocha leur manque absolu d'expérience en matière de lois psychiques. Une telle riposte sembla calmer sur-le-champ le duo qui se retira de la réunion en bafouillant des excuses.

Cependant, le lendemain, dans le *Christian College Magazine* londonien parut une note signée de leurs deux noms l'accusant de figurer « parmi les imposteurs les plus rusés et les plus dangereux que nous connaissions ».

Madame embarqua à bord d'un bateau qui la ramena sur le continent d'où elle regagna la Russie. Mais lorsqu'elle arriva à Moscou, la presse était déjà au courant du scandale. Certains journaux proches de la Société de recherches psychiques avaient même publié une série de lettres, prétendument signées de sa main, adressées à ses deux anciens employés, dans lesquelles Helena Petrovna les sommait de construire des murs postiches munis de portes coulissantes et d'engins de tout acabit destinés à berner les moins avertis. Les articles se faisaient aussi l'écho de plaintes anciennes : elle trafiquait le jeu du verre, les objets vibraient au contact de sa main après qu'elle y eut adjoint de complexes moteurs internes… On allait jusqu'à attribuer le miracle de la téléportation à un simple tour de magie dans lequel deux cabines communiquaient par un passage secret, voire à l'emploi de jumeaux…

« Je ne crains pas les affirmations de ces maîtres-chanteurs,

Alexandre, dit Blavatsky à mon oncle. Pour être tout à fait franche avec toi, je dois avouer que les numéros de cirque sont indispensables pour entretenir la foi de nos plus humbles acolytes. En revanche, les hautes vérités qui m'habitent et qui se manifestent par mon intermédiaire sont plus ardues à démontrer. C'est pour cela que j'ai besoin d'un avocat. »

Alexandre mena son enquête et trouva finalement le professionnel qui lui sembla le plus idoine. Petit, chauve, la barbe clairsemée et taillée en pointe, ses yeux exprimaient le ressentiment et le désir impérieux de réussir, peu importe où et en quoi. Il portait un trois-pièces élimé et mal coupé. De toute évidence il manquait d'une femme à ses côtés. Le galetas qu'il occupait, deux pièces dont les fenêtres donnaient sur la place Rouge et sur la partie arrière du Kremlin (cours de service et tours à l'abandon), était garni de livres écrits en allemand. Helena Petrovna vit dans cette marque d'ostentation une preuve d'ignorance. Néanmoins, au point où elle en était, elle lui confia l'affaire.

Tandis que la théosophe exposait sa situation dans ses moindres détails, l'avocat arpentait son bureau de long en large, se penchait à la fenêtre (comme s'il avait voulu donner des instructions au personnel de l'édifice gouvernemental), se lissait les sourcils, croisait les bras dans son dos, imitant inconsciemment le geste de feu l'Empereur français, ou enfonçait ses pouces dans les poches de son gilet comme un épicier. Finalement, il en tira une montre en or, consulta l'heure et déclara :

« Selon moi, votre cas est totalement insignifiant et donc terriblement périlleux. Il suffit d'une étincelle pour embraser la prairie. Mon frère flotte aujourd'hui dans l'éther de l'Univers après qu'un sbire de l'Okhrana a trouvé à son domicile des pamphlets d'une organisation terroriste. Il fut pendu et, quant à moi, je fus contraint de me réfugier en Suisse car la persécution tsariste s'abattit sur tout le reste de la famille. Comme si la politique coulait dans les veines ! Le voyage a tourné à mon avantage : j'ai joué aux échecs, fait la connaissance de gens étranges, des avant-gardistes… Ce que je veux vous dire, c'est que nous vivons dans une société fermée, ce que prouve la timidité avec laquelle y circulent les nouveautés. C'est pourquoi toute nouvelle, quelle qu'elle soit, tend à se solidifier et toute personne et toute pratique deviennent immédiatement visibles. Dans votre cas, le fait qu'on vous ait d'abord attribué le don de parler aux morts, puis qu'on vous ait accusée d'avoir encouragé cette rumeur par mille tours de passe-passe, vous place dans la ligne de mire de l'autorité. Et cela, en Russie, c'est dangereux. Rendez-vous compte : demain ou après-demain, à tout moment, dans une bourgade perdue de notre patrie, une meute de loups dévore des brebis. Pour sa propre défense, le moujik, qui jamais ne pourrait restituer à son maître la valeur du bétail perdu, prétend qu'il a vu surgir de la boue une foule de morts qui emportèrent les animaux dans l'abîme… Qui accuserait-on d'un tel acte ? Eh bien vous, madame, évidemment.

— Quelle solution s'offre à moi ? voulut savoir madame Blavatsky.

— Je dirais qu'il vous reste deux options : ou bien vous déclarez pouvoir parler avec les morts et vous produisez une preuve convaincante de cette aptitude, ou bien vous déclarez ne pas pouvoir le faire et vous accusez vos accusateurs de vous attribuer un don que vous n'avez jamais affirmé avoir.

— Mais, et les lettres ? Jamais je…

— Quoi qu'il en soit, mon conseil est le suivant : patience, argent et terreur. Je peux vous mettre en contact avec un pilleur de banques et de trains en Sibérie, qui à l'occasion me rend de menus services. Moyennant quelques roubles, mon ami voyage à Londres, rend visite à vos adversaires, sort son *knutt* et flagelle leurs dos incrédules ou tout simplement leur tatoue votre nom de famille à la lame de couteau. Il n'est pas inutile non plus de leur tirer quelques coups dessus. Résultat : le lendemain, Josip est de retour et vos prudents ennemis publient un démenti qui vous blanchit de tout soupçon. Qu'en pensez-vous ?

— Je pense que vous me méprisez sans même me connaître et que vous ne comprenez pas ce qui est en jeu dans cette affaire, dit madame.

— Ce n'est pas la vérité qui m'intéresse mais la cause à plaider », répondit l'avocat.

Cette réponse ne fit qu'attiser la colère d'Helena Petrovna :

« Mon cher rond-de-cuir : je lis dans votre esprit que vous me prenez pour une vieille chouette et que vous pensez que la sagesse que je transmets n'est qu'un tissu de commérages. En vulgaire empiriste que vous êtes, vous confondez le réel et le visible. Votre insensibilité au drame que je traverse montre que vous vous croyez destiné à accomplir de grandes choses, ce qui peut être vrai, surtout si l'on sait que ce qui est grand n'est pas toujours bon. D'une certaine manière, il est excusable que vous ne vous souciiez guère de savoir à qui je parle, en revanche, à qui donc pensez-vous que vous parlez ? »

Madame Blavatsky sortit furieuse de l'entretien et ne retrouva son calme que tard dans la nuit, après que l'un de ses dévoués mahatmas eut matérialisé sous ses yeux la copie d'une notification qui apparaîtrait quatre-vingt-dix-neuf ans plus tard, dans le *Bulletin officiel* de la Société de recherches psychiques, et par laquelle l'institution, s'accusant d'avoir agi précipitamment, l'exonérait de toute faute. Le lendemain matin, Alexandre fit encadrer cet avis et l'accrocha sur l'un des murs de son studio. Cependant le document ne sembla pas venir à bout des inquiétudes de l'absoute. Un jour, de retour à l'hôtel particulier après son habituel circuit d'emplettes, mon oncle entra dans la chambre de la théosophe et la trouva étrangement vide de présences, à commencer par celle de sa propriétaire. Sur la table, il y avait une lettre :

Augures, imprécations, prémonitions. Je dois m'occuper de... Mais dis-moi une chose, mon cher Alexandre, crois-tu que si j'avais fait ce qu'on m'impute, j'aurais laissé une preuve écrite de ma supercherie ? Le but de l'accusation est de me discréditer aux yeux du monde entier en me faisant passer pour une pauvre idiote, et par ricochet ridiculiser la mission à laquelle je me dévoue. Derrière tout cela, je vois l'ombre malveillante de l'Église romaine... Et pour le moment je ne peux trouver refuge ailleurs que dans le pèlerinage secret vers le destin que m'indiquent mes guides spirituels.

À côté de la lettre se trouvait une aumônière en soie contenant billets et pièces de monnaie en quantité suffisante pour permettre à mon oncle de passer l'hiver.

5

Grâce à l'argent que lui avait laissé madame Helena Petrovna Blavatsky, mon oncle fut dégagé pendant un certain temps de préoccupations matérielles, un temps qu'il mit à profit pour parfaire son éducation. Il prend des leçons de composition auprès de Nikolaï Zverev puis il s'inscrit au Conservatoire de musique de Moscou. Il tire quelques enseignements des cours d'Arenski, de Taneïev et de Safonov. De cette période, on lui connaît des miniatures pour piano, de brefs tableaux que les lectures les plus superficielles attribuent à l'influence de Tchaïkovski ; mais il est évident que les aspects méditatifs de ces petites pièces excèdent les capacités de ce mélodiste mièvre pour produire une réflexion totalisatrice (la première d'entre elles) qui résume le meilleur du legs romantique : l'amabilité sonore et les petites formes de Chopin, l'esprit de construction de Liszt et la base offerte par la tradition pianistique russe. Et cela, paradoxalement, s'appréciera davantage dans les préludes comme les opus 11 et 33, qu'il écrira quelques années plus tard. En attendant, période d'apprentissage. Les professeurs s'étonnent de la vitesse à laquelle il progresse ; en quelques mois, il est devenu un remarquable pianiste, en dépit du fait que ses petites mains couvrent à peine plus d'une octave ; dans ses efforts pour gagner en amplitude, il se blesse parfois les doigts, saigne. Et bien qu'à l'issue du concours de fin d'année (catégorie exécution) Rachmaninov obtienne la médaille et que mon oncle doive se contenter du deuxième prix, pour ceux qui assistent à l'événement, il est évident qu'à l'avenir le gagnant devra se cantonner à une carrière de virtuose couronnée des gloires éphémères des feux de la rampe, et qu'en revanche Alexandre Scriabine, malgré ses limitations physiques, a démontré de quelle étoffe est fait un véritable artiste : il a, lui, joué en pleine transe. De cette époque datent certaines de ses premières annotations de nature philosophique, très élémentaires et néanmoins fort justes, où il revendique le caractère rédempteur, prométhéen, du luciférisme. Luci-fer : *celui qui apporte le feu*. Et aussi, sans aucun doute, celui qui sacrifie tout à la lumière.

Mais il faut bien vivre : mon oncle commence à donner des concerts. À Saint-Pétersbourg, il fait la connaissance du mécène et éditeur Béliaïev qui le paiera grassement pour ses compositions et lui prêtera de l'argent. Tournées : Allemagne, Suisse, Italie, France. C'est l'époque de ses préludes, ainsi que celle de la *Deuxième Sonate* et du *Poème symphonique*. À son retour à Moscou, il rencontre Véra Ivanovna Issakovitch, une pianiste diplômée du Conservatoire et grande admiratrice de sa musique. Ils se marient. S'ouvre une période de succès. La Russie elle-même semble jeune et prospère. Été. Invités dans le cadre de ces plans ministériels extravagants qui confondent la culture et le divertissement, ils embarquent à bord d'un bateau à vapeur, l'*Ivotknik*, qui fait paresseusement tourner sa roue à aubes le long de la Volga. Tous les jours, à la tombée de la nuit, le bateau jette l'ancre près d'une bourgade sur les rives du fleuve, le piano à queue est hissé sur le pont, et Alexandre et sa femme offrent des concerts à quatre mains aux villageois transis d'extase. Il n'est pas étonnant que, dans un élan d'orgueil, mon oncle déclare : « Je suis Dieu. » En un certain sens, il l'est. Il est devenu le musicien le plus célèbre de Russie. Véra, qui l'adore, se charge de l'exonérer de la considération des problèmes matériels, lui choisit ses vêtements, lui coupe les cheveux et taille sa moustache, révise ses contrats. Pour la première fois, son corps d'orphelin ressent la douce caresse de l'affection. L'amour le rend sensible à la fragilité des choses ; sous son influence, sa musique laisse derrière elle son aspect purement cérébral, son reste de « roseau pensant », et s'ouvre à une forme de spontanéité, le sentiment comme reflet, écho ou accord de ce qui palpite dans l'Univers. Cette sorte de panthéisme vibratoire – une réaffirmation sensible de ses connaissances – aura des conséquences à long terme sur son œuvre mais ne nous avançons pas trop. Pour l'instant, le geste romantique mûrit sous la figure d'un plus ample développement de la masse sonore, du « ravissement ». Bien que son progrès soit perceptible, Alexandre sait qu'il est loin d'avoir atteint un état d'« objectivation » ; lors de ses concerts, il remarque même que le public applaudit certains morceaux de bravoure qu'il tient quant à lui pour des manifestations de découragement, des accès de lassitude devant l'évanescence de ces figures de rêve et de volupté auxquelles il aspire vainement.

Bien entendu, cet état d'angoisse – qu'il appelle de l'insatiabilité – n'est pas constant mais il affecte suffisamment sa vie pour y laisser une trace. Alexandre souffre d'allergies, il perd ses cheveux par poignées, et même en plein été il ne peut sortir sans chapeau. Devant son miroir, il se trouve des eczémas, des points noirs, des cernes. Il devient irascible ; il est parfois absent et nerveux. Un flot continu de jeunes admirateurs lui rend visite à son domicile de Saint-Pétersbourg pour soumettre leurs compositions à l'examen de leur nouveau maître ; mais mon oncle passe des semaines entières sans recevoir personne ou, à défaut du signe d'approbation attendu, il distille des réponses sèches et peu encourageantes : « Essayez à nouveau », « Très mauvais », « Ça ne vaut rien » ou, égrenant les perles d'amertume de la sagesse populaire russe : « Autant demander des caramels à un âne », « Ne bâtis pas une tour d'excréments pour atteindre le soleil », « En roulant, les melons trouvent leur place dans la charrette », etc. Véra, qui connaît la nature intime de la douleur qui aigrit son mari, essaie de le soulager en lui rendant son quotidien plus confortable. La médecine apporte son explication : Alexandre a le ventre sec et un flux sanguin rapide ou il souffre de problèmes circulatoires ou bien c'est son cœur qui est trop dilaté. Broutilles. J'ignore ce qui se passe pendant toutes ces années, sur le plan télépathique, entre mon père et mon oncle. Je sais qu'Alexandre continue de jouer et de composer dans une pièce tapissée de somptueuses tentures qui filtrent la lumière trop crue, trop blanche et amortissent les cris des enfants. Une nuit…

Une nuit il rêve d'une famille. C'est une famille au complet, domestiques inclus. À demi couverts de vêtements du goût le plus exquis, ils attendent dans un sous-sol, posant devant une chambre pour daguerréotypes. Le *pater familias* se tient debout, dans son uniforme militaire, la main posée sur l'épaule de sa femme qui est assise sur une simple chaise en bois. Les enfants sont alignés du plus grand au plus petit. Ce qui attire l'attention, c'est l'état de quiétude absolu, sans espoir apparent. L'un des petits enlace un oreiller. Un autre commence à pleurer et le père dégrafe l'une des médailles qui bardent sa poitrine et la lui tend pour qu'il joue avec. Dans son rêve, Scriabine croit reconnaître la médaille : c'est la première d'une longue série qu'il a reçue au cours de sa carrière. Il s'agit donc de sa famille. Soudain, des pas résonnent. Une rangée de soldats se campe devant eux, leur bouchant la sortie, et commence à tirer. Alexandre sait qu'il est question d'un rêve et qu'il pourrait s'arrêter s'il savait comment se réveiller. Mais les tirs continuent et lorsqu'il ne reste plus que des cadavres, les assassins les traînent jusque dans une charrette…

À la lumière des événements historiques, il pourrait sembler évident qu'il a fait un rêve prémonitoire de la fin tragique de la dynastie des Romanov, probablement induit à distance par madame Blavatsky. Mais la netteté des images l'empêche d'envisager la simple probabilité qu'il s'agisse de la famille royale, qu'il ne connaît pas. C'est la sienne. Mon oncle se réveille persuadé qu'il doit soustraire Véra et leurs enfants à ce destin. Le choix est terrible : il doit sortir de cette scène, son départ est la seule protection qu'il peut offrir contre les balles de l'avenir.

À aucun moment, pendant les années qui suivirent, et jusqu'à sa mort, mon oncle ne reçut le moindre indice sur la nature de cette menace. Qui tirait dans son rêve ? Pourquoi ? Son sacrifice devait s'accomplir en silence, car la moindre manifestation de sa part pouvait provoquer ce qui devait être évité. Il crut simplement à la vérité de cette terreur et agit en conséquence. Il abandonna son épouse et leurs quatre enfants et plus jamais il ne les revit.

6

Un rêve engendre des faits et les faits produisent des œuvres. Le brusque abandon du foyer, qu'il soit interprété comme la première d'une série d'hallucinations qui finiraient par le précipiter dans les abîmes du génie et de la folie, ou comme une réponse obéissant à une mise en garde du destin, entraîna de profonds changements dans la cosmovision et dans le travail de musicien et de compositeur d'Alexandre Scriabine. Il se comparait souvent au Christ, lui aussi ayant dû abandonner les siens au bénéfice d'une mission surnaturelle. Pour certains, son inclination croissante pour les figures religieuses était le remède que son esprit avait trouvé pour le sauver du spectre de la dépression. Par chance, son renoncement au bonheur familial ne le laissa pas sans ressource. Au contraire, il dénicha de nouvelles zones à développer ; l'apparence de liberté créatrice de ses débuts laissa place à une sorte de système ou de programme d'opiniâtres récurrences qui annonçaient ce qui viendrait bientôt : sa découverte de l'accord mystique. La gravité déploya ses ailes au-dessus de lui. À présent, les œuvres s'écoulaient à un niveau d'émotion incomparablement élevé, qui n'était ni pathétique ni choquant. Sa façon d'exprimer la douleur revêtait une suprême élégance. Ce qui n'empêchait pas que ses concerts, qui convoquaient la sensibilité et l'entendement à parts égales, provoquent parfois des convulsions paroxystiques, d'inconsolables crises de larmes. L'âme dévastée de mon oncle transmettait sa désolation, qui paradoxalement prenait la forme d'un triomphe public. En hommage à Véra Ivanovna, il composa des pièces d'un lyrisme exquis, les *Feuillets d'album*.

De ce point de vue, celui des renoncements et des dons, le choix de ma tante est encore plus extrême et émouvant. Elle, sans en connaître les motifs, « comprit » le départ d'Alexandre et consacra le reste de sa vie à l'enseignement et à l'exaltation de la musique de l'homme qui l'avait abandonnée. Certaine d'habiter une région de l'amour située au-delà de la chair, convaincue que la décision de Scriabine (qui la consumait comme un cancer du pancréas) était la meilleure, car ainsi le lien qui les unissait se resserrait et s'affirmait, il n'y eut pas un jour sans qu'elle exécutât les œuvres de son mari. Pour les cénacles théosophiques russes, la relation « rémanente » reproduisait comme en miroir cette sorte d'accord que, dans son propre domaine, madame Blavatsky avait réussi à atteindre avec ses mahatmas. Une supra-réalité. Qui se traduit par le mysticisme croissant de la musique d'Alexandre, désormais émaillée des descriptions métaphysiques par lesquelles il cherchait, parfois à tâtons, l'explosion de la pensée cosmologique qui l'occuperait pendant sa période de maturité et jusqu'à la fin de sa vie. Rien d'étonnant à ce que le début de ses grandes réalisations soit aussi celui des premières fausses notes dans la réception du public et de la critique spécialisée, des objections émises à la complexité de ses idées, aux supposées « ambitions prétentieuses de ce cinglé » (*dixit* Rimski-Korsakov) ; certains, qui autrefois applaudissaient à la passion et au délire, n'y trouvaient à présent que de l'imprécision formelle. La cote du scriabinisme restait néanmoins élevée : mon oncle incarnait l'essence de l'esprit créateur. Mais il en personnifiait aussi les lubies : taraudé par l'hypocondrie, il consommait des remèdes en quantités alarmantes ; par crainte des germes, il ne quittait jamais ses gants en public ; en présence d'étrangers il exagérait la fixité de son regard afin de tracer une « frontière visuelle » et entraver ainsi toute tentative d'intromission dans sa psychologie. Le critique russe Sabaneïev observa l'effet que produisait sur lui l'obligation d'assister à l'exécution de ses propres compositions : « Parfois il penchait la tête d'une manière étrange, les yeux fermés. Son apparence trahissait presque toujours un plaisir physiologique. Il ouvrait alors les yeux et les levait au ciel comme s'il voulait s'envoler ; mais pendant les passages intenses de la musique, il respirait bruyamment et nerveusement, agrippant parfois les bras de sa chaise de ses deux mains. J'ai rarement vu le visage et l'expression d'un artiste changer à ce point en écoutant sa propre musique. On aurait dit qu'il ne pouvait dissimuler les profondes expériences qu'il en tirait. » La solitude avait exacerbé sa sensibilité et sa propension aux démonstrations excessives. Il couvrait son piano de baisers comme s'il s'agissait d'un être animé et était à l'agonie lorsqu'on venait l'accorder ; il dormait avec ses partitions sous l'oreiller pour que l'intensité de leur contact ne s'émousse pas dans la nuit. Il n'est pas étonnant qu'à la faveur de cette vibration excessive de ses composantes primordiales il se liât à une autre femme.

Tatiana Schloezer était une pianiste novice qui à l'âge de dix-huit ans et après avoir entendu l'une des compositions d'Alexandre décida qu'il s'agissait là de l'impression la plus vive de son existence, au point qu'elle renonça à ses propres ambitions pour se consacrer au mystère de l'œuvre et de la personnalité de son nouveau dieu. Tatiana : grande, blonde, joues rosées, regard d'un bleu azur (malgré une légère myopie), peau laiteuse et douce au toucher. Un rêve éveillé, pour ceux qui aiment rêver de femmes-poupées-de-porcelaine. Au début, Alexandre ignora les messes basses de son entourage. La grande faiblesse de mon oncle, ou, si l'on veut, son signe distinctif, qu'il partageait avec les prophètes et les évangélisateurs, était son besoin de s'appuyer sur un milieu propice, approuvant et diffusant sa pensée, un besoin que la perte déchirante de Véra n'avait fait qu'accentuer. Aussi ne put-il demeurer bien longtemps indifférent à Tatiana qui se montrait prête à tout donner et à se contenter de ce qu'on lui offrirait en échange, fût-ce de jouer *ad vitam aeternam* le rôle de témoin silencieux de l'existence de son maître vénéré. Sans que personne ne l'y invitât, elle assuma progressivement les fonctions qui soulagent le quotidien d'un homme vivant seul. Elle servait le thé aux invités, préparait des collations, tapotait les coussins, aérait les pièces et réglait le rythme des entrées et sorties des visiteurs…

Bien qu'il n'en laissât rien paraître, Alexandre ressentait de la gratitude envers cette aide domestique. Naturellement, l'intensité, le feu que jetaient les yeux de Tatiana ne lui avaient pas échappé, mais accoutumé qu'il était à provoquer cet effet, et pas seulement chez des personnes du sexe opposé, il n'y voyait rien d'anormal. Il considérait Tatiana comme une petite fille et la traitait comme telle. Cependant, en signe de sa considération, il la gratifiait parfois d'un vague début de compliment galant ; et dans ces aumônes sentimentales Tatiana trouvait à se repaître. Jamais elle ne faisait mention de ses espoirs, ayant pris bonne note des limites qu'Alexandre en personne y traçait. Du reste, parmi les nombreuses tâches qu'elle s'assignait, ne se trouvait-elle pas celle de protéger du moindre grain de poussière la pièce où étaient exposés, comme sur un autel illuminé de cierges, les portraits de Véra Ivanovna et de leurs enfants ? Assurément, à cette époque, Tatiana respectait plus que quiconque l'intimité émotionnelle de mon oncle, mais un jour elle avait osé appuyer l'oreille contre la porte close et avait entendu sa plainte spasmodique, les larmes d'enfant que l'homme amoureux versait pour la femme qu'il avait abandonnée.

Constituaient-ils un cas à part ? Deux artistes réfrénant leurs pulsions élémentaires par souci des convenances ? Un beau jour, mon oncle remarqua que la présence de Tatiana lui était indispensable et qu'il devrait se résoudre à la perdre s'il ne lui offrait autre chose que ce pauvre os à ronger ; il s'agissait de produire une sorte de correspondance, fût-elle un pur simulacre de mutualité. Néanmoins, étant donné l'intelligence active et sensible de Tatiana, ce rapprochement ne pouvait être démagogique, et devait ménager leurs positions respectives.

Finalement, mon oncle décida que Tatiana avait accumulé suffisamment de mérites pour *participer* d'une certaine manière à son processus créatif, même si elle ne *composerait* pas avec lui.

Alexandre éleva sa disciple au rang de première auditrice en soumettant ses œuvres en cours d'écriture à son jugement. Ne tirons pas de conclusion hâtive d'une telle attitude. Bien que Tatiana fût une pianiste hésitante, elle possédait une solide formation théorique. Pour peu qu'on le lui permît, elle était capable d'éclairer Scriabine lui-même sur certains aspects de son œuvre[1]. En de pareils moments, Alexandre reconnaissait

1. Des décennies plus tard, Glenn Gould découvrirait des enregistrements sur lesquels Tatiana Schloezer interprète Alexandre Scriabine. Derrière le primitivisme de son exécution, qu'accentuait la rudesse du diamant s'enfonçant dans le sillon du disque de vinyle, on devine l'idée. Tatiana supprimait l'usage de la pédale, que mon oncle exagérait au contraire dans ses propres interprétations pour mettre au premier plan l'aspect qui l'intéressait (la sonorité rayonnante, l'inachevé, la fantaisie orientale, l'atmosphère brumeuse et hypnotique). Ce faisant, la Schloezer soulignait ce que, suivant les élans de son caractère romantique, Alexandre avait toujours voulu dissimuler dans ses compositions : l'évidente présence d'une puissante structure contrapuntique,

toute la chance qu'il avait de pouvoir compter sur ce discret trésor. Et il ne s'agissait pas d'avarice ni d'égocentrisme, ou du moins mon oncle ne le percevait-il pas ainsi, mais d'une réciprocité asymétrique. Tatiana était pareille à une fontaine aux souhaits : il lui avait jeté un rouble et la fontaine le lui rendait au centuple. Mais on ne pouvait écarter la possibilité que ce phénomène ne fût que momentané, car il n'est de femme qui au faîte de sa vie n'ait produit sur un homme un effet d'éblouissement. Peut-être – songeait mon oncle – les équilibres se modifieraient-ils avec le temps. Alors, le moment venu, il parviendrait à découvrir que ce qu'il offrait, tout bien pesé, constituait une immensité dont Tatiana ne pouvait encore venir à bout. Du moins, sa condition de professeur de musique lui avait-elle donné l'occasion de vérifier qu'il en allait toujours ainsi avec les élèves.

Durant un temps, tout sembla prendre le chemin indiqué. Les choses allaient si bien que mon oncle décida de confier à sa disciple des tâches qui, quoique revêtant une importance vitale pour sa carrière, n'étaient toutefois qu'un dérivé de ses intérêts les plus permanents, comme la rédaction des textes de ses programmes de concerts. Le résultat fut optimal. Tatiana s'était à tel point imprégnée de la pensée d'Alexandre que ses écrits paraissaient avoir jailli de la main du compositeur. La conception de la musique que Scriabine possédait à ce moment y trouvait son expression la plus achevée. Mise en mots par Tatiana, l'œuvre d'Alexandre Scriabine défiait les tendances dominantes de l'époque…

L'apparition de ces textes renforça l'aura musicale que mon oncle exerçait sur la jeunesse cultivée, avide d'expressions plus sophistiquées et rebelles que celles que pouvaient leur offrir les

---

apprise de Taneïev, qui l'avait lui-même étudiée chez J.-S. Bach. Inutile de dire que dans ses propres versions Gould accentuerait cette tendance.

compositeurs conventionnels. D'une certaine manière, grâce au concours de Tatiana, la musique d'Alexandre trouvait une lecture au diapason de la pensée des secteurs les plus avancés de la société.

En principe, mon oncle accepta de souscrire aux paragraphes où Tatiana établissait un parallèle explicite entre l'aspiration lyrique et le désir de renversement du gouvernement autocratique de Nicolas Ier. Un artiste, un véritable artiste, devait toujours être omniprésent et insaisissable, sans quoi il devenait un simple bourgeois.

« La passion de Tatiana, confiait-il à ses amis, m'a fait comprendre qu'écrire des œuvres les unes à la suite des autres n'a aucun sens si cet effort n'est soutenu que par la volonté superstitieuse d'affirmer une "identité stylistique". Cette identité rend superflue, car purement répétitive, toute nouvelle création. Lorsque je reconnais l'œuvre d'un collègue dès qu'en résonnent les tout premiers accords, je sais qu'il est temps de me retirer de la salle. Le secret que cultive le véritable artiste consiste à malmener le programme automatique de ses goûts et de ses penchants, de transformer chaque composition en quelque chose de nouveau au cours de son développement, et de différencier radicalement chaque œuvre de celles qui la précèdent. En d'autres termes : nous devons nous réinventer chaque jour, nous faire magiciens, surprendre toujours, jusqu'à la fin[1] ! »

1. Typique de « l'étape médiane » de son évolution créatrice, l'affirmation de mon oncle anticipait le problème central de l'art moderne. Alexandre Scriabine souligne le caractère paradoxal d'une création esthétique qui parie sur un cycle continu de transformations qui – leur logique poussée à l'extrême – aboutirait au fait que le créateur ne se reconnaisse pas dans ses propres œuvres (sans parler d'une reconnaissance d'une autre nature, celle du public, perdue d'avance, et pour de bon). Arrivés à ce point d'indétermination de leur carrière esthétique, certains sont capables de détecter l'horreur, la substance même du vide, tandis que d'autres y trouveront le pari ultime, la réussite suprême. Naturellement,

Avec un retard propre à ceux qui souffrent d'une discrétion excessive, Alexandre décida de remercier Tatiana pour la leçon qu'elle lui avait donnée à son insu. Lorsqu'il le fit – d'une manière qu'il jugea explicite, tout en espérant que son geste de reconnaissance n'échappe pas à sa destinataire –, il découvrit avec étonnement que l'accueil que Tatiana lui réserva fut plus froid qu'il ne s'y attendait. Habitué aux marques de vénération quotidienne, mon oncle s'offusqua de l'air détaché de sa disciple et fut sur le point de réagir vertement mais il préféra se contenir. C'était la première fois qu'elle agissait de la sorte.

Mais quelle mouche avait piqué Tatiana ?

Rien ne nous alarme davantage que la peur de perdre brusquement ce que nous avons toujours considéré nôtre. À la faveur d'un simple mouvement inopiné, Tatiana, qui des mois durant se détachait à peine du décor qui l'entourait, devenait soudain l'élément qui affolait son existence. Il n'est pas étonnant qu'à la suite de cette découverte Alexandre forçât le cours des choses, les menant à un point que lui seul trouva inattendu et surprenant.

---

comme l'art produit des sujets limités, faillibles et finis, une fois l'artiste mort, le cycle des mutations de son œuvre s'achève. Et qu'en reste-t-il ? Une galerie de statues mutilées ouverte aux quatre vents.

Comme chacun sait, dans sa glorieuse « étape finale », Alexandre Scriabine comprit clairement les limites de ce projet esthétique du changement constant et décida de le dépasser en franchissant les frontières de l'art et en infléchissant le cours de l'Univers dans sa totalité.

7

Outre l'impression de fraîcheur que laissa à mon oncle la rencontre d'un corps jeune, souple et disponible qui cédait à ses moindres assauts après des mois d'abstinence, le fait que Tatiana passât du salon à la chambre ne parut pas induire de changement substantiel dans la relation qu'ils entretenaient ; du moins le changement ne fut-il pas complet. La différence se traduisait dans la plus grande affabilité (le soulagement) dont faisait preuve Alexandre et dans sa volonté de réduire la distance qui subsistait entre eux. Mais Tatiana conservait son expression sévère, cet air imperturbable qu'on attend des institutrices et des servantes.

Pendant un temps, il préféra prendre cette attitude pour une concession à la bienséance que se doit de faire une femme célibataire vivant chez un homme. Mais force était de reconnaître que son entourage n'accordait pas la moindre importance aux convenances, aussi mon oncle n'eut-il d'autre choix que de s'interroger sur les raisons qui poussaient Tatiana à continuer d'afficher son rictus. Le moyen le plus évident, sonder l'intéressée à ce sujet, se serait révélé à la fois inutile et scabreux. Pour des femmes sensibles comme elle, toute question est un tourment, toute demande une accusation. La placer devant l'alternative de bredouiller des inepties (si elle était étrangère à ses propres sentiments) ou de mentir à dessein (si elle voulait dissimuler les motifs de sa conduite) supposait d'agir suivant des prémisses erronées et d'obtenir un seul et unique résultat : la violence morale. Il était préférable – pensa-t-il – de réduire les risques de conflit en empruntant des voies indirectes.

Alexandre décida ainsi d'accepter le degré d'hypocrisie qu'impliquait le fait de procéder à une enquête délicate et, prenant les mains de Tatiana dans les siennes et l'invitant à s'asseoir près de lui, il lui dit qu'il voulait lui parler comme à une vieille et tendre amie pour qui l'on n'a plus aucun secret. Tatiana qui d'ordinaire répondait aux remarques les plus insignifiantes ne pipa mot. Si la lumière du crépuscule entrant par la fenêtre avait été un peu plus vive, si mon oncle avait été un peu moins occupé à choisir les mots qu'il prononcerait par la suite, il aurait remarqué la lenteur de Tatiana à s'asseoir et la pâleur qui envahit tout son visage, il aurait compris que la situation prenait une tournure sensiblement différente du cadre qu'il avait imaginé pour le déroulement des événements à venir. Malgré tout, il aborda le sujet. Il affirma qu'il n'avait ni griefs ni doléances à formuler, mais, au contraire, de la gratitude, et l'assura que seul le souci de son bien-être l'encourageait à l'implorer de manifester librement la moindre gêne ou le moindre inconfort qu'elle eût pu ressentir. Était-elle à son aise dans la maison ? Parfois elle lui semblait absente, épuisée et abattue. Était-elle accablée par les responsabilités ? Voulait-elle profiter de quelques jours de vacances, reprendre ses études ? Ou peut-être avait-elle besoin de temps libre pour s'occuper de ses propres compositions… ?

Tatiana écouta en silence ces suggestions, puis inclina légèrement la tête, se frotta lentement les yeux – étaient-ce des larmes ou le maquillage qui coulaient le long de ses joues ?

– et, fixant du regard un point indéfini du salon, elle murmura :

« Imbécile. »

Alexandre ne sut pas si elle se référait à elle-même, à lui, au monde entier ou à la situation. Mais il remarqua qu'à présent elle pleurait sans retenue. Les larmes roulaient en gouttes parfaites et ovoïdes sur cette peau lisse, à peine effleurée, nimbée de rouge par les rayons du soleil qui venait tout juste de disparaître derrière les coupoles dorées de la forteresse Pierre-et-Paul. Avant de devoir allumer une lampe, mon oncle put découvrir la beauté qui enveloppait Tatiana, la terrible beauté qui émanait de cette femme. Saisi d'effroi, entouré d'une aura d'un nouveau genre, il voulut dire quelque chose qui ressemblât à une imploration de pardon ou à une proposition de nouveau départ, mais il n'eut pas le temps de bredouiller quoi que ce soit car elle le prit de court. Elle lui dit qu'il la repoussait, qu'il l'avait toujours repoussée ; lorsqu'il la serrait dans ses bras, lorsqu'il l'embrassait ou la caressait, chacun de ses gestes montrait qu'il ne lui donnait qu'un misérable et provisoire reliquat de son attention. Depuis le début, dit-elle, Alexandre lui avait opposé une froideur capable de geler le centre de la terre, et malgré tout, elle s'était tue et était restée à ses côtés, dans l'espoir qu'un jour quelque chose change, rêvant de ce moment qui jamais n'arriverait, car il était évident depuis le début qu'il ne s'occuperait jamais de rien, que jamais il ne la regarderait véritablement et comme elle aurait voulu qu'il le fasse, que sa mission en ce monde n'était pas de la rendre heureuse.

Désarçonné par la violence de cette demande, Alexandre abandonna le salon et se réfugia dans sa pièce pour réfléchir. Lorsqu'il en sortit, la nuit était tombée. Le dîner n'était pas servi et Tatiana s'était enfermée dans la chambre des invités.

Le lendemain matin, mon oncle avait suffisamment médité

sur la question pour être prêt à reconnaître qu'au-delà de la forme qu'ils avaient prise pour se manifester, les arguments de Tatiana correspondaient d'une certaine manière à la vérité. Depuis leur rencontre, elle avait renoncé à tout pour lui, même aux apparences. Elle avait été l'élève idéale, et lui n'avait pas su la voir sous ce jour, car sa modestie naturelle avait souligné ses qualités mais elle avait dissimulé ses dons. Il l'avait tout bonnement utilisée sans la prendre en considération, sans concourir au développement de ses talents. Tatiana avait jusqu'alors fourni tous les efforts mais à présent il fallait qu'il lui consacre, *lui*, une partie de son temps pour qu'elle se remette à composer et à jouer.

8

Tatiana se révéla être une élève des plus appliquées. Ses progrès furent si rapides qu'au bout de quelques mois seulement Alexandre l'encouragea à se présenter au concours annuel de piano du Conservatoire de Moscou. Si elle décrochait l'un des premiers prix, sa carrière d'instrumentiste professionnelle était lancée. Bien que la proposition ne suscitât pas chez l'intéressée un enthousiasme débordant, mon oncle était convaincu que l'issue en serait heureuse. Son rire résonnait haut et fort dans les couloirs du bâtiment tandis qu'ils attendaient leur tour pour entrer dans la salle de concert.

« Haut les cœurs ! disait-il tout en frottant les mains de sa disciple, emmitouflées dans des gants en fourrure d'hermine. Tout ira pour le mieux. Le jury n'est pas accoutumé à entendre des exécutions comme celles que tu es capable d'offrir. Et si à cause du trac tu n'étais pas à la hauteur de ta qualité habituelle, de toute façon ce sont des amis et ils se montreront compréhensifs. Beruloff me doit même quelques services.

— Tout ce que je veux c'est que cela se termine vite », murmura-t-elle.

C'était un propos un peu lugubre mais Alexandre le mit sur le compte d'une sensibilité à fleur de peau. Après tout, il avait vu plusieurs candidats sortir de la salle d'examen, plongés dans un état d'abattement extrême.

Quand vint son tour, Tatiana entra mécaniquement dans la salle. Elle avait choisi pour l'occasion une coiffure qui ceignait sa chevelure et la ramassait en un chignon de danseuse qui lui donnait un air sévère et discipliné, anguleux. Sans même saluer le jury, elle s'assit sur le tabouret et attendit les instructions. Taneïev – qui ressemblait désormais à un vieil alcoolique – se pencha au-dessus de sa table et la regarda avec sympathie :

« Votre maître, mon très cher Alexandre Nikolaïevitch Scriabine, ici présent, nous a soufflé que vous tenez en très haute estime notre cher Ludwig van…, dit-il. Il serait fort agréable de vous entendre jouer un mouvement, ou si vous préférez, quelques mesures seulement de l'une de ses sonates, laquelle préférez-vous ?

— Elle les connaît toutes sur le bout des doigts, ne put se retenir mon oncle.

— Ah, bien, bien, comme c'est charmant. Aujourd'hui il fait un froid de loup. Vous plairait-il de vous réchauffer les mains en commençant par quelque chose de simple, comme *Clair de lune*… ?

— Elle exécutera ce que vous lui demanderez, dit mon oncle.

— Mais, mon cher Alexandre Nikolaïevitch… Beethoven a composé trente-deux sonates ! Seul un pianiste de longue carrière peut les connaître…

— Vous serez stupéfait par la rapidité et la clarté de son jeu, son talent pour les doubles tierces, les octaves, les sixtes et les séquences chromatiques, son habileté sans pareille pour exécuter au premier coup d'œil…

— Dans ce cas, ma chère…, soupira Taneïev. Vous pouvez commencer où bon vous plaira.

— Premier mouvement de la *Sonate n° 8 en* do *mineur*, opus 13, annonça Tatiana.

— La *Pathétique* ! applaudit Taneïev. *Grave. Allegro di molto e con brio*. Lumière et douleur. Un mouvement concentré, long et complexe. Nous vous écoutons. »

Alexandre considérait qu'avant de se jeter à l'eau, un pianiste doit sentir la vibration secrète qui émane de l'instrument, et doit aussi savoir lui transmettre la sienne. Lorsque Tatiana posa délicatement les doigts sur les touches et sembla s'y reposer, ou écouter quelque chose, il constata (une fois de plus, comme si souvent au cours des derniers mois) qu'elle avait pleinement adopté ses vues, et qu'elle avait tout misé sur cette magie du premier contact. En outre, il observa avec satisfaction que la peau blanche de sa disciple tranchait contre le jaune grisâtre et le noir du marbre. Triple damier. Le reflet de sa silhouette sur le bois poli. Tatiana se pencha, ses épaules s'arrondirent comme si elles pouvaient ainsi concentrer la fougue de son corps aussi pâle que fort, et, d'un mouvement brusque de la tête, elle commença. Pendant quelques secondes, durant lesquelles elle garda les yeux clos, mon oncle se laissa emporter par la virtuosité de l'exécution. Il y avait là, dans les reliefs du tempo, ce qu'il lui avait enseigné, mais s'y ajoutaient la douceur sensible du doigté, qui cherchait à transmettre à chaque note le désir de lui arracher un reflet intime, la quête d'une durée qui puisait au-delà des ressources de la sonorité et de l'amplitude. Et au-delà même du spectre…

Soudain, une fausse note. Et l'interruption.

Tatiana resta sans bouger, tendue. Elle regardait devant elle, vers l'abîme angulaire du couvercle ouvert du piano.

« Ce n'est rien. Vous pouvez recommencer, très chère, proposa Taneïev. Cela arrive quand on connaît bien le morceau : on fait trop confiance à sa propre mécanique, à la mémoire du corps, et paf ! Un trou de mémoire puis un blocage physique. Il suffit de retrouver ses automatismes.

— Absurde, dit mon oncle. Tatiana n'est pas victime d'une erreur d'exécution. Elle n'a rien d'une petite machine à percussion. Elle sait parfaitement bien ce qu'elle joue.

— La mémoire est intermittente mais l'écriture est permanente. Je crois que le problème se résoudrait si quelqu'un lui glissait une partition..., suggéra Beruloff.

— *Sonate pour piano n° 29 en* si *bémol majeur*, opus 106 », annonça Tatiana.

Sa main gauche s'éleva.

« Attendez, exquise demoiselle, dit Taneïev. Cette sonate présente des difficultés techniques inimaginables. Pendant des années personne n'a osé l'exécuter en public. Liszt fut le premier. Et vous savez que Liszt fut celui qui promut l'idée de l'interprète comme objet volontaire d'étonnement pour un public de petits-bourgeois ignares qui, ne comprenant goutte à la musique, payaient leur entrée pour voir une sorte d'illusionniste de la percussion à grande vitesse, un singe vêtu d'un frac. De sorte que... Et il faut non seulement surmonter ces difficultés mais être aussi à son aise dans toute une palette de registres...

— ... comme un poisson dans l'eau, Tatiana, dit mon oncle.

— Troisième mouvement. *Adagio sostenuto. Appassionato e con molto sentimento* », ajouta Tatiana.

Le même mouvement en avant, la même expression du visage. Faite pour l'instrument. Qui n'aurait pas écrit pour elle ? Elle commença. *La* et *do* soutenus. Tout un temple auquel on accède par la porte étroite des deux notes initiales. Scriabine regarda le jury, le jury sourit. Tous se souvenaient, tout s'écoulait. Après le scherzo *assai vivace*, qui s'achève d'une manière énigmatique sur une sorte d'interrogation, l'éclat cristallin de ces deux notes ouvrait l'un des plus beaux mouvements de sonate qui aient été écrits. Là, dans le thème avec variations, Beethoven était un maître incontesté. Que de risques ! Le thème initial, écrit de manière presque polyphonique, est transformé par la première variation en une mélodie qui préfigure Chopin et où s'accentue le caractère tourmenté du mouvement…

Sentant que Tatiana se mouvait en terrain connu, la conscience de mon oncle prit de l'avance dans son besoin non seulement d'appréhender, de jouir de l'instant, mais aussi du déploiement de la forme dans des structures plus amples : après quelques mesures où le compositeur sourd feignait de se sentir égaré, venait la deuxième variation, merveilleusement construite avec une mélodie à larges intervalles, et derrière sa modulation apparaissait la troisième, qui est en réalité la première variation modifiée… On dirait que Beethoven a alors envie de crier pour se soulager de toute l'angoisse précédente, et finalement, le thème principal revient comme un souvenir, avec l'éclat crépusculaire des soleils de la Russie ou de l'Allemagne tombant sur les champs…

Nouvelle fausse note, puis le silence.

Taneïev eut du mal à desserrer les mâchoires :

« Et maintenant, *carissima* ?

— Peut-être êtes-vous un peu nerveuse et…, demanda Nicolas Tcherepnine.

— Premier mouvement de la *Sonate pour piano n° 27 en* mi *mineur*, opus 90, annonça Tatiana.

— *Mit Lebhaftigkeit und durchaus mit Empfindung und Ausdruck* », chuchota Tebalski, avec autant de justesse que de lassitude.

Après quelques accords qui se défirent en arpèges, la même chose se produisit.

Pourquoi, devant l'adversité, la figure d'une femme vêtue de noir prend-elle l'apparence d'un oiseau mécanique ?

Alexandre se leva de son fauteuil, monta sur l'estrade et, prenant Tatiana par un bras, lui dit doucement : « Partons. »

Lorsqu'elle fut debout, mon oncle salua le jury d'une légère inclination de la tête.

De retour chez eux, Tatiana fut prise de violents maux de tête et se retira dans sa chambre. Elle passa tout l'après-midi à dormir et, à la tombée de la nuit, elle se mit à pousser des cris dans son sommeil ; tout son linge de lit était trempé et elle brûlait de fièvre, mais elle refusa de recevoir la visite d'un médecin et assura qu'elle guérirait si mon oncle lui promettait que plus jamais il ne lui infligerait une telle épreuve.

Alexandre lui promit tout ce qu'elle voulut, et le lendemain matin Tatiana était rétablie.

Confronté à l'évidence que Tatiana s'était révélée incapable de relever les défis que d'autres considéraient comme un puissant aiguillon, mon oncle se demanda alors ce que voulait ou espérait cette femme. S'agissait-il de quelque chose qu'il pouvait lui offrir, lui céder, lui obtenir ? Quelque chose qui était à sa portée ? Ou s'agissait-il de quelque chose de précieux, d'ineffable, d'indéfinissable ?

À ce stade du récit, il est impossible de ne pas se demander comment mon oncle put être à la fois un génie du romantisme et un cœur de pierre.

À sa place, même un individu doué d'un minimum de perspicacité, quelqu'un à peine plus malin que les moins futés, aurait remarqué que la colère de sa Tatiana (sa lassitude, son dépit, son aigreur) était la conséquence naturelle de son espoir sans cesse frustré, d'un cœur fatigué de ne jamais recevoir le réconfort dont il rêve. Du reste, l'amour était la zone d'ombre de la vie de mon oncle, aussi bien celui qu'il nourrissait à son insu pour Tatiana – et qui le frappait de son battement sourd et innommé – que celui, déchirant, qu'il avait ressenti pour

Véra et dont il s'était arraché, croyant ainsi sauver sa famille. Peut-être sa difficulté à l'inclure à nouveau dans sa vie était-elle donc une sorte de manifestation, terriblement paralysante, et néanmoins compréhensible, de la terreur que, chaque nuit peuplée des cauchemars de l'âme, un corps ressent devant la possibilité de revivre les effets d'une amputation. Aussi, pour lui, Tatiana pouvait-elle tout être – élève, concubine, bénéficiaire ou bienfaitrice – sauf l'espace de chair et d'os où risquait de se rouvrir une blessure qui jamais n'avait cessé de saigner.

C'était pour cela, parce que tout son être refusait d'endurer une souffrance semblable à la perte de Véra, qu'Alexandre ne pouvait penser ni savoir et encore moins dire à Tatiana qu'au cours de ces derniers mois, chacune de ses pensées, chacun de ses mots et de ses actes lui étaient destinés. Et cette reconnaissance aurait consisté à admettre qu'il perdait Véra pour la deuxième fois. La douleur s'opposait à l'aveu de la vérité et exerçait son empire tyrannique ; aussi, en échange de cette vérité qu'il était empêché d'exprimer, et ignorant les véritables raisons de sa difficulté à adopter la conduite appropriée, mon oncle repassait-il les faits en essayant d'analyser les positions de chacun, cherchait des solutions, tentait de se justifier ou, ce qui revient au même, commençait à se demander s'il y avait vraiment une erreur ou si elle ne se cachait pas ailleurs. Au fond – se dit-il – Tatiana aussi se rendait responsable de… parfois elle était un peu injuste. Et plus qu'un peu. Elle exagérait. Comme toutes les femmes. C'était inscrit dans leur caractère, imprimer la force d'une conviction en abusant du *brio*. Le problème venait de la régulation de cet excès ou du débordement de cette démesure. Chez Tatiana, le manque de contrôle la rendait *trop* injuste. Après tout, il avait essayé, il avait fait des choses pour elle ! N'est-ce pas ?

Convaincu qu'il ne pourrait deviner ce que Tatiana attendait de lui (si tant est qu'elle espérât encore quelque chose), mon oncle décida soudain de se fier à son instinct. Intuitivement, il choisit de répondre à cette requête que Tatiana n'avait pour sa part jamais formulée, s'enfonçant dans la direction qu'il avait déjà suivie et qui avait produit de si mauvais résultats. Tel un médecin qui évalue les chances de succès ou d'échec d'un traitement en calculant les proportions d'une préparation, le subtil équilibre entre poison et remède, il estima que son erreur reposait sur une administration insuffisante de doses de sa musique : Tatiana l'avait goûtée, elle s'en était suffisamment imprégnée mais elle ne s'était pas assez souvent immergée dans ses profondeurs pour que cet acte de communion spirituelle la transporte vers une dimension supérieure. Ce qu'il lui fallait à présent, c'étaient de nouvelles injections en quantités massives de son don, une expérience transformatrice, quelque chose qui la hisserait à sa hauteur, la rendrait identique à lui, en ferait une partie de lui-même.

« Je veux que les torrents de ma musique traversent son corps métaphysique et l'inondent dans une orgie de sensations », écrivit-il à son ami et agent Koussevitzky.

9

Ne pouvant savoir exactement ce qui traversait la tête d'Alexandre, Tatiana ne vit dans son insistance didactique que le geste violent d'un homme dépourvu de la moindre considération envers les sentiments d'autrui. D'ailleurs, l'un des aspects les plus irritants de l'affaire était qu'aux yeux du monde, mon oncle comptait parmi les porte-drapeaux de la nouvelle sensibilité esthétique, aux côtés de Blok, Diaghilev, Nijinski, Stanislavski, Artsybachev et la Kschessinska, entre autres. Que penser de tout cela, sinon que sa conduite le plaçait aux frontières de la duplicité morale, voire de la pure et simple hypocrisie ? Pour Tatiana, ces caractéristiques affectaient sa musique, ou du moins commencèrent-elles à modifier la perception qu'elle en avait. Peu à peu, les exaltations, les transports romantiques ou les moments d'émotion brumeuse (les fameuses « atmosphères ») de ses compositions lui furent intolérables. Et ce, non seulement parce que l'insistance d'Alexandre s'imposait comme une forme d'asservissement mais aussi, et surtout, car dans leur déploiement, chacun des traits de ce style agissait telle une couche, enveloppant et étouffant ses goûts, la manifestation de ses propres possibilités artistiques. Alexandre – pensa Tatiana – était le vampire qui suçait son sang pour faire d'elle son propre miroir, le seul dans lequel un homme de son acabit pouvait se mirer. Mais cette transaction, sa jeunesse contre l'immortalité, exigeait deux choses qu'elle n'était plus disposée à donner : de l'admiration pour l'usurpateur de son identité (aussi mince fût-elle) et son consentement à l'opération. Aussi, tout en restant à ses côtés – l'empire qu'exerce l'amour est supérieur aux arguments qu'agite la raison pour le dénigrer –, Tatiana lui opposait une résistance grandissante et entretenait la flamme de sa haine pour affirmer son individualité. Elle devint cynique, se permettait en public des réponses cinglantes, des commentaires assassins, dans le style de : « Je sais bien, moi, qui il est en réalité. »

Face à cette situation, et avec une infinie délicatesse, son cercle d'amis suggéra à Alexandre la pertinence de prendre ses distances vis-à-vis d'une femme qui avait l'air de consacrer l'essentiel de ses forces à lui rendre la vie impossible. Le plus curieux – aux yeux de ces amis – fut qu'à ces propositions, mon oncle opposa un refus farouche. Il semblait trouver, dans la démesure de sa disciple, la matière de sa coupable satisfaction. Alors, ils se taisaient ou s'éloignaient pour ne pas continuer d'assister à ce spectacle embarrassant. Surtout car, depuis quelque temps, ces manifestations de colère féminine, qu'ils toléraient au seul motif qu'elles paraissaient être devenues une condition pour être admis dans l'entourage de Scriabine ou y demeurer, prenaient la forme d'une confidence. Tatiana avait changé les termes de leur relation et, au lieu de l'affronter directement, elle employait les amis d'Alexandre comme autant de dépositaires de son dépit et de témoins de sa blessure encore à vif. Comme si l'acculer, l'accuser et le défenestrer ne lui avaient pas suffi, elle les utilisait à présent pour se plaindre de lui. Certains parmi ses amis, doués d'une certaine finesse d'esprit, voyaient dans ce changement une forme de progrès. Si le courroux avait laissé place à la lamentation, celle-ci, une fois sa litanie dévidée, pouvait donner lieu à l'une des variétés de la réconciliation. Mais cela ne semblait pas se produire, du moins pas pour le moment. Les jérémiades continuaient de se répandre, dans la voix de Tatiana elles résonnaient comme une note aiguë, que la jeune femme n'allait plus chercher mais qu'elle laissait sortir, spontanée, une note aiguë et soutenue qui perçait les tympans et usait la patience. À cette époque, nombreux furent ceux qui tournèrent le dos à mon oncle, alléguant qu'il avait été subjugué par une Médée capable de tout anéantir. D'autres dénonçaient l'effet d'une vanité pernicieuse : Tatiana tournait autour de lui au rythme de ses accusations, et mon oncle trouvait dans ces eaux noires de l'arrogance les vestiges d'une dévotion à nulle autre pareille.

Un jour, toutefois…

Comme tous les soirs, ces derniers temps, le cercle des intimes s'était réuni dans le grand salon de la maison, dans l'espoir qu'Alexandre leur fît écouter un extrait de ce à quoi il travaillait. Au lieu de cela, et comme souvent désormais, ils n'obtinrent que son silence, un silence empreint d'une apparente méditation mais oppressant et sur lequel tranchaient les propos incisifs de Tatiana. Le spectacle était assez indigne ; Tatiana avait osé afficher les plaies de son amour malheureux avec une impudeur jusqu'alors inédite ; elle ajoutait à son acrimonie habituelle le déballage de son intimité : elle disait que la passion que mon oncle offrait au monde, les torrents de cette musique qui transportait profanes et mélomanes, les berçant ou les enivrant de la promesse d'un flot infini, étaient en réalité les minces filets d'une énergie qui se contentait de couler dans une seule direction, car – et à cet instant Tatiana élevait le ton de sa voix, blêmissait et, se frappant le sternum de son pouce droit, elle s'offrait comme témoin et comme preuve – elle était bien placée pour savoir, elle, que le prix à payer pour la composition de ces enchantements éphémères, pur mélange d'accords hystériques et d'arabesques capricieuses (l'arabesque hystérique de son accord capricieux), était la soustraction de l'auteur à tout contact humain. Fatiguée de devoir supporter ses minauderies et ses simagrées, elle ne pouvait plus taire le fait qu'Alexandre passât des jours, des semaines, et même des mois entiers, à se remettre d'un épuisement complet : il reposait à ses côtés comme s'il était déjà mort. Sa prétendue passion dévorante qui le poussait à noircir des partitions les unes après les autres n'était rien d'autre que la mise en scène d'un don qui dissimulait une farce indigne, l'imitation enflée de lyrisme d'un Casanova impuissant. Bien sûr parfois – Tatiana balayait par avance une objection que personne n'avait formulée –, *parfois* Alexandre prétendait s'arracher à l'inaction ; sortant de sa position de momie vivante, il se penchait parfois sur elle, s'avançait en quête de son amour, mais elle le rejetait alors avec colère, avec dégoût. Pourquoi une telle réaction ? Pourquoi ne pas accueillir les balbutiements de cette intention ? Non pas qu'il fût trop tard : elle avait déjà offert assez de gages de sa patience, de son sacrifice personnel pour lui, sacrifice qui bien entendu appartenait désormais au plus lointain des passés, conservé dans l'aumônière du plus fin velours, rangé dans un coffret en cristal, dans le recoin le plus secret du musée de son ingénuité. Naturellement, il n'aurait jamais été trop tard si Alexandre avait agi *sincèrement*. Mais elle, hélas, ne le savait que trop bien : dans l'expression de son visage qui tous les trente-six du mois la requérait comme compagne et comme femme il n'y avait rien d'autre que de la crainte et du calcul ; calcul des avantages et des inconvénients de la garder ou de la perdre ; et crainte que son refus d'entretenir un contact normal et habituel ne l'obligeât un jour à déclarer, ce qu'elle était justement en train de faire, l'impossibilité de conserver une existence commune pour laquelle elle avait tout donné, jusqu'à l'épuisement, jusqu'à devenir un déchet humain, tandis qu'il n'avait, de son côté, rien donné, absolument rien. Rien. Zéro, rien de rien. Est-ce suffisamment clair, dois-je ajouter quelque chose ou vous m'avez comprise ?

Après avoir dit tout cela, Tatiana se tut, épuisée, mais aussi un peu effrayée. Ses propos avaient rompu quelque chose ; l'excès flirtait avec le fantôme de l'irréparable. Alexandre, qui, pendant toute la durée du monologue, avait gardé le silence, l'air grave, la mâchoire posée sur la poitrine, releva la tête et dit sur un ton badin :

« Cela fait longtemps que je ressens le besoin de voyager. »

Après quoi, les amis prétextèrent les excuses de circonstance et partirent. Cette fois ce fut Tatiana qui rendit visite à mon oncle dans sa chambre. Elle y resta toute la nuit.

10

Taxé par beaucoup d'« aristocratisant », mon oncle entreprit un voyage semblable à ceux si chers au mysticisme itinérant de la paysannerie russe. Peu importaient les habits que l'on revêtait ou les divinités que l'on vénérait, il s'agissait de tout abandonner, de se détacher et de « mourir » symboliquement pour son prochain. Le chemin extérieur, le pèlerinage, devenait chemin intérieur, et le pèlerin, ce mort vagabond, était un *stranniki*...

Cette période d'errance constitue l'une des périodes les plus fascinantes et les moins connues de sa vie. Le manque d'informations précises et les versions contradictoires l'installent sur la frange étroite entre mythe et légende[1]. Son voyage fut

1. Aussi imprécis et vague fût-il, ce trajet fut une source d'inspiration majeure pour une bonne partie de l'intelligentsia russe ; surtout pour les « exotistes » de tout poil. Son influence fut portée à son paroxysme dans le cas de Georges Ivanovitch Gurdjieff qui, dans sa fantaisiste autobiographie *Rencontres avec des hommes remarquables*, s'attribue chacune des expériences vitales de mon oncle. Non content de cela, suivant mimétiquement ce trajet, l'autoproclamé « maître de la Quatrième Voie » s'arroge aussi des facultés de compositeur, soutenu par son disciple et compagnon de route, le pianiste Thomas de Hartmann, qui avait étudié auprès d'Arenski et de Taneïev, lesquels lui avaient en leur temps vivement recommandé l'œuvre de mon oncle. Tout le baratin gurdjieffien sur un prétendu « Système » de son cru, ses emberlificotées « Lois du Sept et du

long dans le temps et déployé dans l'espace. Il contracta la malaria à Boukhara, la dysenterie au Baloutchistan, le scorbut au Kurdistan, le *bedinka* en Aschkabadian et de l'hydropisie au Tibet. Il rencontra des prêtres, des ingénieurs, des docteurs et des princes, des personnes remarquables non pour leur apparence mais pour leur vigueur, leur maîtrise de soi et leur compassion. En compagnie de certains, il fit une partie de sa route. Des déserts rocailleux, des lieux inaccessibles. Quelque chose de tout cela, surtout dans les endroits où la nature était d'une splendeur désolée, l'atteignait comme une vibration de la matière, du son. C'était la vérité des paroles de madame Blavatsky qui à présent devenait pour lui une évidence de première main. Cette vibration, qui allait du monde à l'Univers, ou peut-être de l'Univers au monde, rebondissait, ou plus exactement se répercutait, en accord avec sa taille et sa tonalité, sur tout son corps. C'était une expérience forte et délicate, d'une exquise subtilité qui, tout en l'unissant aux choses, le détachait de son être, le découpait en une infinité de minces lames psychiques, puis le recomposait en le pliant à la totalité tout en le distinguant d'elle.

À Tabriz, il s'initia aux secrets de l'hypnose, pratique qu'il se promit de ne jamais employer. Il traversa le Turkestan, Orenbourg, l'oblast de Sverdlovsk, Merv, le Nouristan, le désert de Gobi. Il suivit le sentier doré qui mène à Samarcande. Un jour, il visita le monastère de Sarmoung, en parcourut les trois cours principales (qui représentent les cercles exotérique, mésotérique et ésotérique de l'humanité) ; et bien qu'il soit probable que cette visite ait eu lieu sur le seul plan allégorique, ou que mon oncle ait eu accès à ses cours et à ses

Trois » et ses « Rayons de Création » qui transforment l'Univers en un solfège cosmologique (*do* est Dieu, *fa* le Soleil, *mi* la Terre et *ré* la Lune), peuvent être considérés comme une vulgarisation farfelue de l'œuvre d'Alexandre Scriabine.

cloîtres par la voie privilégiée que la porte des songes ouvre à quelques hommes remarquables, il est néanmoins certain qu'il y assista aux démonstrations de danses sacrées. Au monastère, les soufis lui révélèrent la connaissance du *mehkeness* et les talmudistes l'instruisirent sur les mystères de la Merkabah. Une nuit de pleine lune, un vieux prêtre lui administra un breuvage qui lui causa une mydriase : sa pupille dilatée au maximum, ses sensations visuelles et auditives s'aiguisèrent. Couleurs, tons, reflets, irisations dont il n'avait jamais rêvé auparavant. Le monde réel, ses misères et ses tourments s'évanouirent de son esprit. Une atmosphère pleinement divine l'enveloppait. Scriabine comprit ce qui jusqu'alors avait manqué à ses compositions ; sa tâche d'artiste ne faisait que commencer. Projetées sur le fond du ciel noir, les étoiles émaillées commencent à scintiller et à papilloter et la matière perd sa réalité pour devenir substance.

Puis il disparaît en Asie. Certains voyageurs le voient circuler parmi les gymnosophistes de la Gédrosie, les *koinibis* d'Égypte et les rishis du Cachemire. La rumeur dit qu'il chemine avec les moines de l'Inde appelés *hossein*, qu'il cherche les adorateurs du feu de Zoroastre et les mages perses et chaldéens, qu'il veut imposer la vérité première après avoir lu l'original immaculé du *Zend Avesta*. Dans la chaîne de montagnes qui ceignent le plateau du Tibet il découvre que sous les buissons d'herbe séchée et les talus de sable il y a des cités ensevelies qui dans l'Antiquité rivalisaient de faste avec Babylone. Aux abords de l'oasis de Tchertchen il tombe sur les ruines d'immenses villes détruites au Xe siècle par les Mongols. Le vent, qui souffle sans relâche, emporte, cache et découvre des pièces de monnaie en cuivre, des éclats de verre brisé, des cercueils contenant des momies parfaitement conservées d'hommes grands à la chevelure ondoyante, la peau ravagée par le psoriasis. Alexandre trouve la véritable Nippur de Lagash, une jeune femme souriante, les yeux clos par des disques d'or.

D'aucuns estiment que d'un point de vue terrestre tout ce temps d'initiation devrait se mesurer en années. Cependant le chiffre presque exact peut être déduit du fait que Julian Scriabine naquit quelques jours après le retour de mon oncle à Saint-Pétersbourg.

L'arrivée d'un fils sembla relâcher la tension au sein du couple. Tatiana occupée par l'allaitement, Alexandre put enfin se remettre à composer et à donner des concerts sans dérangements majeurs. Bien entendu, une telle affirmation est relative, car la sérénité du foyer se voyait quelque peu altérée : l'usage du trille, qui dans les travaux de mon oncle perd toute fonction décorative pour devenir un accent dramatique, devrait être directement lié aux manifestations du bébé, qui était né avec des troubles digestifs. L'utilisation de cette circonstance en fait un artiste mûr et capable d'incorporer n'importe quel élément, même le plus discordant, au développement de son œuvre. C'est à ce moment précis qu'Alexandre entrevoit la possibilité que sa production ait un « usage » distinct de celui des intentions expressives et esthétiques qui y ont présidé.

Cette découverte fut la conséquence des liens qu'il entretint avec deux ou trois personnages de son époque.

11

P. Badmaïev, éminent médecin ou charlatan sans scrupules qui prétendait connaître sur le bout des doigts la médecine tibétaine, était le pourvoyeur de Grigori Efimovitch Raspoutine en herbes, lotions et cataplasmes au moyen desquels ce dernier traitait l'hystérie de la tsarine et l'hémophilie du prince héritier Alexis. L'immonde *staret* et son fournisseur formaient un duo influent dans l'intimité de la famille impériale. Raspoutine en était la *prima donna*, la figure publique, tandis que Badmaïev tirait les ficelles dans l'ombre du trône. Mais par leurs actions, ils s'étaient attiré les foudres des secteurs les plus aveuglément slavophiles de l'armée russe, qui les accusaient d'espionner pour le compte des puissances étrangères, ce qui ne manquait pas de saveur car si cet idiot de Nicolas II en son temps avait prêté l'oreille aux mises en garde du moine lubrique, la Russie ne se serait pas embarquée dans la guerre contre l'Allemagne qui déboucha sur la révolution d'Octobre et le massacre qui liquida la dynastie des Romanov, entraîna la dissolution de son armée impériale et installa au Kremlin le pouvoir bolchevique qui, manipulé par les services secrets de Guillaume de Prusse, finit par signer à Brest-Litovsk la cession d'une bonne partie du territoire aux barbares germains. Du reste, seuls cet imbécile de tsar et sa crétine de femme importée pouvaient croire à la sincérité et à la pureté des intentions du tandem thaumaturgique, ce qui montre que la bêtise voit plus souvent juste que le bon sens. En effet, même s'ils côtoyaient la « racaille de la politique de Saint-Pétersbourg » (l'image est de la bouche du délicat prince Youssoupov), composée de personnages comme le journaliste Manasevich-Manuilov et le prince M. M. Andronikov, d'un point de vue politique, Raspoutine et Badmaïev veillaient aux intérêts suprêmes de la nation et de leur monarque. Naturellement, cela ne change rien au fait extravagant qu'ils profitaient des largesses de l'autocrate pour s'enrichir impunément. L'affection royale les avait rendus, de surcroît, grossiers et arrogants. Raspoutine ne se gênait pas pour dire que l'aristocratie manquait de sang russe, taxait ses membres de chiens et les accusaient d'être des parasites suçant un sol généreux d'où ils seraient arrachés à tout moment, tandis qu'il se définissait lui-même comme « la vérité de l'avenir et le lion de deux mondes qui les sauverait de l'hécatombe révolutionnaire ». De fait, dans l'atmosphère raréfiée de la Cour, d'aucuns arguaient que sa conduite intolérable, ses manifestations incompréhensibles et fragmentaires et l'incorrection de son discours étaient autant de signes des temps nouveaux, auxquels, pour leur propre survie, les nobles devaient se plier. Voilà pourquoi ils l'adoraient malgré le dégoût qu'il leur inspirait et qu'ils lui livraient leurs filles, leurs mères, leurs épouses et leurs maîtresses.

Badmaïev, qui avait des appétits sexuels moins intenses ou des intérêts plus diversifiés, comprit que la conduite brutale de Raspoutine ne faisait que précipiter leur disgrâce prochaine et s'évertua à trouver un remède à une situation qu'eux-mêmes favorisaient. D'autant plus que les récents revers politiques et militaires avaient sévèrement entamé la croyance générale en une monarchie de droit divin. En d'autres termes, il s'agissait d'une situation où personne n'était à l'abri et encore moins cet attelage de marginaux. Il n'est pas étonnant que dans sa quête effrénée de protection, et après avoir écumé tous les bureaux du gouvernement afin de solliciter des garanties auprès de fonctionnaires qui, quelques jours plus tard, seraient criblés de tirs de balles ou voleraient en morceaux dans les airs, Badmaïev ait pensé à Alexandre Scriabine.

Le médecin tibétain se présenta devant mon oncle au prétexte qu'il venait lui passer commande d'une composition destinée à la fête d'anniversaire du jardinier de la Cour. Bien qu'il eût quelque idée de l'identité de son visiteur, mon oncle montra peu d'intérêt pour son offre. Inquiet de la froideur de l'accueil qui lui était réservé, Badmaïev oublia les faux-fuyants et alla droit au but :

« Mon cher Alexandre Nicolaïevitch, je viens à vous comme un pèlerin implorant qu'on entende ses prières. Je connais dans leurs moindres détails les caractéristiques de votre récent voyage et j'ai pu réaliser une évaluation précise des plans sur lesquels se situent vos préoccupations actuelles, et je connais parfaitement, mieux que vous-même !, l'ampleur et la portée de vos préoccupations futures.

— De quoi parlez-vous ? dit mon oncle.

— Mon cher Alexandre Nicolaïevitch ! De tous les compositeurs actuels, vous êtes le seul qui conçoive la musique comme une révélation supérieure imprégnée d'énergie invisible qui pourrait influencer le monde des phénomènes ; vous êtes le seul héritier de la sagesse antique. C'est à ce titre que j'ose vous déranger avec une pétition qui pourra vous sembler ridicule, peut-être même abjecte, mais qui au fond est directement liée au développement de vos travaux. Il s'agit de protéger l'enveloppe terrestre d'une âme sainte mais en apparence fourvoyée, et bien sûr, la mienne aussi… J'ai besoin… le demander est chose aisée mais l'obtenir serait un vrai miracle… J'ai besoin d'une harmonie, d'une vibration particulière, assortie à cette âme, quelque chose comme un accord du plérôme, une sorte de plénitude capable de modifier les règles de l'univers physique, dotant d'invulnérabilité l'individu que l'harmonie touche. Est-il possible d'obtenir une telle chose ?

— Vous me demandez une aura personnelle faite de musique ? » demanda Scriabine.

Décelant une pointe de moquerie dans le ton de mon oncle, Badmaïev se leva et répondit avec froideur :

« Entre mystiques, nous n'allons pas nous marcher sur les triples couronnes… Si une réincarnation de votre maître grec était ici présente, c'est à elle que je demanderais ce service. Mais comme cela est impossible, c'est à vous que je m'adresse. Et il va de soi que vos efforts seront amplement récompensés. En ce bas monde et dans les autres. »

Et d'un geste plus élégant que ne l'auraient laissé imaginer sa nature et son apparence, il lâcha une carte de visite, qui fit trois pirouettes dans l'air (Alexandre perçut son déplacement comme une succession d'intervalles de quartes de différentes natures) avant de retomber sur la coupelle en étain où s'amoncelaient les cendres d'encens parfumé de l'Inde.

12

Une semaine ne s'était pas encore écoulée depuis la visite de Badmaïev lorsque mon oncle décida d'étudier le contenu de son offre. Peut-être, comme l'avait affirmé le médecin, la proposition rencontrait-elle ses propres intérêts et visait-elle le développement de ces savoirs ancestraux qu'il s'était remis à fréquenter depuis son voyage. En outre, quelque chose chez Badmaïev lui était familier… S'agissait-il d'une version mandarine et émaciée de madame Blavatsky, qui revenait par l'un de ses miroirs à facettes pour le pousser vers une nouvelle forme de vérité ?

La période de collaboration d'Alexandre Scriabine avec P. Badmaïev et Grigori Raspoutine constitue un chapitre peu connu de l'histoire de la musique et de la mystique russes. D'ordinaire, on tend à penser que mon oncle fut l'une des nombreuses victimes du puissant magnétisme du favori de la tsarine. Mais en réalité, à ses yeux, Raspoutine ne fut guère plus qu'un cobaye farfelu et un objet de curiosité que son discernement lui fit tenir à bonne distance de son foyer. Il était néanmoins intrigué par l'allure négligée et débraillée du moine, son goût pour les assommantes cérémonies de la vie dissolue, son indifférence aux joies de l'esprit.

« Mes pensées sont comme les oiseaux dans le ciel, elles

vont et viennent sans que je puisse les en empêcher », disait Raspoutine.

C'était un homme qui savait à peine lire, écrivait mal et ignorait les règles d'orthographe, qui jamais ne mémorisait le patronyme de ses connaissances – les femmes, après avoir été soumises à ses instincts, se voyaient affublées de sobriquets comme Beauté, Mon étoile, Ma petite abeille, Boucle d'or ou Ma belle. Tout cela afin de ne pas confondre leurs noms. Il était histrionique, exhibitionniste, ce genre de féminoïdes qui ont besoin d'affirmer leur personnalité en attirant sur eux tous les regards.

« Tous veulent être le premier mais un seul y parvient », dit-il à mon oncle le jour où Badmaïev les présenta l'un à l'autre. Après quoi, il le promena dans ses appartements et lui montra tout ce qu'il possédait : « Je vivais dans une misérable cahute et regarde le palais que je me suis dégoté. Ce tapis coûte six cents roubles et ce crucifix en or n'a pas de prix, il m'a été offert par le tsar, comme marque de distinction. Tu vois ? Il porte un N, le N de Nicolas, gravé au feu. Et ce portrait de moi, qu'en dis-tu ? Quel regard de braise ! Ne va pas croire que je me secoue les miettes de la barbe alors que le peintre est en train de me croquer. Je pense. J'ai plein de choses auxquelles penser. Tu serais étonné de découvrir une seule de mes pensées. Tu vois ces icônes de Pâques, ces œufs d'or en miniature ? Lorsqu'on tourne une manivelle, le rubis s'ouvre en deux et il en sort un carrosse couvert de diamants. Dans le carrosse il y a le tsar et la tsarine et les enfants, et ce petit personnage qui tourne sur lui-même en saluant d'un geste de la main, c'est moi, bénissant la foule. Regarde, regarde cette lettre d'Alexandra Feodorovna ! Elle me l'a remise elle-même, en mains propres. Que dit-elle ? Tu arrives à lire ? Je ne sais pas où j'ai laissé mes lunettes…

— “Je suis incapable de prendre la moindre décision,

Grigori, sans t'avoir consulté au préalable ; je t'écouterai sur tout… Même si tous devaient se dresser contre toi, jamais je ne t'abandonnerai", lut mon oncle.

— Maman m'aime beaucoup. » Raspoutine versa une larme de crocodile. Puis il reprit sa lettre et l'emmena dans sa taverne favorite où ils passèrent une bonne partie de la nuit. Tandis qu'Alexandre l'observait, le moine but, dansa en vociférant, frappa des talons, cria, embrassa les exécutants de balalaïkas, lança des verres en l'air qu'il écrasa ensuite de ses bottes en poil de rêne, dégrafa sa chemise pour exhiber son poitrail velu. Puis, épuisé, il s'assit à côté de mon oncle et se laissa aller à des confidences :

« Même si certains pensent que je joue la comédie, je ne suis pas un clown. Dès l'enfance j'ai compris qu'il y avait une grande force en moi et que je n'avais aucun pouvoir sur elle. La seule chose que je sais est la seule qu'il faut savoir dans la vie : comment on fait pour impressionner les autres. Lorsqu'on veut subjuguer quelqu'un, il faut parler peu, se contenter de prononcer quelques phrases courtes et hachées, incompréhensibles même. Il ne faut pas s'inquiéter de leur sens ; les autres se chargeront de leur en trouver un. Les gens, moins ils comprennent quelque chose, plus ils lui donnent de la valeur. Des idiots, il y en a partout et l'Esprit souffle où bon lui semble. Je sais à quoi tu es train de penser, mon cher… ! Où est Badmaïev ? Parfois j'ai l'impression qu'au lieu de me fournir des remèdes tibétains, il me bourre de produits chimiques. L'odeur… Qu'est-ce qui s'agite dans cette petite tête ? J'aimerais que tu me prennes dans tes bras ! Tu es mon ami, n'est-ce pas ? Le peuple souffre beaucoup et il ne se passe pas un jour ni même une heure sans que leur Petit Père pense à lui. La guerre serait une folie. Je vois des mers rouges. Notre armée n'est pas prête pour un affrontement. Moins encore pour se battre contre une machine d'horlogerie comme l'armée allemande. Dans la bataille nous ne sommes bons qu'à verser généreusement notre sang slave. La guerre est brutale et sanguinaire, il n'y a en elle ni vérité ni beauté. Quand je bois, je parle de notre pays mais je ne lâche jamais rien qui puisse servir les intérêts d'une puissance étrangère. Bien entendu, toute contribution à la cause de la paix est la bienvenue. Grave-toi ça dans le crâne : bientôt, très bientôt, il y aura un gigantesque incendie. Le feu avalera tout. Si avant que tu achèves ton travail je suis victime d'un attentat criminel, je veux que tu fasses savoir que le responsable du crime n'est pas notre pauvre tsar mais ces immondes bestioles rouges. Tu t'intéresses à la politique ? Faire tomber une place forte ou faire tomber une femme, c'est la même tactique. Les dames, il faut les traiter comme des traînées et les traînées comme des dames : voilà le secret en amour. Quelle différence y a-t-il entre une dame et une traînée ? L'argent et la position. Tout le monde est pareil et personne n'est personne. Et moi, qui suis-je ? Le père Grigori, celui qui laisse la Russie parler par sa bouche. Tu dois me protéger, parce que si je mourais, la catastrophe s'abattrait sur notre terre. Prends-moi dans tes bras ! Tu es mon ami ou pas ? »

Après cette longue nuit qui s'acheva avec le *staret* baptisant de ses vomissures la sciure recouvrant le sol, mon oncle accepta la proposition de Badmaïev. Bien que le médecin tibétain eût offert une somme astronomique pour la création d'une cuirasse protectrice musicale, il n'était pas mû par l'argent mais avait entrevu, dans cette commande, un élément aussi ancien que nouveau et qui se révélerait de la plus haute importance lorsque serait venu le moment de tracer les grandes lignes du *Mystère*.

D'aucuns ne manquèrent pas de pointer une certaine incongruité dans le fait qu'une œuvre comme celle-ci, qui par son intention et par ses résultats n'est comparable à nulle autre dans toute l'histoire de l'humanité, eût son origine en Raspoutine. Pourquoi lui et pas un autre ? Pourquoi entourer cette bête sanguinaire d'une aura protectrice ?

Au-delà du fait que le mélange de trivial et de sublime constitue l'horizon esthétique de l'époque, il est compréhensible qu'en raison de la vie qu'il menait, le moine dépravé ait incarné une figure intéressante aux yeux de mon oncle ; au sens strict, il pouvait être taxé de Judas de taverne, et offrir une représentation de notre espèce dégradée. Aussi, l'arracher aux ténèbres par la seule magie flamboyante de son art serait une œuvre prométhéenne, ou, pour filer la métaphore et poursuivre l'exercice de l'hyperbole, le transformerait, lui, en un nouveau Jésus[1].

Venait maintenant, pour Alexandre, le problème de la réalisation. La commande de Badmaïev n'était pas une simple allégorie mais une prière désespérée. Badmaïev croyait en la possibilité pour la musique de se « matérialiser ». Et après tout… si Pythagore avait affirmé que l'Univers vibrait en *do*, pourquoi ne serait-il pas possible de créer un champ musical autour d'un corps… ? Une vibration déterminée à une fréquence déterminée pouvait engendrer des phénomènes physiques. Les accords sur un piano A, qui résonnent sur un piano B placé dans une autre pièce (« résonance sympathique »). La soprano brisant de ses aigus un verre en cristal.

1. Bien sûr, ce n'est que plus tard, et à la lumière de son propre malheur, que mon oncle comprendrait que l'équilibre nécessaire pour préserver de la catastrophe le microcosme de chaque individu rejoint celui qui soutient le macrocosme. À cet égard, nous pouvons à présent révéler que la caractéristique la plus connue de son œuvre, l'« accord mystique », est à l'échelle humaine ce que *Le Mystère* exprime à l'échelle de l'Univers. Et c'est en raison de cette différence d'échelle que l'accord est un effet quasi instantané, tandis que *Le Mystère* est une œuvre qui doit se déployer dans le temps pour que son bénéfice se répande sur toute la Création.

Oui. Bien entendu que l'exercice était facile. Mais c'est justement pour cela que Badmaïev avait fait appel à lui : pour qu'il aille plus loin, pour qu'il rende la difficulté faisable au point que l'invraisemblable devienne réalité. Très bien, mais à présent : quelles notes ou quels sons protégeraient Raspoutine d'un assassinat, le transformant en un être invulnérable ou peut-être invisible ?

Résolu à ne pas se laisser ronger par l'incertitude, mon oncle choisit d'avancer en suivant l'hypothèse selon laquelle la « cuirasse » devait répondre d'une manière ou d'une autre à l'essence de Raspoutine, exprimer par le biais de la notation musicale l'être même du moine, qui devrait entrer en vibration lorsque seraient exécutés les mélodies, les harmonies et les accords qui lui correspondaient. Son idée, qui évoquait les récentes découvertes autour du courant électrique, partageait néanmoins plus d'affinités avec certaines expériences réalisées par des entomologistes de l'époque, qui étaient arrivés à la conclusion que les couches superficielles de chitine qui caractérisent les cafards, les bousiers, les escargots et les coccinelles n'étaient pas le produit de phénomènes aléatoires que les hasards de l'évolution incorporent au développement de l'espèce mais le résultat d'une sécrétion interne programmée : comme si ces bestioles décérébrées étaient partie intégrante d'un plan qui incluait le perfectionnement de leurs défenses naturelles, au bénéfice de leur survie et de leur préservation. Naturellement, le processus pouvait se mesurer en milliers, en millions d'années, et pour aider le favori de la tsarine le temps était compté : il fallait lui trouver rapidement les quelques notes-cuirasse correspondant à sa grossière substance personnelle. Si mon oncle se trompait dans la notation et qu'une fois l'accord exécuté l'être de Raspoutine entrait dans une fréquence vibratoire erronée, le moine courait le risque (entre autres) de se dissoudre dans une flaque d'eau.

La question était : à quelle fréquence les cordes de l'âme de cet individu vibraient-elles ? Selon certains esprits malicieux, la fin tragique du *staret* attribua à son assassin, le prince Félix Youssoupov, un rôle aussi inattendu que redoutable : celui de critique musical des recherches d'Alexandre Scriabine. Mais il s'agit là d'un point de vue trop myope pour contempler le cours des événements.

Pendant un temps, mon oncle essaya d'honorer la commande. Il suivait Raspoutine partout, étudiait ses gestes, son comportement et ses relations. Mais il devinait en lui une énergie sombre, quelque chose d'indomptable, une sorte de carapace interne ou d'émanation basse qui l'empêchait de le décortiquer de l'intérieur. D'ailleurs, aujourd'hui encore certains continuent de croire que l'accord mystique

(C/F#/Bb/E/A/D) fut une tentative échouée et provisoire pour exprimer le caractère démoniaque du moine. La seule certitude à ce sujet est que mon oncle réalisa une série d'essais et que ces derniers ne furent guère concluants. Lorsqu'il annonça à Badmaïev que l'âme ou l'essence de Raspoutine avait la noirceur des latrines et qu'il était temps de l'abandonner à son sort, le médecin tibétain n'émit aucune objection. Esquissant un sourire triste et énigmatique, il lui répondit que, bien qu'il ne fût pas en mesure de l'apprécier pour le moment, ses efforts, tôt ou tard, porteraient leurs fruits[1].

1. Badmaïev avait-il des prémonitions ? Le médecin tibétain était-il maître dans les arts divinatoires ? Le fait qu'il ait eu recours à mon oncle démontre au moins qu'il possédait les connaissances suffisantes de physique et d'acoustique pour savoir que les objets vibrent à des fréquences spécifiques et que, étant donné deux objets sensibles aux mêmes fréquences, et proches ou reliés dans l'espace, la vibration de l'un produira celle de l'autre comme en écho ou en réponse. La connaissance de ces questions n'impliquait en réalité aucun savoir hermétique particulier : même les journaux divulguaient alors la nouvelle qu'un scientifique américain avait construit une « oreille phonoautographe » en utilisant une tige de foin qu'il avait abouchée à l'oreille d'un homme mort. Le scientifique parlait à l'oreille et la tige traçait les ondes de son sur la surface d'un morceau de verre fumé. Le résultat semblait imiter les ondes de la brume sur l'eau.

Badmaïev et Alexandre Scriabine connaissaient-ils les détails de cette expérience ? Toujours est-il que la combinaison hétérogène semble éclairer l'intention du *Mystère* : une composition, une vibration (ou plutôt, une combinaison organisée de vibrations), dont le but ultime était de tisser une série ondulatoire de modifications sur toute la surface et dans toute la profondeur de l'Univers.

13

Saint-Pétersbourg est une fête. Le son des cloches balaie l'air, les coupoles dorées des églises orthodoxes, l'éclat de la neige, des patineuses traçant des arabesques sur la surface gelée de la Neva qui bientôt recouvrira de son blanc manteau le cadavre du moine fou. Après une journée consacrée à la composition, Alexandre célèbre les beautés du soleil couchant en jouant avec son fils Julian. La vie s'écoule comme du miel sur une tranche croustillante de pain noir généreusement tartinée de beurre. Ils s'amusent à interpréter à quatre mains des morceaux d'une difficulté redoutable. Julian est un enfant prodige, un phénomène musical à sa mesure, et bien entendu mon oncle est convaincu que dans quelques années il fera de l'ombre à la gloire de Mozart. Bien qu'il ne soit pas son aîné, c'est avec lui qu'il a découvert les joies de la paternité, et ce non en raison d'une qualité qui aurait manqué aux enfants nés de son mariage avec Véra, dont l'absence continue de le déchirer, mais parce qu'il était alors trop pris par les aléas propres aux débuts d'une carrière artistique et qu'il ne distinguait dans les cris, les pleurs et les sollicitations que des entraves à son travail. À présent, en revanche, il ne rechigne plus à céder l'usage de ses heures. Il y a un plaisir incomparable dans le fait de voir grandir la chair de sa chair tandis qu'on apprend à cultiver les vertus de sa propre disparition. Julian : son teint olivâtre, ses yeux d'un gris acéré, son regard limpide, ses boucles noires, comme ceux d'un petit Arabe… Son rire cristallin. Arpèges.

Les saisons passent. Nous ne dirons guère plus de cet enfant, mon cousin, même si le reste de la chronique consacrée à Alexandre Scriabine est traversé par son souffle. Été. Tatiana (une Tatiana incroyablement réconciliée avec son destin ; mère aimante, épouse tendre et fidèle) le prépare pour une excursion avec ses camarades d'école (déjeuner et goûter au bord du Dniepr). Costume marin, culottes courtes, veste bleu et blanc sur la chemise d'un bleu profond (lin et boutons de nacre), souliers de cuir noir, chaussettes blanches tirées jusqu'aux genoux. Cravate ? Non. Un chapeau de paille que ceint un ruban de velours noir, pour le protéger de la réverbération. Trémolo de feuilles. Bouleaux. Julian part à bord d'un engin moderne fumant appelé *auto mobile*. À l'arrivée, médaillons d'ombre et de lumière, lacets d'eau. Il y a une petite barque dans l'anse du fleuve, c'est un détail qui n'était pas prévu dans le paysage. Les enfants sont espiègles. Julian vient de composer ses quatre préludes pour piano (aujourd'hui encore on les trouve dans une version tout à fait honorable d'Ievgueni Zarafiants). Lui et quelques amis grimpent dans la barque, que l'aimable institutrice détache. Pas un souffle de brise, on ne joue qu'à flotter. *Lento, presto*. Puis quelque chose frise. Pointillisme du paysage. Bulles.

Il ne s'agit pas de suggérer, de produire l'effet par lequel ce qui disparaît sera évoqué par ce qui y fait allusion. Il faudrait tout dire, encore et encore, jusqu'à ce que le mot et la chose ne fassent plus qu'un. Ce doigt qui sortit de nulle part et dont la tiède chair rosée s'agrippa un jour au doigt de mon oncle. Adieu, Julian. Vie. Vie. Vie.

Il y a peu à dire de la douleur de mon oncle, de l'enchaînement implacable. Il eut un père qu'il ne connut pas et dans la quête duquel il perdit sa mère et égara son frère ; il éloigna sa femme et leurs enfants pour que le malheur ne s'abatte pas sur eux ; puis Julian…

La nouvelle plongea Tatiana dans la souffrance. Nous ne saurons plus rien d'elle. Alexandre blanchit du jour au lendemain ; ses mains tremblaient, son regard semblait perdu même si ses pupilles n'avaient jamais brillé d'un tel éclat. Il travailla sans répit.

De cette époque date son opus 60, *Prométhée, ou le Poème du feu*, qui ouvre le cycle des plus extraordinaires réalisations de ce génie hors norme. Peut-être est-il aventureux de dire que mon oncle composa cette œuvre pour arracher littéralement et symboliquement son fils des griffes de la mort. Mais c'est le cas. L'influence de la théosophie, les pratiques spiritistes… les mondes ténébreux et sentimentaux de la nécrophilie sont capables de nourrir des croyances plus extravagantes que celle-ci. Ainsi tout comme en son temps l'expérience de la « cuirasse protectrice » de Raspoutine avait servi de première épreuve technique à la possibilité de produire un effet physique avec la vibration sonore, la tragédie de Julian le poussera à multiplier les tentatives, parce que cette mort sera à ses yeux l'évidence la plus patente que – sur un plan cosmique – le déséquilibre est l'ordre prédominant.

Prométhée : le Titan qui s'oppose à Zeus et brandit une torche allumée pour éclairer l'humanité plongée dans les ténèbres. Puis, sous l'effet du syncrétisme chrétien, il devient Lucifer, *Luce ferre*, le pourvoyeur de lumière. Comment ne pas penser qu'Alexandre Scriabine voulut chercher dans les eaux le corps inerte de mon cousin Julian ? Le chercher, le repêcher. Dans un fils, l'humanité tout entière. Bien entendu, la leçon chrétienne nous dit que le Dieu caché ferme les yeux devant le malheur, ce qui n'arriva pas à mon oncle.

Prométhée s'écrit donc contre un dessein divin qui poursuit l'anéantissement, aussi bien par indifférence envers la création des hommes que pour punir leurs actions, ou peut-être par désir de réconciliation et d'amendement de l'œuvre divine elle-même, autrement dit par aspiration à retourner au Néant originel. Alexandre Scriabine se rebelle contre ce geste qu'il considère comme immoral car il nie l'opinion et la volonté humaines. « Si Dieu existe et qu'Il a créé l'existant, qu'il s'agisse d'une sphère de plénitude où demeurer, son plérôme ou son petit enfer privé, ou d'une région vers laquelle Il descend en se dissimulant sous diverses figures..., ce qui est certain, c'est que les hommes aussi vivent dans leur propre univers même s'ils ne l'ont pas créé, et ils ont le droit de l'habiter et de se prononcer sur les conditions de leur existence et de sa durée, car à l'intérieur de cet Univers général ils ont créé leurs univers particuliers et leurs propres mondes, et ils en sont les maîtres comme autant de dieux de leurs propres créations », écrivit-il pour le programme de son œuvre, à l'occasion de sa première, à Moscou, le 15 mars 1911, sous la direction de Serge Koussevitzky.

Musicalement... *Prométhée* est une composition pour piano, orchestre et clavier à lumières appelé « Chromola » ou « Tastiera per Luce », une sorte d'« orgue à couleurs » dont mon oncle commanda la fabrication à Preston Millar (je n'en sais pas davantage). Le résultat général est très dissonant ; l'accord mystique domine, surtout au début, exprimant le chaos général, puis l'œuvre s'élève par une ascèse progressive jusqu'à l'apothéose d'une promesse de résurrection – dont l'intensité dépasse de loin ce que fit Gustav Mahler dans ses *Kindertotenlieder* – qui conclut par un accord aigu plus traditionnel de F.

Pendant qu'il travaillait à sa partition, mon oncle voyait des jets lumineux, des feuilles s'embraser, des langues de feu descendre sur son esprit, qu'il essaya de transposer sur la scène. Outre la composition, le caractère messianique de l'œuvre est signifié par les vêtements blancs du chœur et par la « Chromola » qui devait projeter des couleurs en fonction du plan harmonique sur un écran, sur le couloir de la salle et sur les spectateurs, afin de favoriser leur évolution spirituelle.

Dans cette relation entre musique, lumière et message, on trouvera sans aucun doute des éléments d'inspiration aussi bien théosophique que cabalistique ; de fait, l'idée d'une ascension semble être une allusion directe à l'arbre des Sephiroth. Mais surtout *Prométhée* est l'ébauche aboutie et brillante d'une compréhension future. La colère devant l'apathie ou la volonté de destruction qui anime l'élément divin aboutira à la conscience de la catastrophe à venir, et consécutivement, à la conviction que ce vide par où filtre l'Apocalypse doit être scellé : ainsi, de la dénonciation de l'horreur présente, Alexandre Scriabine passera peu à peu à la conception du *Mystère*, l'œuvre d'art totale destinée à sauver l'Univers.

14

Redoutant la nouveauté implicite du projet de *Prométhée*, ou peut-être sa propre transfiguration, lors de la première Koussevitzky renonça à l'emploi de la machine à lumières au motif que les images en couleur pourraient distraire l'attention du public, décision qui l'entraîna dans une dispute avec mon oncle. Néanmoins, au-delà de la douloureuse trahison de son mécène et représentant, ce qui affecta le plus Alexandre fut de savoir qu'indépendamment de l'accueil qui lui avait été réservé, sa musique n'avait pas eu l'effet escompté. *Son opus 60 n'avait rien changé.* Il n'avait pas modifié le public, pas plus qu'il ne lui avait rendu le corps chéri de Julian ni sa tendre âme pure qui continuait de l'appeler… Cette évidence le bouleversa. S'agissait-il d'une erreur technique ? Avait-il eu tort d'insister sur l'accord qu'il avait inventé au point d'en faire l'axe central de toute son esthétique ? Ou… ?

Il est curieux d'observer que tandis que la critique voyait en lui le champion d'un courant de l'art subjectif, l'exemple le plus hardi de la rénovation des structures formelles au service de l'expression d'émotions personnelles, Alexandre Scriabine se considérait lui-même – et agissait en conséquence – comme le continuateur d'une tradition d'art objectif qui au fil du temps s'était réduite à une sorte de réalisme psychique postulant que la configuration particulière des sons évoque un type de réponse dans l'esprit humain, traduite sous la figure de l'« expérience intérieure ». Du reste, cette *reductio ad hominem* n'était pas négligeable : elle indiquait une relation mathématique précise entre les propriétés du son et un aspect de notre appareil récepteur, qui par exemple détermine la capacité d'une musique donnée, dans le cadre d'une culture concrète donnée, à provoquer un certain type de réaction instinctive (chant grégorien-s'agenouiller-prier / marches militaires-défilés-sentiment martial) ; son ambition se limitait à induire la répétition de conduites prédéfinies, typiques. Pour mon oncle, il fallait aller plus loin (même si ce voyage le ramenait loin en arrière), élargir cette possibilité. Si l'homme avait été conçu comme la figure de la différence dans l'hétérogénéité de la création, il devait faire plus que reproduire l'existant avec les éléments qu'il avait à sa portée. La faiblesse de toute théorie du reflet est qu'elle postule une identité totale entre Être et Copie, alors que, comme nous le savons, il n'est de circulation d'être, quel qu'il soit, sans perte d'énergie. Ainsi, pensait mon oncle, pour devenir véritablement puissante, la musique devait-elle renoncer à sa nature d'écho pour se transformer en action.

Alexandre pouvait à présent reconnaître que l'erreur qu'il avait commise avec Raspoutine avait été de croire que par le simple fait de lui administrer une série d'accords particuliers, le *staret* aurait finalement pu générer son propre champ, une émanation interne, un reflet de la vibration de ses atomes à la manière d'une sorte d'« écorce »... comme si la musique était un vaccin provoquant une réaction immunologique de l'organisme auquel il avait été inoculé. Mais cela revenait à élargir les limites d'une condition antérieure, comme éduquer un enfant au piano pour qu'il perçoive la subtile vibration du champ énergétique entre *mi* et *fa* et entre *si* et *do*. Alors qu'il fallait essayer de produire une différence de degré qui puisse arracher les personnes et les choses à leur être pour les lancer vers la nouveauté, vers le Prométhée universel !

Mais en quoi consistait la nouveauté et comment la trouver ? Et vers où aller ?

Afin d'y répondre, mon oncle remonta en arrière, se replongea dans Pythagore, via Aristote. Tout est mathématique. Le mouvement des corps célestes doit produire un son, étant donné que sur la Terre le mouvement des corps d'une bien moindre taille produit cet effet. Si le Soleil, la Lune et les étoiles se meuvent à une telle rapidité, comment ne pourraient-ils pas produire un son plus grand ? L'observation de leurs vitesses et la mesure des distances les séparant présentent des proportions égales à celles des consonances musicales, de sorte que le son provenant du mouvement circulaire des étoiles produit une harmonie… Si nous entendons ce son, la musique de ce mouvement circulaire, c'est parce qu'il nous accompagne depuis notre naissance et que, par conséquent, nous ne le distinguons pas du silence…

Puis, à la suite logique de cette lecture, il consulta l'œuvre de Johannes Kepler, l'un des grands génies du haut Moyen Âge, peut-être le premier esprit tourmenté de la modernité.

Comment se développèrent les vérités de ce scientifique dans le schéma conceptuel de mon oncle ? Il y avait, assurément, des éléments avec lesquels il se sentait une affinité : Kepler reprenait l'idée de totalité et d'unité de l'existant, propre aux cosmogonies antiques. Pour Kepler, l'âme individuelle contient le potentiel de tout le ciel et réagit à la lumière des planètes de la même manière que l'oreille réagit aux harmonies mathématiques de la musique et l'œil aux harmonies de la couleur. Ainsi, les myriades de lumière des galaxies les plus éloignées et les déjections d'un cosaque sont-elles liées, non pas parce qu'elles sont faites de la même matière ni parce qu'elles présentent une forme identique (la diversité de l'existant infirme ce présupposé) mais en raison de leur *disposition*. Si les planètes nous affectent par les angles qu'elles forment entre elles et par les harmonies ou dissonances géométriques résultantes, l'affinité de notre âme individuelle avec l'*anima mundi*, qui est soumis à des lois strictes, est un fait. Pour s'élancer vers l'avenir, il donnait raison à Pythagore et à sa théorie de l'harmonie des sphères.

Dans son premier livre, *Mysterium Cosmographicum*, Kepler affirme que les sphères des planètes (les six qu'il connaissait) étaient séparées les unes des autres par cinq solides parfaits, symétriques, situés dans un espace tridimensionnel et placés entre les six orbites planétaires, où « ils s'enchâssent à la perfection ». Ces « solides parfaits » (le tétraèdre, le cube, l'octaèdre, le dodécaèdre et l'icosaèdre) ont des faces identiques et peuvent être insérés dans une sphère, de telle sorte que tous leurs sommets s'appuient sur la surface de cette sphère. L'idée de Kepler : « La géométrie existe depuis la Création, elle est éternelle comme l'esprit de Dieu, elle est Dieu lui-même. » Et si Dieu a créé l'existant d'après un modèle géométrique et doué l'homme de la compréhension de la géométrie, alors il doit être possible – pensa-t-il – de déduire tout le système de l'Univers au travers d'un pur raisonnement, en lisant l'esprit du Créateur. Les astronomes sont les prêtres de Dieu, appelés à interpréter le Livre de la nature.

Assurément, Kepler était en quête d'une loi mathématique pouvant expliquer l'harmonie universelle…

Mais, avec le temps, il comprit que les choses ne fonctionnaient pas ainsi. Le mouvement des planètes… Elles le faisaient de telle manière que si les solides parfaits avaient réellement existé, ils auraient fini par exploser dans l'espace, détruits par leur déplacement… Se voyait aussi annulée la possibilité que le mouvement universel fonctionne en accord avec les harmonies musicales de la gamme pythagoricienne. Une planète ne se meut pas à une vitesse constante mais plus rapidement lorsqu'elle se trouve près du Soleil, elle ne « résonne » pas sur un ton stable mais oscille entre des notes plus basses et d'autres plus hautes, et l'intervalle entre les deux notes dépend de l'asymétrie ou de l'excentricité de son orbite. Alors… « Alors, se dit mon oncle dans la nuit de ses lectures, si l'harmonie des sphères existait comme le pensaient les Grecs anciens, la perfection serait un fait et Julian ne serait jamais mort. »

Incapable d'accepter l'idée que Dieu n'aurait pas fait en sorte que les planètes décrivent des figures géométriques simples (des polyèdres parfaits), Kepler essaya toutes sortes de combinaisons jusqu'à ce qu'il découvre finalement que les planètes ne tournaient pas autour du Soleil suivant des orbites circulaires mais elliptiques… (Comme le savait déjà Tycho Brahe.) Qu'est-ce que cela disait de l'Univers ? De Dieu ? Et de son esprit ? Là où l'on cherchait la divine symétrie… apparaît… une ellipse !

Pour un esprit chrétien comme le sien, l'effort qu'il dut accomplir pour accepter la véracité de ses propres conclusions fut certainement gigantesque. Et ce n'est qu'après avoir admis que son erreur résidait dans le fait d'avoir attribué une certaine échelle de valeurs à un certain choix de forme (sans doute un reste de l'influence pythagoricienne ou peut-être un effet de ses incursions dans les sciences occultes, l'astrologie et la numérologie) que le scientifique put offrir au monde les Trois Lois[1] qui lui valurent la célébrité et accouchèrent d'un monde

1. 1re Loi : Les planètes parcourent une orbite elliptique autour du Soleil qui est situé sur l'un des foyers de l'ellipse. 2e Loi : Les planètes, dans leur trajectoire elliptique, balaient des aires dans des temps égaux. 3e Loi : Le carré des périodes des planètes est proportionnel au cube de la distance moyenne du Soleil.

nouveau : dans *Astronomia nova*, mais surtout dans *Harmonices mundi*, Kepler, une fois son trajet accompli, revint, mais différemment, à ses origines. En plus de reprendre un concept ancien et touchant comme celui de « la grande musique du monde », qui à ce stade de la connaissance relevait autant du savoir que de la métaphore, il démontra que les planètes produisent différents sons en fonction de la vitesse à laquelle elles tournent, et il établit que plus son mouvement est rapide, plus le son qu'un astre émet est aigu (il suffit de connaître la masse et la vitesse d'un objet en rotation pour pouvoir calculer le son qu'il émet à chacun des points de sa trajectoire), de sorte que dans l'Univers il existe des intervalles musicaux bien définis.

N'était-il pas extraordinaire – pensa mon oncle – qu'un homme né et mort deux siècles plus tôt lui indique le chemin ? Le pauvre Johannes – scrofuleux, fils d'une sorcière, syphilitique – était parvenu à composer six mélodies qui correspondaient aux six planètes du système solaire connues à l'époque. Combinées, ces mélodies pouvaient produire quatre accords distincts… Et Kepler croyait que l'un d'eux faisait résonner la musique du début de l'Univers tandis qu'un autre produisait celle qui accompagnerait sa fin…

La totalité… la totalité de l'existant. Qu'il avait déjà approchée – timidement ? – avec le *Prométhée*.

15

« Journée printanière, un vol de mouettes traverse le ciel d'azur et se perd dans le firmament, un banc de saumons remonte le courant pour frayer. Dans leur course, poissons et oiseaux tracent de complexes figures. La question est : pourquoi ne se percutent-ils pas ? Quel est le facteur énigmatique qui leur aplanit la voie ou, ce qui revient au même, les empêche de dévier ou de semer la confusion ou le chaos sur leur passage ? Est-ce la force de l'instinct, une sorte d'accord… ? Autrement dit : peut-on imaginer l'existence d'un champ hypothétique qui expliquerait l'évolution simultanée de la même fonction dans des populations biologiques non contiguës ? Étant certain que personne ne trouvera la réponse, je déclare que ma question est purement rhétorique… »

La voix de Vladimir Ivanovitch Vernadski résonne comme celle d'un alto dans le grand amphithéâtre de l'Académie des sciences de Russie. Les bras croisés, le postérieur posé sur le bord de la table, le professeur de minéralogie et de cristallographie profite de la hauteur que lui donne l'estrade pour contempler avec un évident mépris et une déception non dissimulée (mélancolie, mélancolie) l'océan de têtes qui ondoient en suivant ses mouvements. Hormis une, qui lui répond :

« Peut-être pourrions-nous envisager ce vol et ce banc non

comme une somme de singularités mais comme une unité composée d'un nombre x d'éléments qui résonnent à l'unisson, ou qui partagent une conscience, voire une information. Cette résonance serait identique à celle qui en musique s'exprime sous la forme de sons harmoniques. Mais le nœud de la question est de savoir si cette unité d'action peut être comprise comme une manifestation de la singularité de quelques espèces ou comme une constante du plan universel. »

Vernadski ouvre et referme la bouche, étudie un instant son interlocuteur : aspect engageant, regard inquiet, front dégagé, moustache en guidon, chevelure blanchie avant l'âge. A-t-il vu sa photographie dans un journal, son portrait sur une peinture à l'huile, ses traits reproduits dans un programme ? Ou l'a-t-il croisé dans une réunion scientifique, un meeting politique clandestin, un cabaret ?

« Vous, dit-il enfin, vous êtes un rayon de lumière dans l'obscurité. »

Alexandre Nicolaïevitch Scriabine et Vladimir Ivanovitch Vernadski devinrent amis. Lorsqu'ils en avaient le loisir, ils sortaient se promener dans les faubourgs de la ville. Bien que les alentours de Saint-Pétersbourg ne fussent qu'un vaste bourbier, témoin du passé marécageux de la ville, Vernadski y trouvait des restes géologiques d'un grand intérêt. De la pointe de son bâton, il remuait les pierres sombres et le sable sale à la recherche de poussière d'étoiles et de cendres précambriennes. Parfois il prenait appui sur l'une des épaules de mon oncle. Si reproduire au hasard des bribes de leurs échanges n'a pas grand sens, il en va tout autrement pour la transcription de leur conversation décisive :

« La vie organique peut-elle modifier le cours de l'existence inerte ? Voilà la vraie question, dit Vernadski.

— À quoi faites-vous référence, mon cher Vladimir Ivanovitch ?

— Une roche est une roche, toujours. À l'ère cryptozoïque, il se formait les mêmes roches et les mêmes minéraux qu'aujourd'hui. En revanche, au fil du temps géologique, la matière vivante change. Et son histoire est celle de la modification des organismes qui la composent : une histoire lente et extraordinaire. Ma thèse est que l'évolution de la matière va dans une direction déterminée. S'agit-il de Dieu ? De l'harmonie ? Avant d'esquisser une réponse, nous devrions considérer une série de facteurs, sourit Vernadski. Au cours de recherches menées dans l'océan Pacifique par Jan Kruzenshtern, des chaluts de fond traînés dans les fonds abyssaux rapportèrent des spécimens de crustacés qui existaient au début de la céphalisation. Le processus de croissance du système nerveux central est irrégulier, mais, une fois qu'un certain niveau d'évolution est atteint, le cerveau n'est plus sujet aux régressions : il ne peut que progresser. Cela signifie que nous pouvons imaginer la biosphère comme un chœur resplendissant d'intelligences surpuissantes… D'ici vingt milliards d'années. En attendant… l'homme est à la pointe de ce processus. Et ses conquêtes sont époustouflantes. En une trentaine d'années, il a colonisé tous les territoires, modifié l'inerte, créé des minéraux artificiels. Et ce n'est là que le début d'une modification radicale. Nos idéaux peuvent-ils établir des rapports de consonance avec les lois de la nature ? Il faut le vérifier. En attendant… Reconnaissons que l'homme est devenu une force géologique à grande échelle, capable de tout changer y compris ce qui existe en dehors de son propre habitat. C'est pourquoi je mise tout sur l'effort de notre espèce. Pour éviter la catastrophe.

— Vous parlez de… ?

— N'est-il pas paradoxal que bien que nous ne représentions qu'une part infinitésimale de la masse totale de cette planète, notre destin soit de nous soucier du cosmos ? Si l'homme a modifié la biosphère, l'accroissement de ses talents présage une transformation à l'échelle universelle. Malgré tout, je suis plutôt pessimiste quant aux possibilités qui sont les nôtres. Nous aurions peut-être dû naître quelques millions d'années plus tôt : nous aurions eu le temps de développer pleinement nos cerveaux…

— Cette histoire de catastrophe, est-ce une sorte d'allégorie ?

— Non. Je suis convaincu de l'existence d'une direction, pas d'un destin. Et j'ai observé que quelque chose de l'ordre de la fin des temps… approche. Dans *De l'Alaska au bord du Pôle*, mon collègue Jacob Tujacevich explique que nous vivons actuellement le glissement du manteau et de la croûte terrestre sur le noyau liquide de la planète. C'est un mouvement qui s'accélère progressivement. À mesure que l'équateur antérieur au déplacement avance vers nos régions de la surface terrestre, celles-ci commenceront à subir des changements affectant les forces centrifuges et le niveau des mers, ce qui entraînera de nouvelles répartitions de la mer et de la terre, la fonte des glaciers fixant les plaques tectoniques de la croûte, des catastrophes sismiques et volcaniques. Par ailleurs, bientôt le Soleil entamera un cycle d'activité inhabituel, générant davantage de taches, d'explosions et d'éruptions, relâchant d'énormes nuages dans l'espace et, en un mot, retrouvant le comportement qu'il n'avait pas eu depuis le début de la dernière période glaciaire. La raison en est certainement, bien qu'elle ne soit pas la seule, que le champ magnétique se modifie, et par suite, son champ de gravitation. C'est, bien entendu, un système de double attraction Terre-Soleil. Par chance, jusqu'à présent nous n'avons pas été grillés, nous y avons échappé car l'effet des deux masses est amoindri par la distance. L'augmentation de cet effet, la prolifération des taches solaires, sont-elles dues à un changement dans l'alignement de notre planète ? Sommes-nous en train de sortir de notre orbite ? De nous rapprocher dangereusement du Soleil ? Il n'est pas déraisonnable d'estimer que… Tout compte fait, malgré sa taille, notre astre roi n'est rien de plus qu'une bulle incandescente qui se maintient intacte sous l'effet de la gravité, et qui est par conséquent plus sensible aux secousses des planètes plus dures, plus denses et plus froides qui tournent autour de lui. Comme la Terre.

— Pensez-vous que cette double attraction finira par faire sortir notre planète de son axe… ?

— Oui, et surtout le Soleil, qui s'appuiera sur elle, à la manière du postérieur de l'éléphant qui tombe sur le moustique qui l'a piqué. Avant qu'un tel accouplement ne se produise, il va de soi que la Terre disparaîtra dans les flammes. En général, ce qui se produit, c'est que le Soleil ne se penche pas ni ne tombe, il chancelle et se dilate en direction du centre de la masse du système solaire. Plus l'effet gravitationnel est fort, plus augmentent les probabilités qu'apparaissent des fissures ou des “déchirures” à sa surface. Si cela se produit, une incroyable quantité de radiation coincée dans la boule lumineuse s'échappera. Imaginez cette explosion au milieu des espaces interstellaires ! Un spectacle merveilleux à voir, dont, bien entendu, nous ne pourrons profiter qu'un millionième de seconde. Naturellement, je ne pense pas l'Apocalypse en termes religieux, même si les astronomes sumériens estimèrent que les anomalies orbitales du Soleil étaient moins dues à la Terre qu'à une influence gravitationnelle externe, à un compagnon binaire que nous n'avons pas encore observé : ils l'appelèrent Nibiru et on dit que lorsqu'il apparaîtra dans le ciel comme un soleil rouge, ce sera la fin de notre planète. D'ailleurs, les courtisans attardés qui pullulent autour de Nicolas Ier ont voulu établir un lien entre cette prophétie et l'apparition rituelle de drapeaux rouges lors des manifestations antigouvernementales, mais ils ne sont même pas parvenus à articuler un système métaphorique convaincant. Et ce n'est pas le seul danger. Vous souvenez-vous de l'explosion d'Irkoutsk, il y a quelques années déjà ? Des milliers d'hectares dévastés au beau milieu de la Sibérie, et une seule victime, un berger mort, témoin des déficiences de la politique de peuplement de notre Empire. Eh bien : il ne s'agissait en rien du "Rayon de la Mort" que prétendit avoir inventé Nikola Tesla, mais de la conséquence de la chute d'une météorite. Ce qui est certain, c'est que tous les soixante-deux millions d'années, l'orbite de notre système solaire traverse une région de la Voie lactée qui possède une densité gravitationnelle extraordinaire. Il y a soixante-deux millions d'années, l'une de ces météorites est tombée sur notre planète et en a balayé toute trace de vie, dont celle des dinosaures qui sont mon objet d'étude apparent. Et il y a cent vingt-quatre millions d'années il y a eu un impact similaire, comme le prouve la couche antérieure de fossiles... En réalité, je suis biogéochimiste et eschatopaléontologue, celui qui cherche dans les cendres du passé et dans l'illusoire verdeur du présent les traces annonçant la fin. Bien, à cet égard, je me dois de répéter une vérité qui est trop vite oubliée : contrairement à ce qu'indique notre perception ordinaire, les étoiles n'occupent pas un point fixe dans l'espace. Elles sont lancées dans une course effrénée à travers les galaxies. L'univers est un rendez-vous galant où qui se ressemble s'assemble. Les femmes peuvent bien parler des âmes, mais ce sont nous, les hommes, qui avons raison de dire que l'unique moteur de l'amour est l'attraction : les lois de la physique le prouvent. En ce sens, notre Voie lactée est attirée par un gros amas d'étoiles appelé Amas de la Vierge. Là...

— Je ne peux apprécier les détails techniques, dit mon oncle.

— Quand il arrivera à une distance de quelques millions de kilomètres, le processus de rapprochement connaîtra un saut qualitatif et la combinaison de lumières, de gaz et de chaleur…

— Nous entrerons en collision ?

— Oui.

— C'est la fin et vous vous contentez de l'énoncer ?

— Voulez-vous que je cligne des yeux pour souligner mon inquiétude ? dit Vernadski. Je n'ai ni femme ni enfants ; je n'ai donc pas de souci à me faire pour ma descendance.

— Si on étudie une planète, à plus forte raison le cosmos, au point de tout comprendre, comment peut-on mépriser l'humanité et se désintéresser de son destin ? dit mon oncle.

— Mais, pleurez-vous donc, mon ami ? Pour quelle raison ? Devant l'inéluctable, le stoïcisme…

— Vous semblez contenir en doses identiques de la fascination pour les conquêtes du savoir et pour les paysages de l'anéantissement, mon cher Vladimir Ivanovitch. Quoi qu'il en soit, l'annonce du mal ne justifie pas la complaisance, fondée sur le piètre argument que l'on n'a, personnellement, rien à perdre. Ce que nous avons vu… Ce que nous avons su… J'ignore quant à moi ce qu'il peut y avoir dans les confins de l'Univers, j'ignore ce qui nous arrivera. Mais aujourd'hui il n'est pas de tâche plus digne à mon sens que de tout mettre en œuvre pour préserver notre espèce.

— Pensez-vous sincèrement qu'il y a quelque chose qui mérite d'être sauvé ? Vous-même, dans votre œuvre *Prométhée, ou le Poème du feu*, vous condensez le dilemme entre le salut et la condamnation ! La flamme que brandit le Titan pour éclairer l'humanité est la même qui s'allume dans la chute…

— C'est vrai, dit Alexandre. Mais la question qui a donné lieu à notre petite conversation n'est pas purement rhétorique, n'est-ce pas ? Je crois que vous l'avez formulée comme une invitation. »

Vernadski sourit :

« Dans la solitude de mon laboratoire, j'écoute les notes que produisent les étoiles au travers de leurs vibrations. Le Soleil chante. Les étoiles chantent. Sifflements fantomatiques, tambourinements, bourdonnements. Le Soleil et d'autres planètes rayonnantes expriment le passage de l'énergie depuis l'enfer nucléaire jusqu'à la surface, et sa fuite vers l'espace. Toute la Voie lactée oscille et vibre comme un tambour. Mais ce son s'est… désaccordé, et là est le danger.

— Alors, dit Scriabine, l'harmonie des sphères existe bel et bien…

— Elle existait. Cette relation s'est perdue. La question, mon cher ami sauveur de l'humanité, est de savoir si nous pourrons restituer cet ordre perdu. »

16

Pourquoi un musicien, seul un musicien, ni plus ni moins qu'un musicien, décide-t-il de se lancer dans l'impossible ? Comment quelqu'un peut-il devenir sauveur du cosmos, croisé de l'humanité ? Sans doute, avec son *Prométhée*, mon oncle avait-il fourni son premier grand effort pour transformer la conscience de notre espèce (même si cette dernière se voyait réduite à n'être que celle de ses éventuels auditeurs). Mais dans le fond, cela n'avait été qu'un jeu d'enfant, à côté de la tâche que Vernadski lui avait confiée : modifier la structure de la réalité, en restituant l'Univers à son Ordre harmonieux pour empêcher l'Apocalypse finale.

Et maintenant, comment s'y prendre ? Fallait-il exacerber ses procédés antérieurs, les porter à un degré d'intensité inconcevable, jusqu'à ce que l'inédit se produise ? Si Vernadski avait raison, c'était une question de pure logique : la vie est un processus cosmique, une instance de colonisation progressive où les éléments autoconscients opèrent des transformations radicales sur ceux qui sont dépourvus de connaissance de soi. L'Univers, en revanche, agit en bien ou en mal mais toujours de manière involontaire : c'est la Grande Chose, mais non l'Être. C'est de Lui, et de Ses actions, que mon oncle devait s'occuper, en assumant (comme Prométhée) sa mission. Bien sûr, il fallait prendre en compte l'échelle : un homme, Un contre le tropisme erroné de l'Univers. Mais, sur quelles ressources pouvait-il compter ? Son « accord mystique », peut-être ? Il n'avait déjà pas donné le moindre résultat pour la « cuirasse harmonique » de Raspoutine ! Le défi était à nul autre comparable ; ses chances de succès étaient infimes, mais son issue n'était pas jouée d'avance. Peut-être fut-ce pour cela que mon oncle décida de baptiser son projet de méga-composition transformatrice, destiné à être diffusé dans les abîmes de l'infini, du nom de *Mystère*. Bien entendu, le titre faisait allusion au *Mysterium cosmographicum* de Johannes Kepler.

À cet égard, la postérité a contribué au brouillage de son activité en l'entourant de l'aura fallacieuse du mythe et de la légende. Ce dont les disciples orthodoxes et hétérodoxes de madame Blavatsky sont en grande part responsables. Le récit qui en résulte possède un air d'indéniable exotisme théosophique.

Ainsi, selon cette version, mon oncle planifia l'exécution du *Mystère* dans l'Himalaya. Sept jours durant, un orchestre composé de deux mille musiciens et hissé non loin du sommet de l'Everest devait exécuter la composition tandis qu'une multitude de *chromolas* ou *tastieras da luce* disséminées à différentes altitudes sur les montagnes voisines (Annapurna, Shisha Pangma, Makalu, Cho Oyu, etc.) projetteraient dans les airs leurs couleurs, que lécheraient des flammes ascendantes d'un feu bleu-or-rouge-bleu, pendant que des machines ressemblant à de modernes fumigateurs diffuseraient des parfums favorisant le transport et l'élévation d'une foule de participants vêtus de toges blanches, qui suivraient le concert en se laissant envelopper mystiquement par ses effets ou bien s'élanceraient dans des danses extatico-orgiaques en compagnie de danseurs indiens. Chaque lever du jour serait un prélude et chaque tombée de la nuit une coda. Mais ce n'est pas tout : suspendues dans les airs (sans doute soutenues par les mahatmas invisibles), des cloches d'or alchimique, étincelantes comme des miroirs, feraient vibrer les espaces célestes. Et au bout de sept jours, la Totalité, comme prise d'une hâte soudaine, changerait.

Bien entendu, cet événement n'ayant pas eu lieu, les blavatskyens alléguèrent le fait que quelques mois avant le couronnement de son labeur, tandis qu'il était plongé dans la rédaction du brouillon de son *Mystère* – baptisé *Esquisse finale*, *Action préparatoire au Mystère final* ou *Action préliminaire* –, Alexandre Scriabine eut une illumination : l'œuvre qu'il ambitionnait de réaliser contredisait son intention, aussi devait-il l'interrompre.

Il semble saugrenu d'imaginer ne serait-ce qu'un instant que mon oncle fît dépendre sa cohérence d'artiste de l'abandon de son travail, mais sur ce point l'égarement des disciples de madame Blavatsky ne manque pas d'une certaine consistance, du moins au regard des principes de la théosophie. D'après ces derniers, il fut saisi par une fulguration omni-compréhensive et instantanée, par laquelle il appréhenda la Vérité d'un seul coup et dans sa totalité. Et cette Vérité lui révéla que les attributs matériels du monde phénoménal sont apparents. En ce sens – dut-il penser – la musique, sa musique, *toute* la musique, était un concept mais aussi, et principalement, une matière, l'expression sonore de cette idée transmise par le biais d'objets physiques vibrant selon leur propre spectre de fréquences. Par conséquent, aussi bien l'esquisse initiale, l'*Action préparatoire*, que l'étape suivante, l'œuvre maîtresse, le *Mystère*, seraient illusoires, simples trames du voile de Maya qu'elles-mêmes essayaient de déchirer. L'idée (ou Idée) serait donc : si le monde phénoménal est un leurre, la seule façon pour le *Mystère* de devenir un instrument de transformation universelle était de demeurer dans la sphère du pur concept, car, une fois traduit en sonorité, son pouvoir s'évanouirait.

Ainsi, ayant compris cela, mon oncle aurait adopté la seule attitude possible : sa transfiguration artistique et sa mort physique, en renonçant au corps de son être et à la matière de son œuvre pour se dissoudre dans un nirvana prolongé, dans une délicieuse insubstantialité.

Le seul problème de cette théorie (aussi idéaliste qu'émouvante) est qu'elle est erronée. Nous pourrions même dire que le grand pari d'Alexandre Scriabine est d'un matérialisme extrême : c'est la construction d'un grand système musico-physico-sonore destiné à infléchir le cours des choses. Que la mort l'ait emporté avant ou après qu'il eut obtenu les résultats escomptés… c'est la question que nous aborderons sous peu. Mais il ne fait pas le moindre doute que son intention n'était pas mystique ou ineffable mais esthétique, politique, cosmique et cosmologique. Qu'importe si la matière est une forme de l'énergie ou inversement. Son ambition était de produire un rayon musical continu transmis sous la forme d'une vibration lumineuse constante qui, projetée vers tous les confins de l'Univers, engendrerait une onde de choc capable de réaligner toutes les planètes par son impact.

Énergie ? Matière ? Musique ? Onde ? Vibration.

Le moment est enfin venu de nous occuper du *Mystère*.

17

Au Moyen Âge, Rodolphe de Saint-Trond (*Die Quaestiones in Musica*) attribua à chaque mode une couleur. Au XVIe siècle, Franchinus Gaffurius émut l'âme de plus d'une jouvencelle en comparant l'effet d'un *glissando* à l'image d'un arc-en-ciel, sons et couleurs s'y succédant dans une métamorphose ininterrompue. Au XVIIIe, Marin Cureau de La Chambre et Marin Mersenne conçurent de nouvelles gammes phonochromatiques et Isaac Newton donna une base scientifique à l'existence d'une division musicale du spectre lumineux selon les sept sons naturels, sur laquelle Jean-Philippe Rameau se fonda pour imaginer un « clavecin oculaire ». Alexandre Scriabine reprit la tradition d'associer couleurs et sons et lui fit prendre un tournant inédit lorsqu'il décida de puiser à la source, au signe pur et premier de toutes les couleurs, l'étape précédant la décomposition du prisme, la lumière elle-même, afin que celle-ci répande chacune des notes de sa composition aux quatre coins de l'Univers.

De ce point de vue, la métaphore de l'Himalaya peut être utile pour rendre compte des dimensions de son intention, mais guère plus. Ce qui est certain, c'est que pour atteindre son objectif, mon oncle dut recourir à l'aide de la science et de la technique de son époque. Car, comme chacun sait, à la différence de la lumière, le son ne peut voyager dans le vide.

« Musique lumineuse. » Peut-être l'explication devrait-elle être brève. Les ondes de lumière sont de l'énergie électromagnétique et celles du son de l'énergie mécanique, de sorte qu'en raison de leur nature, ces dernières peuvent changer de rang. Un téléphone : le transmetteur contient une bobine de fer et un champ magnétique qui transforment l'onde de son – la voix de celui qui parle – en un signal électrique qui peut être transmis par un câble téléphonique. La bobine du récepteur reçoit le signal électrique et produit un second champ, qui fait qu'une fine membrane – un calque ordinaire et efficace de la merveilleuse oreille humaine, avec ses auricules et ses pavillons, son délicat teint rosé et ses couches dorées de cire – vibre en réponse au signal électrique et le retransforme en son.

Les planètes, elles, ne disposent pas d'un appareil similaire. L'Univers existe mais il ne parle pas. Peut-être l'heure est-elle venue de dire que les cloches suspendues à l'Himalaya, « étincelantes comme des miroirs », *étaient* des miroirs. Ceux qu'utiliserait mon oncle pour transporter sa musique. Et que la machine destinée à répandre le *Mystère* aux quatre vents… que cette machine fut construite.

Naturellement, pour ce faire, Vernadski dut employer ses ressources, et parmi elles, la duperie et la flatterie. Les fonds levés par un ministre incompétent pour la réfection des bâtiments de l'observatoire de Poulkovo et la réparation de son télescope furent détournés vers la fabrication du plus grand canon à faisceaux lumineux qu'ait connu l'histoire, un objet unique en son genre, bien que d'un point de vue technique il s'agisse d'une simple application pratique, extraordinaire par sa taille, mais adaptée aux fins recherchées, du photophone inventé en 1880 par Alexander Bell[1].

1. Pensé comme le prolongement logique du téléphone, le photophone devait transmettre la voix (et tout autre son) via une membrane de miroirs

Vernadski ne put tromper bien longtemps ses collègues sur la véritable nature de la machine qu'il était en train d'assembler, et il dut user de tout son prestige et du poids de son autorité pour couper court aux critiques et éviter que les rumeurs ne se propagent. Mais, bien qu'étouffées, des voix s'émurent, chuchotantes, tombant presque toujours dans des oreilles peu aptes à interpréter le contenu du message, de sorte qu'au fil du temps, la version qui finit par s'imposer – la plus farfelue mais aussi la plus en phase avec l'esprit de l'époque – fut celle qui soutient que mon oncle parvint à convaincre Vernadski de la nécessité de fabriquer un appareil permettant d'entrer en communication avec les fantômes et les revenants. Cela n'a rien d'étonnant. Le spiritisme n'est qu'une sombre appropriation de cette claire solution technique, ou peut-être, et à l'inverse, la science accomplit-elle les rêves absurdes de notre espèce : Thomas Alva Edison essaya de rentabiliser son entreprise en assurant que grâce au téléphone il serait possible de parler avec les morts, et Mary Baker Eddy, fondatrice de l'Église de la Science chrétienne, ordonna à ses fidèles de l'enterrer en compagnie de l'un de ces appareils au cas où elle voudrait leur transmettre de nouvelles révélations supraterrestres. Ainsi, Alexandre Scriabine aurait utilisé Vernadski pour avoir la chance de reparler à Julian.

Le photophone – qui finit dévoré par les flammes pendant la révolte bolchevique d'octobre 1917, et dont la réplique à échelle réduite est aujourd'hui exposée dans la Salle verte de l'observatoire – mesurait vingt-cinq mètres de haut, possédait un diamètre de dix mètres et, avec ses deux canons, ressemblait fort à un tricératops.

---

appelée miroir parabolico-vibratoire (ou émetteur), qui reflétait la lumière du Soleil et la dirigeait grâce à une lentille vers un récepteur placé à environ soixante-dix pieds de distance, au centre duquel se trouvait un détecteur en sélénium connecté à une batterie et à un écouteur doté d'un téléphone intégré.

Bell avait eu des difficultés à faire fonctionner sa machine par temps couvert et n'était parvenu à transmettre que dans un rayon de quelques dizaines de mètres. Le son partait d'un locuteur humain qui devait articuler très lentement et avec une grande précision des mots pour l'essentiel monosyllabiques, ou tout au plus de deux syllabes. Était-ce parce que avec le téléphone il avait résolu cette question en lui appliquant une autre technique, ou qu'il ne lui voyait pas de perspectives d'évolution ou d'exploitation économique immédiate, le fait est que Bell délaissa le photophone, de sorte que lorsque Vernadski et mon oncle s'y intéressèrent, la machine était tombée dans l'oubli depuis plus de trois décennies et n'était guère plus qu'une vieillerie bientôt reléguée au musée des antiquités technologiques. Pour Vernadski, améliorer la partie optique fut presque un jeu ; disposé en forme de diaphragme sur un tube acoustique, le sélénium permettait l'émission claire et immédiate des sons lorsqu'il était éclairé par une lumière modulée, dont le passage se produisait à travers un disque rotatif percé. Il parvint même, en lui additionnant un spectrophone, à ce que l'intensité du son émis dépende de la longueur d'onde (ou de couleur) de la lumière qui entrait dans le mécanisme par le télescope. Les ondes sonores engendrées se propageaient à travers le tube acoustique et provoquaient l'effet photoacoustique recherché.

Sur un plan technique, la question était donc résolue. Naturellement, les incrédules de tout poil ne verront qu'une expression d'émouvante naïveté, une entreprise pathétique et flirtant avec la bêtise, dans le fait qu'un musicien de génie et un scientifique solitaire aient cru qu'il était possible de traverser les espaces, de réaligner les planètes et d'éviter l'Apocalypse au moyen de la simple adaptation d'une machine hors d'usage. Un tricératops peut-il l'emporter sur un *Tyrannosaurus*, le roi de la Création ? Eux le pensèrent. Le principe temporel qui guida la conception du *Mystère* semble pointer dans cette direction. Il est évident que Scriabine et Vernadski décidèrent qu'à la masse il fallait opposer de la masse, à la longueur de la longueur et du temps musical au temps de la fin. Il est évident qu'ils surent que pour changer le sens de l'Univers, on ne pouvait se contenter de faire retentir une note à intervalles réguliers. Un son infime et perpétuel ne suffirait pas à infléchir le cours de la Voie lactée, lancée dans une course folle. Si le cosmos était une sorte de table de billard, alors le *Mystère* devait être conçu comme un dispositif sonore constitué d'un nombre presque illimité de boules de lumière blanche roulant dans l'espace du tapis noir et qui, sous l'effet conjugué de leurs rapports, de leur intensité et de l'étendue de l'ensemble, entreraient en collision avec la série incalculable des planètes en mouvement et les feraient dévier de leur orbite. Les boules stellaires.

Du point de vue de l'histoire de la musique proprement dite, le fait que le *Mystère* soit demeuré inachevé après la mort soudaine de mon oncle… ne désavoue en rien ce qui avait été accompli jusqu'alors. L'*Action préparatoire* est un croquis précis de ce qui viendrait par la suite et il s'agit d'une œuvre aussi ambitieuse qu'étrange ; quiconque l'écoute comprend clairement, dès ses premières mesures, que ni Scriabine ni Vernadski ne croyaient en l'existence d'un pur chaos. Ni l'*Action préparatoire* ni le *Mystère* dans son projet ne sont une sorte de succession hasardeuse de notes lancées sans rime ni raison, dans l'espoir extravagant qu'une fois lâchées dans l'espace, elles se débrouillent d'une manière ou d'une autre pour éviter la catastrophique collision et l'embrasement de notre galaxie au contact de l'Amas de la Vierge. Le *Mystère* n'était pas destiné à n'être qu'une simple masse sonore transfigurée en lumière, du bruit accumulé et successif. Bien au contraire. Il devait constituer un monde musical prémédité, un système rigoureusement composé dans le but de produire un effet prévisible et programmé selon les règles de la science. En ce sens, son inachèvement forcé laisse tout, sinon à la dérive, du moins dans un état de suspension qui nourrit davantage le doute que la certitude.

Alexandre Scriabine se leva un matin avec une forte douleur dans la lèvre supérieure ; au cours de la journée, un abcès se forma. Habitué à mépriser les besoins de son corps et à recourir aux formes alternatives de la médecine, il consulta son vieil ami Badmaïev, qui lui procura quelque pastille ou dragée homéopathique ou d'autres herbes tibétaines qu'il devait faire bouillir puis prendre en infusion. À la suite de ce traitement, le mal parut dans un premier temps refluer, mais bientôt l'abcès s'enflamma, son visage gonfla et se déforma ; on aurait dit le tissu bourgeonnant et pustuleux d'une bête antédiluvienne, un monstre à sang froid, excepté que le sien bouillonnait et se répandait dans tout son corps comme pour mieux l'infecter. Il est remarquable qu'un homme qui cherchait le bien suprême ait souffert, sur sa fin, d'une apparence épouvantable. On pratiqua plusieurs incisions mais rien ne le faisait désenfler et les blessures laissaient s'écouler un pus malodorant, une sorte de magma dont le flux constant l'affaiblissait. Mon oncle demandait sans cesse de nouvelles entailles. Il était conscient que la mortification de la chair était nécessaire. Ou peut-être croyait-il, comme avant lui les Babyloniens, les Assyriens, les Mayas, les Égyptiens, les Sumériens et les Juifs, qu'un corps soumis à des saignées peut, par son sacrifice, préserver la vie des êtres chers, tandis que par ce processus, celui qui est saigné entre en contact rituel avec les esprits de l'autre monde. On raconte qu'au moment fatidique, il baisa une croix copte, russe orthodoxe ou catholique apostolique. Quoi qu'il en fût, ses dernières pensées furent pour sa famille absente et pour Julian, son fils défunt.

Le 27 avril 1915, le dimanche de Pâques, Alexandre Scriabine mourut de septicémie. Ce qui nous amène à nous demander quelle chose succombe et pourquoi, comment et de quelle manière une autre renaît.

18

Leibniz disait que les rapports entre les choses s'établissent en fonction de lois intriquées, spécifiques, et en accord avec les domaines auxquels appartiennent les éléments considérés. Dans le cas qui nous occupe, et qui s'étend à la totalité de l'existant, force est de constater qu'il s'agit d'un système de lois particulièrement complexe.

Une manière brutale d'aborder la question serait de décréter que nous ignorons si, finalement, le *Mystère* fut « projeté » ou non ; si, conscient de l'approche de sa mort, mon oncle persuada Vernadski d'envoyer dans l'espace, sous la forme d'une transcription, non plus l'enregistrement primitif et néanmoins irréfutable des ébauches de l'*Action préparatoire*, mais sa notation. Nous ne savons pas non plus si, en admettant qu'il ait réussi, cet envoi suffit à éviter l'Armageddon de la Voie lactée ou si, à cause de l'insuffisance de ces moyens et soulignant la vanité de tout effort humain, notre galaxie finira par s'écraser contre des amas, des poches, des nuages stellaires, illuminant la nuit du cosmos des lumières annoncées par Vernadski.

À supposer qu'il ait eu lieu, et même dans le cas où géologue et musicien soient parvenus à lancer la musique au centre des cieux, nous ne pourrions pas en déduire que cette « lumière sonore » soit suffisante pour s'étendre inlassablement à tous les confins. Mais nous ne pouvons pas non plus ignorer la possibilité contraire. Peut-être mon oncle envoya-t-il les notes dans la stratosphère à mesure qu'il les concevait, peut-être l'*Action préparatoire* fut-elle une œuvre totale et suffisante (tandis que le *Mystère* se serait révélé trop fort pour notre galaxie) ; peut-être suffit-il, pour préserver l'ordre universel, d'envoyer une seule note.

Et ce n'est pas tout. D'autres énigmes persistent, que la science résoudra sans nul doute. Quelle était la force de la musique projetée sous la forme de lumière, et quel était son point d'appui ? Ou bien sa condition d'énergie vibratoire rendait-elle superflue l'existence d'une base matérielle de projection, qu'il s'agisse du photophone, de l'observatoire Poulkovo ou de notre planète tout entière ? Autre question : comment dévier la trajectoire de la Voie lactée avec un rayon de lumière émis depuis l'un de ses recoins et envoyé *au-delà d'elle* ? Ou, ce qui revient au même : où Scriabine et son appareil devaient-ils se trouver pour corriger la direction de notre système solaire ? À l'usage anti-apocalyptique du photophone, le fameux astronome Nikolaï Aleksandrovitch Kozyrev ajoute une nouvelle fonction, celle de servir à la vérification expérimentale de l'une des dernières théories de Vernadski selon laquelle, une fois une distance x franchie, *la lumière ne continue pas d'avancer mais se plie sur elle-même*, de sorte qu'à un moment donné, la lumière sonore ou la lumière musicale de mon oncle devrait revenir à sa source d'émission. Cette hypothèse, à mon sens, prétend démontrer que l'Univers n'est pas infini, ou du moins que ce qui est infini, ce n'est pas l'espace mais le temps. Et si tel était le cas, Vernadski doit avoir pensé qu'une fois l'ellipse complète de sa trajectoire accomplie, la lumière émise par le photophone serait capturée par le canon récepteur, transformée à l'intérieur de la machine, puis relancée dans le cosmos, donnant lieu à une circulation continue et sans interruption.

Bien entendu la conjecture de Kozyrev s'appuie sur un calcul idéal et ignore la faillibilité des objets et l'usure des matériaux. Mais elle présente en outre une faille qui révèle une richesse esthétique insoupçonnée : sur son trajet, frôlant les choses ou les traversant, au milieu des marées galactiques, soumise aux chocs de l'espace et à la densité des planètes, et parvenue à son point ultime, la musique de Scriabine (cette lumière) aurait eu beau se plier, jamais elle n'aurait pu revenir à son foyer d'origine dans un état identique à celui de son lancement. Elle aurait forcément dû revenir transformée. En mieux ou en pire ? Nous l'ignorons. Mais certainement différente. Peut-être, finalement, que ce processus de transformation perpétuelle apporte la solution d'un problème insoluble, la musique des sphères dont rêva Pythagore et qu'Alexandre Scriabine amorça avec son *Mystère*.

19

Finalement, le photophone tira-t-il sa décharge musicale ? L'Univers reçut-il son impact, continue-t-il de le recevoir de manière imperceptible et continue ? Je le crois, oui. Et je pense aussi que l'*Action préparatoire* est un leurre que mon oncle laissa en cet état pour que le monde croie que tout ce qu'il avait pu obtenir et produire n'était qu'un échec retentissant. Peut-être agit-il ainsi par modestie, parce qu'il lui sembla que l'apparence de l'inachevé fournissait une représentation plus digne des possibilités humaines que la démonstration claire et définitive qu'il avait franchi l'ultime limite et atteint les sommets de la gloire absolue. J'ai aussi dans l'idée que par son commerce avec Vernadski, Alexandre Scriabine atteignit plus de vérités qu'il ne m'est donné de connaître et qu'après avoir accompli sa tâche, il décida de passer lui-même à une dimension supérieure. Projeta-t-il sa musique sur sa propre personne pour se transporter matériellement et spirituellement dans une autre sphère ? Peut-être madame Blavatsky avait-elle raison, peut-être l'Univers contient-il une myriade d'univers aux facettes infinies (la noosphère de Vernadski serait l'un d'eux). Dans ce cas, il est possible que, tel un nouveau dieu, un parmi tant d'autres, mon oncle ait décidé de continuer à tourner autour de l'un de ces univers et que, d'où il se trouve, il se soit mis à appeler mon père. Il l'appela, l'entraîna jusqu'à lui, lui disant qu'ils ne devaient faire qu'un, comme avant, dans le ventre de leur mère.

LIVRE 5

SÉBASTIEN DELIUSKINE

Le véritable musicien n'est pas celui qui compose ou exécute la musique, mais celui qui emploie la raison pour comprendre les lois de la musique, et au travers d'elles, l'ordre du monde.

BERNARD FOCCROULLE,
La Musique et la Naissance de l'individu moderne

1

Giovanni et Giacomo Tocci partageaient deux têtes et deux cous, quatre bras, deux cœurs, quatre poumons, deux diaphragmes, un appareil digestif, un anus et un appareil reproducteur ; leurs parents avaient du mal à punir l'un car l'autre devait subir solidairement la réprimande. Parvenus à l'âge adulte, ils épousèrent deux sœurs, même si l'Église refusa de consacrer les liens puisque la fusion anatomique empêchait que la consommation sexuelle (d'un mariage comme de l'autre) ait lieu dans le respect des impératifs de la pudeur. Dans l'inventaire des monstres de foire, on trouve les bicéphales, tétra ou bi-brachyques, les individus unis par le thorax, le dos, le coccyx et le sacrum, les saints omphaliques qui sont unis de la taille à la poitrine… Les énumérations que fournit la tératologie sont toujours en deçà des caprices d'une nature qui célèbre au compte-gouttes le brusque élan du baroque, mais ces florescences ne sont rien au regard du lien qu'entretinrent pendant des années Alexandre Scriabine et Sébastien Deliuskine, et qui fit de deux artistes extraordinaires une seule et même unité.

Dans l'œuvre de mon oncle, quelle part relève du seul Alexandre ? Que lui dictait Sébastien de l'autre côté de l'océan ? Alexandre composait et Sébastien corrigeait, ou inversement ? Le faisaient-ils à l'unisson, en duo, ou était-ce Alexandre qui transcrivait les notes sur les portées ? Ce qui résonnait dans un esprit prenait-il forme dans l'autre ? Parfois, j'ai le sentiment que l'écriture du *Mystère* ne prit fin ni à la mort de mon oncle, ni à la suite de l'« attaque cérébrale progressive » (comme l'appelèrent les neurologues) dont fut victime mon père. Et je suis convaincue que Sébastien Deliuskine poursuivit cette œuvre aussi longtemps qu'il en eut la force. Parfois, j'imagine la perte de ses facultés sous la forme d'un *diminuendo* s'écrivant sur son corps à la manière d'une composition qui tend vers sa fin, courtisant l'art du silence après avoir livré tout son programme de procédés, tandis que lui, dans sa volonté de durer, s'évertuait à écrire de nouvelles pages de gloire en s'élevant au-dessus de sa progressive déchéance. Bien sûr, je n'ai pas l'air de parler de musique, mais c'est pourtant le cas.

Mon premier souvenir remonte à mes trois ans. Un matin d'hiver, j'entre dans la cour de récréation du jardin d'enfants. Un robinet fuit. Il fait si froid qu'on dirait que la goutte qui se forme à l'extrémité du bec va geler. Comme toutes les petites filles de l'époque, je porte des bottines avec des chaussettes couleur crème et une jupe bleue de tissu épais. Je sens le vent me caresser les jambes. Je tremble malgré le ciré qui me protège.

Qui m'amène tous les matins au jardin d'enfants ? Qui m'attend à la sortie ? Naturellement, à cet âge, je ne pouvais ni m'habiller ni me déplacer seule, aussi… Tout ce que je sais, c'est que quelques heures plus tard, alors que j'étais dans mon coin favori, occupée à empiler une tour de cubes de couleur, la directrice fit son apparition dans la Salle bleue et en me voyant, elle fit sa grimace d'émotion adulte, affichant l'air de compassion que l'on prend devant une pauvre enfant. Elle approcha, m'enlaça, m'enfila comme elle put mon ciré, me prit dans ses bras, et me sortit de mon coin en me serrant contre son aisselle, m'asphyxiant avec les relents de sueur imprégnés dans la laine de son pull-over. Au loin, encadrée par les losanges de verre rouge et jaune de la porte d'entrée, m'attendait ma grand-mère. De cette scène, je garde aussi le souvenir de la pâleur de mes poings serrés qui émergeaient de sa main tenant la mienne tandis que nous marchions vers une gare ferroviaire. Ma grand-mère me parlait d'une voix basse et douce, et je ne comprenais pas ce qu'elle me disait, parce qu'elle mélangeait les mots en espagnol avec d'autres aux accents plus forts. Puis nous arrivâmes dans un parc rectangulaire, bordé de peupliers. Au fond, un bâtiment ancien, peint à la chaux. Il y avait des hommes vêtus de blouses et des pièces remplies de lits et de gens dans les lits. Une silhouette allongée et mélancolique, couchée, les yeux clos et la tête enveloppée dans une sorte de turban. Une fiche cartonnée, à la tête du lit, indiquait à l'encre noire : « Sébastien Delivsky ». Ma grand-mère sortit son stylo à plume, s'apprêta à corriger. Soudain elle y renonça :

« Ton père s'est habillé en hindou parce qu'il va jouer dans une fête indienne, dit-elle avant d'éclater en sanglots.

— Il est mort ?

— Non, ma chérie. On lui a fait un tour de magie mais il va bientôt se réveiller.

— Pourquoi on l'a opéré, grand-mère ?

— Chut. Il se repose. »

Pendant des années, j'ai cru que l'accident neurologique de mon père était une conséquence de la disparition ou du départ de ma mère et non un effet de la mort soudaine de mon oncle. Pour qui n'a pas vécu dans la communauté symbiotique créée par les deux frères – et mon esprit enfantin n'en gardait aucune trace –, il est difficile d'imaginer un phénomène de cette nature. La mort d'Alexandre fut un éclair foudroyant qui brisa Sébastien en deux.

La convalescence de mon père. Les jours de beau temps, un infirmier le promenait en fauteuil roulant dans les galeries vitrées. Il avait le regard perdu, s'absentait des conversations et avait l'air de ne pas écouter lorsqu'on lui adressait la parole. L'attaque semblait avoir entraîné une suppression radicale de ses sens. Tous – les médecins, les physiothérapeutes, les oiseaux noirs qui actionnaient les machines d'électrochocs et leur cortège de charognards des institutions psychiatriques, fabricants de camisoles de force et vendeurs de caveaux de cimetière – étaient convaincus que les mouvements de ses mains répondaient à une mécanique d'impulsions dirigée par un système nerveux détraqué, mais je savais quant à moi, même si je n'avais pas les mots pour le dire, que ce tremblement de l'index (qui se soulevait légèrement puis retombait sur l'accoudoir de la chaise avant de se soulever à nouveau et de retomber encore) reflétait le désir de suivre les mouvements de la musique qui continuait de résonner dans son cerveau.

2

Il n'est pas rare que le monde admire l'éclosion d'un génie tandis qu'il ignore le surgissement d'un autre, d'égale importance, mais ce qui est véritablement stupéfiant, c'est que les deux phénomènes se soient produits dans une parfaite symétrie et que les deux génies n'en soient, au fond, qu'un seul. C'est sur cette carte des destins inégaux que la célébrité posthume d'Alexandre Scriabine et l'apparent effondrement progressif de Sébastien Deliuskine s'entrelacèrent. Tandis que le doigt de mon père élimait avec son *ostinato* le feutre de l'accoudoir, offrant le spectacle insoupçonné de tous (excepté de moi) de sa résistance à faire de moi une orpheline, après la mort de mon oncle, les hautes sphères de la culture européenne connurent une période de passion scriabinienne, bien que cette apothéose (que rien, ni même le stalinisme, ne put interrompre) eût tendance à se borner au domaine strictement musical en dédaignant la dimension cosmogonique de son œuvre ; l'idée s'imposa que cet aspect était purement métaphorique, et qu'il fallait y voir un effet du pastiche théosophique fermenté par les idéaux anarcho-syndicalistes. Ainsi, l'idée que le *Mystère* avait été composé et exécuté pour sauver notre Voie lactée – et peut-être même l'Univers tout entier – fut perçue comme une conséquence de la mégalomanie d'Alexandre Scriabine qui ne lésinait pas sur les moyens pour entretenir sa propre légende. Quoi qu'il en fût, le nom de mon oncle n'était pas encore tombé dans l'oubli ou dans une note en bas de page de l'histoire mouvementée du siècle, lorsque mon père atteignit ce que les médecins appelèrent son « rétablissement partiel ». Béni soit le Seigneur, qui n'existe pas, d'avoir accompli ce miracle qui lui permit de sortir de l'hôpital et de prendre ma main pour monter dans notre premier train.

Je me souviens comme si c'était hier de la sensation nouvelle et délicieuse que me procura la vision de la campagne – pâturages, regards bovins, champs de blé – à travers les vitres embuées. À cette époque, chaque wagon avait son petit poêle à bois qui suffisait à réchauffer l'atmosphère. Mon père restait silencieux, m'adressant de temps à autre un sourire. Nous descendîmes à la tombée du jour. Quelqu'un devait venir nous chercher au terme de ce voyage, le représentant local d'un comité de culture, béret plié dans une poche, crâne dégarni, bouquet de fleurs dans une main pour recevoir l'éminent pianiste et sa petite fille, mais hormis le détail champêtre des poules picorant le long des voies, des chiens allongés et se léchant le dos, l'endroit semblait désert. Nous mîmes un peu d'ordre dans nos vêtements sur le chemin de la salle, le salon du club. Je ne peux rien dire du concert de ce soir-là, que le présentateur annonça comme un « pot-pourri musical », ni de ce que joua mon père, ni du public qui y assista, ni de la qualité du piano, de sa température ou de sa justesse. Je n'ai pas oublié, en revanche, la tristesse de l'hôtel où on nous avait réservé une chambre pour la nuit : la façade, un simulacre de chalet alpin aux tuiles cassées, une branche séchée coincée dans la gouttière, le tapis rouge délavé dans le hall d'entrée où un fantôme en piteux état regarde la pendule à coucou au moment précis où chante le petit oiseau en bois, se gratte l'oreille avec un crayon à papier avant de remplir la fiche avec nos noms et de nous accompagner dans l'escalier en colimaçon, de nous indiquer le trou noir de la salle de bains (un lavabo écaillé, pas de papier hygiénique ni de miroir) au fond du couloir, la porte de la chambre 313 où nous attendent les matelas à ressorts qui grinceront toute la nuit, le vase avec ses roses en plastique sale, les draps moites et la couverture en laine tricotée, une scène de chasse embellie par les mouches. Mon père et moi, seuls. Notre valise déposée sur l'un des deux lits. Tandis qu'il se change pour le dîner, je regarde la rue. Un tube de lumière violette serpente le long d'une croix métallique : « Pharmacie Vipèrat ».

Pendant longtemps, j'ai cru que nos tournées dans le pays étaient un prétexte pour retrouver ma mère. Nimbée d'une aura dorée que je lustrais mentalement, ma mère revenait encore et toujours, une figure grave et digne et noble, divinité d'un rêve récurrent, même si au centre de cette lumière, il y avait un visage dont je ne pouvais recomposer les traits. Un détail dont la présence d'une photographie aurait rendu le récit inutile, aussi petite fût-elle, serrée sous une mèche de cheveu dans un reliquaire. Mais je n'en avais pas, et celles qu'avait conservées mon père semblaient s'être égarées avec le reste de ses affaires. Comme bien d'autres choses, il ne se rappelait ni où ni avec qui nous avions vécu avant son accident. Pour ma part, je me rassurais en pensant que les médecins l'avaient autorisé à sortir car ils étaient certains qu'à un moment donné, les failles de sa mémoire se refermeraient et qu'alors nous obtiendrions les informations qui nous manquaient. Ce que je ne savais pas, c'était qu'ils l'avaient laissé partir parce qu'ils pensaient avoir fait tout leur possible.

Et entre-temps nous voyagions. Nous écumions les salles à manger d'hôtels, les réunions syndicales, les clubs de loisirs, les salles de concert fermées par manque de public et ouvertes pour l'occasion, les appartements de professeures de piano à la retraite, tous rassurés par la renommée de l'interprète et par la nouvelle qu'on pouvait s'offrir ses prodigieux talents pour un prix dérisoire. J'ai vu plus d'un directeur de théâtre faire une proposition au rabais en avançant l'argument d'une diminution de la musicalité (le *pianisme*), d'un déséquilibre et d'une fluctuation de l'intensité, le tout à cause d'une sorte de tremblement de l'auriculaire de sa main gauche.

Qu'est-ce qui poussait mon père à accepter ces cachets honteux pour protester ensuite qu'on l'avait escroqué ? Sa veine rouge qui palpitait sur sa tempe, des menaces… Certes, plus d'une fois ses récriminations eurent pour effet d'arrondir la paie, mais elles laissaient nos rapports avec les clients dans un état de crispation, ce qui, à la longue, mettait en péril nos sources de revenus.

D'une certaine manière, mon père considérait ces scènes comme faisant partie du concert. Mais de telles gesticulations, fréquentes chez les interprètes vedettes et chez les exécutants des procédés les plus superficiels de la musique contemporaine, rencontraient, dans son cas, un public inadéquat, ou du moins incapable de reconnaître leur statut de proposition esthétique. Combien *vaut* un concert ? Combien vaut la singularité d'une exécution ? Peut-être ne percevait-il plus les différences, ou en savait-il trop, et ce que tous – y compris moi-même – pensions être les séquelles de son attaque étaient chez lui la marque de cette singularité foncière, le signe d'un génie devenu stigmate. Lui seul savait l'énorme distance qui séparait son présent de pianiste de tournées de province de ce qu'il représentait véritablement. Depuis la mort de son frère Alexandre, Sébastien Deliuskine était le seul porte-étendard au monde de quelque chose qui avait tout changé sans que personne ne le remarque, ou de quelque chose qui ne s'était pas encore manifesté.

3

Les jours de repos entre deux concerts, si le temps le permettait, mon père m'habillait comme une princesse et m'emmenait manger des glaces. Nous nous asseyions sur le banc en bois d'une place et nous regardions les bonnes gens promener leur chien. Nous ne parlions jamais de ma mère, mais ces promenades étaient pour moi des sortes de rendez-vous avec l'espoir. À la fin de l'après-midi, la fraîcheur nous obligeait à nous retirer dans notre chambre d'hôtel.

Je me souviens surtout de certaines sorties. Quelque chose de l'ordre de la certitude anticipée – ou peut-être le simple désir de m'épargner une déception – l'amenait à abréger l'excursion. Nous changions de direction et allions au cinéma. Dans l'un de ces hangars transformés en salles de projection, des toits ouvrants avaient été installés. Pendant les soirées d'été, entre deux films, on entendait le bourdonnement électrique du moteur qui commençait à actionner des câbles et des poulies, puis la structure de fer et de tôle glissait, laissant voir une pièce d'architecture rectangulaire et étincelante : le paysage du ciel et de ses constellations. J'ignore à quoi il pensait, peut-être à la musique qu'avait composée Alexandre Scriabine et qui continuait son chemin dans les lointaines galaxies, mais dans ces moments il semblait presque heureux.

Même son doigt fébrile s'apaisait sur l'accoudoir de son fauteuil. Les films ne l'intéressaient pas. Il fermait les yeux et au lieu de suivre les péripéties de l'histoire, les voix des acteurs lui parvenaient comme un bruit confus ou une musique aléatoire et non composée.

4

Dès les premiers mois après sa sortie de l'hôpital, mon père découvrit que ses processus cérébraux continuaient d'être irréguliers. Si la mémoire est comme un tapis tissé de fils de différentes couleurs qui s'entrelacent jusqu'à créer la forme générale, le dessin complet du passé, ce qui lui arrivait à lui était que ces connexions, dont il avait pensé qu'elles se rétabliraient au fur et à mesure, étaient, au contraire, attaquées par l'érosion. Les fils se brisaient, rongés par les termites de ce processus de détérioration. Bien qu'il pût encore reconnaître à grands traits cette « forme générale », viendrait un moment où son tracé serait illisible. Dans ses notes (que je ne retranscrirai pas), il désignait ce moment comme celui où sa conscience cesserait de se reconnaître. Mais son inquiétude n'était pas tant de se perdre à lui-même que de ne pas se souvenir que j'étais sa fille. Sa plus grande crainte était d'en venir à oublier qu'il m'aimait, et cette terreur le poussait à m'aimer avec désespoir ; j'étais son bien le plus cher, son bien fragile et fugitif. Il redoutait surtout de sombrer avant que je ne sois préparée à vivre sans lui. Aussi cherchait-il les moyens de repousser ce point dans le temps et dans l'espace où il ne saurait plus ce qu'était le monde ni qui j'étais, ni ce que lui-même pouvait bien être. Ses annotations sont une archive : il s'y décrivait, y consignait les images de ce qui l'entourait et la manière dont son esprit organisait et triait les souvenirs, et s'évertuait à les distinguer des rêves et des cauchemars, pour aller au-devant de ses derniers moments. Il y a quelques mois, en rangeant ces papiers, je suis tombée sur une vieille photographie collée sur une page. Nous sommes au jardin zoologique de La Plata, et je porte un gilet de grosse laine sombre et un bonnet à oreilles. Lui, en revanche, porte une chemisette à manches courtes et s'est accroupi pour que nos têtes soient à la même hauteur. Mon petit bras pend sur son épaule tandis que je regarde en direction de l'appareil et que papa me contemple. Les émotions sont indicibles, un jeu de mots de la raison qui se dérobe, mais dans son regard, aujourd'hui, je crois trouver une infinie douceur, une tristesse infinie. À côté de la photographie, il est écrit d'une main tremblante : « Lui, c'est moi. Elle, c'est ma fille, Alexandra Deliuskine-Scriabine. »

Évidemment… Évidemment, dans ce processus de décomposition qui avançait avec ses marées de sang et de neurones et ses tourbillons d'informations et de souvenirs, un jour il ne pourrait pas, *non plus*, déchiffrer ce qu'il avait écrit. C'est pourquoi, dans son combat contre l'inéluctable, mon père élabora une série d'opérations inhabituelles pour chacun de ses concerts. Comment jouer si on ne se souvient pas de la musique ? Comment s'asseoir devant le public tout en sachant qu'un jour les mots pour nommer ce que l'on est en train de faire nous échapperont ? Bien sûr mon père fut un pianiste virtuose, parfaitement conscient de l'importance de la technique instrumentale, aussi savait-il que lorsque le pire arriverait, il pourrait encore compter sur un certain laps de temps durant lequel la trace de son apprentissage lui permettrait de continuer à jouer, fût-ce à la manière d'un pianiste somnambule ou d'une machine folle qui ignore ce qu'elle produit. Ce temps supplémentaire durerait ce qu'il devait durer et s'épuiserait à son tour, mais mon père espérait en repousser le terme. Aussi, ses concerts firent-ils place à une méthode mûrement réfléchie : l'improvisation comme une seconde mémoire. Au lieu de ce qu'indiquait le programme, ce qu'il exécutait était une subtile toile de digressions qui progressait mélodiquement et harmonieusement, très loin des réitérations sonores et conceptuelles, des limites permettant de reconnaître le « style personnel » d'un compositeur : tout en faisant croire aux autres qu'il respectait rigoureusement le répertoire, il interprétait dans la plus grande solitude la musique du futur.

5

J'ignore à quel moment je compris que ce dont souffrait mon père n'était pas une caractéristique propre aux adultes mais un trait de sa personnalité. Je perçus confusément que les tournées n'étaient plus destinées à favoriser des retrouvailles avec ma mère et la reconstruction de notre famille mais qu'elles faisaient partie de sa tentative désespérée de me constituer un refuge avant que son mal ne l'emporte à jamais. Pendant la nuit, alors qu'il me croyait endormie, il écrivait des lettres : à des inconnus, des œuvres de charité. Le matin, il les jetait dans des boîtes aux lettres, dans l'espoir de recevoir des réponses qui n'arrivaient pas parce qu'il n'indiquait aucune adresse au dos. Peut-être était-il convaincu que quiconque serait intéressé pourrait remonter notre trace en consultant les chroniques culturelles des journaux locaux, les affiches collées sur les portes d'entrée des petits théâtres, les voix dans l'espace qui propageaient son nom dans les stations radiophoniques de province.

Je comprends sa douleur face à la certitude que jamais il ne saurait entre quelles mains il laisserait sa fille. Déjà, alors, j'étais capable d'entrer dans l'orbite de ses pensées, en suivant une connexion établie par notre chair et notre sang, par la communauté de notre être. Ces pensées pourraient être définies comme des impressions et des tonalités, des lettres et des sons, des formes en mouvement. Le danger que j'encourrais, la situation que je devrais affronter lorsqu'il ne serait plus là pour moi, se faisaient entendre comme quelque chose qui palpitait dans le silence et qui était constamment sur le point de s'exécuter. Cela l'anéantissait : lire mes pensées (comme moi-même je lisais les siennes) et savoir que je commençais à me rendre compte de tout. C'est pourquoi il avait recours à des méthodes incongrues dans l'espoir de préserver mon innocence. Comme s'il avait pu voiler la lumière trop crue qui exposait son esprit à mon examen, il s'abandonnait à la musique pour s'étourdir et à la boisson pour ne pas souffrir. Il est évident qu'il gardait suffisamment le contrôle de lui-même pour que personne ne le remarque (sauf moi). Ivre, les neurones en vrac et engourdis par l'alcool, il oubliait le temps et pouvait monter sur une scène : là, il sentait que chaque note trouvait sa propre épaisseur et sa propre durée, vibrait dans l'éther et resplendissait, tandis que les liens entre elles avaient une qualité joyeuse et nouvelle, comme un chant de Noël. Bien sûr, pour que cet effet conserve son intensité, il devait boire toujours plus ; malgré cela, une fois passé le moment de splendeur initiale, l'alcool se dissipait et tout sonnait faux. Personne ne comprenait mieux que lui la gravité de la situation. Concerts annulés, maux de crâne, tremblements dans les mains. Ce fut une brève période pendant laquelle, à son insu et par des voies artificielles, il fit l'expérience de ce qu'il adviendrait lorsque je devrais m'occuper de lui. Il y avait des choses que je ne pouvais pas faire, comme le porter et le coucher sur son lit, en revanche j'étais capable de lui ôter ses chaussures, de lui servir un verre d'eau et de le border, de rester debout toute la nuit afin de veiller sur son sommeil. Lorsqu'il l'apprit, mon père décida d'arrêter de boire. Sa tentative de guérison dépassa les limites d'une simple abstinence ; il essaya de remonter la pente.

Il commença à tout prendre en note. Comme si chaque lettre pouvait inscrire un nouvel ordre dans son esprit, il devint un fanatique des systèmes qui règlent les rapports entre les choses : limites, signes, relations. Il consignait les distances entre deux villes, les minuscules accidents du paysage, les noms des hôpitaux, le nombre d'arbres de chaque rue, ce qu'il devait placer dans la valise pour chacun de nos voyages, les affaires que nous emportions, la couleur de chaque cachet anticonvulsif, une description de la tache dorée dans la pupille de mon œil gauche, les lettres de mon prénom. Le soir, il relisait ces notes : il traçait même, au crayon, de fines lignes qui reliaient une adresse à un objet, un objet à un chiffre, un chiffre à un mot tronqué ; la trame de ces géométries ne semble pas indiquer un sens précis, néanmoins la mécanique de l'habitude le conduisait sans doute à exercer certaines manières de penser. Cette sorte de grammaire visuelle fut son ultime effort pour conserver le monde, son ultime tentative véritablement organique et consciente de guérison.

6

Je crois que le récit de sa vie – de nos vies entrelacées – devrait se conclure à la manière d'une coda interrompue par la disparition soudaine du compositeur. Mais je me refuse, comme lui, à m'arrêter. Bien qu'amoindri, mon père s'asseyait parfois devant une feuille de papier à musique vierge et essayait d'écrire quelque chose, quoi exactement, je l'ignore, même si je soupçonne qu'il tentait d'achever le *Mystère*, une tâche dont l'accomplissement avait été remis à plus tard ou tout simplement annulé après la mort d'Alexandre Scriabine. Bien sûr, comme nous le savons, l'esquisse initiale, l'*Action préparatoire*, permit peut-être d'éviter l'Apocalypse ou du moins d'en repousser la venue. Mais que dans son état Sébastien Deliuskine tente de mener à bien une telle mission, que, malgré l'altération de ses facultés, il s'efforce de poursuivre et de parachever la transformation de l'Univers… c'est là une tentative spécifiquement humaine de franchir les limites du possible et d'atteindre le divin.

Il ne vint jamais à l'esprit des mystiques, des musiciens et des mathématiciens du passé que leurs propos, leurs formules et leurs compositions puissent être liés aux objets du monde physique, et moins encore à la totalité ; ils pensaient instinctivement que leurs pratiques construisaient des mondes parallèles dont le fonctionnement différait de celui des sphères matérielles. Seuls les gnostiques, avant Alexandre Scriabine et Sébastien Deliuskine, furent capables de découvrir dans chacun des mots de leurs livres religieux un indice ou un nom de certains des « lieux spirituels » dont les relations mutuelles déterminent la loi du cosmos, et ce sont mon oncle et mon père qui surent lire l'Absolu comme une portée de musique sur laquelle les notes étaient mal distribuées et qui décidèrent de les remettre en ordre grâce à une œuvre et une action appelée à perdurer. Aussi sont-ils les génies suprêmes de notre famille, au faîte de son évolution, ceux qui poussèrent le plus loin, en suivant la voie ouverte par leurs précurseurs. Dans leur cas, il ne s'agissait plus seulement de composer une symphonie qui représente une puissante intuition, une marée de musique exceptionnelle qui interprète le sens de la vie et la situation de l'homme dans le monde (Frantisek), ni de lire la religion sous un angle politique et de proposer un plan d'action (Andreï), ni d'essayer de le mettre en application (Esaü), mais de s'attaquer de front à la structure intime de l'Univers et de le soumettre à une complète transfiguration.

Et si le *Mystère* était précisément cela ? Et si, poussée par cette ambition qui habita, avant moi, ma famille, j'avais moi-même essayé de changer la réalité et son image, ne fût-ce que dans l'esprit de mes lecteurs ? Cette chronique : une série de courbes ascendantes et descendantes, des bribes d'informations fournies par de vieilles archives familiales, le secours de quelques livres épars, l'insolente et opportune question de Stravinsky – « Qui est Scriabine ? Qui sont ses ancêtres ? » – et ma volonté que la totalité change une bonne fois pour toutes – ou qu'elle éclate à jamais.

Il se peut qu'il en soit ainsi, il se peut que cela soit ainsi. Le lent dépérissement de mon père se tissa peut-être à la manière d'une composition codée, d'une œuvre que le monde ne pourrait déchiffrer que lorsqu'il en serait devenu capable. Il m'arrive parfois de penser que si j'arrivais à pénétrer dans les abîmes de sa conscience rongée par la maladie, si j'étais capable de reconstruire le sens de son expérience, je pourrais déduire le *Mystère* tout entier, sa fonction et sa signification. Alors, je me remémore ses derniers instants, je ferme les yeux et je le vois. Un après-midi, peu avant un concert, mon père se repose sur le lit de notre dernière chambre d'hôtel. Le crépuscule laisse entrer ses bleus putrescents par la fenêtre. Couché tout habillé, Sébastien Deliuskine semble endormi tandis qu'un filet de sang glisse le long de son oreille et trace un cercle rouge sur le drap. Mon père. Les années passent et je songe à lui et je me sens seule, mais la pensée que je ne l'étais pas alors qu'il écrivait me console. Jusqu'au dernier instant, j'ai vécu aux côtés de mes ancêtres.

LIVRE 6

MOI

Je l'écris avec amertume… car je ne crois pas pouvoir jamais faire un tel saut dans la limitation. Le cosmos continuera à m'engloutir.

WITOLD GOMBROWICZ,
Journal II (1957-1960)

Les machines à voyager dans le temps doivent-elles toujours s'autodétruire au moment où elles démarrent ?

KIP THORNE

Un jour, lors d'une séance de travaux pratiques, mon institutrice aligna sur son bureau dix verres en cristal et les remplit d'eau en suivant une progression croissante, un calcul mathématique approximatif, puis elle se mit à les frapper d'un coup léger avec une cuillère à café, un à un. N'ayant jamais assisté à une telle expérience, nous fûmes surpris de remarquer qu'après chaque petit coup, au lieu du surgissement d'un son sec et unique, s'écoulait une sorte de vibration sonore dont le tremblement persistait quelques secondes sans faiblir. Sur cette vibration initiale, l'institutrice en appliquait une autre, puis une autre, de sorte que le premier verre devenait un arc de vibrations identiques et néanmoins distinctes les unes des autres ; cette différence dans l'identité était un miracle que l'institutrice décida de multiplier par le nombre de verres restants, en déplaçant la cuillère à café sur le côté du verre suivant, et en le frappant de manière qu'un deuxième son (j'ai oublié s'il était plus grave ou plus aigu) se superpose au premier et qu'il se déploie suivant sa propre identité. Elle frappa les verres les uns après les autres, à un rythme croissant, jusqu'à ce que le tintement parvienne à superposer toutes les vibrations de la rangée de verres et celles de chacun d'entre eux, rejouées avant que leur tremblement originel ne s'épuise.

Cette musique céleste servait à illustrer une loi physique dont j'ai oublié l'énoncé.

« Tout chante », dit l'institutrice.

Des années plus tard, je verrais chaque planète glisser dans l'espace comme une goutte d'eau vibrante qui retentit en réponse à la secousse que lui apporte une stimulation extérieure et selon la force d'antigravité de sa propre masse, déterminée par son ellipse angulaire, mais alors, à cette époque de mon enfance, je ne perçus dans cette musique tremblante et élémentaire que le triomphe de l'harmonie suprême. L'humiliante vie scolaire, l'accablante succession d'enseignements qui m'étaient totalement indifférents avaient laissé place à une leçon sur la beauté et la vérité. Et ce mystère éclos comme une fleur (par la grâce du simple effleurement d'une cuillère à café) serait bientôt suivi d'un autre auquel je n'avais pas encore trouvé d'explication, et que je ne résoudrais qu'au cours de mes voyages dans le temps : le mystère de l'absence de ma mère.

1

À cette époque, je surprenais parfois ma mère plongée dans ses pensées, perdue dans la ligne imaginaire qui s'ouvrait derrière les miroirs. Lorsque je la trouvais ainsi, immobile devant le reflet de son image, je ne pouvais que songer qu'elle avait été captivée par la fascination que lui inspirait sa propre beauté, au point de ne pas remarquer ma présence. Des années plus tard, je comprendrais que dans l'éclat de ses yeux, elle cherchait à échapper à ses propres pensées, égarées quelque part dans le passé : au moment, peut-être, où elle avait perdu son père, Sébastien Deliuskine. Elle était si absorbée par l'intensité de ces idées ou de ces souvenirs que tout le reste, y compris moi-même, semblait lui être indifférent. Dans ce processus, qui s'accentuerait au fil du temps, se trouve sans doute l'origine de sa décision d'écrire la biographie de chacun des génies de notre famille.

Une bonne partie de mon enfance s'écoula dans la contemplation d'une porte close. Celle derrière laquelle se cachait ma mère. Je connais par cœur chacun des détails de ce rectangle de bois brut, chacune des veines de cette matière. L'enfant que j'étais, incapable de percer les mystères qui entouraient sa conduite, prenait cette retraite pour une marque de rejet. Je fus le résultat de son dévouement à une cause qui n'incluait pas mon éducation. Je grandis en garçon renfrogné, colérique, trop sensible pour être accepté par ses camarades de classe. La solitude, la solitude. Elle n'entra jamais dans ma chambre pour me donner le dernier baiser du soir. Comment gagne-t-on l'amour d'une mère ? Le drame de ma vie se noua peut-être autour de cette question, et dans sa résolution j'allais trouver une réponse différente de celles qu'accepte le commun des mortels. Je trouverais cet amour dans un pari infini, dans la forme singulière que prit notre rencontre.

Le reste de ma famille s'occupait plutôt bien de moi. Dans un quartier de banlieue, mes grands-parents et mon père tenaient une petite affaire dont les recettes nous permettaient de vivre dignement, bien qu'en comptant le moindre sou dépensé. Je grandis à base de bouillons de poule mijotés dans de grandes marmites afin que, pendant la cuisson, la viande diffuse ses nutriments, en se désagrégeant dans l'épais brouet. La poule était débitée en morceaux puis introduite tout entière dans la marmite, avec ses viscères rouge et noir. Cuites à feu doux, ces parties se mélangeaient aux légumes et aux haricots secs, le tout donnant un potage qui était une constellation d'yeux de gras jaune, de caillots brillants qui surnageaient, traversés parfois par les pattes de la poule bouillie remontant à la surface.

Je mentirais si je disais que cela me répugnait. Au contraire, les restes de l'origine bestiale me reliaient au passé lointain le long de la chaîne des générations. Ainsi, comme la poule qui avait été dinosaure et le dinosaure qui avait émergé amphibie des eaux, nous, qui avions été singes et, avant cela, avions connu la condition de poisson, mijotions tous ensemble dans le bouillon originel. Attraper cette patte comme une proie, croquer avec délectation la partie de la cuisse où se forme l'aile, revenait, d'une certaine manière, à tourner, à m'enrouler sur moi-même et à m'infliger une douloureuse et joyeuse morsure, à capturer quelque chose de moi-même. Voilà pourquoi j'aimais accompagner ma grand-mère au marché du quartier. Juché sur le chariot, en réalité pelotonné à l'intérieur de la poche, comme un bébé kangourou. C'était un marché à l'air libre, qui condensait la modernité de l'époque dans toute sa variété – robots mixeurs, produits alimentaires emballés dans des paquets jaunes, tapettes à mouches métalliques, rideaux en lanières de plastique multicolores (l'arc-en-ciel des pauvres) –, mais aussi ce qui n'avait pas changé depuis le Moyen Âge : animaux morts ou vifs exhibés sur les tréteaux en bois. Impatient d'y arriver, je voulais que nous passions sans nous arrêter devant l'étal où l'on vendait des articles de bazar. Tout m'y dérangeait : les tasses et les théières de porcelaine bariolées de faux Chinois perdus dans des paysages de montagne qui se décoloraient au premier coup d'éponge ; l'odeur métallique des cocottes-minute en inox ; la mine obscène, de monstre endormi, des couverts en étain et des cruches en faïence. En revanche, mon intérêt allait croissant à mesure que nous nous approchions de la région où, sous une tente de toile grossière qui laissait passer les rayons du soleil, les pêcheurs manipulaient leur marchandise sous le regard des badauds. Ils portaient des bottes de caoutchouc noir, un pantalon et une chemise de coton blanc très épais qui, au début de la journée, et pendant quelques heures encore, conservaient un aspect immaculé, mais qui, au fil des commandes, se couvraient de taches de viscères des spécimens qu'ils travaillaient avec leurs couteaux aux lames courtes et affilées, ou provenant de rares liquides qui s'écoulaient encore de ces corps, mais surtout de leur propre sang car ils se blessaient parfois en ouvrant les poissons par le ventre ou en s'entaillant avec une arête dorsale ou une nageoire. Les aléas du métier. Le contraste était saisissant, selon l'heure à laquelle ma grand-mère et moi nous rendions au marché. S'il était tôt, ils semblaient occuper l'échelon à peine inférieur dans la hiérarchie des médecins et des chirurgiens, auxquels ils ressemblaient avec leurs bérets retenant leurs tignasses. S'il était tard, ils étaient entourés de têtes coupées, leurs vêtements éclaboussés de salissures, enveloppés dans l'odeur et encerclés par les nuages de mouches. Mais ce qui attirait le plus mon attention c'était les yeux des poissons. La fixité de la mort dans ces petites sphères qui conservaient néanmoins une certaine intensité vitale dans le point jaune qui étincelait à l'intérieur du cercle noir et atone, lorsque le poisson était frais, ou qui s'enfonçaient dans l'opacité à mesure que les heures passaient, jusqu'à ce que leur éclat s'estompe et que la sclérotique et sa boule blanche commencent à se dissoudre dans la cavité des yeux. Qu'avaient-ils vu, qu'avaient-ils voulu voir ? On eût dit que dans leurs derniers instants, ces bêtes pratiquement décérébrées avaient trouvé quelque chose, un sursaut de volonté, la détermination suffisante pour laisser un témoignage de leur existence.

Mais le centre de cet univers était pour moi l'étal où l'on vendait des poules vivantes. Par souci d'économie ou pour faciliter leur transport, les marchands les avaient entassées dans des cages, de sorte que celles qui avaient été chargées en premier finissaient les ailes broyées par la pression exercée par celles qui étaient montées après, caquetant leur désespoir sans que personne n'y prît garde. Elles pouvaient crier à s'en époumoner, personne n'aurait pris la peine de déterminer si dans ce bruit brûlaient les désirs de l'âme ou circulaient des messages concernant un étrange monde nouveau : leur brouhaha diminuait bientôt, un decrescendo qui était proportionnel à la quantité d'exemplaires extraite de la cage pour être vendue et exterminée. Le volailler sacrifiait la poule en lui tordant le cou d'un geste brusque ; il le faisait avec une précision et une rapidité telles que l'animal s'effondrait sans avoir le temps de se rendre compte du caractère définitif de l'événement. Après quoi, on lui arrachait ses plus grosses plumes et on lui ouvrait le ventre pour la vider de ses viscères, aussi bien les comestibles, comme le cœur et les poumons, que celles qu'on jetait, comme le harnais noir intestinal. À la maison, on complétait l'opération en plongeant la poule dans l'eau bouillante. La chaleur ramollissait la chair et dilatait les pores, permettant d'extraire plus facilement le plumage restant…

Je ne m'étais jamais inquiété du sort réservé à ces bêtes ni à la souffrance plus ou moins grande qu'elles enduraient. En tant qu'animaux adultes, ils avaient atteint la plénitude de leur existence et ne pouvaient pas s'attendre à un éventuel développement des possibilités de leur être (à moins que ne se produise le miracle d'une mutation complète)… Et il en allait de même pour leurs petits, les poussins qui vous attendrissent avec la tiédeur de leur corps et la finesse de leur duvet doré. Nés, achevés et donc condamnés. En revanche, je m'intéressais passionnément au phénomène antérieur : l'œuf. Là, dans cette zone de transparences, où de petites taches ou de petits éclats et des substances se densifiaient et se consolidaient, l'espace de quelques heures, s'affirmait la négation de toute limite future, bien que ces substances colloïdales en fussent la confirmation. Néanmoins, ce qui constituait un présent absolu pour un esprit qui s'abstrait du spectacle du temps était l'indéterminé, le possible à l'état pur. Mon attention était aussi captivée par le contraste entre cette alchimie en développement et la manière délicate dont la nature avait œuvré pour lui offrir un réceptacle (la coque sphérique et son hélicoïde, un véritable bijou d'orfèvrerie), et la méthode rudimentaire et singulièrement grossière par laquelle l'œuf, après qu'eut eu lieu la série de mitoses, faisait son apparition : à travers le trou du cul de la poule.

Pendant des années, je m'abstins de manger des œufs.

J'étais rebuté par cette évidence : avant de devenir un aliment ils avaient traversé le rectum de la volaille. Qu'elles fussent blanches, verdâtres ou grisâtres, les taches de fiente de poule m'inspiraient un dégoût qu'il m'était impossible de surmonter et ce bien que ma grand-mère prît la peine de passer la coquille sous le jet d'eau du robinet, de la savonner et de la frotter avec une brosse. L'effet restait identique. Manger le contenu d'un œuf supposait une sorte de contact avec l'immondice qui l'entourait dans son trajet vers l'extérieur. Et impliquait en outre l'anéantissement des possibilités d'une vie sur le point de naître. D'une certaine manière, cela ressemblait à ma propre existence, celle de quelqu'un qui, ayant à peine deviné les incroyables potentialités de son développement, voyait l'univers inhospitalier s'abattre sur lui pour le dévorer, dans un élan sans cesse recommencé.

2

Tous les jours, à cinq heures de l'après-midi, ma grand-mère m'emmenait prendre le goûter au salon de thé San Martín. C'était un édifice du début du siècle passé, grand comme cinq étables, avec une salle à manger et un salon pour les familles. Dès les premiers jours du printemps, les propriétaires faisaient installer les tables en terrasse, et ma grand-mère et moi nous asseyions à l'une d'entre elles, sur le bord du trottoir. Ma grand-mère était une immigrée qui durant toutes les années où elle vécut cet exil ne put jamais prononcer correctement un mot contenant une semi-voyelle (lorsqu'elle me proposait du bouillon de poule, elle disait « boujon »), mais ses pires cauchemars, toutes ses humiliations et ses vexations disparaissaient lorsqu'elle appelait Hector, le garçon qui nous servait. Alors, comblée de bonheur, elle prenait un ton véritablement impérial : elle allait donner à manger à son petit-fils. Elle levait la main et commandait une boisson gazeuse et un « sandvich » au jambon et à la tomate.

« Comme d'habitude », disait Hector, et l'instant d'après il revenait portant d'une seule main et en hauteur son plateau rond où brillait l'assiette en faïence d'où dépassait le rectangle de pain de mie, et à côté de lui la bouteille de verre épais, moulée d'après les courbes d'une femme idéale, à l'intérieur de laquelle on distinguait le sirop rouge pâteux qui commençait à pétiller à peine Hector l'avait-il posée sur la table, et d'un seul geste de la main, sec et précis, décapsulée. Ce geste et le bruit l'accompagnant – un mélange de succion et de libération – attiraient l'attention ; pendant une fraction de seconde, le regard se détachait de la main pour se porter vers le goulot de la bouteille, dans l'espoir d'assister à l'explosif écoulement mousseux de son contenu. Puis, cette explosion tardant à venir, les yeux se dirigeaient à nouveau vers la main d'Hector, mais ce dernier avait profité de cette seconde pour opérer son véritable tour de magie et dissimuler l'objet de son spectacle : la capsule métallique du soda. Il y avait des serveurs qui, à peine retirée, la glissaient dans la poche de leur uniforme blanc. Hector, en revanche, produisait cette disparition momentanée, engendrant quelques brefs instants de suspense qui rehaussaient ce qui se produisait par la suite. Sans qu'on puisse deviner comment, sans que ma grand-mère et moi arrivions à en percer le mystère, la capsule, que nous imaginions cachée dans le creux de sa main, se retrouvait soudain volant dans l'air comme si elle s'était dématérialisée pendant une seconde pour se libérer de l'emprise, après quoi elle s'était matérialisée à nouveau, ce qui supposait non seulement une modification des lois de la gravité mais un nouveau principe scientifique, l'animation soudaine ou autopropulsion de l'inerte – même s'il s'agissait bien sûr d'un simple tour de passe-passe destiné à me remplir d'émerveillement. Quoi qu'il en fût, la capsule suivait son trajet dans l'air. Étant de forme circulaire, elle avait, comme ses semblables coiffant des boissons similaires, une sorte de corolle dentée qui servait à provoquer un effet de fermeture hermétique sur le col en verre de la bouteille, de sorte que, lancée en l'air, cette denture giratoire permettait d'imaginer la course d'une étoile lancée vers les confins. Dans ce cas, l'asphalte noir de la chaussée équivalait au ciel nocturne de l'Univers, dépourvu pour le moment de radiation de fond, et lorsque la capsule tombait près de tant d'autres, jetées avant elle au fil des jours, des mois et des années, c'était parce qu'elle était allée occuper sa destination finale au terme d'un voyage de milliers d'ères après l'explosion originelle : elle restait là jusqu'à ce que le passage d'un véhicule finisse par l'enfoncer à côté de ses consœurs, une constellation de ronds qui en été scintillait sur le goudron. Fanta, Coca, Crush, Bidú, Mirinda, Seven Up, Indian Tonic, Aldebarán.

Après avoir décapsulé la bouteille et en avoir servi le contenu dans mon verre jusqu'à mi-hauteur, Hector déposait sur notre table l'assiette avec le sandwich de mie de pain, tournait les talons et se retirait, le plateau sous le bras.

Ma grand-mère me regardait. Attendant ma réaction. Alors ? Je souriais. Elle prenait un bord de la tranche de pain et le soulevait – les mouvements délicats de ses doigts déformés par l'arthrose – pour en examiner l'intérieur. C'était le terrain de prédilection de son enquête : le régal culinaire de son petit-fils. Les deux rondelles de tomate devaient être fraîches, très fraîches, coupées à l'instant, d'une épaisseur suffisante pour que la teinte rouge du fruit ne soit affadie par aucune transparence, révélatrice de la précision du couteau, sans pour autant que leur saveur ne l'emporte sur celle du jambon. La mie devait être spongieuse mais pas trop sans quoi, lorsqu'on la tartinait de beurre, la matière solide lactée pouvait déchirer sa trame. C'est pourquoi, au salon de thé San Martín, où l'on connaissait les goûts de la clientèle et où l'on était soucieux de les satisfaire, une heure avant notre arrivée, la juste portion de beurre était sortie du réfrigérateur, ce qui lui permettait d'acquérir la tendreté nécessaire pour être aisément étalée, tout en évitant qu'une trop longue exposition à la température ambiante ne la rancisse. Mais ce qui me faisait considérer un sandwich au jambon et à la tomate comme la quintessence du raffinement, c'était la tranche de jambon dont la dégustation devait permettre d'apprécier la texture et la saveur de la chair ; ce médaillon, qui alliait matière et vide, rendait superflu le travail des mâchoires. Sa spongiosité était agréable au contact de la langue. Là, dans sa finesse, je découvrais le secret de l'appréciation du mets qui, tourné et retourné dans la cavité de ma bouche, finissait par se désintégrer dans une suite d'extases et répondre à l'objectif de ma grand-mère qui considérait que de cette manière – pour ainsi dire essentielle – les nutriments des aliments étaient assimilés intégralement et sans le moindre gaspillage.

Cette croyance, qui provenait de son histoire personnelle, émaillée de crimes ethniques, de disparitions soudaines, d'enfermements, de privations et de misères, avait fait de la rareté une condition dont elle tirait un système de valeurs. C'était, plus encore, un exercice de régulation alimentaire qui contenait une leçon : l'épargne comme aspect de la morale. Ces montagnes de sandwichs de pain de mie accompagnèrent mon enfance car, par amour de ma grand-mère, j'élevai ce qui n'était qu'un simple empilement de tranches beurrées au rang de bien le plus cher. Voilà pourquoi mes premières recherches sur la science de la durée eurent lieu à maints égards dans le périmètre tracé par elle.

Tout commença à l'époque où sa maladie se déclara.

Jusqu'alors je n'avais jamais assisté à une agonie ; et je m'étais encore moins fait à l'idée que la douleur du malade, arrivée au point où il ne peut plus nourrir d'espoirs raisonnables de guérison, engendre chez les proches un sentiment ambigu, qui allie aussi bien le souhait de voir cesser la douleur de l'être cher que le désir aveugle que ce tourment s'achève une bonne fois pour toutes. En territoire sauvage, un moribond est une bête blessée dont la mise à mort n'attend pas. Mais dans ce que nous appelons le monde civilisé, et grâce aux soins palliatifs de la médecine, le terme d'une vie condamnée peut être repoussé pendant des mois ou des années. Lorsque l'horizon ultime n'est pas la guérison, cette prolongation apparaît comme une action dénuée de sens, mais au fond elle exprime une aspiration profondément humaine, celle de préserver sa propre individualité à tout prix. Quant à ma grand-mère, dès que les choses se compliquèrent, elle manifesta avec fermeté sa décision de mourir en paix, néanmoins aucun des adultes de notre famille ne se plia de bon gré à cette injonction qui aurait supposé l'annulation de traitements et d'opérations déjà programmées, dont on ne pouvait espérer qu'une suite d'aggravations et de douleurs accrues. D'une certaine manière, son vœu de s'en aller pour de bon se heurtait à la volonté générale, qui préférait lui réserver de nouvelles souffrances plutôt que d'admettre que tout n'avait pas été entrepris. L'attitude de mes aînés était bien entendu une sorte de signe lancé vers l'avenir, un avertissement qu'ils inscrivaient dans ma mémoire et dans celle de mes cousins : lorsque leur tour serait venu d'occuper la place des mourants, nous devrions nous occuper d'eux et lutter pour sauver leurs vies, l'effort en fût-il vain. C'était une position légitime. Moi aussi, à ce moment-là, j'aurais tout donné pour que ma grand-mère guérisse. J'étais prêt à en assumer la charge, même dans la vieillesse et la décrépitude les plus extrêmes, pourvu que je ne la perde pas. Il y avait toujours quelque chose à faire, en apparence. Ma grand-mère était ouverte, puis refermée, on lui changeait les organes de place, on la suturait, on lui coupait des mètres et des mètres d'intestins… Ce fut un long parcours durant lequel je méditai sur le sens et les conditions de l'existence. J'arrivai à une conclusion pendant la veillée funèbre. Alors que nous étions la seule espèce douée de raison, de langage et d'entendement, il était complètement injuste que nous soyons aussi les seuls à prendre toute la mesure de notre tragédie.

J'étais, à mon insu, en train de devenir un digne représentant de ma famille. Si – ce que j'ignorais encore – l'un de mes ancêtres avait composé sa musique pour sauver l'Univers, j'étais quant à moi déterminé à remuer ciel et terre pour que l'amour de ma grand-mère m'accompagne à jamais. Je voulais faire en sorte que la race humaine devienne immortelle.

3

Après la mort de ma grand-mère, un rideau noir et visqueux s'abattit sur moi : la laideur du monde. La laideur du monde consommant son œuvre et déployant ses ailes sombres. Le froid des petits matins, sur le chemin de l'école, les restes acides du petit déjeuner remontant dans mon œsophage et explosant en vomissement dans ma gorge. Les rues sales de boue et de givre, les fenêtres closes et grillagées, les fleurs flétries entourant le nain de jardin qui soulève sa brouette en ciment. Les cloches de l'église sonnant l'heure de la messe le dimanche, et la froideur de ce salut administré en latin par des haut-parleurs. La prière rebondit contre les vitres, effraie les pigeons et leurs tiques. *Sancta Maria, Mater Dei, ora pro nobis peccatoribus, nunc et in hora mortis*... Cependant, au même moment, et une fois la nature de ma mission découverte, tout s'illumina. Les capacités de mon cerveau décuplèrent. La force d'un influx nerveux neuf commença à circuler à travers mes neurones. Je pénétrai les connexions secrètes établies entre les choses. Ce n'était pas un processus mystique, du moins pas à ma connaissance. Mettre au jour, dans notre nature, les conditions d'une immortalité qui s'était refusée jusqu'à présent à tout ce qui existe (hormis l'inerte qui est chose mais non être), entrer dans la perspective d'une temporalité illimitée, supposait moins d'explorer les promesses de la théologie que les formes matérielles que revêt la durée.

Mon intention étant de résoudre le problème fondamental de l'humanité, je sus dès le départ que je ne devais pas m'en détourner en me lançant dans des recherches universitaires, comme étudier les techniques d'embaumement des Égyptiens, les prédictions surnaturelles des Babyloniens ou les potions magiques des druides ; et je n'avais pas davantage besoin d'être versé dans la connaissance de l'évolution historique de la science et de ses applications. Mon champ d'observation se situait dans le périmètre tracé par les mathématiques, la physique et la géométrie. L'appréhension mentale de ce monde objectif me valut de nouvelles amitiés : Euler, Gauss, Hippase, Minkowtiz, Hildenberg, Einstein, Park-Button, Maxwell…

Comme je l'ai dit, sous l'influence de ma grand-mère, j'avais découvert qu'un certain type de rapports mesurables entre densité de matière et espace vide permettait d'établir une sorte de constante dans la conservation de l'énergie. Bien qu'à l'origine ce principe s'appliquât seulement à la gastronomie, il pouvait s'étendre à d'autres domaines plus vastes, puisque la vie organique suppose essentiellement l'existence d'une administration saine (rationnelle) des sources d'énergie et que son interruption ou son déséquilibre extrême favorise la mutation de cette vie, voire sa fin pure et simple. Rien d'étonnant dès lors à ce que dans l'univers désordonné et avide de mes lectures, je finisse par m'intéresser aux apports de l'astrophysicien Nikolaï Kardachev et aux contributions d'un autre scientifique, l'Américain Freeman John Dyson.

En 1964, Kardachev définit trois catégories afin de mesurer le degré d'évolution technologique d'une civilisation, se fondant sur la quantité d'énergie dont elle dispose. Celle occupant le premier échelon, ou de type un, était capable d'employer toute l'énergie disponible sur une seule planète. Celle de type deux pouvait n'utiliser que celle d'une seule étoile, différente bien entendu de la planète qui l'exploitait, tandis que celle du troisième type serait à même d'utiliser celle d'une galaxie tout entière[1].

Il était évident, d'un point de vue terricole, que notre planète s'était à peine rapprochée du premier stade. Impossibilité de convertir le gradient thermique océanique, défaut d'aérogénérateurs ou de systèmes de récupération des gaz volcaniques… Exaspéré par ce retard que des siècles ou des millénaires ne suffiraient pas à combler, tourmenté par les exigences du présent, Freeman Dyson conçut un mécanisme capable de nous transporter directement du degré proche de zéro auquel nous semblions condamnés au niveau deux. Son artefact était une délicate trame synthétique, artificielle, une structure sphérique opaque qu'en son propre honneur il baptisa « sphère de Dyson ». Cette structure, ou costume spatial lancé en orbite à une distance antigravitatoire x de la Terre, serait composée de milliards de panneaux solaires qui dériveraient une partie de cette énergie ignée vers des habitacles proches – des sortes de villes spatiales qui constitueraient la plateforme de lancement de l'humanité vers d'autres galaxies – tandis que l'essentiel de ce qui devait être capté serait renvoyé vers la Terre suivant un procédé exogène/endogène.

La simplicité conceptuelle des théories de Kardachev et le caractère géométrique de l'invention de Dyson entraînèrent la rapide diffusion de leurs propositions : les recherches de la vie sur d'autres planètes furent déterminées par ces deux paradigmes. Les astronomes pointaient leurs télescopes en

1. Kardachev calculait l'énergie disponible sur la Terre autour de 10 (puissance 16) W. Celle d'une étoile moyenne avoisinerait les 10 puissance 26 W, sachant que le Soleil émet 3,86 × 10 puissance 26. Il va de soi que l'existence actuelle de civilisations ainsi décrites est hypothétique.

quête d'étoiles aux branches à infrarouge inhabituelles, dont l'existence ne pouvait s'expliquer que par l'addition d'une sphère artificielle. Les cinémas de quartier commencèrent à intégrer dans leur programmation habituelle, à base de westerns et de films d'espionnage, des longs-métrages de science-fiction peuplés d'astronautes qui voyageaient sur des planètes recouvertes de modules inspirés des maquettes en polystyrène des sphères de Dyson. Ce dernier contribua en personne à l'essor de ce pan de la culture populaire en prodiguant ses conseils aux scénaristes. À son tour, ce contact ou cette contagion des goûts du grand public produisit ses effets sur le scientifique qui consacra les dernières années de sa vie à inventorier les caractéristiques que devait posséder un arbuste modifié génétiquement pour croître et se développer sur la matière solide des comètes et qui, une fois ses graines dispersées, produirait la quantité d'oxygène suffisante pour créer les conditions d'existence d'une atmosphère respirable pour l'espèce humaine.

Après la mort de Dyson, ses héritiers firent don de ses dessins à l'université Yale, convaincus que ses chimères étaient irréalisables. Mais ni la discrétion de ce geste ni son caractère de sentence posthume n'apaisèrent ses détracteurs qui en le diffamant entretenaient le culte de sa mémoire et diffusaient la possibilité théorique de ses inventions. « Comment sème-t-on une espèce végétale sur une comète ? De quoi s'alimente-t-elle ? Qui peut l'arroser ? Si les frictions dues au transport ne la grillent pas, comment absorbe-t-elle les éléments de l'atmosphère qu'elle traverse jusqu'à les transformer en quelque chose de similaire à l'oxygène ? » (Albert Geobb). « La nouvelle composition des atmosphères pourrait entraîner l'anéantissement de ces néo-civilisations dysoniennes réparties dans l'hyperespace puisque, à supposer qu'elles existent, nous ne savons rien de ce qu'*ils* respirent » (Friedrich Mittelhaus).

Au-delà de ces spéculations, la sphère de Dyson – son délicieux assemblage de matériaux innovants, design avant-gardiste, géométrie classique et hallucination contemporaine destinés à tirer profit de toutes les sources d'énergie – était un monde de perfections qui occupa ma pensée durant de longues nuits. Néanmoins, en dépit de mon obsession pour cette forme, je savais que si par un beau matin, en me réveillant, je découvrais l'horizon caché derrière un voile de panneaux réfléchissants et absorbants, celui-ci servirait à protéger l'humanité des pluies d'astéroïdes et à lui fournir une source d'énergie inépuisable, mais il ne me serait d'aucune aide dans mon projet de devenir immortel.

Réfléchissant à la manière de le faire, les premières choses qui me vinrent à l'esprit étaient liées aux solutions qu'offrait la médecine de l'époque : opérations chirurgicales, greffes, etc. Des méthodes matérielles pour renouveler des organes fatigués par l'usage, complémentaires d'un corps qui pourrait durer tant que chacune de ses parties pourrait être changée, durer en dépit du vieillissement de son enveloppe, la peau se transformant en lambeaux qui seraient retranchés et suturés, les os remplacés par des alliages de plastique et de titane… mais cette préservation avait ses limites et un jour elle finirait par être insupportable à celui qui en était l'objet. Sans parler du déclin des facultés inhérentes aux parties inchangeables (le cerveau, noyau de la mémoire, étendard de l'identité). Une fois cette possibilité écartée, je congédiai les affabulations de la religion qui est incapable d'expliquer pourquoi une figure omniprésente et à laquelle on attribue des qualités paternelles pourrait trouver un intérêt quelconque à notre survie, en tant qu'âme, esprit ou souffle. Quant aux divagations autour de la réincarnation, j'en conclus que le récit sur les corps habités par des identités migrantes servait surtout à éclairer les cerveaux faibles à propos d'un mystère plus profond : celui du temps. Le voyage dans le temps était le grand rêve collectif, une autre bulle qui portait l'esprit de notre temps. Mes connaissances sur le sujet étaient encore trop limitées pour que je puisse participer activement à un projet de cette envergure – je n'avais même pas encore fini l'école primaire – mais je disposais toutefois des notions rudimentaires me permettant de comprendre que l'espace et le temps forment quatre dimensions continues, de sorte que si le trajet gravitationnel d'une étoile peut déformer ce caléidoscope dimensionnel, autrement dit, si une masse est capable de courber l'espace-temps sous l'effet de l'interaction gravitationnelle, il était également possible que le temps se courbe à l'aide de l'espace jusqu'à ce que sa flèche s'enroule sur elle-même en formant la fameuse boucle qui nous permettrait de remonter vers le passé.

Il va de soi qu'afin de réaliser ce voyage, il était indispensable de fabriquer une machine à remonter le temps qui réunisse les conditions élémentaires pour le lancement des voyageurs. Le seul inconvénient qui restait encore à résoudre était que la machine serait dans la pratique un tunnel dont l'entrée serait sujette à l'évolution du temps, synchronisée avec lui dans un présent perpétuel (dans la succession perpétuelle du présent de chaque moment), tandis que la sortie resterait immobile dans le moment et le lieu de sa création, de telle sorte que seuls pourraient remonter le temps ceux qui vivraient *après* que la machine eut créé la boucle, et tant que cette machine existerait. En résumé : aucun Neandertal armé de sa hache de pierre ne pourrait y grimper et tripoter son tableau de bord, ce qui était un avantage mais aussi un grave inconvénient, puisque la machine n'existait pas encore et que je n'avais aucune certitude qu'elle puisse être fabriquée avant ma mort. Il y avait en outre des problèmes théoriques, et non des moindres, liés à la question du retour, qui pourrait se faire à travers une porte parallèle, la porte d'un espace-temps parallèle et distinct du nôtre… Sans parler des paradoxes qui stimulaient l'intelligence des familles du monde entier, réunies chaque fin d'après-midi devant leur petit écran pour assister à la diffusion d'un nouvel épisode de la série *Au cœur du temps*.

Cachée à l'intérieur d'une montagne de l'Arizona, une base protège le plus grand secret du gouvernement américain : un tunnel du temps. La machine est une sorte d'inducteur en forme de spirale géante qui dans ses tours hypnotiques emporte à travers le temps deux scientifiques, Tony et Douglas. À la suite d'une erreur lors du voyage de lancement, Tony et Douglas ne peuvent revenir dans le présent de la série et ils errent d'une période à une autre de l'histoire. Il fallait vraiment être insensible pour ne pas s'émouvoir devant le spectacle en noir et blanc de ces deux aventuriers qui volaient en agitant leurs bras sur un fond blanc tandis qu'un ventilateur leur ébouriffait les cheveux et collait leurs vêtements à la peau…

Au-delà de la mécanique prévisible du récit, qui se répétait à chaque nouvel épisode – situation dangereuse pour les scientifiques, mission de sauvetage menée depuis le laboratoire en Arizona, transfert vers une autre époque –, ce que la série interrogeait, c'était la possibilité d'altérer le cours de l'histoire à partir de l'intervention d'un protagoniste de notre présent dans un fait du passé. Prenons un exemple : si Tony et Douglas croisaient le chemin de l'un des pires criminels, Adolf Hitler, devaient-ils l'arrêter ou, ce faisant, déclencheraient-ils une catastrophe pire que celle qu'ils tentaient d'éviter par leur action ? L'intérêt de la série était qu'elle confrontait la volonté des protagonistes de faire le bien à tout prix et le déterminisme implacable du scénario, dont les péripéties étaient concoctées de manière à prouver que le passé ne pouvait être modifié. Bien sûr, une partie de son charme dépendait de l'habileté du récit à nous convaincre que nos héros n'avaient pas atteint leur objectif à cause du hasard ou par pure malchance. Mais au fond, pouvait-il en être autrement ? Si le duo avait réussi, disons, à abolir un événement historique – la Révolution française, la chute de Byzance, les annotations d'Andreï Deliuskine aux *Exercices spirituels* de Loyola, etc. –, cette abolition aurait certainement modifié la chaîne des futurs virtuels qui pendaient à l'arbre éternel des alternatives non consommées, entraînant toute une suite d'effets en cascade qui auraient peut-être fini par annuler notre époque telle que nous la connaissons. Imaginons un instant que, fraîchement débarqué au paléolithique, Tony prend tendrement dans ses bras un petit de vélociraptor et, ce faisant, empêche la bête antédiluvienne d'écraser une limace, laquelle survit, grimpe sur une plante et dévore ses feuilles. La limace ayant ingéré ces feuilles, la chenille qui s'en serait alimentée meurt, de sorte que l'oiseau qui l'aurait attrapée s'envole ailleurs et échappe au reptile qui à son tour... et ainsi de suite jusqu'à l'explosion ou la dissolution entropique du tunnel du temps télévisuel, de la télévision, de notre civilisation et de nous-mêmes. Symétriquement, le fait que la série existe et que nous soyons en train de la regarder démontrait que la cause-dinosaure et son chapelet d'effets n'avaient pas été altérés[1].

1. Dans son principe de cohérence, Igor Novikov affirme que si un événement a lieu et entraîne un paradoxe – par exemple, celui du voyageur qui remonte dans le passé récent pour empêcher que ne se déclare un incendie dans lequel sa mère meurt et qui en arrivant renverse « accidentellement » la lampe qui provoque le départ du feu –, alors la probabilité que cet événement se produise est de zéro et il n'y a pas de matricide. Hugh Everett rejette ce principe et assure que l'Univers se divise chaque fois qu'une nouvelle possibilité physique est explorée. Étant donné un nombre d'alternatives possibles en résultant, chacune d'entre elles se réalise dans son propre Univers. Ainsi, la condition de ce Plurivers ou Multivers est que l'incendie à combattre par le pompier du temps se multiplie dans tous les univers existants. Qui plus est, ce

Malheureusement, en avril 1967, une restriction drastique du budget des études entraîna l'interruption soudaine d'*Au cœur du temps* et liquida ces garanties. Les enregistrements ne reprirent pas et Tony et Douglas flottèrent à la dérive, dans les limbes de l'inachevé. Néanmoins, le message avait été semé et la graine de la pensée spéculative germa à l'école et dans les familles des élèves. Dans ma classe du moins, il n'y avait pas un garçon qui, titillé par les prémices de la prépuberté, ne considère la possibilité qu'au cours de l'un de leurs voyages, l'un des deux scientifiques couche, par exemple, avec sa propre arrière-arrière-grand-mère, devenant ses propres génito-petits-petits-fils. Ou, pour compliquer encore un peu plus les choses : qu'arriverait-il si Tony tombait sur son grand-père et le tuait dans une rixe entre ivrognes dans un bar ? Ce faisant, bien entendu, il éliminait au passage son propre avenir. Mais si à cause de ce crime il voyait sa naissance supprimée, comment expliquer, alors, qu'il existait et avait assassiné le père de son père ? Et par ailleurs, si on pouvait remonter le temps et y rester puis en revenir, n'était-il pas possible également que notre présent soit le passé de centaines ou de milliers de voyageurs du futur ? N'était-il pas possible et beau que le monde et le temps soient tels que nous les connaissions *justement* parce qu'il y avait des légions de voyageurs du temps qui depuis toutes les époques de l'avenir tombaient avec leurs parachutes ou à bord de leurs navettes spatiales ou de leurs pétales iridescents dans tous les recoins de l'espace-temps, y pénétrant pour y modifier les choses afin que nous (et nos prédécesseurs et nos descendants) continuions de percevoir l'existant tel que nous le percevions ?

---

feu existe dans l'Univers originel d'où est parti l'incendie involontaire, mais *non* dans celui qui s'est créé à partir du renversement de la lampe, qui engendre sa propre série. Par conséquent, il n'y aurait pas d'effet annulant sa cause mais des effets qui créent des causes nouvelles, en boucles infinies.

Dans ce cas, le voyage à travers le temps serait comme l'art lumineux des fées qui au rythme de leurs baguettes magiques soutiennent les fils de la réalité pour que le néant ne survienne pas.

4

Ma mère tomba enceinte peu après la mort de ma grand-mère. La nouvelle n'altéra pas son enfermement quotidien, dont le véritable sens m'échappait. En revanche, une armée de maçons, de plombiers et de menuisiers débarqua chez nous, recrutés pour construire une chambre qui puisse loger le nouvel arrivant et, au passage, greffer un garage empiétant sur le jardin de l'entrée. Plus qu'en simple terrain de jeux, la maison se transforma pour moi en un champ d'expérimentation des modifications spatiales : chaque poutre en bois hissée sur un tas de briques empilées dans la cour et recouvert par une plaque de tôle était une cachette où je pouvais passer des heures jusqu'à ce qu'elle soit démontée afin de dresser un mur porteur ou de lever une nouvelle cloison, impliquant une autre modification. Curieusement, tandis que ces pièces provisoires changeaient constamment, il était évident que ces travailleurs passaient leur temps à ne rien faire d'autre que rassembler ces plaques de tôle, couper ces poutres et élever un petit tas de briques afin de préparer les grillades du déjeuner, désespérant mon père qui voyait que la maison était toujours en chantier alors que la naissance de ma sœur approchait à grands pas. Mais les ouvriers faisaient la sourde oreille. Ils étaient dépourvus de toute sensibilité aux besoins d'autrui ou ils vivaient simplement à leur propre rythme (leur propre temps), aussi fallait-il d'abord installer le barbecue, puis préparer le feu et transformer le bois en braise, puis découper et saler la viande, la déposer délicatement sur le gril, surveiller le temps de cuisson... puis émincer les légumes pour les salades, dresser la table, acheter le pain et les boissons. Après le déjeuner copieusement arrosé de vin et à peine coupé de quelques jets d'eau gazeuse qui arrachaient au bord des verres une écume violette, la sieste s'imposait. C'était l'été. Ils s'allongeaient à l'ombre de la tonnelle, après avoir pris soin de placer entre le carrelage et leurs corps fatigués quelques pages des journaux qu'ils avaient d'abord lus pendant leurs longs petits déjeuners à base de maté et de sandwichs au fromage et à la mortadelle. Toutefois, peut-être parce que la fraîcheur était plus importante que le maigre matelas que ces feuilles leur procuraient, beaucoup de ces journaux étaient empilés ou éparpillés çà et là. C'étaient des journaux populaires truffés d'histoires de cœur des vedettes de cinéma ou de théâtre, d'exploits footballistiques, de prouesses criminelles et de divers aspects des programmes télévisés. Mais le noyau dur de ces produits était constitué des revues ajoutées en supplément. À cause de leur ton vulgaire et de leur propos scandaleux, mon père m'avait interdit d'y toucher, et davantage encore de les lire, aussi étais-je forcé de faire main basse dessus le plus discrètement possible et de les dévorer en cachette. La revue qui attirait le plus ma convoitise s'intitulait *Voilà*. Elle était en format tabloïd, avec des photos racoleuses et des légendes chocs ; sur les pages paires apparaissaient des beautés connues et inconnues, vêtues ou dévêtues au maximum de ce que tolérait l'époque – de grosses culottes qui laissaient à peine deviner un début de cuisse, des mains cachant des poitrines généreuses, le sourire d'une actrice, d'un mannequin, d'une midinette ou d'une prostituée regardant droit dans l'objectif –, et sur les pages impaires étaient reproduites les photographies de criminels criblés de balles par la police, d'enfants dépecés et jetés à la poubelle, de restes de torses humains, d'imprudents ou de suicidaires fauchés par des trains, de femmes violées et assassinées. Dans cette alternance, sur la double page ouverte qui allait d'un pubis à peine suggéré à un étalage d'intestins éventrés, on pouvait imaginer qu'une fois la revue refermée, les rubriques se mélangeaient et l'entaille sanglante se transformait en pénétration : la ligne éditoriale de *Voilà* favorisait de telles associations, aussi n'est-il pas étonnant qu'un jour je constatai que l'intention subliminale avait atteint son apothéose.

Ce fut le jour où en couverture apparut la photographie de la défunte épouse d'un président fraîchement destitué, Juan Domingo Perón, qu'on appelait le « tyran en fuite », Eva Duarte, « Evita ». On l'y voyait embaumée dans son cercueil. Ses cheveux tressés semblaient de paille et son teint livide faisait de son visage un masque funéraire, et à la hauteur de l'épaule et du cou on distinguait les entailles et les coups que lui avaient assenés les rebelles qui avaient renversé son mari, des coups et des entailles qui avaient déchiré sa peau et avaient permis, du moins me semblait-il, à l'étoupe de sortir du corps. Ensuite... Ensuite venaient les seins petits et fermes, la fragilité des os du thorax, la taille élégante, l'algèbre du nombril sur le mystère de la courbure du ventre, le mont de Vénus où poussaient les poils drus de son pubis.

Quel sens cela a-t-il d'aborder la nature des émotions qui envahirent un enfant découvrant pour la première fois les combinaisons complexes que peut produire un corps nu et livré au plaisir immobile de la vie d'outre-tombe ? La source même de l'érotisme jaillissait en moi à gros bouillons. Jamais auparavant je n'avais ressenti une impression d'une telle intensité. Je regardais cette peau translucide, les restes de cette chair qui me révélait sa formule pour affronter les secrets de la mort, tout en essayant de m'arracher à la matière de son sortilège, tâchant pour cela de me concentrer sur la chronique journalistique qui relatait les pérégrinations secrètes du cadavre et les techniques ancestrales employées pour le conserver. Mais ces mots étaient de purs signes typographiques, ils s'envolaient comme de grosses mouches échappées du cercueil, il était impossible de fixer un ordre ou un sens qui puisse me libérer de l'attraction que ce corps exerçait sur moi ; c'est à peine si je prêtais attention aux références à sa maladie ou aux méthodes de la taxidermie. Mais tandis que le cancer et ses ravages eurent pour réponse les injections de formaldéhyde, et que les sels de nitrate et le mercure distillé essayèrent de maintenir l'apparence de la jeunesse, ce qui au fond m'était révélé était un mystère dont je ne m'étais pas encore approché : l'amour adulte. Car monsieur Perón devait avoir aimé profondément sa femme pour la protéger ainsi de la putréfaction, telle une coquille ballottée au gré des aléas de la politique, trimballée d'un côté puis d'un autre, ses organes certainement gardés en lieu sûr, prêts à être restitués à leur corps le jour où la médecine aurait fait du cancer une maladie dont on guérit.

Evita était alors (elle aussi) une missive envoyée vers l'avenir, un rêve de survie qui traversait l'espace du mythe et les possibilités du mariage (puisque Perón allait mourir avant que son épouse ne soit revenue du séjour des ombres) pour prendre place dans le domaine de l'immortalité.

Il va de soi que ce n'est pas le culte archaïque de la résurrection qui m'intéressait, mais la possibilité ouverte par le regard d'un Perón détaché et visionnaire – un dictateur peut-il être un génie ? – qui, tout en envisageant la guérison à long terme de la femme aimée, visait aussi le moment où la science découvrirait le remède à toutes les maladies et donc à celle qui les incluait toutes : la mort elle-même.

Dès lors, à cette myriade de scientifiques dont les noms formaient ma véritable compagnie, je devais ajouter celui de ce président renversé et le reconnaître comme l'un de mes précurseurs. Un précurseur timide, car Perón laissait la solution du problème entre les mains d'autrui et à l'arbitrage des temps à venir, tandis que j'étais décidé à faire en sorte que tous les temps viennent à moi – et si cela s'annonçait nécessaire, j'irais vers eux. Néanmoins, force m'était de constater la manière splendide dont se présentaient certains éléments de la réalité. On eût dit que le hasard lui-même arrangeait les choses en ma faveur pour que j'arrive aux conclusions que je souhaitais. Nul doute que ma récolte était déjà grande, mais j'étais avide de percer d'autres mystères dont la révélation imminente faisait palpiter chaque seconde de mon attente. Je tremblais de doute, je n'étais pas encore convaincu qu'il faille abandonner Evita et tourner la page. Peut-être craignais-je, dans ma quête de nouveauté, coupable de « trahison » à la fois sentimentale, sexuelle et scientifique, de perdre tout ce que j'avais déjà découvert. Mais comment continuer sans prendre de risques ? Quoi qu'il advienne, me dis-je, si la prochaine page n'avait rien de nouveau à m'offrir, hormis le mirage de l'oubli, je pourrais retourner à la précédente, celle où brillait l'image du cadavre d'Evita, et feuilleter la revue pourrait toujours atténuer la violence des émotions qui m'agitaient lorsque je la contemplais…

J'humecte mon doigt d'un coup de langue, je tourne la page. Je tombe ensuite sur une rubrique permanente, faite pour l'essentiel de dépêches d'agences déjà publiées dans d'autres journaux et revues du pays, et dont le rédacteur considère opportun de rappeler l'existence au consommateur de son produit. Mais on trouve aussi les fantaisies attribuables à la hâte d'un journaliste pressé de remplir la page : naissances de veaux à trois têtes, hypnoses de porcins, enlèvements par des extraterrestres, attaques de serpents génitophages, domptage de puces, courses de nains, etc. Le plus étrange est que parmi toutes ces inepties, filtre (ou se matérialise) l'information dont j'ai besoin pour avancer dans la réalisation de mon projet. Un Américain avait inventé une machine pour voyager dans le temps. Et *Voilà* donnait quelques pistes pour sa construction.

5

Ma première réaction fut de me précipiter pour acquérir les publications scientifiques contenant les instructions nécessaires pour construire cette machine et me projeter jusqu'au moment où la formule de l'immortalité aurait été découverte.

Naturellement, une seconde lecture de cet encadré – intitulé *Croyez-le ou pas* – me permit de réaliser qu'avant de me retrousser les manches, il me fallait compléter ma formation à tous les niveaux : scientifique, conceptuel, d'évaluation des risques, etc. Même à supposer que, par miracle, je trouve les réponses à toutes ces questions dans un numéro d'une autre publication de l'époque, *Mécanique populaire*, ces recherches préliminaires impliquaient un effort et une tranquillité dont je ne disposais pas alors. Construire dans un coin de la maison une machine à remonter le temps, c'est autre chose que de se consacrer à l'aéromodélisme. Mais les difficultés n'entamèrent pas ma volonté. Je poursuivis mes investigations.

En 1917, Karl Schwarzschild découvrit que les étoiles pouvaient s'effondrer en des points au diamètre infinitésimal répartis dans l'espace de densité infinie. Il ne sut pas nommer ces points ni préciser les caractéristiques de cet espace ou de ses distributions particulières, qu'on appelle aujourd'hui trous noirs. Au milieu des années cinquante, Roy Kerr découvrit que certaines étoiles ne se ferment pas totalement : elles traversent un cycle de formation qu'elles n'achèvent pas, et s'effondrent tout en continuant leur rotation. Dans ce mouvement continu, elles engendrent des anneaux (appelés anneaux de Kerr) doués d'une force gravitationnelle si intense qu'ils peuvent infléchir l'espace-temps, en permettant à de grands objets d'entrer d'un côté puis de ressortir de l'autre. Selon Kerr, ces trous noirs serviraient de portails vers le passé ou le futur, et quiconque désirant faire l'expérience n'avait qu'à en trouver un et entreprendre son voyage.

Certes, mais hormis dans les conditions invraisemblables que réunit la littérature fantastique, où prolifèrent les objets magiques capables de condenser la totalité de l'Univers, il est rare que nous ayons la chance de tomber sur un trou noir dans le silence de notre propre chambre. Kerr offrait une autre possibilité : il suffisait de créer son propre anneau, en rassemblant la matière équivalente à la masse de Jupiter et de la comprimer jusqu'à ce qu'elle atteigne cinq pieds de diamètre. La force nécessaire pour serrer une telle masse lancerait la matière en rotation, et une fois que la vitesse se serait rapprochée de celle de la lumière, un trou noir se formerait au centre, permettant à l'artisan d'une telle prouesse de franchir le portail, de passer dans le trou et d'être conduit vers un autre point de l'espace et du temps. Malheureusement, cet anneau fait maison de Kerr était un anneau fonctionnant dans un seul sens, et son voyage était un aller simple.

Durant une brève période, je me pris de passion pour la bulle Warp qui explorait les possibilités de la géométrie différentielle, opérant des contractions de l'espace situé avant et après le vaisseau qui pourrait ainsi voyager à une vitesse supérieure à celle de la lumière. C'était comme ramer dans le vide transformé en temps. Mais après quelques calculs, je compris que pour obtenir ces contractions j'aurais besoin de plus d'énergie que celle dont dispose notre galaxie. En 1937, Willem van Stockum estima que la seule manière de remonter le temps *serait d'employer un énorme cylindre à haute densité qui devrait tourner à une vitesse proche de celle de la lumière.* Le cylindre entraînerait sur son passage l'espace et le temps, en se fermant sur lui-même et en traçant une courbe temporelle fermée. Bien évidemment, pour que cela se produise, le cylindre devait avoir une longueur infinie. Mais en 1949 Kurt Gödel découvrit que si l'Univers tout entier était en rotation, il y aurait des courbes temporelles fermées partout : l'Univers lui-même serait une grande machine à voyager dans le temps. Cependant, comme l'Univers *n'est pas en rotation* mais qu'il s'étend, l'idée de construire un cylindre finit par me sembler, plus qu'infaisable, inutile.

Dans la droite ligne des théories d'Einstein, Kip Thorne assurait que dans l'espace-temps il existait des déchirures – les fameux trous de ver – qui fournissaient un accès direct à d'autres espaces-temps et que ce n'était, justement, plus qu'une question de temps avant que nous sachions les employer pour qu'ils percent sur commande ces dimensions, nous permettant ainsi de franchir ces portes du ciel dans des moments et des espaces très éloignés ou à seulement quelques mètres et quelques minutes de nos lieu et heure de départ. Mais Thorne n'offrait pas seulement la perspective d'obtenir un voyage sur mesure pour chaque usager, il proposait en outre une manière de le réaliser soi-même. Il suffisait d'ériger quatre plaques métalliques, de préférence rectangulaires et d'une longueur d'au moins plusieurs kilomètres, et de les disposer parallèlement les unes aux autres, mais à une distance extrêmement réduite, de sorte que la force d'attraction agissant entre les parallèles génère les fluctuations quantiques du vide du champ électromagnétique. Une fois ce domaine construit, on séparait les plaques en deux paires que l'on connectait par le biais d'un trou de ver.

Mais Thorne se heurtait à un problème pratique : pour que le processus atteigne les paramètres d'efficacité indispensables, les plaques ne pouvaient être séparées par une distance supérieure au diamètre d'un atome et le trou de ver devait avoir une taille proportionnelle à cette distance, de façon à y être compris tout entier. Avec de telles dimensions, la conséquence était qu'un être humain ne pourrait y entrer ni en sortir, les problèmes liés à la radiation émise ou à l'effet destructeur de sa gravité fussent-ils résolus. Mélancoliquement, Thorne concluait que le premier voyage à travers les murs serait finalement réalisé par un nanorobot équipé de différents modèles de capteurs permettant d'enregistrer les détails de la traversée.

Bien que mon euphorique point de départ fût la limite qu'avait atteinte Thorne après s'être découragé, je n'ignorais pas les difficultés qui m'attendaient : le simple fait d'obtenir des plaques métalliques kilométriques était une tâche difficilement réalisable. Il aurait fallu pour cela le soutien de la communauté scientifique, de fondations privées, des contacts aux différents niveaux de l'État… des conditions hors de ma portée. Aussi décidai-je d'inverser le processus en partant de cette conjecture : si l'immensément grand obligeait Thorne à introduire des éléments à micro-échelle, je devais quant à moi construire une série de petites plaques – que je pourrais cacher dans ma chambre comme s'il s'agissait de plaques de polystyrène d'une maquette de travaux pratiques – de sorte que le trou de ver que traverserait ma machine et les objets qui voyageraient à l'intérieur seraient d'une dimension supérieure à celle de la bouche d'entrée.

Après avoir résolu une série de problèmes de physique théorique qui avaient entraîné mon précurseur dans une voie sans issue, il ne me restait plus qu'à mettre en œuvre l'idée. Cependant, la compréhension des dimensions de ce que j'entreprenais en retarda la réalisation. Bien que la machine du futur ne fût pas un objectif en soi, mais un simple moyen pour obtenir la formule de l'immortalité – formule dont j'étais convaincu qu'elle serait connue dans l'un des futurs où je me rendrais –, le fait de me savoir en mesure de la construire et de devenir ainsi le seul être humain capable jusqu'à présent de la réaliser… cela placerait la barre un peu plus haut dans l'histoire de notre évolution et ferait donc de moi un… Je préférais ne pas y penser.

Disons-le clairement : il ne s'agit pas (seulement) d'être un génie ; des génies, il y en a dans tous les domaines et à foison. Les génies ouvrent des brèches dans le champ du connu et font entrer le feu de la nouveauté ; ces magmas remontent à la surface et cristallisent aussitôt. Ce qui fut lave devient roche fossilisée, paysage que de nouveaux génies percent à leur tour puis, à leur tour… et ainsi de suite. Ce que je m'apprêtais à faire, en revanche, c'était de permettre à de nouvelles connaissances dérobées aux temps futurs de transformer de fond en comble les possibilités de l'existant. J'étais sur le point d'obtenir que la flamme de l'éternel cautérise dans notre chair la blessure de la mort. De nouvelles images venaient aussi à moi : brandir la torche de cette éternité conquise et remonter le temps, relever les morts de leurs tombeaux pour les faire vivre à nouveau, en commençant par ma grand-mère…

6

La construction de la machine fut chose aisée. Après m'être adonné à mes essais, je la déposai sur une étagère de la bibliothèque de ma chambre. Elle possédait une présence « naturelle », ses panneaux mobiles, connectés par une barre, lui donnaient un air mi-abstrait mi-décoratif, tout à fait dans le style des lampes design en aluminium ou en acrylique orange, carrées ou sphériques, qui furent à l'époque le summum du chic ornemental de notre petite-bourgeoisie locale. Et c'est pour cela, parce qu'elle ressemblait à l'un de ces bibelots dont était truffée notre maison d'abord agrandie puis arrangée dans le goût des revues de décoration, que personne ne soupçonna sa véritable nature.

Maintenant que j'atteins le noyau de mon récit, je veux dire la chose suivante sans que cela sonne creux : l'art est une question mentale. La science, plus encore. La science et l'art sont le contraire de la décoration, qui se complaît dans l'aléatoire et offre comme justificatif suprême de son existence l'argument futile de sa liberté. Au contraire, toute activité sérieuse réduit la marge de ses choix et se soumet à son objet ultime. Personne n'est libre, moi-même inclus (surtout moi-même) qui ai décidé de me plier à la nécessité. Tant et si bien qu'au cours de mes travaux, j'ai dû renoncer à tout et à tous, même à quelqu'un qui commençait à être important à mes yeux… ma petite amie de CMɪ, Alba.

Tous les après-midi de ce printemps-là, je passais la chercher chez elle et nous partions en vadrouille, munis de grandes feuilles de papier cartonné vers une place déserte de banlieue, la place John-Fitzgerald-Kennedy, au centre de laquelle avait commencé à se dresser avant de s'interrompre brutalement (à l'image de la vie du président à qui l'on rendait hommage) un énorme machin de fer et de ciment en forme d'ellipse. Là, à l'ombre des eucalyptus, nous découpions et collions nos feuilles de papier cartonné à l'aide de bâtons de colle et de ruban adhésif. Je l'avais convaincue que nous élaborions la maquette de la maison où nous habiterions lorsque nous serions grands.

C'étaient là mes tout premiers essais ; je ne m'étais pas encore émancipé des idées de Thorne, j'étais donc convaincu que la démesure de la machine répondait aux nécessités de la traversée, néanmoins j'étais déjà conscient que les proportions tout comme les matériaux à ma disposition s'écartaient des normes du projet original. Loin de me décourager, j'y vis un stimulant et un défi ; si le modèle de Thorne était hypothétique, mon application pouvait s'offrir le luxe de l'expérimentation et de la fantaisie.

Quant à Alba… Quant à Alba… elle acceptait mes lubies (mes progrès dans mes recherches) et aimait y prendre part. Peut-être rêvait-elle, tout en découpant les feuilles de papier cartonné ou en les collant, de travailler comme modiste pour María Fernanda, la présentatrice de l'émission *L'art de l'élégance de Jean Cartier*.

Un jour, je débarquai avec des tabliers dont la coupe lui sembla « de mauvais goût ». Elle riait en enfilant le sien et s'étonna de son poids. Je m'abstins de lui expliquer que la doublure était faite de plomb, empêchant ainsi le passage des éléments radioactifs, et j'ajoutai qu'à l'image de « notre maison » qui appartenait au royaume de l'imagination, ce que nous y faisions devait aussi s'inscrire dans le monde des rêves, et qu'à partir de ce moment j'allais avancer dans cette direction. Je l'encourageais à me suivre, tout lui en expliquant néanmoins que je ne me fâcherais pas si elle préférait y renoncer. Alba m'adressa l'un de ses regards lumineux et m'embrassa.

M'écartant des conjectures de Thorne, j'avais commencé à introduire des modifications dans le plan de la machine. Tantôt ma maquette ressemblait à un labyrinthe, tantôt elle prenait l'apparence d'un bateau, d'une villa californienne, d'un barrage hydraulique. Et ce, non seulement à cause de sa forme, mais aussi de sa taille : parfois je projetais de construire des pistes permettant d'atteindre la vitesse de la lumière, des pistes qui selon mes calculs ne devaient pas avoir une longueur inférieure à cent kilomètres, parfois... Je devais aussi déterminer, et avec la plus grande exactitude, l'endroit où j'introduirais le trou de ver. J'étais convaincu que tout en dépendait. Aussi, dans cette quête de précision, occupais-je une bonne partie de ces après-midi à déplacer ma petite amie d'un point de condensation et de transfert à un autre. Alba associait cette activité aux représentations hiératiques de ces femmes que sa mère appelait « *mannequins* », et au début elle adorait les imiter. Elle croyait interpréter une version particulière du jeu des statues, jeu auquel elle excellait, étant capable de passer de longs moments figée et sans bouger d'un pouce, presque sans respirer. Jamais sa beauté ne m'émut autant. Parfois j'interrompais mon travail pour la contempler de près, l'éclat de ses pupilles où se reflétaient les rayons du soleil, le vent qui faisait ondoyer sa chevelure blonde dans un va-et-vient régulier, semblable à celui des vagues, mais qui, observé attentivement, laissait deviner le tropisme de la divergence. Statique et en expansion, sur différentes longueurs d'onde. Elle-même, son corps me remplissaient d'idées nouvelles… Comme ils ont raison, les physiciens, lorsqu'ils affirment qu'appliquées à leur domaine, les idées des mathématiciens sont inconsistantes ! Ce n'est pas de la théorie mais de ces vibrations capillaires que j'ai appris tout ce que je sais de l'espace et du temps. C'est à ces instants que s'échappaient des esquilles, des lueurs de l'immortalité que je cherchais, épiphanies du vrai.

Était-ce parce que les feuilles de papier cartonné se pliaient, que la colle lui salissait les doigts, que la chaleur lui donnait des maux de tête ? Était-ce parce que notre vie d'adultes semblait trop lointaine et que j'étais trop absorbé par ma mission pour accorder de l'importance à ces détails qui font le sel des premières amours ? Un après-midi (c'était l'été) j'allai la chercher. Je sonnai et attendis sur le pas de sa porte. Sa mère ouvrit et m'annonça qu'Alba ne pouvait pas sortir parce qu'elle devait étudier. J'en fus intrigué car ma petite amie était bonne élève sans avoir à fournir trop d'efforts pour cela. Néanmoins je n'insistai pas pour la voir ou lui parler, car je compris que son absence inopinée m'aiderait à me consacrer pleinement et intensément à l'exploration de certaines zones de mon expérimentation. La part égoïste de ma passion scientifique alla même jusqu'à trouver un avantage à l'idée que ces absences se répètent, me donnant ainsi l'occasion d'avancer plus vite dans mes investigations.

Fort de cette certitude, je pris congé de sa mère, et d'un pas vif et léger je me dirigeai vers la place Kennedy. Et quoique ce que je fis cet après-midi-là se révélât d'une grande utilité, mes progrès ne furent pas à la hauteur de mes espérances. La zone de mon cerveau qui se chargeait d'élaborer mes stratégies de dissimulation à l'égard d'Alba était à présent occupée à constater les effets de son absence. Un doux halo de mélancolie, tel un disque d'accrétion, m'enveloppa tout au long de la journée, jusqu'à ce qu'en fin d'après-midi je démonte mon campement en papier cartonné et rentre chez moi.

Le lendemain matin, en classe, Alba s'approcha de moi et me dit qu'elle avait décidé de rompre avec moi.

Je restai sans voix. Alba m'abandonnait au moment précis où elle commençait à devenir la femme de ma vie. Je reculai devant elle qui me pourchassait en égrenant pour me punir l'humiliant chapelet d'explications qui perçaient comme un bruit aigu, grinçant et entêtant, tandis que je récitais la litanie des noms de Vilenkin, Hartle, Hubble, Héraclite, Bruno, Khoury, Ovrut, Turok, Srinivasa Ramanujan… En dépit du nimbe protecteur de mon invocation, je finis par apprendre la nouvelle.

Pendant les récréations, en l'écoutant raconter les épisodes de *L'homme qui revint de la mort*, elle était tombée amoureuse de Rodolfo Batista, un garçon de sixième.

J'ignorai – je ne le sus pas alors, et je ne le sais toujours pas aujourd'hui – ce qui avait séduit Alba, ce qui l'avait arrachée à mes bras. Si ce fut la personnalité de Batista ou s'il ne servit que d'instrument pour la conduire vers une fascination antérieure, celle dont sont victimes certaines femmes lorsqu'elles sont face à des histoires complexes, surtout si elles sont ridicules. Cette série de la télévision nationale était si absurde et sordide, sa conception et sa réalisation si grotesques et bon marché, le tout était si théâtral et sinistre qu'une gamine née et élevée au sein d'une famille dont la formation culturelle était lacunaire ne pouvait que tomber sous son charme. Chez moi au contraire… Mon père avait eu le bon goût de m'interdire de m'asseoir devant le téléviseur à l'heure où elle était diffusée ; j'étais ainsi le seul de ma classe à ne pas avoir été autorisé à regarder un seul de ses épisodes, même si, au gré des conversations de couloirs, j'avais fini par en découvrir l'histoire : il était question de la soif de vengeance du héros, Elmer Van Hess, un homme qui feint d'être mort et couvre son visage d'un voile que soulève le vent de ses paroles.

7

Je souffris. Le grand projet de ma vie et ses vastes implications me furent soudainement étrangers. Je n'aspirais plus à être le premier homme immortel ni à délivrer notre espèce des griffes de la mort ; je voulais seulement récupérer Alba.

Ignorant tout des méthodes de séduction, au lieu d'élaborer une stratégie, je suivis mon instinct. Je traînais autour d'elle, aux récréations, je l'épiais, me camouflant derrière les écolières qui sautaient à la corde, jouaient au chat ou au ballon ; je ne voulais pas qu'elle me voie la suivre dans ses moindres déplacements qui finissaient toujours par la ramener auprès de Batista ; pas plus qu'elle ne découvre mon rictus de désarroi, le désespoir qui étirait la commissure de mes lèvres au point de les déchirer en une grimace tragique à mesure que, sur son visage, se dessinait l'expression inverse, d'enthousiasme, à l'écoute des paroles de son nouvel amour.

Parfois, pour m'abreuver à la douce source de mon tourment, je me délectais du souvenir de ses paroles, je rafraîchissais ma souffrance en revoyant l'air de satisfaction mesquine qui s'afficha sur son visage lorsqu'elle m'annonça qu'elle me quittait. J'étais même capable de reproduire le claquement de sa langue contre son palais, un signe de satisfaction comme celui qui parachève la dégustation d'un mets, puis le crissement sec de ses lèvres qui suivit, semblable à celui que produit une chouette lorsque, après avoir avalé le corps d'un campagnol, elle en fait glisser la queue dans son bec jusqu'au dernier centimètre. L'adorais-je parce qu'elle me faisait souffrir ou était-ce la douleur que me causait sa perte qui me fit mesurer combien je l'aimais ? Pour couronner le tout, son histoire avec Batista était sérieuse. Ils se promenaient dans la cour de récréation main dans la main ; il semblait toujours lui peindre l'horizon d'un bonheur partagé tandis qu'elle arborait la mine radieuse d'une jeune épouse comblée.

Toute tentative de récupération suppose une certaine dose de fermeté et d'équilibre personnel de la part de celui qui en est l'auteur. Au fond, c'est une politique facile, que l'on triomphe ou que l'on échoue dans l'entreprise, la conséquence met un point final à l'affaire : c'est un résultat. J'avais pour ma part découvert une veine nouvelle, dont je voulais explorer les richesses : la veine de la douleur. En classe, je passais des heures à regarder Alba, je changeais de banc pour l'étudier sous différents angles ; j'évaluais ses perfections, certes, mais j'essayais surtout de déceler dans son cœur la trace d'un sentiment amoureux (ou de simple compassion), et, dans le cas où il en serait dépourvu, si j'étais capable de le lui inoculer à force d'insistance et, par transmission télépathique, de parvenir à la tirer de la rêverie qui la maintenait sous l'emprise de Batista.

Je me concentrais, donc, et, comme les acteurs lorsqu'ils veulent déclencher la mécanique des larmes, je pressais mes tempes entre mes index. Bien évidemment, je ne cherchais pas à pleurer mais à m'imposer. Et contre toute attente, quelque chose se produisait. Aussi bien en moi, qui commençais à voir trouble – mes pupilles s'enveloppaient d'une sorte de brume vaporeuse sur laquelle flottaient soudain des rectangles brillants, des étoiles colorées, des clignotements d'étincelles qui parcouraient dans une explosion fugace tout l'arc de ma rétine avant de retomber vers l'orient –, qu'en Alba, qui, bien qu'absorbée par le cours, ne demeurait cependant pas insensible à l'existence d'un élément perturbateur, dont elle ignorait la cause, et qui l'emportait sur ses efforts pour rester attentive. Mon intense prière muette et son intention hypnotique se présentaient peut-être à elle sous la forme d'un bourdonnement. Quoi qu'il en fût, cela la distrayait et la forçait à renoncer à son attitude de bonne élève et à chercher l'origine de son inconfort. Bien sûr, si j'avais suivi à la lettre la conduite que je m'étais fixée, j'aurais profité de ces instants où Alba perdait son calme pour la foudroyer sans pitié de l'éclair de mon regard envoûtant (à la manière d'Elmer Van Hess). Si j'avais agi de la sorte, peut-être aujourd'hui serait-elle encore à moi ; annulée dans sa personne mais en extase, une femme zombie possédée par mon amour et mienne à jamais. Mais à peine la voyais-je pencher la tête, à peine se tournait-elle dans une direction puis dans l'autre que la peur me saisissait à la gorge. Je pouvais prévoir le moindre de ses mouvements, chaque rotation et chaque angle, l'éclat de sa peau qui s'inclinait vers moi, mais ce que je n'étais pas certain d'avoir percé, c'était l'intention et le sens de son regard quelques instants avant qu'il n'entre en contact avec le mien… et cela me dévastait. À l'instant où j'allais la capturer, exercer mon pouvoir absolu sur son âme, j'étais saisi d'une secousse d'émotion équivalente à une décharge électrique. Et cette attaque me vidait de mes forces. La terreur m'envahissait, m'obligeant à devancer d'un millième de seconde le croisement de nos pupilles. Et je baissais les yeux…

Finalement, transi d'amour, je tombais dans des vertiges d'adoration. Je me ruais sur les choses qu'elle avait touchées – feuilles de papier froissées, gommes usées, crayons à papier rongés –, je couvrais de baisers toutes les surfaces qu'elle n'avait que frôlées, y compris celles des sols, j'essayais d'établir un lien, quel qu'il fût, avec ses amies, même celles qu'elle avait délaissées. Après avoir essuyé plusieurs rejets, j'approchai les amies de ses amies, ses connaissances, décrivant un circuit qu'éclairaient à peine les lueurs de plus en plus ténues de la luminosité première. Une nuit, dans ma chambre, je compris que cela ne finirait jamais et que le spectacle continu de mon égarement avait fait de moi un être méprisable. Je décidai de mettre fin à mes jours.

Je me levai de mon lit, pris une paire de ciseaux et sortis dans la rue. L'acte de la mise à mort devait respecter les lois de l'exécution esthétique, étant né sous la forme du chagrin amoureux. Mon intention était d'entrer à pas de loup chez Alba, de me faufiler dans sa chambre et, en prenant garde de ne pas troubler son sommeil, de couper la chevelure qu'elle portait jusqu'à la taille, puis de la tresser afin d'en faire la corde que je glisserais à mon cou. Je voyais déjà la rue déserte, le réverbère qui tressaute, mon corps qui pend, la lettre à mes pieds expliquant tout.

Naturellement, en dépit des outrances de mon imagination, et étant donné mon inexpérience d'apprenti Roméo et ma nullité de cambrioleur à la petite semaine, le plus probable aurait été que la police m'arrête à l'instant même où j'aurais pénétré dans la maison. Mais curieusement, rien de tout cela n'arriva. À cette époque, San Martín était un quartier plutôt sûr, les gens laissaient leurs bicyclettes dans la rue sans cadenas, leurs voitures avec la clef sur le contact, et, par les nuits chaudes comme celles de cet été-là, les fenêtres grandes ouvertes.

J'entrai par celle de devant. En ma qualité de camarade de classe d'Alba, j'avais été invité plusieurs fois à prendre le goûter, aussi connaissais-je la disposition de cet horrible salon, ses chaises aux pieds larges et lourds, qui faisaient du bruit lorsqu'on les déplaçait, et la table – héritée d'une grand-mère espagnole – aux courbes voluptueuses comme une araignée ou une gargouille. La pendule à coucou, avec son petit oiseau, accrochée au-dessus du buffet rempli de petits verres à vermouth. Les photographies sépia des ancêtres, serrés dans leurs cadres dorés : morts muets d'horreur brillant derrière les vitres bon marché. Je gravis l'escalier tapissé de moquette. Je connaissais aussi la distribution des pièces à l'étage. Rien ne retentit, rien ne grinça sous mes pas.

Alba dormait sans drap, couverte d'une simple chemise de nuit de coton blanc parsemée de petites fleurs jaunes. Dans la nuit calme, je découvris les courbes que les uniformes ridicules de l'école avaient toujours dérobées à mon regard. Ce corps que je ne connaîtrais pas plus tard, à l'âge adulte. « Alba », chuchotai-je. Elle était plongée dans le sommeil. C'était une femme qui en dormant remonte le temps dans une barque aux voiles blanches. Pourquoi, pensai-je, devrais-je renoncer à la posséder ? Aucun sortilège ne pesait sur elle qui ne pût être rompu. Personne ne la connaissait mieux que moi ; personne ne l'avait vue comme je la voyais. Les histoires que racontent les parents pour endormir leurs enfants n'étaient rien à côté de l'effet qu'exerçait ma présence veillant sur elle… Alba ouvrit les yeux, l'espace d'un instant la pupille noire tourna mollement sur le fond liquide, puis la paupière retomba, et elle murmura quelque chose, un nom ou une phrase qui ne m'incluait pas mais qui ne me condamnait pas pour autant à disparaître pour toujours. Puis elle se retourna sur le côté, avec un claquement de lèvres. En bougeant, sa chemise de nuit se releva jusqu'à mi-cuisse. La partie qui correspondait à ses hanches se cala avec une telle précision que je pus remarquer qu'elle ne portait pas de sous-vêtements. À mon âge, je ne pouvais rien offrir de définitif face à cette découverte, mais j'avais peut-être d'autres façons de la faire mienne. Je me penchai sur ses lèvres au point de les frôler, je sentis le relent légèrement âcre de son souffle. J'aspirai ces effluves où je distinguai la matière de son alimentation et le parfum de ses sucs, mais aussi, à mon grand étonnement, une odeur étrangère. La particularité de cette odeur exogène était que, quoiqu'elle n'eût rien de commun avec celle d'Alba, elle prétendait néanmoins se mélanger à elle ; je percevais parfaitement la nature de son opération, comme une danse de neutrons qui tournaient électriquement autour de son noyau, lâchant ses décharges, si ce n'est que, dans ce cas, le but n'était pas de maintenir en vie le fonctionnement d'un atome mais de s'emparer d'une âme. C'était l'odeur de Rodolfo Batista qui se diffusait dans le sommeil d'Alba. Il était déjà entré en rafales, porté par les courants chauds, et il perforait à présent tout ce qui en elle offrait une résistance, la soumettant à son influence pernicieuse, fatale à mes désirs. C'était de la magie noire, ou peut-être l'effet d'une invocation, que dans son innocence Alba elle-même réalisait.

À coups de mâchoire rageurs, je commençai à aspirer cette condensation, voulant en délivrer mon aimée. J'ouvrais la bouche, respirant à grandes bouffées cet air. Dans l'incertitude du combat, je sentais néanmoins que je la purifiais peu à peu, l'arrachant à cette puanteur, mais soudain le pouvoir ennemi me reprenait mon butin, entrait à nouveau en elle, et tout recommençait… À un moment, la lune, qui avait éclairé son corps de côté, tomba à pic sur son visage. La lumière crue déforma ses traits, les figeant dans un masque nécrotique de la masculinité ; puis, l'espace de quelques secondes, cette distorsion s'évanouit et je pus contempler les traits aimés, doux et lisses, et il me sembla alors que sans y prendre garde j'avais accompli le miracle tant attendu, quand soudain – la lame de la lune était toujours là, au-dessus de nous – les lèvres d'Alba s'affinèrent et son nez s'étira. Alors je vis le visage de Batista s'imprimer sur le sien jusqu'à s'y fondre, puis, semblant deviner mes intentions et mesurer son inefficacité, le masque se détacha comme aimanté, et, flottant à quelques centimètres du visage où il s'était moulé, ouvrit les yeux et me sourit.

Je ne dis pas que cela eut réellement lieu, mais je peux affirmer que c'est ce que je vis. Et je compris aussi qu'il ne servait à rien de remonter le temps et d'arriver au moment précédant la première rencontre d'Alba et de Batista, d'arriver juste à temps pour *l'éviter*. Il n'était plus question de pouvoir modifier ou non le passé et d'infléchir le cours des événements présents, ni même de résoudre l'étrangeté que ressentirait cette Alba du passé proche et mon moi d'alors en rencontrant mon moi de ce présent – Alba n'y comprendrait rien, et quant à mon moi, il serait certainement étonné et heureux de se retrouver nez à nez avec son rêve devenu réalité ; à ce stade, il était évident dans toutes les séries de l'Univers et dans toutes ses lignes de temps qu'Alba était à Rodolfo Batista et qu'elle serait à lui pour toujours, ou, et cela résonne plus tristement encore à présent que je l'écris, que plus jamais elle ne serait à moi.

8

Pendant quelques jours, j'ai tenu le journal de ma perte d'Alba. J'avais l'espoir d'embrasser dans un tracé instantané la totalité de cette douleur, mais au lieu de cela, je ne parvins qu'à dessiner des courbes asymptotiques entre l'expérience vécue et son récit, puisque ce dernier ne pouvait restituer qu'une partie seulement des événements et qu'il « se retardait » à vouloir saisir les émotions et les impressions du présent. L'acte même d'écrire créait le temps et sa lenteur mais il n'empêchait pas ces émotions et ces impressions de s'accumuler et ne les atténuait même pas. Aussi abandonnai-je cette activité, qui de toute façon avait produit son véritable effet : obsédé par l'interprétation des faits, je ne m'étais même pas rendu compte que j'avais oublié Alba.

La machine à voyager dans le temps… Un jour, je la revis… À présent je remarque que dans ma hâte de raconter ma mésaventure amoureuse, j'avais omis de faire le récit détaillé de ses progrès ; comment j'étais passé de ce brouillon de modèle, un labyrinthe de feuilles de papier cartonné, à ce dispositif discret qui m'attendait, étincelant, sur l'étagère. Mais cela ne vaut peut-être pas la peine que l'on s'y attarde. Eh bien voilà, elle était là. Il ne restait plus qu'à la tester…

Comme je l'ai dit, dans le modèle conçu par Kip Thorne, la

machine à voyager dans le temps atteint une taille supérieure à celle de plusieurs stades réunis et ne peut transporter que de petites choses, aussi avais-je inversé l'équation et obtenu que la mienne, portable, transporte des volumes supérieurs à sa taille. Il serait trop long d'entrer dans les détails techniques sur la manière dont, sans plier ni détruire ni changer quoi que ce soit, je fus capable d'introduire le grand dans le petit – ou plus exactement la façon dont la machine les adaptait à sa forme. Les téléportations étaient simples à exécuter. Une fois la machine installée dans ma chambre et l'objet introduit à l'intérieur (une agrafeuse, un fer à repasser, un stéthoscope), ce dernier apparaissait le lendemain dans le salon. Ces modestes essais me permirent de prendre confiance en moi. Je pus ensuite passer à des cas plus complexes, comme la question du temps dans le temps. Sur l'écran d'une montre-bracelet qui voyagea du salon vers la salle à manger un lundi et apparut le lundi suivant, la trotteuse avait à peine avancé. Je fis un calcul : si je me glissais dans la machine et que je réapparaissais chez moi dix ans plus tard, mon corps ne vieillirait que de treize minutes et trente secondes. Par conséquent, la traversée d'un siècle ne me prendrait pas plus de deux heures et quelques minutes et ma propulsion dans le prochain millénaire emporterait seulement vingt-quatre heures de mon existence. Ainsi, l'arrivée au moment de l'histoire où la formule de l'immortalité aurait été découverte, et dont je calculai la survenue dans un délai maximal de cinq mille ans, ne me déroberait que quelques jours…

Ces résultats hypothétiques se virent néanmoins invalidés par la pratique. D'un point de vue méthodologique, je devais passer de l'expérimentation sur des objets inertes à la traversée d'objets vivants. Je fis mon premier essai avec une structure sphérique : un œuf cru. Pris d'inquiétude, je l'envoyai vers l'avenir le plus proche : la minute suivante, et à seulement un mètre de la machine. À ma grande surprise, l'œuf apparut au moment et à l'endroit prévus, mais frit. Était-il possible que ma machine déplace sans difficulté les choses mais qu'en échange elle altère leur matière vivante, en introduisant une dimension aléatoire de l'avenir dans ces organismes, les faisant vieillir au pas de course ? Dans ce cas, je devais me garder de ne pas mourir vieux dès mon premier essai (à condition que les forces d'attraction du ver de temps ne déforment ou ne détruisent mon anatomie dans des proportions inimaginables). Je goûtai l'œuf cuit, trempant un morceau de pain dans son jaune. Il était exquis : le voyage n'avait pas modifié sa structure intime. Restait à évaluer le système de cuisson. Pourquoi, par exemple, ne s'était-il pas transformé en œuf dur ? Et, par ailleurs, ce premier essai signifiait-il que si j'envoyais l'œuf dans un voyage vers le passé, le résultat ne serait pas une remontée dans le temps vers le néant mais un passage à travers le réseau originel, de l'œuf à la poule et de la poule au dinosaure ? Formulé ainsi, cela avait tout l'air d'une plaisanterie. Mais les conséquences en étaient dramatiques. Au lieu d'un immortel, un retardé.

9

Du point de vue d'un voyageur, la machine à voyager dans le temps accélère l'évolution physique du reste de l'Univers ; en revanche, du point de vue de l'observateur extérieur qui reste tranquillement à sa place, la machine agit comme un instrument de conservation, retardant tous les processus biologiques de ce voyageur afin qu'il puisse avancer et reculer dans le temps sans vieillir. D'une certaine manière, j'avais enfreint cette loi, en obtenant, au lieu de ce que je recherchais, une machine qui modifiait et accélérait les fonctions organiques. J'introduisis des fourmis, des cafards, des mulots, et le résultat était chaque fois différent : une bestiole grandissait, la suivante se désagrégeait, une troisième se transformait en une surface carcinogénique, la quatrième se répandait sous la forme d'exo-organes gonflés et bouillonnants, une cinquième… La machine ne semblait obéir à aucune règle, ce qui en faisait un danger que je ne pouvais pas me permettre d'encourir. Et, cependant, je devais poursuivre mes recherches.

Au moment où j'entrai, la machine tressauta. Comme je ne l'avais pas construite d'après le modèle classique des récits de science-fiction, l'intérieur était un couloir vide, un labyrinthe ressemblant à une couronne de Pâques qui oscillait et tremblait et menaçait de chavirer. Les aiguilles de ma montre s'agitaient dans tous les sens, allaient et venaient, tournaient et s'arrêtaient. Tout était brumeux et sombre. Il y eut ensuite un éclair et l'ombre vint vers moi.

Pendant quelques instants, je fus convaincu d'aller vers le futur. Mais seulement jusqu'au moment où je compris que quelque chose dans ce mouvement était en train de s'arrêter. Je n'allais pas vers le futur mais *en arrière*, vers l'instant précédant l'explosion universelle.

Je vis d'abord une forme ovale, aplatie, qui franchissait une énorme ligne de gaz blanc, qui pouvait tout aussi bien être un nuage : elle avait à la fois l'apparence de la substance et l'éclat de la barbe à papa colorée, sa fine texture, comme tissée d'une infinité de cristaux, mais elle renvoyait aussi, ou les incorporait, les reflets venus d'autres confins. Quoi qu'il en fût, l'important n'était pas la ligne ; cette ligne était son anneau d'accrétion, l'engagement qui fixait la forme ovale à son existence. J'ignorais ce dont il s'agissait, tout en le sachant : c'était l'Univers. J'étais le témoin de ce qui se déployait simultanément tandis que je faisais tourner, réunissais, assemblais et collais ses parties : une carte colorée que je voyais dans sa totalité tout en étant à l'intérieur. Le voyage était extrêmement rapide, inutile de penser à des vitesses possibles, même extrêmes, comme celle de la lumière. Tout voir ne signifie pas entrer dans la finesse des détails mais dans les instances premières de l'abîme. Et moi j'étais là, je voyais ce que les yeux humains ne peuvent voir, la radiation de fond, la lumière née après que la température s'est suffisamment refroidie pour permettre aux atomes d'hydrogène de se former. Ses fluctuations reflétaient les différentes densités de la matière, ses moments de condensation. Il s'agit bien sûr d'un moment antérieur, puisque dans mon voyage je remontais le temps vers l'origine… C'était le déploiement d'un numéro de magie, mais à l'envers : je voyais le magicien ranger ses lapins dans son haut-de-forme, puis le haut-de-forme disparaissait, ensuite venait le tour de la table à double fond sur laquelle il était posé, et après la table, le magicien remontait jusqu'à l'instant précédant le moment de sonner à ma porte, le jour de mon anniversaire qui n'était pas encore arrivé, mes amis n'étaient pas là pour la fête, près de se jeter sur les sandwichs de pain de mie que ma grand-mère avait commandés pour l'occasion au salon de thé, et les capsules des boissons gazeuses ne volaient pas non plus dans l'air, tout était le goudron du temps dans lequel elles s'enfonçaient, San Martín, l'école et ma famille disparaissaient.

Et le commencement arrivait et j'allais à sa rencontre.

Je vis des nœuds brillants produisant des milliers d'amas stellaires qui regorgeaient de soleils super géants, d'énormes étoiles qui dans ma remontée dans le temps allaient de leur ultime étincellement jusqu'à l'éclat de leur début ; je vis les cœurs de ces amas où résonnait l'écho du choc des galaxies ; je vis des galaxies spirales qui coupaient une ellipse, précipitant la formation de nouveaux amas, dont les impacts déclenchaient des torrents de radiation tandis que leurs formes de monstres se dilataient en bouches qui s'alimentaient de la matière restante, de planètes déplacées, et que le gaz s'échappait de ces vortex et était aspiré par de grands trous, créant des ondes qui voyageaient à des centaines de milliers d'années-lumière, jouant en *si* bémol, cinquante-sept octaves plus bas qu'un *do* mineur et mille billions de fois plus graves que notre seuil d'audition ; je vis des jaillissements de chaudes étoiles bleues entourées de nuages rouges d'hydrogène, rentrant après avoir été émises, camouflées derrière d'épais masques de poussière, entrant dans la bouche de leur cannibale galactique qui les enveloppe dans son halo externe ; je vis ces galaxies lutter pour s'imposer, le temps allait et venait mais finissait par reculer.

Avant ou après, la machine et moi traversâmes une zone noire, sans lumière, ni éclat, ni nuance d'ombre. Ce noir ne brillait pas et ne se déployait pas comme une toile de fond pour qu'au cours de ma traversée je puisse contempler la soie chatoyante de ses reflets. C'était un noir absolu, une masse uniforme, et j'avais beau la traverser, l'homogénéité de sa texture annulait le temps, ou plutôt le temps palpitait, projeté sur l'obscurité. Je compris alors que j'allais vers ma propre mort, vers le centre de ce trou super massif. La machine était mon cercueil et mon tombeau, et ses contours et ses bords étaient eux aussi dévorés par cette noirceur sans fin. Je ne pus m'empêcher de me demander ce qui m'avait pris de faire ce voyage, dont j'avais oublié la raison. Si au début j'avais caressé l'espoir d'être immortel, à présent que j'allais tout droit vers l'anéantissement, vers l'origine, je ne pouvais que conclure à la bêtise de mon rêve initial. Si le temps a un commencement et qu'il y a quelque chose avant, ce quelque chose ne peut se toucher ni se mesurer car il est en dehors de l'existence des choses, il s'inscrit dans la catégorie plus large du non-existant, et on ne peut y atteindre, aller jusqu'à l'endroit où se trouve le non-existant, et on ne peut le trouver justement parce que de son existence nous n'avons qu'un bref aperçu lorsque ce qui est sort de son néant et que, de son papillonnement indiscret, il nous montre que depuis des ères et des ères il attend d'être. Aussi, à présent que je me précipitais en direction de l'antériorité même, étais-je dévoré par le cosmos, ou plus exactement par le précosmos. À un moment, peut-être, la noirceur ferait-elle place à la flamme de la vitesse excessive et fulgurante, et alors tout serait fini pour moi. Était-ce une question de secondes ou de millénaires ? Impossible, encore, de le savoir, en revanche je pouvais régler mes comptes et rire de moi-même. Pourquoi avais-je voulu être immortel, moi qui n'avais presque rien vécu, hormis huit ou neuf années d'une existence routinière, soumise à la trahison d'une petite amie et à l'ennui de l'école ? Pourquoi voulais-je être éternel, moi qui n'avais connu ni l'amour adulte, ni les impératifs de la procréation, ni le désir, ni la jalousie, ni la pulsion criminelle… ? Et pourtant, dans mon inexpérience, j'avais tout connu. Ce qu'il me restait à découvrir – qui était ma fin – était d'une certaine manière contenu dans ce que j'avais vécu, et cela annulait par avance sa nécessité. Et si la gratuité de mon anéantissement me préservait de la mort ? Peut-être l'Univers pouvait-il se passer de moi pour continuer de tourner, lui qui ne suivait aucun plan, et là pouvait être mon salut…

Je vis une lueur vive. Elle provenait d'une sorte d'araignée de gaz et de poussière, une galaxie qui renfermait l'éclat d'une masse lourde et brûlante, mille soleils en un seul, ou peut-être un amas d'étoiles qui avaient éclaté et qui projetaient leur lumière à travers l'espace-temps. Cette lueur vive, qui aurait dû calciner mon corps et la matière de ma machine en un millionième de seconde, me parvenait néanmoins nette et estompée par la distance, offrant ainsi une autre explication à la nature de mon voyage. J'étais bien en route vers l'origine de l'Univers mais je suivais une ligne parallèle qui parcourait la structure d'une corde me transportant d'ici vers là-bas. Cet amas devait être à des centaines de milliers d'années-lumière du point où je me trouvais. Je regrettai de ne pas disposer d'instruments de mesure pour évaluer avec précision la chaleur et estimer les effets d'absorption lumineuse de la poussière interstellaire qui tissait sa toile de scintillements et d'explosions dorées. Derrière l'or, on voyait aussi un ocre qui palpitait, la systole et la diastole d'un cœur de feu. Ces miroitements me laissaient deviner la masse de l'étoile et sa position à l'intérieur de l'amas, les jeunes qui lâchaient leur bleu joyeux près de l'ancienne, grave et rouge. Il devait s'agir d'une énorme masse de gaz (principalement de l'hydrogène) et de poussière, d'une centaine d'années-lumière de diamètre, une véritable usine à soleils avec son amas d'étoiles ; la radiation ultraviolette des étoiles était ce qui ionisait le gaz et le faisait briller, tandis que la pression du gaz, la gravité, condensait la poussière et la transformait en étoiles incandescentes qui illuminaient tout ce qui les entourait : une nébuleuse d'émission rose, sillonnée de sombres sentiers de pierre, et près d'elle, une nébuleuse réfléchissante bleue. Elles tournaient dans des directions contraires, dans le sens des aiguilles d'une montre ou dans le sens inverse, et je compris alors que ma machine suivait sa propre route, comme si elle essayait de passer indemne entre elles ou, au contraire, d'être triturée sous l'effet pulvérisateur de leurs vortex. La puissance de la force d'attraction secouait mon corps. N'ayant prévu ni chaise, ni ceinture de sécurité, ni aucun système d'attache, je me cognais contre les bords et les angles de ma machine, me lacérant la peau, giclant des lignes de sang qui éclataient et restaient suspendues dans le vide, une pellicule qui imprégnait mes yeux et que je nettoyais en clignant des paupières. Les scènes s'enchaînaient, comme des toiles de fond superposées qui occupaient le centre afin de dissimuler l'Événement et son poids : l'instant premier.

Soudain, ce qui manquait fut là. C'était l'inconcevable, ce qu'on ne pouvait comprendre que par allusion, et qui supposait une absurdité : la primauté de l'allusion sur ce qui est représenté. Ce que je vis se concentrer et se condenser dans la masse dure, sombre et marron, c'était la pierre originelle qui existait avant l'explosion, une pierre si petite qu'elle tenait dans l'habitacle le plus étroit, et si ce dernier était concave et humide, elle pourrait s'y dissoudre, avec toutes ses odeurs et ses saveurs, au fil d'un temps très court : c'était l'Univers avant son déploiement, dépouillé de toute enveloppe, comme l'un de ces bonbons durs et amers qui semblent faits de goudron et qui fondent comme des pierres dans la bouche. C'était ça, et ça explosa.

10

Des années auparavant, dans mon lit, le soir, j'attendais la venue et le baiser de ma mère, qui n'arrivaient pas ; je devais alors me contenter des paroles de ma grand-mère, prononcées dans une langue mi-espagnole mi-étrangère, m'invitant à m'endormir… Ma grand-mère baisait la pulpe de son index et l'appuyait sur mon front, c'était sa façon de me souhaiter une bonne nuit. Un point impalpable, un cercle d'amour, comme une idée fixe. Puis elle partait et je restais seul avec ça, cette pression, tournant dans les orbites de ma pensée. Alors commençait ma fête nocturne. Dans ma chambre, je rêvais à la naissance de l'Univers, j'imaginais son explosion en suivant les formes et les contours qui se dessinaient lorsque, imitant le geste de ma grand-mère, je posais les doigts sur mes paupières et les pressais en enfonçant doucement mes pupilles jusqu'au moment où je voyais des crépitements, des faisceaux électriques, des ébauches de sphéroïdes et de tubes, des circonférences violettes, jaunes, vertes et noires, des comètes envahies par le fond rouge, le pointillisme de la pression. Le souvenir de ces spectacles infantiles, dont ma grand-mère était l'inspiratrice, m'avait fait caresser l'espoir que quelque chose de semblable se produirait lorsque je monterais à bord de la machine. Mais ce qui eut lieu au cours de mon premier et dernier voyage, mon seul véritable voyage, ressembla à l'implosion d'une étoile. La masse noire s'élargit à une vitesse folle, des millièmes de microsecondes qui décomposaient l'éternité de cette matière libérée, mais d'une matière qui avait été enfermée ; la circonférence critique de l'anneau la contint en tournant autour d'elle. Le plus étonnant est que cette formidable sujétion instantanée attisa les quasars et les noyaux actifs de la galaxie, de sorte que ce qui fut comprimé et libéré fut une seule et même chose. Et soudain je vis tout à la fois : la disparition de l'Univers dans le trou noir qui l'absorbait et sa multiplication en réseaux arborescents qui étendaient leurs branches étincelantes, faites de pierres de feu, de fumée et de gaz explosifs, sa frondaison qui se déployait à l'infini et réalisait son propre absolu, allongeant ses branches en arrière, si loin en arrière qu'elles créaient leur propre cercle et leur racine, et je compris alors que l'Univers n'a pas de début et qu'il se fait lui-même.

Mais avant d'en arriver à cette conclusion, dans le spectacle de simultanéité auquel j'assistais, je découvris quelque chose de plus, quelque chose que j'aurais dû savoir depuis mon propre commencement mais qui ne m'était révélé qu'à présent : la carte de ma généalogie et le sens de mon existence.

Ce fut un choc en sourdine, comme si le véritable sens des faits m'arrivait du fond des choses ; il n'était plus question du temps où ils s'écoulent, ni de l'espace où ils se meuvent, mais de leur durée. Il s'agissait de sons et de la façon dont ils s'assemblent non pas à la manière de la musique ni de quelque chose de semblable, mais comme une suite de bruits indéterminables, qui s'enchâssaient suivant leur ton et leur rythme. Ces sons venaient de derrière le silence, sans pour autant l'étouffer ni le remplacer. Au contraire, ils s'emparaient du silence et le mettaient en avant, comme si l'essence de ce vide était son aptitude à se loger acoustiquement au centre de l'oreille et à la faire vibrer. Le chant du monde, avait dit mon institutrice, au sujet de cette musique céleste, le son des verres à pied qui servait à illustrer une loi physique dont j'ai oublié l'énoncé. Je voyais chaque planète glisser dans l'espace comme une goutte d'eau qui résonnait en réponse à la secousse que lui apportait un aiguillon extérieur. Il ne s'agissait pas de quelque chose en dehors de l'Univers, c'est certain, mais de quelque chose qui n'avait rien à voir avec la trajectoire des planètes tout en les gouvernant. Je ne peux le dire qu'avec des mots. C'était le triomphe d'une énigme efficace, un mystère laborieux et permanent dont l'harmonie suprême avait réussi à s'imposer au néant : il s'agissait de la beauté et de la vérité. Et ce mystère s'ouvrait sur un autre et exposait celui dont je n'avais pas eu la moindre explication, et qui m'avait tourmenté jusqu'au moment d'entreprendre mon voyage : le mystère de l'absence de ma mère.

Non qu'elle ne fût pas présente quand j'en avais besoin, mais elle se réservait pour des choses plus importantes, dans une sorte d'au-delà dont je ne pouvais entrevoir le moindre détail. Ces panoramas lointains, que je contemplais le cœur serré pendant toute mon enfance, trouvèrent soudain leur explication dans ce moment de musique universelle. Car, tandis que les planètes tournaient et que résonnait la musique des sphères, je découvris aussi (et ce fut un instant aussi successif que simultané, aussi linéaire qu'infiniment ramifié) la raison de son éloignement. Je vis ma mère écrivant l'histoire de ma famille, je devinai ses moments de découragement, cette spirale descendante qui la dévorait lorsque, soudain, après avoir cru pendant des mois et des années qu'elle avait contribué à la défense et à la consécration de nos ancêtres, elle était saisie d'un doute, celui d'avoir été victime d'une terrible erreur initiale, une monstrueuse erreur de perspective. Peut-être, pensait-elle alors, faudrait-il brûler chacune de ses pages, accepter qu'ils n'aient pas été les génies qu'elle s'était imaginés mais de pathétiques présences émouvantes, les figurants d'une illusion autre que la vérité qui s'était frayé un chemin à mesure qu'elle reconstruisait leurs biographies. Ainsi, Frantisek Deliuskine se révélerait être la source de toute la confusion : un libertin syphilitique qui dans sa superbe avait rêvé d'être un artiste en avance sur son temps avant de mourir cocu et aveugle – et c'était son sang vicié qui avait contaminé toute la descendance ; Andreï Deliuskine, un grain de poussière égaré parmi les hiéroglyphes de la mystique chrétienne et la campagne d'Égypte de Napoléon ; Esaü Deliuskine, un rustre qui planta sa vie dans les sables du désert dans l'espoir d'accomplir les utopies délirantes de son père ; Alexandre Scriabine, un fumiste exalté qui se cacha derrière des nuages d'aspirations cosmologiques et de pacotille spiritiste et dont le *Mystère*, où il vit une œuvre maîtresse, totalisatrice et transformatrice du cosmos, ne serait finalement qu'une apostille dans l'histoire de la composition, une toquade qui influença tout au plus la musique psychédélique et inspira les bandes sonores de quelques films de science-fiction où attaquaient des martiens et atterrissaient des soucoupes volantes ; et enfin, dans un douloureux trille, mon grand-père, le père de ma mère, Sébastien Deliuskine, un virtuose de province, un pianiste raté… Elle et sa chronique familiale, une absurdité géante, dont la prétention sans borne arracherait des rires et des larmes de pitié aux rares lecteurs qui s'y pencheraient. La surprise et la compassion des amis, le mépris des inconnus. Elle et son fils chétif et bègue. Mère, tu ne m'as jamais aimé, ou tu as vu en moi le dernier rejeton, morne et stérile, de cette lignée de vampires morts.

Ainsi, à cet instant qui se prolongeait comme le tintement d'une cloche étirant le tremblement de l'air et la pureté des cieux, je perçai le secret de sa mélancolie et pus comprendre la tristesse qui parfois l'accompagnait la nuit, après des heures passées à tracer ses signes sur le papier, et à cet instant de concentration et de beauté, je pus lire chacun des mots qu'elle avait écrits. Et je sus alors qu'un jour elle s'était hissée au-dessus de ces océans de désarroi et qu'elle avait vu enfin et clairement les actes des génies de notre famille dans toute leur dimension, et qu'elle avait compris que sa tâche, derrière le masque de l'abandon, était de me former à l'école de notre tradition familiale qui à présent resplendit et propage son sens. Et c'est alors, à cet instant de tous les instants, qu'enfin je vis que dans une autre dimension du temps (une parmi tant d'autres) à mon tour j'ajoutais mes mots aux siens, poursuivant son héritage. Ton livre, mère, n'était pas terminé. Et bien entendu, dans ce retour sans fin, je vis comme appartenant déjà au passé le moment futur où je déposerais sur sa table de travail la version complète, le livre qui n'avait pas été achevé, le livre que personne n'avait fini de lire.

Quant au reste, oui : ce qui résonnait entre les planètes était le chant du salut universel, le *Mystère* transfiguré.

Composition : Nord Compo
Achevé d'imprimer
par CPI Firmin-Didot
à Mesnil-sur-l'Estrée, en mai 2022
Dépôt légal : mai 2022
Numéro d'imprimeur : 169667

ISBN : 978-2-07-288026-1/Imprimé en France

361981